그 남자의
유혹

그 남자의 유혹 2

초판 1쇄 찍은 날 | 2015년 06월 23일
초판 1쇄 펴낸 날 | 2015년 07월 01일

지은이 | 아노타
펴낸이 | 서경석

편집책임 | 조윤희
편   집 | 최고은
          주은영
디 자 인 | 박보라

펴낸곳 | 도서출판 청어람
등록번호 | 제387-1999-000006호
등록일자 | 1999. 5. 31
어람번호 | 제5-0415호

주소 | 경기도 부천시 원미구 부일로 483번길 40 서경B/D 3F (우) 420-822
전화 | 032-656-4452 팩스 | 032-656-4453
http://www.chungeoram.com
E-mail | chungeorambook@daum.net

ⓒ 아노타, 2015

ISBN 979-11-04-90278-9 04810
ISBN 979-11-04-90276-5 (SET)

그 남자의 유혹

2

아노타 장편 소설

Chungeoram romance novel

청어람

Contents

태풍의 눈

2월의 공기는 찼다. 평년 겨울에 비해 따뜻한 날씨가 될 것이라고 기상청은 말했지만 북풍은 모두의 예상처럼 선뜻 물러가 주지 않고, 그 시린 두 팔 가득 서울을 안은 채 심술궂게 버티고 있었다. 덕분에 '오늘의 날씨'를 믿고 계절에 맞지 않게 옷을 입고 나왔던 사람들은 저마다 벌어진 옷깃을 여미며 추위에 떨어야 했다. 하지만 그러한 추운 날씨에도 불구하고 한 여인의 가슴속만큼은 꽃향기 실린 봄바람이 이르게 살랑이고 있었다.

임원들의 조간 회의가 끝나고, 이사실로 들어선 나라는 널찍한 미팅 테이블을 정리하며 훔쳐보듯 뒤를 힐끔거렸다. 기획실 윤 부장과 진지하게 대화를 나누고 있는 카인이 시선 끝으로 닿았다.

찬란한 아침 햇살이 블라인드가 걷힌 너른 통유리를 뚫고 그의 등 뒤로 쏟아져 내렸다. 역광에 비친 모습이 검었다. 검은 실루엣의 움직임과 함께 짙은 어둠이 흐릿하게나마 그를 비켜 나간다. 그의 얼굴이 보였다. 반은 어둡고, 또 나머지 반은 심장이 녹아내릴 정도로 눈부신…….

그 절반의 눈부심과 불현듯 눈이 마주쳤다. 조금 당황스러웠지만 나라는 피하지 않았다. 외면 없이 마주한 검은 눈동자를 향해 보일 듯 말 듯 희미하게 곡선을 띠는 유려한 입매. 그리고 다정하게 빛나는 푸른 눈동자. 왼쪽 갈빗대 아래가 오그라드는 기분이 들었다. 나라는 답을 하듯 수줍게 웃어 보이며 고개를 되돌렸다. 가슴이 바람에 따라 살랑이듯 두근거렸다. 더 이상 부인하지 않아도 되는 오직 그 한 사람만을 향한 명백한 반응이었다. 나라는 자꾸만 비어져 나오려는 웃음을 감추려 오른쪽 손등으로 입술을 눌렀다.

나라에게 있어 세상은 어제를 기점으로 완전히 달라져 있었다. 흐르는 물을 따라 마음을 맡기기로 하자마자 모든 것은 빨라졌다. 새순이 움트듯 마음이 움트고 꽃망울이 터지듯 진심이 터졌다. 그를 미워했던 옛날 따위는 생각도 나지 않을 정도로 온 마음이 순식간에 그에게로 빠져들었다. 바깥세상은 아직도 여전히 시간의 흐름에 따라 겨울을 걷고 있었지만, 이미 그녀에게는 성큼 봄이 와 있었다.

"게으름 피우는 건가?"

낮은 목소리가 불현듯 목덜미 뒤로 감겨들었다. 자꾸 피식 대느라 저도 모르게 느직하게 행동하고 있던 나라가 화들짝 놀라 뒤를 돌아봤다. 어느새 다가온 카인이 바로 등 뒤에 서 있었다.

"테이블 하나 정리하는데 너무 오래 걸리는 거 아닌가? 상사가 연인이 되었다고 벌써부터 이러면 안 되지."

그녀의 등 뒤에 선 채 테이블 가장자리로 손을 짚으며 그가 속삭였다. 웃음기 어린 목소리. 귀 끝을 간질이는 더운 숨결. 등 뒤로 닿는 탄탄한 몸. 나라는 화르르 달아오르는 얼굴을 느끼며 분주하게 찻잔을 쓸어 담았다.

"그, 그런 거 아니에요. 손님이 계시길래 소리 안 내려고 조심하다 보니까."

"그런 여자가 그렇게 유혹적인 표정으로 날 보았나?"

나라는 당황한 표정으로 그를 돌아보았다.

"제, 제가 언제요?"

"거짓말도 모자라 이젠 시치미까지 떼는군."

그가 단정한 입매를 느슨하게 당기며 나라의 턱 끝을 잡았다.

"분명 느꼈는데. 날 바라보는, 당신의……."

나직이 말꼬리를 늘이며 그가 고개를 숙인다. 지중해의 푸른 바다처럼 깊고 짙은 눈동자가 그녀의 시야로 천천히 밀려들어 왔다. 뜨거운 손끝이 도톰한 아랫입술을 내리눌렀다. 손안에 든 작은 턱을 들어 올리며 그가 은밀하게 속삭였다.

"진한 눈빛을."

탁 하고 입술이 맞닿기 전에 손이 내쳐졌다. 예상 밖의 상황에 그가 미간을 흐릿하게 구기며 나라를 보았다. 도도한 까만 눈동자가 그를 맹랑하게 받아쳤다.

"죄송하지만 전 그런 눈길 보낸 적 없거든요. 착각도 병이래요, 능구렁이 이사님."

누가 말려들 줄 알고? 흥, 콧방귀를 끼며 나라는 그의 품에서 벗어났다. 그러곤 승리했다는 표정으로 테이블을 뱅 둘러 가 나머지 찻잔들을 쟁반에 담았다. 등 뒤에서 하하, 하고 낮은 웃음소리가 들려왔다.

"안 속네."

길이가 긴 미팅 테이블 끝에 느긋하게 걸터앉으며 그가 장난기 어린 투로 말했다. 테이블을 따라 걸음을 옮기며 그가 있는 쪽을 힐끔 본다. 부드럽게 휘어 있는 눈동자와 눈이 마주쳤다. 피식 새어 나오는 웃음. 나라는 애써 무표정을 한 채 테이블 위에 늘어진 찻잔들과 서류들을 치웠다. 숙인 정수리 위로 뜨거운 시선이 내려앉는 게 느껴진다. 나쁘지 않다.

"저한테만 솔직해져라 솔직해져라 하지 마시고, 이사님도 좀 솔직해지시지 그래요. 진한 눈빛을 보낸 건 제가 아니라 이사님이면서."

"그럴지도."

"아."

서류를 쥐려던 손끝에 불현듯 따끔한 기운이 스쳐 지나갔다. 빠르게 배어 나오는 붉은 피. 예리한 종이 날에 손이 벤 모양이다. 하지만 그녀는 벤 손끝이 아픈 줄도 알지 못했다. 손을 베기 직전 들었던 그의 말이 머릿속을 먹어 치워서였다.

그럴지도 라니. 장난처럼 던진 말에 순순하게 그럴지도 라니.

"왜 그래."

어느새 다가온 그가 나라의 오른손을 쥐어 당겼다. 나라는 붙잡힌 손을 얼른 빼내 버렸다.

"별거 아니에요. 종이에 손을 좀 베서."

"이리 봐."

미처 어찌해 볼 틈도 없이 손이 빼앗겼다. 아픈 듯이 구겨진 그의 눈매가 선혈이 맺힌 상처 위를 굽어 본다. 사람이란 참 간사하다. 방금 전까지만 해도 조금도 아프지 않았는데, 그의 눈길이 닿자마자 아픔이 느껴지는 것 같았다. 그 통증 속에서 미묘한 두근거림이 느껴졌다.

"하루라도 사고를 안 치면 몸에 가시가 돋지."

그가 미간을 흐릿하게 구긴 채 못마땅한 듯 말했다. '이사님이 자꾸 이상한 말을 하니까 그러죠' 라는 말이 목구멍까지 치고 올라오려는 것을 나라는 꾹 참고 그를 노려보았다. 그러곤 '됐으니까 이거 놓으세요' 라고 말하려는 순간.

"시, 싫어요."

나라는 손끝에 닿는 더운 입김을 느끼곤 냉큼 손을 허리 뒤로 숨겼다. 그가 베인 손끝을 입에 머금으려 했다. 못마땅한 표정을 한 그가 가늘게 뜬 눈초리로 나라를 내려다보았다. 피가 밴 검지가 허리 뒤에서 꼼지락거렸다. 얼굴이 화끈댄다. 잠시 스쳤던 그의 숨결이 아직도 손끝을 간질이는 것 같았다. 여기에 입술이 닿다니. 여기에.

"이리 내."

손을 내밀며 그가 말했다. 나라는 고개를 내저으며 주춤했다. 그러곤 도망치듯 몸을 돌리려는데 그녀보다 빠른 손에 손목이 붙잡히고 말았다.

"아."

붙잡힌 손목은 순식간에 당겨져 그의 입술에 닿았다. 뒤늦게 손을 잡아 빼려 했으나 소용없었다. 역광이 비쳐 반만 보이는 그의 입술이 손끝을 삼켰다. 뜨겁고 습한 감각이 손가락 끝을 옭아맨다. 나라는 질끈 두 눈을 감으며 고개를 돌렸다. 하지만 그건 실수였다. 눈을 감자 감각은 더욱더 또렷해지며 그녀를 아득하고 깊은 수렁 속으로 밀어 넣었다.

살갗으로 부드럽게 얽어드는 그의 혀. 따끔거리며 퍼지는 아릿한 통증. 그리고 그 사이로 흘러드는 야릇하고 기묘한 감각.

그의 입안에 든 손끝으로 온통 피가 몰리는 것 같았다. 숨결이 더워지고 맥박이 빨라진다. 몸 안에 든 피가 모조리 그의 입속으로 빨려드는 기분이다. 손끝 발끝을 짜릿하게 관통하는 쾌감에 온몸이 바르르 떨렸다. 도저히 못 견뎌서 결국 눈을 뜨자 손끝을 핥아내고 있는 그와 눈이 마주치고 말았다. 지나치리만치 자극적인 모습. 쿵 하고 심장이 발밑으로 곤두박질친다. 그의 긴 눈초리가 보일 듯 말 듯 희미한 웃음을 그렸다. 그리고 그것이 신호이기라도 했던 듯 빠르게 몸이 당겨졌다.

카인은 기민하게 팔을 뻗어 나라의 허리를 끌어안았다. 턱을 쥐어 놀란 듯 크게 뜨인 눈동자와 시선을 맞추었다. 그러곤,

"키스할 거야."

낮은 속삭임을 끝으로 고개를 숙여 나라의 입술을 삼켰다. 입안으로 비릿한 피 내음이 퍼진다. 감기지 않은 눈동자와 눈동자가 서로의 입술 새로 흩어지는 뜨거운 숨결 속에서 아슬하게 엉켜 들었다. 시선을 교차하며 하는 키스는 서로의 벗은 몸을 더듬듯 야릇했다. 가는 속눈썹 끝이 파르르 떨렸다. 더는 견디지 못한 나라가 먼저 눈을 감았다. 그러자 그가 입술을 뗀다. 뺨을 감싸 쥔 커다란 손의 엄지로 나라의 감은 눈초리 끝을 매만지며 카인이 낮게 속삭였다.

"안 돼. 내게 보여줘야지, 네 눈빛을."

유혹적으로 속삭인 뒤 그는 다시금 입을 맞추기 시작했다. 여전히 눈을 감지 않은 채로 적나라하게, 그녀의 입안으로 파고들고 또 파고들었다. 조금 전 손끝을 부드럽게 휘감았던 뜨거운 혀가 이번엔 입술을 핥고 들어와 유연하게 입안을 휘젓는다. 호흡과 호흡이 서로에게로 빨려들고 또 뱉어졌다.

마주한 푸른 심연 속으로 온 신경이 빠져 버릴 것만 같았다. 견디다 못해 눈을 감으려 하면 그는 여지없이 아랫입술을 물어 당겨 잊고 있던 말을 다시금 일깨웠다. 검게 변한 다크블루가 말간 동공을 속속들이 파헤쳐 들었다. 시야를 지배한 채로 적나라하게 파고드는 혀의 움직임에 말로 형용할 수 없는 야릇함이 밀려들었다. 그 집착과도 같은 집요함을 나라는 더 이상 거부할 수가 없었다.

결국 모든 감각을 그에게 내맡기며 깊고 짙은 키스 속으로 속수무책으로 빨려 들어갔다. 아찔하게 치닫는 쾌감에 젖어 물기가 어리기 시작한 눈을 감지도 뜨지도 못한 채, 그녀는 그를 마주 보았다. 관절 마디마디에서 힘이 빠져나가며 몸이 무너질 것만 같았다. 나라는 주저앉을 것처럼 위태위태한 몸을 지탱하기 위해 자신의 허리에 감겨 있는 단단한 팔을 꽉 붙들었다. 뒷머리를 움켜쥔 손아귀에 팽팽하게 힘이 가해진다. 그를 따라 몸이 더욱더 깊숙이 그에게로 안겼다.

여린 혀를 뿌리부터 감아올리는 뜨거운 살덩이. 시선을 움켜잡는 관능 어린 푸른 눈동자. 머리카락 속으로 파고드는 강인한 손가락. 온몸에 격정적으로 감겨드는 뜨거운 체온. 습한 공기를 울리는 야릇한 마찰음. 그리고 드디어…… 끝.

"하아……."

기나긴 키스가 끝나고 나라는 무너지듯 카인의 어깨에 기대어 밭은 호흡을 내뱉었다. 마라톤 경주라도 마친 것마냥, 늑골이 쉴 새 없이 오르락내리락했다. 이마 위로 자잘하게 부서지는 가벼운 키스와 함께 그가 품 안에 안은 머리를 반복해 쓰다듬었다. 잘했어, 라고 속삭이듯 부드러운 손놀림. 나라는 아직 키스의 여운이 가시지 않은 젖은 눈동자를 들어 그를 노려보았다. 씨익, 웃는 얄미운 입술이 내려와 부드럽게 눈가를 핥는다.

"순 변태."

그의 입술을 밀어내며 나라가 말했다. 바람처럼 낮은 웃음소리가 손끝을 스친다. 그러더니 나라의 허리에 감은 손을 풀지 않은 채 카인이 능글맞게 속삭였다.

"그 변태의 키스에 순순히 응한 사람이 누구더라?"

"누, 누가 이사님한테 키스해달라고 했어요?"

"했잖아."

나라가 두 눈을 동그랗게 떠 그를 올려다보며 물었다.

"누가?"

"당신이."

"에? 내가 언제요?"

"또 발뺌하는군. 조금 전 분명히 보았던 것 같은데."

카인이 나라의 귓가로 고개를 숙이며 은밀함을 의도한 낮은 목소리로 속삭였다.

"손가락을 핥고 있는 날 보던, 당신의 그 표정. 또 내 착각이었다고 할 건가?"

귓전을 짜릿하게 데우는 음성과 함께 얼굴이 순식간에 달아올랐다. 나라는 그의 가슴을 야멸치게 밀어내며 앙칼진 눈초리로 그를 흘겨보았다. 하지만 카인은 꿈쩍도 않는다. 오히려 그마저도 사랑스럽다는 듯 그윽한 눈길로 나라를 바라볼 뿐이었다. 그러곤 웃는다. 초콜릿보다도 달콤하게. 그러면 그 미소 하나로 카인을 향한 나라의 얄미워 죽겠는 마음은 또 보기 좋게 뒤집히고 만다.

그걸 알고 저러는 거야. 약았어.

나라는 붉어진 뺨을 홱 돌리며 불퉁하게 중얼거렸다.

"재주도 좋으시네요. 표정 하나로 사람 마음도 알아채시고."

"부정하지는 않는군."

성큼 다가온 그가 나라의 자그마한 머리통을 안아 정수리 위에 쪽 짧게 입을 맞추었다. 그러곤 유유히 그녀를 스쳐 책상 앞으로 걸어간다. 나라는 그의 입술이 스친 구석을 닦아내듯, 아니, 되새기듯 손바닥으로 꾹 눌렀다. 배시시 피어나는 희미한 웃음. 하지만 금방 웃음을 지워내며 여전히 삐친 듯한 표정으로 시선을 옮겼다. 유리를 뚫고 들어온 햇살 때문에 어둠처럼 검은 그의 실루엣이 나라의 눈으로 파고들었다. 그가 책상 위에 놓인 담뱃갑을 열어 한 개비를 꺼내 들었다. 그 순간 나라는 문득 이런 생각이 들었다. 저 담배를 문다면, 아마 나의 체취 따위는 흔적도 없이 지워져 버리겠지.

지워지고 싶지 않아.

"그럼, 지금 제 표정은요?"

담배를 입에 물려던 카인이 잠시 움직임을 멈추고 나라 쪽을 돌아보았다. 역광이 져서 잘 보이진 않지만 그는 필시 웃고 있었다.

"글쎄."

타닥― 튀는 라이터 소리와 함께 그의 실루엣이 책상에 걸터앉는다. 후우― 하는 낮은 숨소리가 들리더니 아스라이 피어오른 푸른 연기가 그의 머리 위로 흩어졌다.

"한 번 더 키스해달라는 표정인가?"

"틀렸어요."

나라는 다가가 그의 손가락 사이에 걸린 담배를 가만히 빼앗아 들었다. 그러곤 그의 등 뒤 책상에 놓인 크리스털 재떨이에 담뱃불을 지져 껐다. 카인은 의아함이 깃든 표정으로 그녀를 바라보았다. 무너지는 햇살 아래서 밝게 빛나는 말간 얼굴이 알 수 없는 표정으로 그를 마주 본다. 그리고.

"키스해달라는 표정이 아니라, 내가……."

그의 단단한 어깨 위로 나라의 가느다란 두 팔이 넘어와 교차되었다.

"이사님께 키스하고 싶다는 표정."

나직한 속삭임과 함께 새하얀 백지 같던 그녀의 표정 위로 유혹적인 미소가 떠올랐다. 조금 놀란 듯한 그의 얼굴로 천천히 고개를 내리던 작은 얼굴이 바로 코앞에서 멈춰 서며 그에게 말한다.

"그러니까 담배 피우지 말아요."

옅은 베이비파우더 향이 실린 달짝지근한 숨결이 코끝에서 흩어졌다. 카인은 잠시 멈추었던 표정 위로 곧 웃음을 띠우고 말았다. 앙탈이라니. 입가로 번지는 미소를 도무지 제어할 수가 없었다. 그는 희미한 웃음기를 머금은 채 나라를 올려 보았다. 고집이 단단히 선 사랑스러운 표정이었다. 그 누구에게도 내어줄 수 없는, 나의 귀여운 연인.

"그리고 눈도 감아요. 이번엔 눈 감고 키스할 거니까."

"Willingly(기꺼이)."

카인은 걸터앉은 책상의 양옆으로 손을 짚으며 눈을 감고 고개를 들었다. 자그마한 손이 봄볕처럼 따사롭게 뺨 위로 감겨든다. 잠시 후, 코끝으로 천천히 가까워지는 연약한 호흡과 함께 보드랍고 촉촉한 입술이 그에게로 살며시 내려앉았다. 한없이 서툴지만, 그러기에 더욱 달콤하고 감칠맛 나는 키스.

해사하게 부서져 내리는 햇살의 포말 아래서 둘은 그렇게 이젠 얼마 멀지 않은 봄바람과 같은 달콤한 숨결을 주고받았다. 문 밖에 선 데릭이 벌써 30분째 들어올 타이밍을 잡지 못하고 헛기침만

하고 있다는 사실도 까맣게 모른 채. 그렇게…… 봄은 오고 있었다.

❖

차는 오후의 햇살이 따갑게 작렬하는 도로를 매끄럽게 가로질러 달려나갔다. 차창 옆에 딱 붙어 정자세로 앉아 있던 나라는 힐끗 시선을 돌려 반대편을 보았다. 서류 위 빽빽이 들어찬 활자로부터 눈을 떼지 않는 그녀의 상사가 보였다. 선팅이 짙게 드린 차창으로 새어 들어온 흐릿한 빛줄기가 그의 무표정한 얼굴 위로 스러진다. 하루 온종일 엄청난 서류 더미와 전쟁을 치렀으면서 차에서까지 일이라니. '지독해'라고 중얼거리며 나라는 혀를 찼다.

지금 그들은 모 스포츠 브랜드의 신상품 론칭 로드쇼에 참석하러 가는 중이었다. 이 또한 사업의 일환이긴 하나, 스케줄러를 빽빽이 채운 일정 가운데 그나마도 널널한 축에 속했다. 그렇다 할지라도 행사장에 가면 타 기업 관계자들과 얼굴을 읽히느라 또 여지없이 바빠질 텐데…….

나라는 이동하는 잠시만이라도 그가 휴식을 취했으면 하는 바람이 컸다. 이는 한없이 강인하게만 느껴지는 그와는 어쩌면 전혀 안 어울리는 걱정일지도 모른다. 각박한 일정 속에서 일말의 흐트러짐도 없는 저 고고한 모습만 보더라도 그것이 나라의 지나친 염려라는 것은 확실했다. 그럼에도, 자꾸만 이런 생각이 드는 건 얼마 전 뜻하지 않게 목격한 그의 약한 이면 때문일지도 몰랐다. 그는 그가 품은 그 오만함조차도 정당화될 만큼 강한 사람이라고 누구보다 믿었던 것이 바로 나라였으니까.

나라는 그간 잊고 있었던, 맨션에서의 그의 모습을 떠올렸다. 베갯잇에 스며든 흔적과 함께 들려왔던 아련한 목소리가 심장 앞에서 산산이 부서지는 듯했다. 잠시 돌렸던 시선을 옮겨 그의 옆모습을 바라보았다. 깎은 듯 담담한 선으로 이루어진 남자다운 얼굴. 그리고 그로부터 풍겨 오는 강렬한 야성의 오라(aura)가 나라가 기억하는 그날과는 지나치리만치 이질적이었다.

당신은 대체 어떤 아픔을 가지고 있는 걸까. 항상 강건해 보이는 그 내면에 대체 무엇을 숨기고 있는 걸까.

"뭘 그렇게 뚫어지게 보고 있나?"

불현듯 들려온 목소리가 의식의 줄기를 끊었다. 나라는 생각에서 헤어 나와 눈을 크게 떴다. 여전히 서류 위로 눈이 가 있는 카인이 비긋이 입매 끝을 당긴 채 말했다.

"내 얼굴에 구멍이라도 낼 셈인가?"

빙글거리는 물음과 함께 그가 손안에 든 파일을 접고 나라를 마주 보았다. 이전처럼 화들짝 놀라며 피하지 않는 검은 눈동자가 그의 시야로 오롯이 부딪쳐 왔다. 말없이 시선이 오가는 가운데서도 어쩐 일인지 흔들림이 없다. 뭐지, 하는 의문과 함께 문득 장난기가 일었다.

"눈빛이 너무 뜨거운데."

그는 시트에 손을 짚으며 천천히 몸을 기울였다. 손을 뻗어 그녀의 뺨을 감싸 쥔다. 손바닥 안에 가벼이 담기는 뽀얀 뺨이 따뜻하게 그의 체온으로 감겨들었다. 나라에게선 여전히 동요가 없었다. 허용의 의미일 것이다. 싱그러운 장밋빛 입술 위로 고개를 내리며 카인이 나른하게 속삭였다.

"혹시…… 뭐 원하는 거라도 있나?"

"네."

나라의 입술로 가까워져 가던 카인의 움직임이 멈추었다. 공이 튕기듯 툭 튕겨 나온 의외의 대답에 잠시 생각이 멎어버렸다. 자그마한 입술에 머물러 있던 시선을 끌어 올리자 진지한 빛의 까만 눈동자가 보인다. 순간처럼 스친 코마 상태. 카인은 그의 푸른 눈동자를 흐릿하게 구기며 나라의 시선을 마주 받았다. 그러다가 이내 하, 하고 낮은 웃음을 터뜨렸다.

"그간 너무 욕구불만이었던 모양이군."

입가에 건 웃음과 함께 나라에게로 다시금 고개를 내렸다. 그러곤 막 입을 맞추려는데,

"그런 거 말구요."

나라가 손을 뻗어 카인의 입술을 밀어냈다. 카인은 그의 입술에 닿은 작은 손을 붙잡아 끌어 내리며 그녀를 굽어보았다. 속을 알 수 없는 표정. 눈매를 가늘게 한 채 의아함을 실어 바라보자 나라가 말했다.

"서류 좀 그만 들여다보고 좀 쉬시라구요. 어차피 호텔 도착하시면 사람들 상대하느라 또 바쁘실 텐데 차에서만이라도 휴식 좀 취하세요. 눈을 붙이시든지 어쩌시든지. 저 영양가 없는 서류 더미들은 좀 빼구요."

카인은 잠시 할 말을 잊었다. 여자의 입을 통해 들려온 말이 느릿하게 뇌리를 훑었다. 나라가 자신을 바라보던 눈빛의 의미가 걱정이었을 거라고는 차마 생각지도 못하고 있었다. 그랬는데…….

카인은 피식, 바람과도 같은 웃음을 흘리고 말았다. 누군가로부터 걱정의 대상이 된 건 참으로 오랜만의 일이었다. 아니, 그의 인생을 통틀어 극히 드문 일이기도 했다. 10살 때 영국으로 입양되어 이국땅에서 살기 시작했을 때부터, 그는 줄곧 강했었다. 아니, 강해야 한다고 생각했다. 동양계 혼혈, 그것도 입양아의 처지에 있는 그를 향해 날아드는 따가운 시선과 모진 세파에 견뎌내기 위해서 그는 약해도 강해야만 했다. 그를 입양한 양부모님 앞에서조차 그는 나약하게 보일 수 없는 존재였다. 세상 그 누구에게도. 그랬는데…….

그는 시선을 내려 눈앞의 여자를 바라보았다. 뭉근한 시선이 그의 얼굴을 느릿하게 쓸어내리고 있다. 걱정하고 있었다. 이 작고 여린 여자가, 지금 자신을 걱정하고 있는 것이다. 팔을 뻗어 몸을 안은 양팔에 조금만 힘을 주면 품 안에서 산산이 부서져 버릴 것만 같은 유약한 여자가, 나를.

말이 없이 나라를 바라보던 카인은 손안에 쥐고 있던 나라의 손을 그의 입술로 가져왔다. 그러곤 가는 손끝에 천천히 입을 맞추었다. 의식을 치르듯 하나하나 세심하게. 스치는 숨결에 작은 손이 수줍은 듯 꼼작거린다. 손끝에서 입술을 떼지 않은 채 눈을 맞추자 살굿빛으로 물든 조그마한 얼굴이 시선을 피해 돌아섰다. 다른 손을 뻗어, 돌아선 얼굴이 다시 자신을 마주 보도록 했다. 뺨을 쥔 손의 엄지로 보드라운 살결을 슥 매만진다.

"괜찮아. 내겐 당신이 곁에 있다는 것 자체가 휴식이니까."

아이스크림처럼 부드러운 음성이 심장을 휘감고 녹아내렸다. 얼굴이 확 붉어진다. 나라는 시선을 피하며 멋쩍은 투로 중얼거렸다.

"느, 느끼해요."

손을 쥐고 있던 강한 손이 손목 위로 감겨와 별안간 몸을 당겼다. 외마디 비명이 짧게 터진다. 하마터면 시트 아래로 넘어질 뻔했던 나라는 곧장 눈을 떠 시선을 올렸다. 성큼 다가온 아쿠아빛 눈동자가 하현달처럼 휘어 시야를 덮친다.

"I know."

낮게 속삭이는 음성과 함께 매끄러운 콧날이 그녀의 코끝을 스쳐 지나왔다. 바짝 다가와 얼굴을 간질이는 체온. 그리고 막 호흡이 겹쳐지려 했을 때.

"크―음."

맞닿기 직전의 좁은 틈 사이로 굵직한 헛기침 소리가 새어 들어왔다. 나라는 깜짝 놀라 고개를 돌렸다. 잊고 있던 이가 정면으로 향해 있는 고개를 빳빳이 굳힌 채 무뚝뚝하게 말했다.

「행사장에 도착하셨습니다, 보스.」

작은 헛기침이 반사적으로 새어 나왔다. 양 뺨이 불에 덴 듯 화끈댄다. 나라는 가깝게 밀착해 있던 카인을 얼른 밀쳐내 버렸다. 얼음처럼 단단한 몸이 허망하게 뒤로 물러난다.

"저 머, 먼저 내릴게요!"

나라가 수선스런 몸짓으로 호들갑을 떨며 차에서 내렸다. 그 뒤로 찾아든 무거운 정적이 좁은 차 안을 싸늘하게 휘돌았다. 사무치는 후회와 함께 데릭은 찬바람이 쌩쌩 뿜어져 나오는 냉동 창고에 들어와 있는 기분이 들었다. 신경이 달달 떨리는 것 같다.

「저, 저도 그만 내려보겠…….」

「데릭.」

나직한 목소리가 데릭의 근육을 움켜쥐었다. 데릭은 후읍 하고 크게 숨을 들이켰다. 등 뒤로 전해지는 냉기가 더욱 짙어지는 듯 싶더니 오른편 귓전으로 음산한 목소리가 와 닿았다.

「요즘 몸이 많이 근질근질하지?」

머리카락이 쭈뼛 섰다. 딱딱하게 굳은 뒷목으로 날카로운 칼날이 날아오는 듯했다. 감히 뒤도 돌아보지 못한 채 데릭은 마른침을 꼴깍 삼키며 침묵을 지켰다. 손안에 축축한 비지땀이 고인다. 그때, 그의 어깨를 가볍고도 묵직하게 두드리며 그의 보스가 말했다.

「밖에서 기다리는 사람이 있어서, 오늘 한 번은 참는다.」

그리고 둔탁한 마찰음과 함께 차 문이 닫혔다. 데릭은 막힌 숨을 툭 토하며 꿈쩍도 못 하고 정면만을 바라보았다. 차에서 내려선 카인이 섬뜩한 시선으로 데릭을 흘긴 뒤 나라의 옆으로 가 섰다. 그와 동시에 카인의 입가에 자연스레 번져 나가는 미소를 시야에 담으며 데릭은 한참을 굳은 듯이 앉아 있었다.

보스가 베푼 뜻밖의 관대함도 그의 입가에 피어나는 미소도 그 모두가 보나라라는 작은 여자로부터 비롯된 것이었던 것이다. 냉혹하고 무자비하기로 유명한 카인 G. 맥클레인이 고작 여자 하나에……

데릭은 불현듯 오한을 느꼈다. 사람이 사람 하나 때문에 저렇게까지 급변할 수 있다는 사실에. 이래서, 세상에서 가장 무서운 것은 사람이라고 하는가 보다.

나라는 화끈거리는 뺨을 주체할 길이 없어 굉장히 난처해하고 있었다. 장소가 어딘지도 생각하지 못하고 거기서 그런 상황을 연출하다니. 회상하는 것만으로도 양 귀가 녹아내릴 것 같다. 온몸에서 들끓는 창피함이 쉽사리 가시지 않아, 바람을 맞아 차디차진 손으로 뺨을 꾹꾹 눌렀다. 그러다가 불현듯 야속한 마음이 일어 획 고개를 올렸다. 뻔뻔하다 싶을 정도로 태연자약한 남자가 눈에 들어왔다.

"이사님은 하필이면 거기서!"

"내가 뭘?"

자신의 아랫사람 앞에서 그런 모습을 보인 것이 조금도 낯 뜨겁지 않은 듯 남자가 얼굴색 하나 바뀌지 않은 채 빙글 웃어 보였다. 뻔뻔하고 뻔뻔해도 어쩜 저리 뻔뻔할까. 나라는 가늘게 뜬 눈으로 그를 흘겨보다가 이내 고개를 설레설레 내저었다. 저 남자는 애당초 나라가 상대할 수 있는 내공의 소유자가 아니었다. 그걸 알면서도 연인으로 택했으니, 앞으로 수도 없이 벌어질 이 난처한 상황을 감수하는 것은 어쩔 수 없는 자신의 몫이었다.

그렇게 체념과도 같은 생각을 하며 한숨을 내쉬는데 파킹을 마친 데릭이 그들에게로 다가왔다. 걸리버 청년을 보자 나라는 또다시 귀 끝이 따끔거렸다. 냉큼 몸을 돌려 새빨개진 얼굴을 정면으로 향했다. 옆에서 데릭의 헛기침 소리가 잇따라 들려온다. 그 어색한 상황을 지켜보던 뻔뻔한 남자의 어깨가 조금 들썩였다.

카인은 사디스트임이 틀림없었다. 그렇지 않고서야 사람이 난처해하는데 어쩌면 저렇게 좋아할 수가 있겠는가! 나라는 야속하다는 눈초리로 그의 뒤통수를 쏘아보았다. 그러곤 데릭과 함께 카인의 뒤를 따라 막 행사장 안으로 들어서려던 때였다.

"나라야."

걸음을 내딛던 검은색 하이힐이 우뚝 움직임을 멈추었다. 심장이 쿵 하고 바닥을 치는 게 느껴졌다. 앞서 걷던 카인이 걸음을 멈추고 나라 쪽을 돌아본다. 잠시 나라에게로 머물렀던 푸른 눈동자가 천천히 그녀의 등 뒤로 방향을 바꾸었다. 그의 얼굴이 천천히 구겨져 갔다.

"여기서 또 보네. 잘 지냈어?"

반가우면서도 반갑지 않은 얼굴. 궁금했으면서도 궁금하지 않았던 얼굴이 그녀를 향해 인사했다. 나라는 남자의 목소리를 귀에 담으며 입술이 바싹 말라오는 것을 느꼈다. 마주친 시선이 희미한 미소를 띠는 것을 알았지만 웃음을 지을 수도 없었다. 목이 감기라도 걸린 것처럼 깔깔했다. 소리를 모조리 흡수한 듯한 건조한 침묵이 서로가 선 주변 공간을 꽉 메웠다. 나라는 한참이 흐른 끝에야 쉽사리 떨어지지 않는 입술을 떼어 그를 향해 첫마디를 건네었다.

"강우 씨가 여긴 어쩐 일이에요?"

"보통 이런 경우엔 안부부터 묻지 않나?"

담담한 표정의 그가 피식 웃으며 말했다. 그것이 비아냥거리는 것이 아닌, 그저 농담조의 말임을 알았지만 나라는 강우를 앞에 둔 채 그 어떤 표정도 지을 수 없었다. 그를 바라볼 수도, 바라보지 않을 수도 없는 애매한 상황. 나라의 어지러운 마음을 읽었는지 강우가 어색한 침묵을 깨려는 듯 말을 이었다.

"여기서 신제품 론칭 행사가 있어서 말이야. 보아하니 너도 그 때문에 온 것 같은데."

잠시 말을 멈춘 강우가 나라의 등 뒤에서 차갑게 빛나고 있는 푸른 눈동자를 올곧게 마주했다.

"또 뵙는군요, 맥클레인 이사님."

"그러네요, 서강우 팀장."

낮은 목소리로 응수하며 그가 느린 걸음으로 그들에게 다가왔다. 나라는 깊게 숨을 들이마셨다. 주변 공기가 팽팽하게 당겨지고 있었다. 혓바닥이 마른 낙엽처럼 버석거리며 조갈이 났다. 그의 단정한 걸음 소리가 싸늘하게 깔린 정적을 찢으며 점점 가까워져 온다. 강우의 표정 없는 눈동자가 냉한 허공을 가르며 카인의 모습을 따라 천천히 움직였다. 그 시선을 일말의 흐트러짐도 없이 받아들인 채 다가오던 카인이 나라의 곁에서 걸음을 멈추었다.

조금의 어색함도 부조화도 없이 그녀의 곁을 지켜 서는 남자. 그것이 무엇을 의미하는지, 강우가 모를 리 없었다.

둘에게로 머무른 강우의 시선이 사막의 깊은 밤처럼 차갑게 식어 내린다. 그 시선을 담담히 마주한 푸른 눈동자가 긴 눈초리 끝을 휘며 오만하게 미소 지었다.

"곧 식이 시작될 것 같은데, 그만 들어가 봐야 하지 않겠습니까?"

"그래야 되겠죠."

두 개의 시선이 공중에서 싸늘하게 충돌했다. 서로 말은 없었지만, 금방이라도 주먹이 날아갈 것만 같은 험악한 분위기였다. 나라는 숨 쉬는 것조차 잊어버린 채 두 사람을 번갈아 바라보았다. 그러던 어느 순간, 강우의 칼날처럼 예리한 시선이 나라에게로 날카롭게 꽂혀 들었다. 단 한 번도 마주해 본 적 없었던 냉랭한 시선. 놀란 심장이 움찔 움직임을 멈추고 바르르 떨렸다. 이어, 헤어지던 그날보다도 더욱더 아프게 다가오는 강우의 목소리가 나라의 청각을 집어삼켰다.

"가볼게."

그렇게 그는 돌아섰다. 알 수 없는 불안감만을 남겨둔 채.

해외 유명 브랜드의 론칭쇼답게 연회장은 시작부터 끝까지 수많은 인파로 북적였다. 그 수많은 인파 속에서는 평소 브라운관을 통해서나 접할 수 있었던 유명 인사들도 속속 보였다.

신제품 홍보를 위해 마련된 자리인 만큼 행사는 화려하게 진행되었다. 자사 스포츠 용품을 착용한 모델들의 패션쇼부터 축구선수들의 화려한 축구 묘기, 그리고 비보이 댄서들의 축하 공연에 이르기까지 다채로운 볼거리가 행사가 이루어지는 내내 사람들의 이목을 집중시켰다. 하지만 그러한 분위기 속에서도, 나라는 좀처럼 쇼에 집중할 수가 없었다. 생각이 상황에 머무르지 못하고 자꾸만 허공을 겉돌았다. 공기가 모조리 사라져 버린 것처럼 호흡이 답답했다. 결국, 더는 버티지 못하고 나라는 연회장을 빠져나와 버렸다.

쏴아아—

쏟아져 내리는 시린 물줄기가 손가락 사이사이로 서늘하게 파고들었다. 얼음송곳이 박힌 듯 살갗이 찌릿거린다. 그 희미한 통증이 신경을 타고 온몸으로 흘러들어 가는 듯했다. 심장 아주 깊숙한 곳까지.

나라는 티슈를 뽑아 젖은 손을 닦았다. 붉게 부은 손이 시야로 파고들었다. 그리고 그 위로, 연회장으로 들기 전 마주쳤던 강우의 모습이 겹쳐 보였다.

이런 식으로 그를 마주하게 될 것이라고는 생각지도 못했다. 아니, 그 자체를 생각하지 못하고 있었다. 강우가 자신의 지난 1년 속에 존재했다는 사실 자체를, 그녀는 그간 까맣게 잊고 지냈었다. 그런데 마주하게 되어버린 것이다. 아무런 생각도 준비도 없는 무방비 상태에서, 카인의 옆에 선 채로.

곁으로 다가와 서던 카인을 보며 싸늘하게 가라앉던 잿빛 눈동자가 끈질기게 뇌리를 쫓았다. 마른 모래를 감아올리는 바람처럼 건조한 음성이 따갑게 귓속을 휘돌았다. 그리고 그 시린 냉기 사이로 흐릿하게 발산되던 애잔한 기운이 가슴을 관통했다. 묵직한 고통이 심장을 콱 조인다. 체한 것처럼 불현듯 명치끝이 답답해졌다. 그를 마주하고부터 쭉 목구멍에 걸려 있던 무거운 감정이 쉬이 내려가지 않고 그녀의 기도를 틀어막는다. 그것은 당혹스러움이 아니었다. 두려움도 아니었다. 후회나 미련도 아니었다. 미안함이었다.

그를 상처 입히고 싶지 않았다. 이별로 인해 멍울진 가슴에, 또 한 번 생채기를 내고 싶지 않았다. 그랬는데 결국은……

나라는 뜨거워지는 눈시울을 느끼곤 이내 생각하는 것을 멈추었다. 물 분자가 어지럽게 이는 두 눈을 질끈 감아버렸다. 눈자위로 모여들던 물 기운이 지르감긴 눈꺼풀에 눌려, 차마 흘러내리지 못하고 눈썹 끝으로 번졌다. 다시 눈을 뜨자 거울에 비친 까만 눈동자가 담담한 빛으로 그녀의 얼굴을 마주했다. 나라는 손을 닦아 낸 티슈를 구겨 쓰레기통에 버렸다. 그를 털어내기라도 하듯 냉정히.

어쩌면 이편이 나을지도 몰랐다. 이미 젖게 해버린 것을 알면서도, 이미 구겨버린 것을 알면서도 괜한 오지랖에 내치지 못하고 손안에 쥐고 있을 바에야 차라리 이렇게 모질게 내던져 주는 편이 훨씬 그를 위하는 길일지도 모를 일이다. 이제 와 마음만으로 미안해해 봤자, 그의 가슴에 스민 물기와 구김이 완전히 사라질 수 있는 것도 아니니까.

나라는 마음을 가다듬고 화장실을 걸어 나왔다. 더 이상 강우에 대한 생각을 하지 말자고 하면서도 마음 한구석은 여전히 답답했다. 너무도 많이 변해 버린 그의 모습이 자꾸만 신경을 잡아끌었다. 입술 새로 낮은 한숨이 가느다랗게 새어 나온다. 흘러내린 머리카락을 느릿하게 쓸어 올리며 나라는 눈동자를 내렸다. 그러곤 걸음을 내딛는 하이힐 끝에 시선을 머무른 채 발걸음을 옮겼다. 그러다가 어느 지점에서 우뚝 걸음을 멈춰 세웠다. 간발의 차이를 둔 곳에 남자의 브라운색 구둣발이 멈추어 있었기 때문이다. 나라는 그 구둣발을 따라 천천히 시선을 끌어 올렸다. 동시에, 나라의 심장도 움직임을 멈추었다.

"화장실 다녀오니?"

그가 먼저 입술을 떼어 물었다. 억양의 고저가 없는, 지독히도 차분한 목소리. 폭풍 전야처럼 고요한 눈동자가 나라의 흔들리는 시야로 담담히 접해 왔다. 얼마간의 공백 후, 나라는 말라붙은 입술을 작게 벌려 그에게 대답했다.

"네."

그리고 또다시, 멀고 긴 침묵이 그들 사이를 가로질렀다. 연회장을 드나드는 수많은 인파가 그들을 무심히 지나치고 사라져 간다. 실내의 인공적인 열기를 헤치며 강우의 흐릿한 향기가 코끝으로 전해져 왔다. 은은하면서도 알싸한 시트러스 향. 1년 전 그때부터 단 한 번도 변한 적이 없는 향이다. 하지만……

'난 변해 버렸지.'

나라는 딱딱하게 굳어 있던 손끝을 천천히 그러쥐었다. 왈칵 조인 채로 움직임을 멈추었던 심장이 천천히 이완되어 가고 있었다. 이제 그만, 갈 때가 되었다.

"그럼 전 들어가 볼게요."

"맥클레인 이사."

강우의 곁을 막 스쳐 지나려던 가는 발목이 움직임을 멈추었다.

"아니, 카인 G. 맥클레인과 무슨 사이니?"

강우의 몸이 나라를 향해 느릿하게 돌아섰다. 손끝 발끝이 빳빳하게 굳어 내린다. 칼바람처럼 싸늘한 시선이 그녀의 왼쪽 뺨을 할퀴었다.

"그새 연인 사이라도 된 건가?"

나라는 미동조차 보이지 못한 채 그 자리에 멈춰 서 있었다. 혀끝이 꽁꽁 얼어 도무지 입을 열 수가 없었다. 주변을 휘도는 공기가 빠른 속도로 냉각되어 가는 게 느껴진다. 피식, 비릿한 웃음소리가 나라의 귀 끝을 스쳤다.

"역시 맞나 보군."

살갗 위로 오싹 소름이 오른다. 그와는 어울리지 않는 냉소적인 목소리가 비틀린 입술을 타고 흘러나왔다.

"그새가 아닌가? 나와 헤어지기 전부터, 어쩌면 이미 그렇고 그런 사이였을지도 모를 일이니까."

"들어갈래요."

"어딜 가. 내 말 아직 안 끝났어."

강우는 그를 지나치려는 나라의 팔목을 붙잡아 거칠게 돌려세웠다. 화기 짙은 잿빛 눈동자가 투명한 검은 동공을 사납게 뭉그러뜨렸다. 그의 손에 붙들린 손목이 으스러질 것만 같았다.

"대답해. 언제부터야."

"이, 이거 놔요."

겁을 집어먹은 목소리가 가늘게 떨렸다. 하지만 손목을 붙잡은 힘은 한 치의 물러섬도 없이 완강했다. 손아귀를 옥죄는 강한 힘으로 인해 여린 살갗 위로 붉디붉은 생채기가 일었다. 무표정한 얼굴이 냉혹하게 그녀를 내려다본다. 차분하지만 무게감이 실린 어조로 그가 물었다.

"나와 헤어지기 전부터 그런 사이였나?"

"강우 씨 대체 왜 이래요? 이미 다 끝난 사이에 이제 와 그런 게 무슨 소용!"

"넌 상관없을지 몰라도 난 있어."

건조한 목소리가 싸늘히 말허리를 갈랐다.

"니가 그냥 날 떠난 거랑, 다른 자식 때문에 날 떠난 거랑은 전혀 다른 문제니까."

강우가 씹어 뱉듯 나직이 으르렁거렸다. 익숙하면서도 생전 처음 들어본 듯 낯선 목소리였다. 한 점의 감정도 없는 공허한 잿빛 눈동자가 시야를 잔인하게 파헤쳤다. 문득 소름이 인다. 이전의 그가 아니었다. 지금까지 알고 있던 강우가 아니다. 한없이 따사롭고 다정하던 그는, 이제 눈앞에 없었다. 서강우라는 이름을 가진 다른 사람이 그녀의 눈앞에 서 있을 뿐이다. 혹한의 시베리아 벌판에 홀로 놓인 것처럼 살을 엘 듯한 한기가 온몸 가득 휘돌았다. 도망치고 싶다.

"강우 씨랑 더 이상 얘기하고 싶지 않아요. 그만 들어갈래."

나라는 붙잡힌 손을 차갑게 뿌리치고 돌아섰다. 보고 싶지 않았다. 이렇게나 변해 버린 그를, 더 이상 볼 수가 없었다. 비겁하다 해도 좋았다. 자신으로 인해 전혀 다른 사람이 되어버린 그를 담담히 마주할 자신이 나라에겐 없었다. 하지만 강우는 그걸 허락하지 않았다. 나라로 인해 그가 어느 정도로 변했는지를 알려주기라도 하려는 듯, 돌아서는 나라를 향해 그가 말했다.

"요즘 IBMC가 많이 바쁘다지."

나직한 목소리가 쇠사슬처럼 그녀의 발목을 붙잡았다.

"온라인 쇼핑몰과의 제휴 건 때문에."

나라는 멈춘 걸음을 돌려 천천히 강우 쪽으로 향했다. 커다랗게 뜨인 까만 눈동자로 컴컴한 잿빛의 눈동자가 건조하게 와 닿았다. 안구가 뻑뻑해진다.

"프로젝트를 추진 중인 상대 회사가 쉬크앤룩이라던가?"

"강우 씨가 그걸 어떻게."

"글쎄, 어떻게 알았을까?"

느릿하게 흘러나오는 목소리를 따라 유려한 입매가 희미하게 곡선을 그렸다. 날것을 삼킨 듯 비릿한 목소리와 표정. 몸을 덮치는 스산한 한기와 함께 살갗 위로 으스스 소름이 인다.

쉬크앤룩과의 공동사업 제휴는 아직 구체적인 시스템이 완벽히 구축되지 않은 상태라서 개시 이전까지는 절대 외부에 발설이 되지 않도록 철저한 비밀로 붙여져 있는 상태였다. 타 기업에서 이를 모방하는 사태를 미연에 방지하기 위함이었다. 무엇이든 최초라는 것에 막대한 의미가 주어지기 때문이다. 그런데 강우가 그것을 알고 있다니. 어떻게.

"설마 강우 씨……."

"내일 저녁 7시."

서릿발처럼 시리면서도 단조로운 목소리가 나라의 말을 가로막았다. 그 냉기에 얼어붙은 듯, 나라는 입술을 옴짝달싹 못한 채 멍히 강우를 마주 보았다. 속을 알 수 없는 공허한 눈동자가 냉정한 은테 안경 속에서 차갑게 빛난다. 그의 얼굴에선 이미 감정 따위는 사라진 지 오래였다.

"쉐라톤워커힐호텔에서 보자. 기다리고 있을게."

그 말을 마지막으로 강우는 돌아섰다. 겨울바람처럼 서늘하게, 그는 돌아서 멀어져 갔다. 시린 바람 한줄기가 가슴 끝을 조각조각 베어 나갔다.

생기 없는 눈동자가 멍하니 허공을 향해 있었다. 키보드 위에 놓인 손가락이 벌써 30분째 부동이다. 정신이 생각 속에 깊게 가라앉아 헤어나오질 못했다. 숨을 쉬는 것도 잊어버린 듯했다.

똑똑.

"……!"

불현듯 귓속을 파고든 소리에 이탈해 있던 정신이 빠르게 제자리를 찾아 돌아왔다. 넋 놓고 앉아 있었던 나라는 화들짝 초점을 되찾고 정면을 바라보았다. 푸른 눈매의 남자가 바지주머니에 한 손을 찔러 넣은 채로 그녀의 책상 앞에 서 있었다.

"무슨 생각을 그렇게 하길래 인기척도 못 느끼는 거지?"

"아, 죄송해요. 제가 깜박 정신을 놓고 있어서."

느즈러져 있던 몸이 왈칵 조였다. 나라는 횡설수설한 모양으로 중얼거린 뒤 정면에 선 그를 올려다보았다. 가늘게 내리뜬 눈매가 그녀의 얼굴을 샅샅이 훑어 내리고 있었다. 왠지 모를 긴장감이 감돌았다. 나라는 마주한 시선을 외면하며 고개를 돌렸다. 하지만 여전히 뻗어오는 그 시선에 얼굴이 따끔거렸다. 어색함 짙은 정적. 그 속에서 나라가 서투른 목소리로 말을 던졌다.

"근데, 무슨 일이세요?"

"이상하군."

물음을 비켜선 대답이 그녀에게로 돌아왔다. 어지러진 책상 위를 정돈하던 나라의 손짓이 뚝 멈춘다. 성큼 다가온 손길이 턱 끝을 잡아 정면으로 되돌렸다.

"행사장에서부터 쭉 안색이 안 좋아."

따뜻한 손바닥이 오른쪽 뺨을 다정하게 쓸어내렸다. 그리고 그가 묻는다.

"무슨 일이라도 있었나?"

심장이 철렁 가라앉았다. 모든 게 비추어질 듯 청정한 푸른 눈동자가 그녀를 빤히 내려다보고 있었다. 내면을 꿰뚫어 볼 것같이 예리한 시선. 나라는 그 시선을 피해 고개를 돌렸다.

"무, 무슨 일은요. 아무 일도 없었어요. 근데 왜 안색이 안 좋을까나? 아까 먹은 초밥이 소화가 잘 안 돼서 그러나. 하하."

거울까지 들여다보며 어색하게 둘러대는 나라의 위로 카인의 미심쩍은 눈초리가 내려앉았다. 정수리 끝이 따끔거리는 것을 느꼈지만 나라는 고개를 들지 않았다. 눈이 마주치는 즉시 모든 걸

들켜버릴 것 같았다. 자신의 어지러운 마음과 오늘 있었던 일까지 모두. 그는 회사 일 하나만으로도 충분히 바쁜 사람이었다. 괜한 일로 그를 신경 쓰이게 할 수는 없었다. 나라는 어색한 분위기를 걷어내기 위해 불쑥 화두를 돌렸다.

"그러는 이사님이야말로 무슨 일이세요? 뭐 시키실 일이라도 있으신 거예요?"

여전히 의심의 기색을 버리지 않은 가느다란 시선이 그녀를 빤히 바라보았다. 자꾸 시선을 피하면 더욱 이상히 여길 것 같아 나라는 흔들리려는 시선을 억척스레 거머쥐고 그를 마주 보았다. 그럼에도 나라에게로 향한 그의 시선에는 변화가 없었다. 올곧게 뻗어오는 눈길에 눈동자가 따끔거린다. 그렇게 한참. 졸지에 눈싸움을 하는 것 같은 상황이 돼버리고 말았다. 조금만 더 시간을 끌었다가는 질 것 같았다. 이렇게 된 거 최후의 방책이야. 나라는 책상에 양손을 턱 짚으며 그에게로 불쑥 얼굴을 들이밀었다.

"글쎄 뭐 때문에 나오신 거냐니까요?"

나라가 천연덕스러운 표정으로 그를 향해 말했다.

"카페에서 스카우트해 온 비서가 근~사한 커피 한 잔 내려다 드려요?"

움직임 없던 바닷빛 눈동자가 조금 커졌다. 샐쭉한 시선으로 올려다보며 나라가 눈썹 끝을 까딱 치켰다. 그러자 피식 흘러나오는 낮은 바람과 같은 소리와 함께 그가 웃고 만다. 몽글몽글한 웃음이 서로의 입가에 차례대로 피어났다. 보나라 승!

똑똑.

적요한 실내를 나직이 울리는 노크 소리에 카인은 고개를 들었다. 나라가 찻잔 놓인 쟁반을 들고 이사실 안으로 걸어 들어오고 있었다. 그는 손끝에 걸려 있는 은색 만년필을 놓고, 그에게로 다가오는 나라를 천천히 바라보았다.

나라는 내색하지 않으려 애쓰는 것 같았지만, 호텔 로비에서 서강우를 마주한 이후부터 쭉 그녀의 안색이 좋지 않았다는 것은 그도 이미 알고 있었다. 그러나 불필요한 존재에 과한 신경을 쏟는 건 괜한 에너지 소모라 여겼기에 모른 척하고 있었을 뿐이다. 하지만 론칭쇼 이후로 계속 좋지 않은 나라의 얼굴을 보고 있자니 점점 신경이 쓰이기 시작했다. 생기 없는 그 모습이 언제 깨질지 모르는 유리처럼 위태위태하고 불안했다.

"시간이 늦어서 일부러 약하게 했어요. 수면에 방해되니까."

희고 가는 손이 조심스럽게 찻잔을 내려놓았다. 정갈하고 매끈한 손톱을 타고 천천히 거슬러 올라가, 말간 빛을 띠는 작은 얼굴에서 시선을 멈추었다. 지그시 내리깐 긴 속눈썹 아래로 옅은 그늘이 져 있다. 백열등이 만들어낸 자취일 뿐이지만 카인은 그 또한 신경이 쓰였다.

"그럼 전 먼저 가볼게요, 이사님."

"먼저 가다니?"

불현듯 들려온 목소리에 카인은 정신을 차리고 나라의 손목을 움켜쥐었다. 돌아서려던 나라가 걸음을 멈추고 그가 있는 쪽으로 고개를 돌렸다. 손목을 꽉 움켜쥔 손아귀에 힘이 실려 왔다. 그 손길이 어쩐지 나라는 절박하게 느껴졌다. 조금 어리둥절한 표정으로 그를 바라보며 나라가 말했다.

"시간이 많이 늦었잖아요. 곧 있음 전철도 끊길 시간이거든요."

"기다려."

움켜쥔 손을 놓아주지 않으며 그가 말했다.

"이 잔만 비우고 나도 퇴근할 테니까."

"아, 전 괜찮……."

"연인을 밤길에 혼자 보내는 무능한 남자로 만들 셈인가?"

한순간에 말문이 막혀 버렸다. 그의 입술을 타고 나온 '연인'이라는 달콤한 단어가 나라의 얼굴을 확 붉어지게 만든다. 그런 그녀의 속을 훤히 꿰뚫어 본 사악한 악마가 매력적인 붉은 입매를 슬며시 당겨 보였다.

"그런 거 아니면 여기 앉아서 조금 기다려."

그가 나라의 손을 끌어 그의 책상에 억지로 걸터앉게 했다. 그러곤 느긋하게 찻잔을 기울인다.

"약았어. 그런 거 아닌 거 뻔히 아시면서."

"커피 향이 좋은데. 역시 카페에서 스카우트해 온 분다워."

능글맞게 말을 돌리는 카인을 나라가 뾰로통한 시선으로 흘겨보았다. 아득한 바닷빛 눈동자가 그녀를 마주한 채 기분 좋게 휜다. 그가 찻잔을 쥐지 않은 반대편 손으로 나라의 손을 끌어 잡아 손등 위에 작게 입을 맞추었다. 부드럽게 내려앉는 입술. 귀밑에서 맥이 희미하게 뛴다. 뼈마디 굵은 그의 손가락이 부러질 듯 가느다란 손가락 사이로 부드럽게 얽어들었다. 마주 닿은 손끝으로 뜨거운 그의 체온이 전해져 왔다. 손과 손을 통해 흘러드는 미세한 두근거림. 그 희미한 파장을 그가 알아챌까 봐, 나라는 깍지 낀 손을 얼른 빼내며 일부러 퉁명스럽게 말했다.

"빨리 마시기나 하세요. 잠 와 죽겠단 말이에요."

"오늘 정말 아무 일도 없었나?"

나라는 또 한 번 손끝이 굳는 것을 느꼈다. 잠시 일던 두근거림이 귓전에 닿은 물음과 함께 순식간에 물러가 버렸다.

"아까도 말씀드렸잖아요. 아무 일도 없었……."

"날 과소평가하지 마."

단호한 목소리가 나라의 말을 잘랐다.

"당신의 심경 변화 하나 알아채지 못할 만큼 당신에게 무관심하지 않아, 나."

나라는 그를 피하고 있던 시선을 느릿하게 옮겨 그를 내려다보았다. 그러자 직전의 장난스럽던 시선과는 달리 진지한 빛을 띠는 다크블루가 그녀의 마음속을 속속들이 파헤쳐 들어왔다. 시린 빛이지만 따뜻한 시선. 잠시였지만 눈빛이, 마음이, 그에게 흔들릴 뻔했다.

"과소평가하는 거 아니에요. 이사님 눈치 빠르신 거야 제가 더 잘 알죠. 근데 정말 아무 일도 없었어요. 정말이에요."

"그럼 왜 그러는 건데. 설마 후회라도 하는 건가?"

"후회라뇨?"

뜬금없는 그의 물음에 나라가 두 눈을 크게 뜨며 반문했다. 그러자 그가 짐짓 심각한 표정으로 그녀에게 물었다.

"서강우가 아닌 날 택한 걸 후회하느냐는 거야."

그를 마주한 나라의 눈동자가 더욱 커다래졌다. 하지만 그런 그 녀와는 달리 조금의 동요도 일지 않은 푸른 눈동자가 올곧게 그녀 를 마주 향해 왔다. 그 눈빛에 실린 것은 농담도 빈정거림도 아닌 확연한 진지함이었다. 나라는 하마터면 풋 하고 웃음이 터뜨릴 뻔 했다. 지금 자신의 눈앞에 벌어진 광경을 믿을 수가 없어서였다.

불안해하고 있었다. 세상 가장 오만할 것 같은 남자가, 세상의 그 무엇도 두려울 것 없고 거칠 것 없어 보이는 이 남자가, 지금 나로 인해…….

기분 좋은 우월감이 가슴 끝을 간질인다. 나라는 저도 모르게 올라가려는 입꼬리를 지그시 내리며 새치름하게 반문했다.

"만약 그렇다면요?"

그 순간, 그의 반듯하던 미간이 사납게 일그러졌다. 표정 없던 푸른 눈동자에 크나큰 회오리가 스친다. 그 모습을 지켜보던 나라 는 결국 웃음을 터뜨리고 말았다.

"왜 웃는 거지?"

카인이 킥킥거리는 나라의 가는 손목을 잡아채며 진지하게 물 었다. 그의 눈을 마주하자 또다시 웃음이 새어 나왔다. 나라는 자 꾸만 새어 나오는 웃음을 주체할 수가 없어 손등으로 입을 막고 쿡쿡거렸다. 잔뜩 구겨진 아쿠아빛 눈동자가 못마땅한 시선으로 그녀를 바라보았다.

"이봐."

"이사님 바보예요?"

카인이 눈썹을 까딱 치켰다. 그 모습을 보고 또 한참을 쿡쿡거린 나라가 자신을 향한 매서운 눈초리에 햇살처럼 환하게 웃으며 말했다.

"농담인 게 당연하잖아요. 제가 왜 후회를 해요."

'이렇게나 좋아하는데.'

뒷말은 살포시 속으로 삼키며 나라가 입가에 번진 미소를 거두지 않은 채 그를 내려다보았다. 카인이 구기고 있던 두 눈을 크게 떠 나라를 마주 본다. 그러더니 잠시 후, 다시금 천천히 미간을 구기며 그녀의 손을 팽개치듯 놓았다. 큼— 하는 헛기침 소리와 함께 그가 시선을 외면한 채로 커피잔을 기울인다. 귀가 조금 빨개져 있었다.

"이사님 이제 보니 은근 소심하시구나."

나라가 빙글 웃으며 재미있다는 듯 말했다. 카인의 헛기침 소리가 드넓은 사무실 내에 한 차례 더 울려 퍼졌다. 재밌어, 재밌어 죽겠어. 주체할 수 없는 장난기가 새록새록 피어올랐다. 그간 카인이 왜 그렇게나 자신을 얄밉게 괴롭혔는지, 그 이유를 알 것도 같았다. 걸터앉은 책상의 양옆으로 손을 짚은 나라가 카인에게로 고개를 비긋이 기울이며 짓궂게 속삭였다.

"은근히가 아닌가? 대놓고 소심하신 건가?"

내내 시선을 외면하던 카인이 고개를 틀어 나라를 바로 보았다. 그러곤 들고 있던 잔을 소리 나도록 책상 위에 내려놓았다. 신이 난 나라가 손가락을 쭉 펴 그의 눈을 가렸다.

"이거 봐, 이거 봐. 조금 놀렸다고 이렇게 두 눈 무섭게 치켜뜨고 사람 노려보고. 저 결론 내렸어요. 이사님 완전 소……."

그의 얼굴을 향해 뻗고 있던 손가락이 붙잡혀 당겨졌다. 기습적인 상황에 나라가 미처 사태 파악도 마치지 못했을 그때, 습하고도 더운 열기가 나라의 손끝을 삼켰다. 뜨거운 혀의 돌기가 얄팍한 살갗을 부드럽게 핥고 지나간다. 그곳으로부터 '따끔' 하고 아릿한 통증이 퍼졌다. 찡긋 구겨진 눈초리가 손끝으로 향했다. 오늘 아침, 종이 날에 베였던 집게손가락이었다. 그리고 눈이 마주쳤다. 베인 손끝을 핥고 있는 남자의, 그녀를 집어삼킬 듯 노골적인 눈빛과.

"그래, 난 소심한 남자야. 오직 보나라라는 여자 앞에서만."

뜨겁게 속삭이는 나른하고도 은밀한 음성이 손끝을 간질였다. 심장이 '두근' 하고 단전을 친다. 온 신경이 크게 떨렸다. 손가락을 진하게 핥아내던 입술이 베인 상처 위를 무겁게 내리누르며 비긋이 말려 올라갔다. 그러곤 가늘고 흰 손가락의 마디마디를 따라 천천히 미끄러져 내려갔다. 검지와 중지 사이를 미끈하게 핥은 더운 입술이 얄팍한 손바닥을 입 맞추듯 스쳐 내려가 보란 듯 손목을 지분거린다. 시선을 맞춘 채, 애가 탈 정도로 천천히…….

힘차게 파닥거리던 맥이 그의 입술 안으로 삼켜 들어간다. 혈관을 타며 옅게 퍼져 나가는 야릇한 기운에 오감이 바짝 경직되었다. 소름이 돋으며 스스로도 모르는 새 숨결이 거칠어지려 했다. 시야를 삼킨 관능 어린 코발트블루가 그녀의 영혼마저 깊숙이 빨아들이는 듯했다. 단둘 뿐인 밀폐된 공간의 열기가 한여름의 폭염처럼 끈끈해지고 있었다. 더 이상은 위험했다.

"이, 이사님은 어쩜 그렇게 한국말을 잘하세요?"

뜬금없는 물음이 상황을 무시하고 튀어나왔다. 손목을 배회하던 입술이 우뚝 움직임을 멈추었다. 가늘어진 푸른 눈동자가 차갑게 식어 시야로 날아들었다.

"예전부터 쭈, 쭉 궁금했거든요."

"아무리 궁금했어도 이런 타이밍에 그런 말을 하는 건 너무 무드 없는 거 아닌가?"

"제가 원래 궁금한 건 못 참는 성격이라."

나라가 누가 들어도 어색한 웃음을 덧붙이며 카인에게 말했다. 하지만 마주한 이에게서는 아무런 표정 변화도 없었다. 하다못해 기막히다는 듯한 웃음도 없었다. 그 싸한 정적이 너무도 어색해 어찌할 바를 모르고 있는데 카인이 낮은 한숨을 지으며 진하게 입맞추고 있던 손을 놓아주었다.

"아쉽지만 이다음은 나중으로 미뤄야겠군. 커피도 다 마셨으니 이제 그만 퇴근하지."

그가 의자 깊숙이 묻고 있던 몸을 일으키며 자리에서 벗어났다. 동시에 나라는 안도의 한숨을 내쉬었다. 아직도 손목 위에 진하게 남아 있는 그의 열기에 가슴이 두근거렸다. 요란하게 뛰어대는 심장 소리가 공허한 사무실 안을 가득 울릴 듯했다. 이 남자 곁에 있다간 몇 년 지나지 않아 심장병으로 요절할지도 모른다는 생각이 들었다. 혹시나 이 시끄러운 소리가 그에게 닿을까 두근거리는 가슴을 다독거리고 있던 나라의 머릿속으로 잠시 잊고 있던 사실이 반짝 스쳐 지나갔다.

"잠깐만요."

어느새 슈트 재킷을 걸치고 있는 카인을 보고 나라가 말했다.

"퇴근할 땐 하시더라도 물음에 대답은 해주셔야죠."

"물음이라니?"

"방금 여쭤 봤잖아요. 한국말을 어쩜 그렇게 잘 하시냐구요."

재킷의 단추를 채우던 손가락이 잠시 움직임을 멈추었다. 하지만 그는 곧 다시 손을 움직이며 건조하게 말을 받아쳤다.

"상황을 벗어나기 위해 던진 물음이지 않았나?"

"아니요, 정말 궁금해서 물어본 건데요?"

그건 사실이었다. 물론 그 야릇한 상황을 벗어나기 위한 의도가 없지 않아 있었던 것은 사실이나, 이전부터 쭉 궁금했던 것이기도 했다. 어떻게 그가 이렇게나 한국어에 능숙한 건지. 그 배경에 무슨 특별한 이유라도 숨겨져 있는 것인지. 거기다가 그가 묘하게 대답을 피하려는 것 같아 보이자, 나라는 점점 더 호기심이 일기 시작했다.

"알 필요 없는 문제야. 어서 나가서 퇴근할 준비해."

"그런 게 어디 있어요. 말씀해 주세요."

"말하고 싶지 않아."

단호한 그의 말에 점점 더 수상해졌다.

"왜 그러시는데요? 혹시……."

'혹시'라는 말과 함께 또 한 번 그의 움직임이 멈추었다. 그에게서는 쉽게 볼 수 없는, 눈에 띄는 동요였다. 심장이 조여드는 듯한 묘한 감정이 가슴을 흔들었다. 별생각 없이 던졌던 물음이었는데 뭔가 알아선 안 되는 금기를 건드린 것만 같은 불안감이 엄습했다. 설마. 나라는 잠시 숨을 멈추었다가 조심스럽게 말을 내뱉었다.

"예전에 사랑했던 여자가, 한국인이었어요?"

잠시 굳어 있던 그의 몸이 낮은 한숨 소리와 함께 느슨하게 풀렸다.

"그런 거 아니야."

"그럼 왜 그러시는데요?"

나라의 목소리가 어느덧 따지듯이 높아지고 말았다. 내내 등을 보이고 있던 그가 몸을 돌려 나라를 마주 보았다. 그러곤 짜증스런 기색을 역력히 드러내며 나라에게 물었다.

"그걸 굳이 알아야 되겠나?"

"네."

"왜 그게 알고 싶은데."

"이사님을 좋아하니까."

무표정하던 그의 얼굴 위로 동요가 스쳤다.

"좋아하니까 알고 싶은 게 당연하잖아요."

카인은 올곧게 뻗어오는 까만 눈동자를 보며 더 이상 아무런 말도 하지 못했다. 할 수가 없었다. 좋아하기에 알고 싶은 것이라 말하는 그녀에게 더 이상 당해낼 재간이 없었다. 애써 걸어 잠그고 있던 마음의 빗장이 삐거덕거리며 틈을 벌렸다. 나라는 항상 겉으로는 어수룩한 척하면서도 알고 보면 이렇듯 그를 뼛속까지 완벽히 꿰뚫고 조종한다.

"정말이지 어쩔 수 없게 만드는군."

그는 낮게 한숨을 몰아쉬며 돌아서 책상 앞으로 다가갔다. 그러곤 책상 위에 놓인 담뱃갑을 집어 들어 담배 한 개비를 꺼내었다. 은색 지포라이터가 백열등의 차가운 빛을 반사했다. 불을 붙인 뒤 필터 끝을 입에 물고 천천히 빨아들였다. 후우 뱉어내자 희뿌연 연기가 그의 머리 위를 안개처럼 휘돈다.

"언젠가 내가 했던 말, 혹시 기억나나?"

주변을 에워싼 담배 연기만큼이나 짙은 정적을 물리치며 그가 말했다.

"과오는 과오일 뿐이라고. 절대 돌이킬 수 있는 것이 아니라고 했던 거."

기억난다. 그가 자신의 순결을 빼앗지 않음을 뒤늦게 알게 된 나라가 어째서 늦게라도 사실을 말해주지 않았느냐고 했을 때 그가 했었던 말이었다. 그런데 갑자기 그 말을 왜……. 나라는 의아한 표정으로 안개처럼 푸른 연기 사이에 놓인 그를 바라보았다. 얼마 후 그가 나직이 입술을 열었다.

"만약 과거를 돌이킬 수 있었다면 난 내 어미의 뱃속에서 탯줄에 목을 감고 목숨을 끊어버렸을지도 몰라. 난 이 세상에 태어난 것 자체가 과오인 놈이거든."

"왜 그렇게 무서운 말을……."

"사생아야, 나. 한국인 어머니와 영국인 남자 사이에서 난."

뱉으려던 말이 목구멍으로 삼켜 들어가며 심장이 '쿵' 발밑으로 떨어졌다.

"그리고 입양아야. 10살 때, 친모의 부모에 의해 친모와 강제로 뜯겨져 떠밀리듯 영국으로 입양당한."

어둠 속에 빛나는 도심을 바라보며 그가 시리도록 담담한 어조로 말을 이어갔다. 지난날, 맨션에서 보았던 그의 모습이 떠오르며 가슴이 틱 막혔다. 그것이 이런 의미를 담고 있는 것이었는지는 상상조차 못 하고 있었다. 무엇 하나 부족함이 없어 보이는 그에게 이런 아픈 과거가 존재할 거라고는……

"앞을 보지 않아도 좋으니 눈 따위는 없었으면 좋겠다고 생각한 적도 있었어. 세상이 온통 먹빛이어도 상관없으니까 검어지지 못할 바에야 이따위 파란색 눈은 차라리 없는 편이 낫다고."

"그런 말 하지 말아요."

가늘게 떨리는 목소리가 그의 말을 가로막았다. 어둠이 짙게 드리운 바깥세상을 담담히 바라보던 카인이 목소리가 들려온 곳을 향해 느릿하게 몸을 돌렸다. 물 먹은 까만 눈동자가 맺힌 눈물을 억척스레 붙잡은 채 그를 바라보고 있었다.

"이사님 눈이 어디가 어때서요? 왜 자기 눈을 그런 식으로 말해요?"

나라가 화를 내듯이 말했다. 카인은 무표정한 듯도 놀란 듯도 싶은 얼굴로 그런 그녀를 말없이 바라보았다.

"우리 처음 만났을 때, 제가 이사님 보자마자 들었던 생각이 뭔 줄 아세요?"

결코 눈물은 흘리지 않으리라 다짐이라도 한 듯, 잔뜩 힘이 들어간 눈으로 나라가 말을 이었다.

"눈이 참 아름답다 그랬어요, 나. 어딘지도 모르고 끌려와 낯선 사람을 마주하고 있는 순간인데도 바보같이 그러고 있었어요. 이 사님 눈동자에 온 신경이 사로잡혀서 꼼짝도 할 수가 없었어요. 사람의 눈동자가 어쩌면 저렇게 아름다울 수가 있을까. 꼭 푸른 보석 같다. 그 두려운 순간조차도 그런 생각을 하게 만든 게 바로 이사님의 눈이에요. 그러니까……."

나라는 살짝 말끝을 늘이며 그에게로 한 발짝 가깝게 다가갔다. 그러곤 조심스럽게 손을 뻗어 그의 바다처럼 아름다운 눈 밑을 어루만졌다.

"다신 그런 아픈 말 하지 마세요. 다시 한 번 그러시면, 저 정말 화낼 거예요."

자신이 얼마나 우스운 말을 하고 있는지 모르지 않았다. 자신이 아닌 다른 여자였더라면 훨씬 멋진 말로 그를 위로해 주었을지도 모른다. 하지만 그녀들과 같은 화려한 입담이 나라에겐 없었다. 그저 그의 생채기 난 가슴을 어루만져 주고 싶은 마음뿐이었다. 진심으로 그를 위로하고 따뜻하게 안아주고 싶었다. 그러기 위해서는 절대 자신이 먼저 울어서는 안 됐다.

나라는 한참 전부터 눈자위에 고여 있던 눈물을 꾹 참아내며 그를 올려다보았다. 그의 빤한 시선이 말없이 그녀를 바라만 보고 있다. 그 시선에도 아랑곳하지 않으며 가느다란 손끝으로 그의 긴 눈초리를 계속해서 매만져 주었다. 흐르지 않는, 앞으로도 결코 흘리지 않을 그 눈물을 닦아내기라도 하듯 그렇게.

그의 눈 주변을 맴돌던 손길 위로 커다란 손이 와 닿는다. 따사로운 체온이 작은 손등을 조심스럽게 감싸 쥐었다. 이제 되었다는 듯, 그가 그녀의 손을 맞잡아 지그시 끌어 내렸다. 마주한 아쿠아 블루가 희미하게 휘어 그녀에게로 쏟아졌다.

"Thank you."

카인의 나직한 한마디가 나라의 가슴 속으로 무겁게 흘러들었다. 그녀는 하현달처럼 옅게 휘어든 그의 눈을 따라 살포시 미소 지었다. 눈시울에 매달려 있던 눈물 한 줄기가 휘어진 눈초리 끝을 타고 또르르 구른다. 그 위로 그의 입술이 보드랍게 내려앉아 눈물을 핥아 주었다. 뺨을 닦은 입술이 천천히 내려와 나라의 입술 끝을 핥는다. 기다렸다는 듯 열린 입술이 자연스레 그를 받아들였다. 그렇게 오가는 서로의 호흡 속에서 나라는 생각했다. 계속 이 사람 곁에 머물고 싶다고. 강한 외면에 가려진 상처 입은 영혼을 감싸 안아줄 유일한 여자가 되고 싶다고.

❖

무거운 한숨이 목구멍까지 차올랐다. 이곳에서 서 있은 지가 벌써 10분을 넘어섰지만 나라는 쉽사리 손을 움직일 수가 없었다. 하지만 이미 와 버린 이상 이제 와 다시 걸음을 돌릴 수도 없는 노릇이었다. 나라는 크게 숨을 들이마시며 호흡을 가다듬었다. 그러곤 손을 뻗어, 눈앞에 놓인 투박한 갈색 문을 나직이 두드렸다.

"저예요."

동시에 기다렸다는 듯 문이 열리며 그 사이로 한 남자가 모습을 드러냈다.

"들어와."

나라를 맞아들이는 남자의 잔잔하고도 단조로운 목소리. 태풍의 눈은 언제나 그렇듯 맑고 고요했다. 그 무엇도 예측할 수 없도록…….

이해와 오해 사이

"저녁은 먹었니?"

객실 가득 들어찬 시린 침묵을 뚫고 먼저 입을 연 것은 강우였다. 그의 나직한 목소리가 무거운 공기에 실려 와 밀폐된 실내를 흔들었다. 고개를 들자 입고 있던 양복 재킷을 벗어 걸고 있는 강우의 모습이 보였다. 그의 움직임은 지독히도 느리고 여유롭고, 또 차분했다. 보는 이가 짜증이 날 만큼.

"어떻게 된 거예요?"

그의 물음에 대한 대답도 없이 나라는 말을 던졌다. 커튼을 걷어내던 손길이 차갑게 멈추어 선다. 거두어진 커튼 뒤로 드러난 유리창 위에 무표정한 강우의 얼굴이 희미하게 비쳐 보였다.

"못 보던 새 성격이 많이 급해졌구나."

"강우 씨랑 저녁 메뉴 얘기나 하려고 여기까지 온 건 아니니까요."

"그럼 뭐 때문에 온 건데."

착— 하고 커튼이 완전히 걷히며 그가 몸을 돌렸다. 창밖의 파리한 어둠이 그의 등 뒤에 검게 드리웠다. 마주 닿은 시선이 얼음장처럼 찼다. 나라는 얼어붙으려는 몸을 곧게 펴고 그를 마주 보았다.

"물었잖아요. 대체 어떻게 된……."

"나야말로 그때 못다 한 뒷이야기나 하려고 여기까지 널 부른 게 아니라는 걸."

나라의 말허리를 냉정히 파고든 그가 하던 말을 의도적으로 멈추었다. 숨소리 하나 들리지 않는 매서운 침묵. 그 사이로 그가 강조하듯 느릿하게 덧붙였다.

"너도 알고 있을 텐데."

핸드백을 쥔 손아귀에 힘이 들어간다. 창밖에 진 어둠이 온 세상을 집어삼킬 듯 더욱더 짙어지고 있었다. 현란한 야경 따위는 없었다. 아차산의 검푸른 윤곽만이 짙은 어둠 속으로 점점 더 빨려 들어가고 있을 뿐이다. 마주한 검은 눈동자만큼이나 어둡고, 탁하게.

"알고 있어요."

결연한 목소리가 또 한 번 침묵을 깨뜨렸다.

"알고 왔죠, 하지만."

그가 그러했던 것처럼 하던 말을 짤막하게 끊곤, 나라는 은테 안경 속 자리한 차가운 눈동자를 흔들림 없이 마주했다.

"거기에 동조할 생각으로 여기 온 건 아니에요."

말라붙은 입술 새로 흘러나온 단호한 목소리와 함께 동요 없던 눈초리가 흐릿하게 일그러졌다. 나라는 그 동요를 차갑게 무시하며 말했다.

"강우 씨가 무슨 생각으로 날 여기로 불러들였는지, 그런 건 나와 상관없어요. 난 이곳에 내가 듣고 싶은 얘기를 들으러 온 것뿐이니까. 약속 장소를 바꾸지 않은 것도 밖에서 보는 것보다는 남들 눈에 띄지 않는 이곳이 더 낫겠다 싶어서일 뿐이었어요. 그러니 상투적인 대화는 접고 본론으로……."

"과연 네가 동조하지 않을 수 있을까?"

서릿발처럼 차가운 목소리가 말허리를 베어냈다. 그 냉소적인 어조에 실린 비린 맛에 나라는 말을 멈추고 그를 바라볼 수밖에 없었다. 무감정한 입매 끝이 비긋이 비틀려 올라가 있었다. 하지만 그것은 곧 제자리로 돌아가, 그 어느 때보다도 냉혹하고 건조한 목소리를 뱉어냈다.

"본론으로 들어가자니 그렇게 해주지. 테이블 위에 놓인 서류 보이지?"

나라의 시선이 그의 눈짓을 따라 테이블 위로 떨어졌다.

"온라인 쇼핑몰과의 공동사업 제휴. 그게 조만간 Y&A에서 추진할, 프로젝트의 기획안이야. 어떤 쇼핑몰과 어떤 식으로 연계해서 사업을 추진할지는 이미 모두 구체적으로 구상해 놨어. 남은 건 이 기획안을 상부에 제출하는 것뿐이지. 그리고 제출하는 대로 모든 건 일사천리로 발 빠르게 진행될 거야. 소리도, 그 어떤 소문도 없이. 이 바닥에선 자고로 빠른 쪽이 승리를 거머쥐는 법이거든."

"어, 어떻게⋯⋯."

"어떻게 이런 짓을 할 수 있느냐고 묻고 싶은 거겠지."

뱉으려는 말을 앞질러 그가 말했다. 딱딱하게 굳은 혀가 차마 다음 말을 잇지 못하고 가늘게 떨렸다. 점점 더 가라앉는 창밖의 어둠처럼 더욱더 냉혹해져 가는 타인의 시선이 살갗을 마구잡이로 찢어발기는 듯했다. 차갑게 내려 닿는 푸른 백열등 빛이 강우의 은테 안경 끝에 부딪쳐 싸늘하게 반사된다.

"이 바닥에선 허다한 일이잖아, 아이디어를 훔치고 모방하는 것 정도는. 그 당연한 과정에서 IBMC의 기획안이 내 손에 들어왔고, 난 또 그 당연한 과정의 절차를 따르려는 것뿐이야. 그자는 빼앗았는데, 난 그러지 말란 법 없잖아."

강우의 칠흑 같은 눈이 그의 정면에 선 나라를 적나라하게 응시했다. 마치 그가 빼앗긴 것이 무엇인지를 말하듯.

"강우 씨."

"하지만."

나라의 부름을 묵살하며 강우가 말했다.

"네가 원한다면 난 이 기획안을 포기할 의향이 있어. 단, 네가 내게 돌아온다는 조건하에."

연약한 시선이 크게 떨렸다. 하지만 그는 그 떨림조차도 냉정히 무시해 버렸다.

내 상처 입은 가슴 앞에서, 너 또한 그러했던 것처럼.

강우는 마주한 눈동자를 차갑게 가라앉히며 잔인하리만치 차분한 목소리로 말을 이었다.

"이딴 게 없어도 난 크게 상관없어. 생각해 놓은 프로젝트야 이것 외에도 얼마든지 있으니까. 하지만 이미 프로젝트를 추진하고 있는 그자는 입장이 다를 테지."

"협박…… 인가요?"

"글쎄. 협박이라는 단어는 어감이 별로라서 흥정쯤으로 해두고 싶은데, 네 생각은 어때?"

서늘한 입매 끝이 느슨하게 당겨 올라갔다. 소름이 끼칠 정도로 부드러운 움직임이었다. 나라는 할 말을 잃고 멍하니 그를 바라보았다. 변했다는 건 이미 알고 있었지만, 마주하면 마주할수록 낯설게 다가오는 그 모습에 소름이 돋고 오한이 일었다. 그리고 의아했다. 무엇이 그를 이렇게까지 변하게 만든 것일까. 대체 무엇이 자신을 향한 그의 감정을 사랑이 아닌 집착이 되도록 만든 것일까.

"대체 왜 이러는 거예요?"

떨리는 목소리를 다잡고 그에게 물었다.

"내가 왜 이러는지는 네가 더 잘 알 텐데."

"모르겠어요."

"……"

"강우 씨가…… 대체 왜 이렇게까지 변해 버린 건지 도무지 모르겠어."

눈가가 천천히 젖어 오기 시작했다. 안타까워서였다. 몰라볼 정도로 달라져 버린 그의 모습이 안타까워서. 그리고 그 변화의 이유가 자신임을 너무도 잘 알기에 슬퍼서. 하지만 너무도 변해 버린 그에게선 이미 감정 따윈 찾아볼 수가 없었다. 나라가 감정으로 호소하면 호소할수록 강우의 가슴은 더욱더 냉혹해지고 메말라갈 뿐이었다.

"네가 알건 모르건, 그런 건 지금 내게 중요하지 않아. 네가 모르더라도 난 이미 변했고, 그런 내게 있어 가장 중요한 건 널 내 옆으로 돌려놓는 것뿐이니까."

단조롭게 흘러나오는 그 목소리에는 감정 따윈 실려 있지 않았다. 다만 너무도 건조하고 또 건조해서 온몸이 사막의 모래처럼 바싹 말라 버릴 것만 같았다. 이미 무서울 정도로 변해 버린 그에게 이제 와 왜 이러는 거냐고 물어봤자 헛수고인 것이다. 그가 말한 대로 그는 완전히 변했고, 예전의 서강우는 나라의 눈앞에 없었다. 서강우라는 껍데기를 뒤집어쓴, 전혀 다른 낯선 사람만이 존재할 뿐.

그래, 낯선 사람.

그러한 생각이 들자 격하던 감정이 순식간에 차분해졌다.

"돌려놓다니요?"

나라는 진정된 입술을 떼어 차갑게 물었다.

"어디로 돌려놓겠다는 건데요? '내 옆'이라고 했나요? 그게, 어딘데요?"

강우의 메마른 시선에 감정이 스친다. 그 찰나를 매섭게 몰아치며 나라가 말을 이었다.

"강우 씨 말대로, 강우 씨는 이미 너무도 많이 변했어요. 전혀 다른 사람처럼 보일 만큼. 그러면서, 날 대체 어디로 돌려놓겠다는 건데요? 강우 씨가 말하는 '내 옆'이라는 게 대체 어딘데요? 알지도 못하는 사람 옆으로, 내가 왜 돌아가야 하는 건데요?"

서늘하게 가라앉은 잿빛 눈동자가 날카롭게 시야를 찔렀다. 두 개의 싸늘한 시선이 허공에서 차갑게 충돌했다. 유려하던 눈매가 천천히 감정을 띠며 일그러지고 있었다. 하지만 그를 똑바로 쳐다보는 까만 눈동자는 흔들리는 그와는 달리 잔인하리만치 태연하고 차분했다.

"지금 내 눈앞에 서 있는 사람이 누구인지, 난 몰라요. 그리고……."

나라는 의도적으로 말을 멈춘 뒤, 그와 똑바로 눈을 맞춘 채 단호히 덧붙였다.

"누구인지도 모르는 그 사람에게 내줄 자리 같은 거, 내 가슴에 없어요."

선을 긋듯이 딱딱하고 건조한 목소리가 강우의 심장을 내리쳤다. 애써 냉정함을 유지하던 심장이 쩍 소리를 내며 두 동강이 난다. 일방적으로 말을 마친 나라가 차갑게 등을 내보이며 돌아서고 있었다.

"날 이렇게 만든 건 너야!"

강우는 빠르게 팔을 뻗어 나라를 붙잡아 돌려세웠다.

"날 이렇게나 치졸한 놈으로 만든 것도, 이렇게나 야비한 놈으로 만든 것도 전부 너라고! 그런 네가 어떻게 날 모른다고 할 수 있어!"

거칠어진 목소리가 방 안에 날카롭게 울려 퍼지며 살갗을 할퀴었다. 강한 힘에 붙잡힌 손목에 붉은 생채기가 일고 있었다. 아프도록 일그러진 눈동자가 가슴을 파헤친다. 붙들린 손끝이 미약하게 떨려왔다. 흔들려선 안 돼. 떨리는 손을 꼭 말아 쥐며 나라가 그를 향해 혹독하게 내쏘았다.

"그게 나랑 무슨 상관인데요?"

"……뭐?"

"나 때문에 강우 씨가 변했다고 해서, 변한 그 모습까지 내가 모두 감당해야 하는 건 아니잖아요."

"보나라."

"조금 전에 그랬었죠."

이름을 부르는 낮은 음성을 뒤로하며 차갑게 말을 이었다.

"어째서 이렇게까지 변해 버린 거냐고 묻는 내게, 내가 그 이유를 알고 모르고 따위는 강우 씨에게 전혀 중요치 않다고. 나도 마찬가지예요. 강우 씨가 변했든 변하지 않았든 그건 나와 아무런 상관도 없어. 내게 있어 중요한 건, 내 옆에 서강우라는 사람이 설 자리 따윈 더는 없다는 거니까. 그것이 변해 버린 강우 씨든, 그렇지 않은 강우 씨든. 왜냐하면 강우 씨가 있었던 그 자린, 이미 오래전에 소멸되고 없거든요."

"소멸이라고?"

"그래요. 소멸. 부재(不在)가 아닌 소멸이에요, 강우 씨의 옛 자리는. 그게 지금의 현실이고 바뀔 수 없는 진실이죠. 강우 씨도 그 걸 알기 때문에 더욱 필사적인 걸 테고요. 이렇게라도 하지 않으면 내가 강우 씨 옆으로 절대 가지 않을 거라는 걸 알고 있으니까."

한 마디 한 마디가 더해질 때마다 손목을 움켜쥔 강우의 손아귀는 보다 더 따갑게 나라의 살갗을 파고들었다. 하지만 나라는 일말의 흔들림도 동요도 없이 똑바로 그를 마주 보았다. 그러곤 스스로에게 주문을 걸었다.

흔들려선 안 돼.

상처에 짓이겨져 탁하게 변한 잿빛 눈동자가 섬뜩하게 시야를 갈라 들었다. 창백한 침묵이 실내 공기를 차갑게 억누른다.

"그래서, 결국 어떻게 하겠다는 건데?"

담담한 듯 그렇지 못한 목소리가 그녀를 향해 물었다.

"가지 않아요, 강우 씨 곁으로는."

"그 자식을 다치게 할 거야."

예리한 칼날처럼 차갑게 내뱉어지는 음성. 나라는 대답 없이 그를 응시했다. 숨죽인 공백 속에서 스스로에게 다짐하듯 다시 한 번 그가 말했다.

"내가 가진 모든 것을 동원해서 그 자식을 망가뜨릴 거야. 그리고 너까지도."

"마음대로 해요."

붙잡혀 있던 손을 뿌리치며 차갑게 그를 올려다보았다.

"강우 씨가 그 사람에게 어떤 짓을 하든 상관 안 해. 내가 사랑하는 사람이 겨우 그 정도에 나가떨어질 만큼 나약한 사람이 아니라는 걸 잘 아니까. 하지만 이거 하나만은 기억해요. 만약 그 사람과 잘못된다 하더라도 강우 씨 곁으로는 절대 가지 않아요."

의연하게 그를 쏘아보며, 나라가 그의 심장을 향해 직격으로 방아쇠를 당겼다.

"미련의 웅덩이에서 허덕이다가 소중한 추억마저 구정물로 얼룩지게 만드는 사람 따위, 난 모르니까."

룸을 빠져나와 문을 닫자마자 나라는 그 자리에 주저앉았다. 새까맣게 타들어 가 잿더미가 된 심장이 발밑으로 송두리째 무너져 내렸다. 참고 있던 흐느낌이 목구멍을 아프게 긁으며 터져 나왔다. 그를 향해 애써 모질게 뱉어냈던 말들이 부메랑처럼 되돌아와 나라의 심장을 발기발기 찢었다.

"흑……."

억척스레 부여잡고 있던 눈물이 얼굴을 긋고 땅바닥으로 떨어진다. 붉은 카펫 위로 검은 눈물자욱이 깊게 스며들었다. 흐느낌이 새어 나오는 입술 위로 짠맛이 묻어났다. 마지막으로 마주쳤던, 아픔을 삼킨 잿빛 눈동자가 눈물에 뿌옇게 번진 기억 속으로 슬프게 흘러내렸다. 사랑, 그 달콤함 속에 든 잔인함이 또 한 번 서로의 가슴에 붉은 생채기를 내고 있었다.

쏴아……!

차가운 물줄기가 흐느끼듯 요란한 마찰음을 내며 바닥으로 내리꽂힌다. 정수리를 타고 흘러내리는 물줄기가 치 떨리는 한기를

동반하며 그의 온몸을 덮쳤다. 살갗이 에는 것처럼 온몸이 아려왔
다. 하지만 강우는 쏟아지는 물줄기를 피하지 않은 채 한참을 그
렇게 서 있었다. 지그시 눈을 감으며 그는 차가운 타일 벽에 이마
를 마주 댔다.

"돌려놓겠다니요? 날 대체 어디로 돌려놓겠다는 건데요? 강우
씨가 있었던 그 자린, 이미 오래전에 소멸되고 없는데."

잔인하고도 잔인한 목소리가 얼어붙은 머릿속을 가르며 귓전에
박힌다. 몸 안에 든 모든 것이 산산이 부서져 나가는 것 같았다.
잔뜩 날이 선 칼끝이 심장을 관통해 무자비하게 파헤치고 있었다.
가슴이 한 움큼 아리다.

무리라는 것을 알고 있었다. 그런 치졸한 방법으로 나라를 되돌
릴 수 없다는 것을, 그도 모르지 않았다. 그럼에도 굳이 이런 꼴사
나운 모습을 보였던 것은, 말 그대로 보여주고 싶었기 때문이다.
내가 너로 인하여 얼마만큼 변했는지. 그리고 이런 날 보며 너 또
한 아파지기를 소원하며. 그랬는데······.

"강우 씨 곁으로는 절대 가지 않아요. 미련의 웅덩이에서 허덕
이다가 소중한 추억마저 구정물로 얼룩지게 만드는 사람 따위, 난
모르니까."

그 졸렬함의 결과가 '삭제'일 것이라고는 생각지도 못했다. 나

라에게서, 나라의 기억 속에서 자신이 완전히 '삭제' 되어버리는 것일 거라고는.

싸아아.

매섭게 쏟아지는 물줄기 소리가 더욱더 거세게 샤워 부스 안을 울렸다. 그 소리가 강우의 가슴을, 그리고 얼룩진 추억을 갈가리 찢어 나가고 있었다. 견딜 수 없을 정도의 통증. 그는 손을 뻗어 샤워기를 틀어 잠갔다. 잦아든 물소리 사이로 찾아온 시린 정적이 젖은 몸 위로 싸늘하게 감겨온다. 무참한 패배감이 온몸을 적시고 발밑으로 흘러내렸다. 몸을 이탈해 뚝뚝 떨어지는 물방울이 이따금씩 침묵을 뚫고 귓전을 울려왔다.

강우는 감고 있던 눈을 떠 정면에 있는 거울을 바라보았다. 어지럽게 튀어 있는 물방울이 거울에 비친 그의 얼굴을 잔뜩 흐리고 있었다. 보이지 않는 것이 차라리 다행이었다. 지금 자신의 모습이 어떠할지는, 눈앞에 있는 이 거울보다도 그 스스로가 더욱 잘 알고 있으므로.

강우는 흐리게 일렁이는 자신으로부터 천천히 몸을 돌려 샤워 부스를 빠져나왔다. 그 누구의 체취도 남아 있지 않은 허한 객실의 모습이 그의 공허한 눈 속으로 시리게 파고들었다. 온기 하나 없이 찬 눈동자로 자신을 마주하며 나라가 했던 한 마디 한 마디가 아픈 가슴으로 날카롭게 저며 들었다.

'이제 난 어떻게 해야 하는 걸까. 이대로 널 포기할까. 널 놓을까. 이제 그만 널…… 추억이라 인정할까. 지금이라도 미련이라는 이름의 웅덩이에서 빠져나와 얼룩진 그 추억을 말려야 할까.

아니면…….'

삐이— 하고 불현듯 울려온 소리가 의식의 줄기를 끊었다. 벨소리였다. 강우는 생각을 멈추고 느릿하게 고개를 돌려 문 쪽을 바라보았다. 여전히 이어지는 침묵에, 참을성 없는 벨이 또다시 울려와 차갑게 가라앉은 객실 내부를 어지럽게 뒤흔들었다. 한참 가만히 있던 그는 천천히 걸음을 옮겨 문 앞으로 다가갔다. 찰칵— 하는 건조한 마찰음과 함께 닫힌 문이 열렸다. 그리고,

"당신이……."

열린 문 뒤로, 맹수처럼 사나운 푸른 눈동자가 모습을 드러냈다. 나직하지만 거친 음성이 강우를 향해 묻는다.

"왜 이 방에 있는 거지?"

아니면…… 나라야. 미련, 그 얕은 웅덩이에 영원히 코를 박은 채로 이대로 숨을…… 멈춰 버릴까.

❖

"나라야."

문밖에서 윤의 목소리가 들렸다. 나라는 대답 없이 멍하니 앉아 그저 허공만을 바라보았다. 희미하게 들려오는 한숨 소리를 마지막으로 계단을 내려가는 윤의 발자국 소리가 들렸다. 째깍째깍 울리는 초침의 간헐적인 소리가 적막한 방 안을 떠돌았다.

호텔에서 빠져나와 곧장 집으로 돌아온 나라는 그때부터 지금까지 줄곧 방 안에만 처박혀 있었다. 말 한마디 없이 방으로 올라

가는 그녀를 보고 부모님과 오빠가 번갈아 찾아와 방문을 두드렸지만 대답도 하지 않았다. 할 수가 없었다. 입을 여는 즉시 방 밖으로 울음소리가 새어 나갈 것 같아서였다.

상관없지 않았다. 강우가 변한 것 따위 자신과는 아무런 상관도 없다고 했던 그 말은 모두 거짓이었다. 변한 그를 보면서 가슴이 아팠고, 가여웠고, 죄스러웠다. 그가 냉혹해지면 냉혹해질수록, 그를 마주하는 심장은 점점 더 괴로워져만 갔다. 무엇 때문에 그가 그토록 변할 수밖에 없었는지 그 이유를 누구보다도 잘 알기 때문이었다. 그럼에도 상관없다며 매몰차게 말할 수밖에 없었던 것은, 가증스럽지만 그를 위해서였다. 자신이 더욱 매정해져야만 변해 버린 그를 되돌릴 수 있을 것 같았기에. 자기밖에 모르는 이런 이기적이고 나쁜 여자라는 것을 보여줘야만, 그가 그녀를 사랑했던 것을 후회하며 비로소 가슴으로부터 떨쳐 낼 수 있을 것 같아서.

할 수 있다면 가능한 일이라면, 나라는 그녀 스스로가 그를 향한 볕이 되어 얼음장처럼 차가워진 그를 직접 녹여주고 싶었다. 하지만 나라는 그럴 수 있는 입장이 아니었다. 그녀에게는 이미 다른 사람이 생겼고, 이제 강우가 설 자리는 그녀의 곁 그 어디에도 없었다. 결국 아무리 발버둥을 쳐 봤자 그녀는 그에게 있어 따뜻한 볕이 아닌 시린 바람이 될 수밖에 없는 것이다. 어떻게 해도 그를 녹일 수 없는 거라면, 나라는 차라리 깨뜨리는 것이 낫다고 생각했다. 시린 바람 끝으로 그를 몰아붙여 자신을 향한 그의 마음을 깨뜨려 버리자고. 그랬는데……

눈물이 뚝뚝 떨어져 이불 위로 깊게 스며들었다. 가슴이 미어지는 것만 같았다. 마지막으로 마주했던 텅 빈 잿빛 눈동자가 나라의 심장을 할퀴고 짓이겼다. 그에게 준 아픔이 배가 되어 나라의 가슴속으로 날아들고 있었다. 헐거워진 가슴이 목울대를 치고 올라온 흐느낌을 따라 갈가리 찢겨 나간다. 숨이 멈추어 버릴 것 같다.

어째서 난 항상 당신을 아프게 하는 걸까. 어째서…….

지이잉.

방 어디선가 들려온 진동 소리에 아득히 잠겨 있던 사고가 불현듯 깨어났다. 나라는 슬픔에서 급히 헤어 나와 청승맞게 흘리고 있던 눈물을 슬며시 훔치고 주변을 두리번거렸다. 시선이 침대 아래 놓인 핸드백에서 멈추었다. 전화가 오는 모양이었다. 젖은 코끝을 훌쩍이다가 가방을 뒤져 핸드폰을 꺼내 들었다.

―변태 보리빵

'이사님이 이 시간에 웬 전화시지?'

나라는 의아한 듯 미간을 모은 채 핸드폰을 내려다보았다. 그도 그럴 것이 그는 웬만해선 전화하는 법이라곤 없는 사람이었기 때문이다. 외근 중 사무적인 용건이 있을 때나 전화를 걸어오던 사람에게서 다 늦은 시각에 전화라니. 문득 끼치는 의아함에 나라는 선뜻 받지도 못하고 한참을 망설였다. 그러자 손안에 든 핸드폰이 재촉하듯 줄기차게 떨어댔다. 몇 시간째 운 덕분에 꽉 잠겨 있는 목소리를 가다듬곤 나라는 결국 전화를 받았다.

"여보……."

[나와.]

미처 말을 다하기도 전에 상대가 말했다. 워낙 순식간이라 혹 잘못 들었나 싶어 나라는 반사적으로 되물었다.

"네?"

[지금 집 앞이야. 나와.]

"아, 저……."

뭐라 말을 이을 새도 없이 뚝— 하는 소리가 들렸다. 밀려드는 황당함에 얼떨떨한 표정으로 휴대폰을 내려다보았다. 휴대폰 액정이 짤막한 통화 시간을 띄우고 있었다. 갑작스레 전화를 해선 또 갑작스레 집 앞으로 나오라니 조금 당혹스럽긴 했지만 그렇다고 이렇듯 넋 놓고 앉아 있을 수만은 없는 노릇이었다.

결국 나라는 낮게 한숨을 몰아쉬며 자리를 털고 일어났다. 그러곤 솜뭉치처럼 무거운 눈자위를 손끝으로 슥 매만지며 나갈 채비를 했다.

집 밖으로 발을 내놓자마자 싸늘한 밤공기가 여린 살갗을 향해 매섭게 달려들었다. 몸이 잔뜩 움츠러든다. 나라는 벌어진 옷깃을 여미며 하늘을 올려다보았다. 별 하나 떠 있지 않은 새까만 밤하늘이 적요한 겨울밤을 차갑게 얼싸안고 있었다. 작게 벌어진 입술 틈으로 희미하게 뱉어 나오는 입김이 까만 허공을 새하얗게 얼룩졌다가 흩어진다. 아직 젖어 있는 코끝이 꽤 시렸다.

나라는 마당을 가로질러 천천히 걸음을 옮겼다. 끼이익— 하는 대문의 마찰음이 적막한 바깥세상에 크게 울려 퍼진다. 인기척을 들은 옆집 개가 이때다 싶었는지 요란하게 짖어댔다. 철컹— 하고 문이 닫히는 소리, 개가 짖는 소리, 그리고 싸늘한 겨울바람에 나뭇잎이 서걱거리는 소리. 그 여러 종류의 소리 사이로 희미한 소음이 파고들었다. 자동차 엔진 소리다.

나라는 기웃거리던 시선을 소리의 근원지로 느릿하게 옮겼다. 그러자 노란색 전조등이 시야를 따갑게 쏘아왔다. 반듯하던 미간이 절로 구겨진다. 손을 올려 눈을 가린 채 새까만 어둠 속에서 유일하게 빛나는 그곳을 바라보았다. 차가운 눈부심 속에 서 있는 한 형상이 시야로 흐릿하게 밀고 들어왔다. 정차된 차 옆 담벼락 아래서 움직임 없이 선 채로 그녀를 향해 있는 남자. 카인이었다.

"이사님."

나라는 나직이 그를 부르며 그에게 다가갔다. 그의 등 뒤에서 쏘여오는 강한 전조등 때문인지 그의 모습이 유독 검게 보였다. 여전히 미간을 구긴 채로 한 걸음 한 걸음 그에게로 나아갔다. 그런데 어쩐 일인지 카인은 한 걸음의 다가옴도, 움직임도 없었다. 그저 그 자리에 선 채 나라를 바라보고만 있을 뿐이었다. 그 어두운 침묵이 못내 의아했지만 나라는 미처 알 수 없었다. 어둠 속에서 그녀를 향해 뻗어오는 그 푸른 시선의 온도를.

"갑자기 여긴 어쩐 일……."

"오늘 저녁에 어딜 갔었지?"

낮게 가라앉은 목소리가 나라의 말을 차갑게 가로막았다. 전조등의 따가운 빛이 눈부셔 나라는 구긴 미간을 바로 하지 못한 채 의아한 표정을 지었다. 그 순간, 그의 등 뒤를 비추던 전조등이 꺼졌다. 역광 탓에 새까맸던 그의 모습과 얼굴이 선명하게 망막을 파고든다. 어둠을 가르며 시야를 날카롭게 관통하는 푸른 빛. 그 섬뜩한 시선에 이유를 알 수 없는 오한이 온몸으로 엄습해 들었다. 심장이 바짝 오그라든다.

"오늘 저녁, 어딜 갔었느냐고 물었어."

그가 그 특유의 고압적인 어투로 반복해 말했다. 뱉어내는 말한 마디 한 마디로부터 뼛속까지 엘 듯한 냉기가 뿜어져 나오고 있었다. 불현듯 불안감이 엄습했다. 어째서 그가 오늘 저녁의 일을 묻는 거지.

"저녁이라면 잠깐 친구 좀 만나느라 밖에……."

툭.

차가운 밤공기를 가르며 무언가가 발밑으로 떨어졌다. 잠시 말하기를 멈춘 나라는 멍하니 그를 바라보다가 그 소리의 흔적을 따라 그녀의 발치 끝으로 시선을 미끄러뜨렸다. 그리고 동시에, 온몸이 새하얗게 굳어버리고 말았다. 주변 공기가 순식간에 냉각되며 혀끝이 꽁꽁 얼어붙었다. 발아래의 그것은 다름 아닌, Y&A의 프로젝트 시안이었다.

"이, 이걸 어떻게……."

"모른다곤 하지 않군."

억양의 고저 없이 낮은 목소리가 공허한 밤공기를 차갑게 갈랐다. 나라는 바닥에 머물러 있던 시선을 빠르게 들어 그를 바라보았다. 어둠 속에서도 생생히 빛을 발하는 푸른 시선으로부터 파르스름한 안광이 흘렀다. 마주한 눈동자로부터 비롯된 탁한 냉기가 턱하고 숨통을 조여온다.

어떻게 그가 이걸 가지고 있는 것일까. 그의 눈빛은 왜 또 저토록 시린 것일까. 무슨 말이든 해야 할 것 같았지만 당혹스런 나머지 나라는 선뜻 입을 열지 못했다. 시린 바람이 발밑을 스치고 지나간다. 그렇게 이어진 쥐 죽은 듯한 침묵 속에서, 한참을 미동조차 없던 그의 구두 굽이 바람에 팔랑이는 서류의 끝자락을 천천히 짓이기기 시작했다. 시선을 내리자 그의 발아래서 찢겨 나가고 있는 서류 뭉치가 보였다. 종이의 바스락거리는 소리가 소름 끼치게 주변 공기를 울린다. 그리고 그가 물었다.

"서강우와 밤을 보낸 소감이 어때?"

씹어뱉듯 나직한 으르렁거림이 냉각된 공기를 거칠게 흔들었다. 등줄기부터 타고 오르는 소름에 나라는 빠르게 고개를 들었다. 밤하늘마저도 얼어붙일 듯 냉랭한 다크블루가 어둠을 가르고 그녀의 시야를 찢는다. 둔기에 머리를 얻어맞은 것처럼 눈앞이 아찔했다. 집어삼킬 것 같은 광폭함. 손끝이 바들바들 떨린다. 그가 오해를 하고 있었다. 나라는 겁에 질려 감당이 안 될 정도로 떨려오는 아래턱을 다잡으며 서둘러 입술을 떼었다.

"이사님 그게 아니라……."

"그래서 간밤에 그렇게나 이상했던 건가?"

나른한 웃음소리에 실린 빈정거림이 말허리를 끊고 귓전을 긁었다. 서늘하게 말려 올라간 입매 끝이 희미한 미등 아래서 시리게 빛났다. 매끈하게 당겨 있던 입술이 느릿한 속도로 차갑게 굳어 내린다. 그리고 이어진 경멸 어린 한 마디.

"다른 놈에게 안길 준비를 하느라 미안한 마음에."

씹어뱉듯 말을 맺음과 동시에 그는 더운 손을 뻗어 나라의 손목을 거칠게 낚아챘다. 뭐라 한마디 내뱉을 새도 없었다. 돌처럼 단단한 팔이 그녀의 가는 허리 뒤로 빠르게 파고들었다. 짙은 코발트블루가 나라의 시야로 성큼 무너진다. 먹이를 노리는 육식동물처럼 섬뜩한 시선. 등골이 오싹 위축되며 몸 안에 든 모든 세포가 가늘게 떨렸다. 이윽고 뒷머리를 움켜쥐는 강한 손길과 함께 그의 더운 입술이 순식간에 나라를 점령했다.

쿵······!

격한 기세에 떠밀린 몸이 등 뒤에 버티고 선 차가운 담장에 부딪쳤다. 바위처럼 단단한 몸이 나라의 여린 몸을 무자비하게 밀어붙였다. 뜨거운 살덩이가 고통 때문에 벌어진 입술 틈을 비집고 빠르게 갈라 들었다. 그러곤 그 안에 자리한 경직된 혀를 뽑아낼 듯 거칠게 옭아맸다. 배려 없는 그의 움직임이 칼침처럼 따갑게 입안으로 박혀 들었다. 고통에 일그러진 눈을 간신히 뜨자 흉흉하게 타오르는 검푸른 시선이 시야를 덮쳤다. 그 섬뜩한 박력에 두 눈이 겁을 집어먹고 질끈 감겼다.

"으읍! 하아····· 잠시만! 제 말 좀····· 흡!"

아픔을 견디다 못해 신음을 뱉으며 나라는 고개를 돌렸다. 하지만 우악스런 손길이 곧 턱 끝을 잡아 돌려 또다시 입술을 약탈했다. 오해하고 있는 거라고, 강우와는 아무 일도 없었다고 사실을 말하고 싶었으나 기회조차 주지 않았다. 그는 그저 한없이 잔인하기만 한 움직임으로 나라를 탐하고 또 탐할 뿐이었다. 그것은 서로의 숨결을 주고받고, 음미하던 다정한 키스가 아니었다. 먹이를 집어삼키듯 물어뜯는 야만적인 키스였다. 응하지 않고 뿌리치려 했지만 인정사정없는 손길이 여린 턱을 아프게 쥐어 벌렸다. 마지못해 벌어진 틈 안으로 두툼한 혀가 거칠게 침범해 들었다. 화기가 스며 뜨거워진 그의 숨결이 사나운 바람처럼 광폭하게 얼굴 표면을 덮쳤다.

질끈 감긴 눈의 속눈썹 끝으로 물기가 번지기 시작했다. 일방적으로 밀어붙여 오는 그의 움직임을 체념한 듯 받아들이며, 나라는 눈꺼풀을 느릿하게 들어 올렸다. 마주한 검푸른 눈동자가 물기 어린 까만 동공을 잔인하게 파헤쳤다. 그 시린 눈동자에는 이미 신뢰란 없었다. 오로지 불신과 분노만이 검은 불길처럼 일어나 그의 이성을 좀먹고 있을 뿐.

강우를 정리함으로써 이제 모든 것은 끝났다고 생각했었다. 비록 당장은 아플지라도 이로써 카인과의 행복한 나날이 보다 가까워질 수 있을 것이라고 생각했다. 그렇기에 타인에게 상처 준 뒤 돌아올 죄책감을 모두 감내한 것이었다. 그랬건만 그 결과가 고작 불신이라니. 사랑하는 이로부터 마치 겁탈당하듯 탐해지는 이런 우스운 상황이라니. 문득 짙어지는 서글픔과 함께 왈칵 눈물이 치달았다.

이해할 수가 없다. 어째서 그는 자신을 믿지 못하는 것인지. 왜 말할 기회조차 주지 않고 몰아붙이는 건지. 진실을 뒤로한 채 어째서 이렇게 아파야 하는지. 파국으로 치닫는 상황과 막무가내의 난폭함. 이 모두를, 나라는 도저히 이해할 수가 없었다.

그때였다. 나라를 짓누르고 있던 강인한 손길이 이번엔 그녀의 옷깃 속으로 빠르게 파고들었다. 옷 속에 감추어져 있던 여린 살결 위로 서늘하게 닿아오는 시린 감촉에 나라는 흠칫 떨며 두 눈을 떴다. 여전히 감지 않고 뜨여 있는 채로 싸늘한 시선이 나라의 겁에 질린 눈동자를 섬뜩하게 핥아냈다. 그러곤 그녀가 어찌해 볼 틈도 없이, 아랫배를 더듬고 올라온 낯선 체온이 브래지어에 감싸인 가슴을 아프게 움켜쥐었다. 양다리 사이로 거침없이 파고들어오는 강인한 허벅지. 아랫입술을 흉폭하게 찍어 누르는 날이 선 이빨. 컴컴한 어둠 속에서 움직이는 그의 모든 것이 너무도 잔인하고 또 잔인해서 나라는 소름이 일었다.

그가 아니다. 그가…… 아니야.

눈물이 솟기 시작한 두 눈을 질끈 감으며 나라는 그를 밀어내려 발버둥 쳤다. 하지만 연약한 여자의 힘으로 그를 당해낼 수 없었다. 저항에도 꿈쩍 않은 카인이 그를 밀어내려는 가는 손목을 거칠게 잡아채 머리 위로 끌어 올렸다. 그러곤 그길로 입술을 내려 나라의 목덜미로 코를 박았다. 날카로운 이가 물어뜯을 듯한 기세로 여린 살결을 씹어댔다. 흣, 하고 나라의 좁아진 목구멍 새로 신음이 터졌다. 열락의 음성이 아닌, 울음과도 같은 흐느낌이었다. 속눈썹 끝에 한참 동안 맺혀 있기만 하던 눈물방울이 결국 시린 뺨을 긋고 뜨겁게 흘러내렸다. 하지만 그조차도 묵살한 그의 손길은 어둠 속에 가려진 채 한 조각의 망설임도 없이 움직여 나갔다. 거침없고 무자비한 손길. 그것을 더는 견딜 수 없었다.

짜악!

소름 끼치는 마찰음이 적막한 허공을 찢으며 날카롭게 울려 퍼졌다. 잔인하게 그녀를 탐하던 더운 몸이 그녀로부터 떨어져 나갔다. 힘이 빠지지 않은 작은 손이 되돌아오는 소리의 잔상과 함께 가늘게 떨리고 있었다. 나라는 이를 악문 채 눈물이 뚝뚝 떨어지는 눈동자로 눈앞의 그를 매섭게 노려보았다. 어둠 속으로 완전히 빨려 들어갈 것처럼 검고 커다란 형상이 돌아선 뺨을 천천히 되돌려 그녀에게로 향해 왔다.

"대체 왜 이래요? 어째서, 어째서 내 말은 들으려고도 하지 않는 건데요?"

흐느낌에 젖어든 목소리로 악을 지르다시피 외쳤다. 차갑게 가라앉은 주변 공기가 소리의 파장에 따라 크게 울렸다. 그리고 그때, 날카롭게 되돌아오는 메아리 사이로 피식, 흐릿한 웃음소리가 파고들었다. 가느다란 밤바람이 눈물자국이 묻어난 뺨을 싸늘하게 스쳐 지나갔다. 호흡이 차마 내뱉어지지 못하고 목구멍 아래로 차갑게 빨려 들어간다. 싸늘한 밤공기가 좁아터진 목구멍을 갈가리 찢어발기는 듯했다.

웃다니. 이 상황에서…… 웃다니. 나라는 믿을 수 없다는 듯, 눈물이 담긴 눈동자를 천천히 일그러뜨리며 정면을 바라보았다. 어둠에 가려진 그의 얼굴이 살짝 기울며 동시에 희미한 가로등 불이 그의 얼굴을 아득하게 드리웠다. 반쯤 드러난 그의 입가에 붉은, 아니 검은 선혈이 배어 있었다. 그가 천천히 손을 들어 엄지로 입가를 슥 문질러 내려다보았다.

"하."

그의 입에서 빠져나온 바람처럼 낮은 소리가 나라의 귀 끝을 서늘하게 긁었다. 어둠 속에서도 선명한 그의 푸른 눈동자가 천천히 들려 그녀를 마주했다. 그렇게 시선을 마주한 채로 그가 핏자국이 묻어난 엄지를 싸늘히 비틀려 올라간 그의 입술로 가져갔다. 그러곤 붉은 혀끝으로 잔인하리만치 천천히 그 핏자국을 핥아 올렸다. 발등을 타고 오르는 오싹함. 그 속에서, 웃지만 웃지 않은 검푸른 눈동자가 어둠을 삼키고 빛을 묵살했다.

"맛있군."

그리고 그는 돌아섰다. 금방이라도 무너져 내릴 것처럼 위태위태한 연인을 어둠 속에 홀로 남겨둔 채로. 이해로 가지 못한 오해가 희뿌연 안개가 되어, 찬란해야 했을 진실을 가리고 있었다.

「괜찮으십니까?」

뒤따라오는 데릭의 물음에도 카인은 대답 없이 맨션으로 들어섰다. 실내임에도 불구하고 외부와 다를 바 없는 싸늘한 공기가 그의 살갗을 향해 날을 세워 달려들었다. 그 시린 공기를 가로지르며 그는 거실 구석에 비친 된 스탠드바로 다가갔다. 그러곤 투명한 온더록스 잔에 브랜디를 따라 단숨에 들이켰다. 목을 타고 넘어간 뜨끈한 불덩이가 식도를 녹일 듯했다. 위장에서 인 난폭한 화마가 그의 심장을 집어삼키고 머릿속마저 까마득하게 불태웠다. 터진 입가가 욱신거린다.

"이 방에서, 무슨 일이 있었을 것 같습니까?"

기억 속에 자리한 건조한 목소리가 환청처럼 뇌리로 파고들었다. 표정 없는 잿빛 눈동자가 눈앞에 떠올라 그를 조롱한다. 낮게 가라앉은 짙은 코발트블루가 사납게 일그러져 갔다. 잔을 움켜쥔 손이 치닫는 분노를 이기다 못해 떨렸다.

사업상의 미팅 때문에 들른 곳이었다. 본래는 다른 장소로 예정되어 있었으나, 외국에서 입국한 바이어의 빡빡한 일정을 맞춰 주기 위해 불가피하게 그가 묵고 있는 호텔로 약속 장소를 변경할 수밖에 없었다. 그런데 미팅을 마치고 나오던 길에 뜻밖의 인물을 그곳에서 보게 된 것이다. 몸이 좋지 않아 일찍 퇴근하겠다고 했던 나라를.

로비를 벗어나는 그녀를 불러 세울까도 했다. 하지만 미처 행동으로 옮기지 못했던 것은, 꽤 먼 거리임에도 불구하고 시야로 선명하게 파고든 그녀의 눈물자국 때문이었다. 뭔가 불길한 예감이 문득 뇌리를 스쳤다. 그 불길함을 가벼이 떨쳐 버리지 못해 결국 데릭에게 나라가 직전에 다녀온 곳을 알아보라고 했다. 그리고 그곳에는……

"나라에게 일종의 거래를 제안했습니다. 이 기획안과 나라를 조건으로."

와작!

「보스!」

스탠드바 위로 거칠게 내리쳐지는 온더록스 잔과 함께 묵직하고도 날카로운 마찰음이 그의 손 틈새를 빠져나갔다. 단단한 손목 위로 선명히 돋아 있는 푸른 힘줄이 터질 듯 움찔거렸다.

'나라' 라는 두 글자가 잔뜩 뭉그러져 머릿속을 떠돌았다. 그리고 그 두 글자가 내가 아닌 타인과 엉켜 있는 영상도 함께 머릿속을 떠돌았다. 마음이 더욱더 검고 깊게 가라앉아 갔다. 내가 아닌 다른 남자. 내가 아닌…….

산산조각이 난 유리 파편이 팽팽하게 힘이 가해지는 손아귀 안에서 뻐걱— 소름 끼치는 소리를 자아내며 서로에게로 부딪쳤다. 고통 따위는 없었다. 심부에 존재하는 고통이 너무도 막대해서 육신의 고통 따위는 차마 느껴지지도 않았다.

분노, 모멸감, 배신감, 수치심, 그리고 고작 이것밖에 안 되는 스스로를 향한 자괴감.

그 모든 것이 붉은 핏방울 속에 뒤섞여 무딘 손바닥을 갈가리 찢고 바닥으로 뚝뚝 흘러내렸다.

「보스!」

"오지 마."

단호한 명령조의 목소리가 적막한 실내를 차갑게 울렸다. 보다 못해 그에게로 다가가려던 데릭의 몸이 우뚝 멈추어 섰다. 데릭은 황망한 표정으로 자신이 모시는 이를 바라보았다. 한국어였다. 카인이 다름 아닌 한국어로 자신에게 명령하고 있었다. 그리고 그것이 무엇을 의미하는지를 데릭은 모르지 않았다.

완강한 거부.

다가가지도 그렇다고 물러서지도 못한 채 데릭은 눈앞의 카인을 바라보았다. 선혈로 붉게 물든 주먹이 더욱더 힘을 주어 파편을 거머쥐었다. 점점 더 짙게 번져 가는 창백한 핏빛. 그 위로 초점 없는 시선을 내린 채 카인이 말했다.

"이대로, 그냥 이대로 내버려 둬."

안으로 삼켜 넣듯 나직이 읊조리며 그는 거머쥔 손을 풀지 않은 채 그대로 눈을 감았다. 그 어떤 감정도 비치지 않는 무감각한 표정이었다. 그래서 더욱 아픈……

말없이 서 있던 데릭은 카인에게로 머물러 있던 시선을 천천히 거두며 그로부터 등을 돌렸다. 허허로운 적막감이 차가운 실내를 싸늘하게 에워쌌다. 그리고 그 위로, 피가 흘렀다. 슬픔이 흘렀다. 엇갈린 애증이 흘렀다. 카인의 베인 심장 끝으로 흘러나온 피가 가슴 시린 고요함을 그렇게 물들여 가고 있었다.

나라는 책상 앞에 오도카니 앉아 정면에 걸린 괘종시계를 멍하니 바라보았다. 똑딱이는 시계추 소리가 적요한 실내를 규칙적으로 울린다. 그리고 얼마 후.

"오셨습니까."

연약한 시계추 소리를 집어삼키며 한 남자가 들어섰다. 나라는 딱딱할 정도로 예의를 갖춘 인사말과 함께 깍듯이 허리를 숙였다. 하지만 인사를 받은 이에게서는 그 어떤 음성도 돌아오지 않았다.

여전히 숙여 있는 고개 끝으로 타인의 시선이 닿는 것이 느껴졌다. 그러나 말은 없었다. 입술을 지그시 물며 숙인 몸을 천천히 바로 세웠다. 그와 함께 얼굴 위로 따라붙던 시선 또한 차갑게 사라졌다. 나라는 내내 바닥에만 닿아 있는 시선을 그대로 유지한 채, 그가 만들고 있는 침묵에 동조했다. 호흡 하나 오가지 않는 싸늘한 적막이 밀폐된 공간을 폭발시킬 듯했다.

잠시 후, 적막을 헤치며 나아가는 걸음 소리를 따라 나라는 걸음을 옮겼다. 뚜벅, 걸음이 멈추는 소리와 함께 그녀 또한 움직임을 멈추었다. 그러곤 매뉴얼대로 움직이는 로봇처럼, 기계적인 손짓으로 스케줄러를 열며 하루 일정을 열거하기 시작했다.

"각 부서 부장단들과의 아침 회의가 10시에 시작입니다. 이원건설 상무님과의 오찬 약속이 1시에 잡혀 있습니다. 3시에는 쉬크앤룩의 실무진이 본사로 방문하기로 되어 있습니다. 그리고……."

뱉는 말에 한마디 한마디가 더해져 가도, 같은 공간에 있는 남자에게선 여전히 아무런 말도 없었다. 그러는 그와 마찬가지로 자신 또한 냉정함과 무심함으로 일관하기는 마찬가지였으나, 끝없이 이어지는 그의 침묵 앞에서 나라는 점점 인내심이 바닥나고 화가 치밀기 시작했다.

미안하다는 말까지는 바라지도 않았다. 카인 맥클레인이라는 남자가 누군가에게 쉽게 고개를 숙일 사람이 아니라는 것은 익히 알던 바였다. 자신이라 하여 예외일 수 없음도 알고 있었다. 때문에 그의 입에서 '어제는 홧김에 저지른 실수였다'는 말이 나올 것이라곤 감히 꿈에라도 바라지 않았다. 다만 한 가지 소원한 것이 있었다면, 그럼에도 한 가지 감히 기대한 것이 있었다면…… 그가 먼저 오늘의 첫마디를 열어주는 것. 어제에 관한 사과 따윈 없어도 좋으니, 뻔뻔하게나마 평범한 인사말을 건네주길. 그것이 전부였는데.

"이상입니다."

일정 보고를 다 마칠 때까지도 그에게선 한 마디 말도 없었다. 무심히 재킷을 벗어 걸고, 무심히 담배를 입에 물며, 그렇게 시종일관 무심히, 마치 투명인간 취급하듯 행동하고 있을 뿐이었다. 목구멍으로 울컥하고 치닫는 감정의 응어리와 함께 코끝이 시큰댔다. 나라는 하도 깨문 탓에 가만있어도 피 맛이 나는 아랫입술을 또다시 질끈 물었다.

필요 없어. 고작 이것밖에 안 되는 남자 따위, 이젠 나도 필요 없어.

속엣말로 울먹이듯 읊조리며 나라는 앙칼지게 뜬 시선을 들어 그를 노려보았다. 그러곤 차갑게 시선을 거두고 몸을 돌렸다.

"……!"

거두려던 시선 끝에 잡힌 한 장면에, 막 돌아선 나라의 고개가 빠르게 정면으로 되돌아갔다. 화등잔만 해진 검은 눈동자가 놀란 듯 카인에게로 향했다. 정확히는 그의 손이었다. 붉은 혈흔으로 얼룩진 붕대에 감싸인 그의 오른손.

"손이…… 왜 그래요?"

방금 전 했던 다짐도 잊고, 나라는 완전히 흐트러진 목소리로 그에게 묻고 말았다. 창밖을 바라보며 유유히 담배 연기를 뱉어내던 그의 호흡이 잠시 멈추었다. 동요 없는 건조한 표정 위로 짧게나마 감정이 스쳤다. 하지만 그도 아주 잠시 뿐, 카인은 물고 있던 담배를 재떨이에 느릿하게 지져 끄며 건조하게 말했다.

"아무것도 아니야. 그만 나가 봐."

"아무것도 아니긴 뭐가 아니에요! 대체 어쩌다가 이런 거예요?"

나라는 다급히 손을 뻗어 그의 손을 살폈다. 카인에게 화가 나 있었다는 사실 따윈 잊은 지 이미 오래였다. 어느새 눈물이 그렁거리는 두 눈에는 붕대에 배어 있는 선명한 핏자국만이 강렬하게 자리 잡고 있었다. 그가 다쳤다는 사실 하나에 굳게 다진 심사가 단박에 흐트러져 버린 것이다. 가슴이 욱신욱신 조여왔다.

"세상에……. 응급조치는 제대로 한 거예요? 아직도 피 나고 있잖아요."

"됐으니까 신경 끄고 그만 나가."

붙잡힌 손을 차갑게 빼내며 그가 말했다. 그의 냉정함에 또 한 번 가슴에 붉은 생채기가 지려 했지만 나라는 가슴을 꽉 부여잡으며 짐짓 아무렇지 않은 듯 꿋꿋하게 행동했다.

"이리 좀 봐요. 하필이면 오른손이……."

"내 말 안 들리나?"

이마를 할퀴듯 들려온 목소리와 함께 그에게 닿아 있던 손이 무정하게 내쳐졌다. 다음으로 이어진 그의 냉혹한 목소리가 이번에는 나라의 심장을 할퀴었다.

"필요 없으니 나가. 같은 말 여러 번 반복하게 하지 말고."

"누군 예뻐서 이러는 줄 알아요?"

이미 돌아서 버린 그의 등에 대고 날카롭게 외쳤다. 내내 억누르고 있었던 감정이 더는 참지 못하고 폭발해 버렸다.

"저도 이사님 미워요. 마음 같아선 손바닥이 찢기든 손가락이 잘리든 내버려 두고 싶다고요! 하지만!"

울컥 눈물이 치달았다. 목구멍이 꽉 조이며 잠시 말문이 막혔다. 나라는 입술을 꽉 깨물며 터져 나오려는 울음을 가까스로 참아냈다. 더 이상 비참해질 수는 없었다. 나라는 감정에 휩쓸리려는 마음을 가다듬곤 나직이 입술을 뗐다.

"다치셨잖아요. 어렸을 때부터 다친 사람은 절대 모른 척해선 안 되는 거라고 배웠어요. 게다가 이사님은 다름 아닌 제…… 상사시니까."

어느 순간 걷기를 멈춘 그에게선 일말의 미동조차 보이지 않았다. 그 말 없는 등이 지독히도 시렸다. '상사'라고 말하기 전 잠시 가졌던 그 공백의 의미를, 그는 알지 못 할 테지. 자조 섞인 웃음이 입매 끝을 서글프게 당긴다. 하필이면 왜 저런 남자일까. 저렇게도 무심하고 못된 남자를 어쩌자고 이렇게나 좋아하게 돼버린 걸까.

"구급상자 가져올 테니까 앉아 계세요."

나라는 눈물로 흐릿해지려는 시선을 그로부터 떼어버렸다. 캐비닛을 뒤적여 구급상자를 꺼내 드는데 불현듯 눈물이 흘렀다. 밤새 울고도 아직 흘릴 눈물이 남아 있다니, 그저 놀라울 따름이었다. 턱 끝에 맺힌 눈물방울을 손등으로 슥 훔쳐 낸 뒤 나라는 눈물 따윈 흘린 적 없다는 듯 태연한 표정으로 이사실로 향했다. 안으로 들어서자, 여전히 앉지 않은 채 조금 전 걸음을 멈추었던 그 자리에 그대로 서 있는 그가 눈에 들어왔다.

구제 불능 고집쟁이.

나직이 한숨을 뱉으며, 가져온 구급상자를 그의 책상 위에 올려놓았다. 그러곤 그의 앞으로 다가가 붕대 감긴 그의 손을 잡아 들었다. 뿌리치진 않았으나 흔쾌히 응하는 눈치도 아니었다. 시린 정적을 외면하며 그의 손에 감긴 붕대를 풀었다. 생각했던 것보다도 훨씬 깊은 상처가 시야로 아프게 박혀 들었다. 스스로가 상처 입은 것처럼 살갗이 찌르르 아려왔으나, 굳이 티 내지는 않았다.

말 한 마디, 눈빛 하나 오가지 않는 경직된 정적 속에서 나라는 그의 손을 살피기 시작했다. 상처를 자극하는 소독약 때문에 아프다며 한 번쯤 신음할 만한 데도, 애초에 고통 따윈 느낄 줄 모르는 사이보그 같은 남자에게선 어떻게 된 게 사소한 기척조차 느낄 수가 없었다. 제아무리 독하다 한들 이 남자만 할까. 문득 치미는 오기와 함께 상처를 과격하게 건드리고 싶다는 충동이 일었다. 하지만 언제나 그러했듯, 충동은 충동으로 끝날 뿐이다.

"3시 약속 30분 정도 미루고 병원 예약 잡아 놓을게요."

핀셋을 든 손을 조심스레 움직이며 나라가 말했다.

"됐어."

"시키는 대로 하세요."

아니나 다를까 기다렸다는 듯 튕겨 나온 그의 차가운 대답에 나라가 명령조로 받아쳤다. 부하 직원이 상사에게 할 만한 말은 아니었으나 상관없었다. 내내 허공을 향해 있던 시선이 정수리 위로 내려앉는 게 느껴진다. 그 감촉을 무시하며 묵묵히 손을 움직였다.

"이대로 치료 안 했다가 잘못해서 탈이라도 나면 어쩌실 건데요."

"내가 알아서 해. 당신과는 상관없는 일······."

꾹.

그의 상처 위를 떠돌던 핀셋에 의도적으로 힘을 가했다. 동시에 그의 말이 멈추며 내내 미동조차 없던 손이 움찔 동요를 보인다.

"상관있어요."

약솜을 갈아 들며 건조하게 말했다. 마주하고 있진 않지만 그의 푸른 눈동자는 필시 일그러져 있을 것이다. 쌤통이라는 짓궂은 생각과 함께 상황에 맞지 않게도 웃음이 나려 했다. 이 판국에 웃음이라니, 미쳤어. 나라는 당겨 올라가려는 입매 끝을 지그시 물어 일자로 굳혔다.

"이사님 다치시면 그 병 수발 들어야 하는 건 바로 저예요. 너한테 병수발 들게는 안 한다, 그런 말은 마세요. 천성이 막돼먹지 못해서 아픈 사람 보고도 나 몰라라 하는 짓 따윈 못 하니까."

무심이 깃든 목소리로 덧붙이며 새 붕대를 꺼내 그의 손에 감기 시작했다. 응하겠다는 의미인지, 그에게선 더 이상 아무런 말도 없었다. 또다시 찾아든 침묵 속에서 나라는 그의 손에 묵묵히 붕대를 감고, 반창고를 떼어 붙였다. 익숙한 숨결이 이마를 간질인다. 그에게서 흘러나온 짙은 아쿠아 향이 콧속을 더듬고 들어와 그녀의 심장을 흔들었다. 몸속을 타고 오르는 충동과 그를 향한 원초적인 열망. 하지만 손을 뻗을 수는 없었다. 입을 맞출 수도, 그의 품에 안길 수도 없었다. 몸은 한 발자국만 움직여도 닿을 만큼 가까운 거리에 있었으나, 마음은 일억 광년보다도 더 멀어져 있으므로.

바로 어제만 해도 내 것이었던 당신의 숨결이, 바로 어제만 해도 당신의 것이었던 나의 숨결이 어째서 지금은 이토록 가까운 거리에서조차 서로에게 닿을 수가 없는 것인지. 사랑, 그 두 글자가 안겨주는 쓸쓸함이 나라는 못내 서글펐다.

"야, 그만 좀 마셔!"

나라의 손에 들린 맥주병을 빼앗아 들며 다연이 소리쳤다.

"가만히 있는 사람 불러낼 땐 언제고, 이게 지금 어디서 혼자 병나발을 불고 있어?"

"어? 왔구나. 우리 강다!"

마시고 있던 맥주병을 빼앗기고서야 고개를 든 나라가 눈앞의 다연을 보곤 반쯤 풀린 눈으로 배시시 웃었다. 고등학교 때 쓰던 애칭까지 외치며 자신을 부르는 걸 보니 보통 취한 게 아니었다.

"뭐야, 이거? 상태 완전 메롱이네."

"뭐해, 강다. 왔으면 얼른 앉아야지! 술 시키자, 술. 너 뭐 좋아 했지?"

나라가 한쪽 눈썹을 까딱 치켜올린 채 자신을 내려다보고 있는 다연의 시선에도 아랑곳 않으며 조잘거렸다.

다연은 기가 막혀 콧구멍이 턱턱 막힐 것 같았다. 웬일로 먼저 술을 마시자고 하나 했더니, 이따위 개꼬장이나 구경시켜 주려 그랬나 보다. 자신이 오기 전 나라가 혼자 해치운 5개의 빈 술병을 바라보며, 다연이 '허' 벌어진 입 밖으로 기막히다는 듯 헛웃음을 토해냈다.

친구 먹은 지 어언 9년째가 되어가지만, 나라의 술주정을 보는 것은 오늘이 처음이었다. 워낙 술을 안 좋아하고, 또 잘 마시지도 못하는 녀석이라 웬만해선 함께 술자리를 갖는 것조차 극히 드물 정도였다. 그런데 그런 녀석이 먼저 술 얘기를 꺼내고 이렇듯 마셔대니 다연으로서는 그저 생소하고 황당할 따름이었다.

"보자아. 우리 강다가 뭘 좋아했더라? 호가든? 네가 좋아한 게 호가든이었던가?"

다연은 메뉴를 보며 골똘히 술을 고르고 있는 나라를 가늘게 뜬 눈으로 바라보았다. 주정하는 모습이 우스우면서도, 대체 무슨 일이 있었기에 이 녀석이 이러나 싶어 한편으로는 걱정이 앞섰다. 아침 댓바람부터 전화를 걸어서는 이유도 말 않고 펑펑 울어댈 때부터 눈치챘지만, 애가 이 정도로 망가지는 걸로 봐선 아무래도 보통일이 아닌 모양이다.

"이거 시켜야겠다. 여기요! 호가든 2병 더 갖다주세요!"

나라가 손을 번쩍 들며 종업원을 향해 소리쳤다. 주변 사람들의 시선이 일제히 나라에게로 향한다. 혀를 쯧쯧 찬 다연이 허공에서 휘휘 저어대는 나라의 손을 냉큼 끌어 내리며 면박을 줬다.

"손 내려, 기지배야. 방방곡곡에 나 술 취했어요, 광고라도 하냐? 쪽팔리게 소리치지 말고 버튼 누르면 될 거 아니야, 이 멍충아! 말짱한 손 뒀다 뭐 해?"

다연이 테이블에 부착된 노란색 버튼을 손가락으로 툭툭 가리켰다. 손끝을 따라 느릿하게 시선을 옮긴 나라가 '어? 요게 있었네?' 하곤 배시시 웃는다. 취해도 보통 취한 게 아니다. 이거 분명히 뭔가 있어. 궁금증이 극에 달해 나라 쪽으로 몸을 기울이며 넌지시 물었다.

"어이, 보나라. 너 오늘 무슨 일 있었어?"

"무슨 일? 아─니! 그런 거 없었는데."

배배 꼬인 혀로 말캉한 말을 내던진 나라가 또 술을 겁도 없이 들이켰다. 말리려 했으나 그렇다고 들어먹을 상태가 아니었다. 쯧쯧, 혀를 찬 다연은 나라가 하도 정신없이 들이마시는지라 그녀의 턱을 타고 흘러내리는 술을 휴지로 슥 훔쳐 내 주었다.

"아니긴 뭐가 아니야. 척하면 삼천리고 착하면 내가 네 이 머리통에 들어가 있는데."

"또, 또, 또! 거짓말 한다, 강다연. 네가 손오공이냐? 내 머릿속에 들어가게."

"말이 그렇다는 거지, 기지배야!"

거듭되는 딴지에 다연이 술을 닦아주던 휴지를 나라의 얼굴을 향해 팩! 던졌다. 그러자 나라가 잠깐 배시시, 웃더니 이내 또 두 눈을 게슴츠레하게 뜨며 외친다.

"어쭈, 이게 언니한테! 너 좀 혼나 볼래?"

"뭐? 내 참 기가 막혀서. 헛소리할 시간 있으면 노가리나 처먹 어!"

기가 막힌 다연이 나라의 주둥이에 노가리 한쪽을 억지로 쑤셔 넣었다. 그것을 퉤퉤 뱉어내려다가 뜻대로 안 된 나라가 어쩔 수 없이 질겅질겅 씹어대며, 술기운에 힘이 빠진 몸을 테이블 위로 고꾸라뜨렸다.

"너무해, 강다. 오랜만에 보는 건데 계속 야단만 치구."

나라가 풀이 죽은 얼굴로 불퉁하게 중얼댔다. 그러다가 턱을 테 이블에 괸 채 푸— 하고 입술을 턴다. 한창 짜증이 솟구쳐 있던 다 연은 나라의 그러한 모양새를 보자 불현듯 웃음이 났다. 자주 보 는 것도 아니고 난생처음 보는 주정인데, 이 정도면 봐줄 만하다 싶었다. 어째 얘는 술주정도 이렇게 귀엽게 하나. 술만 마셨다 하 면 개가 되는 자신과는 달리 주정도 예쁘게 하는 나라가 다연은 참 얄미웠다. 손에 들린 노가리로 나라의 머리를 탁탁 치며 다연 이 말했다.

"야야, 너 혹시라도 그 로얄 페이스 영국인 앞에서 이딴 모습 보 이지 마라."

"누구? 이사…… 님?"

"그래, 이.사.님. 너 까딱했다간 어홍 하고 그 자리에서 잡아먹 히는 수가 있어, 인마."

제가 자초해 놓곤 순결 잃었다고 또 질질 짤 나라를 생각하며 다연이 웃었다. 하기야, 이젠 그래도 상관없을 것이다. 그 로얄 페이스 이사님이 바로 나라의 연인이 되었으니 말이다. 부러운 눈길로 나라를 흘기며 다연은 술병을 들었다. 저는 웬 똘아이 같은 공차는 놈이 '악연'으로 꼬여드는 이 마당에 나라는 핸섬한 외국인 이사와 러브러브라니. 아무튼, 세상은 여러모로 불공평했다.

"이사…… 님……."

귓바퀴에 축축하게 젖어드는 목소리에 술병을 기울이던 다연의 손이 불현듯 멈추었다. 분명 젖어 있는 목소리다. 귀를 의심하며 돌아보자 나라가 방금 전까지의 방방 뜬 목소리가 아닌 가라앉은 목소리로 누군가를 반복해 읊고 있었다. 이어 나라의 얼굴과 맞닿은 테이블 위로 스민 물방울이 다연의 시야에 잡혔다.

"야, 보나라. 너 갑자기 왜 울어?"

"이사님."

"갑자기 왜 그러냐니까? 나라야. 인마."

"이사님, 이사니임."

다연의 외침에도 불구하고 나라는 눈물을 뚝뚝 떨구며 계속해서 중얼거리기만 했다. 느닷없이 연락이 와 술을 하자고 했을 때부터 뭔가 일이 있구나 짐작하긴 했었지만 그게 그 이사라는 사람과의 일일 거라고는 미처 생각지 못하고 있었다.

이제 막 시작한 연인들에게 대체 무슨 큰일이 있었기에 이러는 것일까? 울고 있는 나라에게 선뜻 묻지 못하며 안타까운 눈으로 그녀를 바라보고 있는데, 자잘한 진동음이 테이블을 울렸다. 나라의 핸드폰이었다. 이 시간에 웬 전화지? 취한 나라를 대신해 핸드폰을 받으려 다연이 손을 뻗었다.

탁!

고꾸라져 있던 몸을 벌떡 일으킨 나라가 핸드폰을 잽싸게 낚아챘다. 그러곤 번호도 확인하지 않은 채 폴더를 열어제꼈다.

"이사님!"

"야! 이게 지금 누군지 알고 대뜸 이사님이래?"

혹시라도 부모님한테 온 전화면 어쩌려고 저러는 거야!

나라의 돌발 행동에 당황한 다연이 당장에 핸드폰을 뺏으려 손을 뻗었다. 하지만 술 취한 이는 막을 자가 없다는 말을 몸소 증명하기라도 하듯 나라는 막무가내였다.

"이사님!"

"야! 이 기지배야! 전화 이리 내놓으라니까!"

"나빠요, 이사님. 이사님 진짜 나빠."

"야아!"

"어쩜 그래요. 내 말은 들어주지도 않고. 믿지도 않고. 강우 씨랑 아무 일도 없었는데. 정말 아무 일도 없었는데……."

핸드폰을 뺏기 위해 허공을 붕 휘두르던 다연의 손이 일순 멈추었다. 나라의 말 가운데 나온 한 이름이 신경을 잡아챘다. 강우라니.

'서 팀장님?'

"왜 안 믿어요, 내 말. 난 이사님 믿고 호텔 방에서 그냥 나왔는데 이사님은 왜 날…… 믿지 못하는 거예요."

나라의 흐느낌이 얼음이 다 녹아내린 냉수 잔 위로 뚝뚝 스며든다. 말할 기회조차 주어지지 않아 차마 꺼낼 수 없었던 말들이 눈물 젖은 입술을 타고 누군지 모를 상대의 귓가로 젖어들었다.

"보고…… 싶어요."

"……"

"이사님이 너무너무 보고 싶어."

그 말을 마지막으로 나라가 꼭 쥐고 있던 핸드폰을 놓치며 테이블 위로 고꾸라졌다. 서 팀장이 어쩌고 이사라는 놈이 어쨌다고? 나라가 한 말을 머릿속으로 정리하며 생각에 잠겨 있던 다연은 이내 무언가가 번뜩 떠올라 급히 핸드폰을 확인했다.

―900109181XXXX

"어? 어디서 많이 본 번호 같은데."

어쩐지 낯이 익은 수신 번호에 다연이 갸우뚱거리며 핸드폰 액정을 주시했다. 하지만 일단 부모님은 아니구나 싶어 이내 안심해 버렸다. 눈길을 돌리자 나라가 여전히 눈물을 흘리며 테이블 위에 고꾸라져 있었다. 무슨 말을 해야 할지 난처해서 다연은 괜스레 면박을 던졌다.

"야, 이기지배야. 너는 전화 건 사람이 누군지 확인도 안 하고 대뜸 그런 말을 하면 어떡하냐. 집이 아니었기에 망정이지."

흐느끼다 지친 나머지 잠이 든 나라의 모습을 보며 다연이 한숨 지었다. 얼마나 울었는지 눈이 물에 불려 놓은 오징어 대가리마냥 통통 불어 있었다. 혀를 두어 번 차곤 나라가 마시다 만 맥주를 들어 들이켰다. 맥주의 탄산이 혀끝부터 뿌리까지 구석구석 자극적으로 감싸 돈다. 그 톡톡 튀는 맛을 음미하며 측은함이 어린 눈길을 나라에게로 향했다.

"자고로 맥주가 제맛이려면 혀끝에 착 감기는 기포가 필요한 법이고, 연애가 제맛이려면 서로를 단단히 묶어주는 신뢰가 필요한 법인데, 니들 연애는 아직 발효가 덜 됐나 보다."

다연의 말이 한숨이 되어 나라의 눈물자욱 위로 내려앉았다.

Cacao Valentine's Day

타는 듯한 갈증에 입안이 버석거렸다. 잠에서 완전히 깨지 못해 뒤척이던 나라가 목을 긁적이며 중얼거렸다.

"엄마, 나 물……."

"엄마 좋아하시네."

귓전을 치는 걸걸한 말투에 나라가 번쩍 두 눈을 떴다. 국자를 쥔 채 허리춤에 손을 얹고 선 한 여인이 희뿌연 시야 사이로 파고들었다.

"강다연?"

"그래, 나다! 이 쳐 죽여도 시원찮을 기지배야!"

기차 화통을 삶아 먹은 듯 쩌렁쩌렁한 다연의 목소리가 귓전을 지잉 하고 울렸다. 여전히 몽롱한 뇌리가 욱신하고 아려온다. 관자놀이를 따갑게 찌르는 숙취의 고통 때문에 지끈거리는 머리를 매만지며 고개를 들자 낯선 경관이 나라를 반겼다.

"여기가 어디야?"

"얼씨구. 어디긴 어디야, 기지배야. 우리 집이지! 아니, 뭘 이기지도 못할 술을 그리 처마셔? 내가 어제 널 여기까지 업고 오느라 얼마나 힘들었는지 알아?"

다연의 역정에 그제야 나라는 상황을 파악할 수 있었다. 간밤에 술에 취해 다연의 오피스텔로 실려온 모양이었다. 그러고 보니 혼자 술을 마시고 있던 호프집에 다연이 들이닥친 이후로 기억이 전무하다. 대체 얼마나 술을 마셔댄 건지 상한 속은 아려오고, 몽롱한 머릿속은 계속해서 욱신거렸다.

"네가 어제 웬 미친년처럼 혼자 병나발을 불어댈 때부터 알아봤다. 내 그때 일찍이 사태를 파악하고 도망갔어야 됐는데 얼어죽을 놈의 의리는 지켜 뭔 호사를 누리겠다고 그 자리에 버티고 있었는지. 어휴, 마음 약한 내가 미련한 년이지, 미련한 년이야."

"어제 나 많이 취했었어?"

다연의 잔소리를 뒤로한 채 여전히 지끈대는 관자놀이를 누르며 묻자 다연이 혀 차는 소리와 함께 나라를 스윽 흘겨봤다.

"몰라서 묻냐?"

"······혹시 실수는?"

혹시나 하는 생각에 망설이듯 물음을 던졌다. 마시지도 못하는 술을 무작정 들이부었던 것엔 그럴 만한 이유가 있었기에 혹여 그와 관련하여 실수하지 않았을지 더욱 걱정스러웠기 때문이다. 그러자 다연이 두 눈을 가자미처럼 뜨며 나라를 쳐다보았다.

"왜? 너 속상하게 한 그 인간한테 취한 정신에 전화 걸어서 흠씬 욕이라도 퍼부었을까 봐?"

나라의 두 눈이 놀란 토끼마냥 휘둥그레졌다.

"설마 그랬어?"

"어째 저리. 쯔쯧."

"그랬니? 정말 그랬구나!"

자문자답한 나라가 경악 어린 표정으로 이부자리에서 벌떡 일어나며 꽥 소리를 질렀다. 다연이 '어디서 아침 댓바람부터 비명 질이야!' 하고 손에 들린 국자로 나라의 머리통을 내려쳤다. 눈물이 찔끔 날듯 아려오는 부근을 손바닥으로 매만지며 나라가 울상을 한 채 채근했다.

"정말 그랬어? 내가 정말 이사님한테 전화해서 막 욕하고 그랬어? 어?"

혹시나, 만약에, 정말로 카인에게 그런 추태를 부린 거라면. 나라는 생각만으로도 끔찍해 질끈 두 눈을 감아버렸다. 안 그래도 최악인 상황에 그런 최악의 모습마저 보였다면 그나마도 남은 정마저 떨어질 게 분명했다.

"아니지? 나 주정 같은 거 안 부렸지?"

"한심한 년."

"야아!"

걱정이 잔뜩 맺힌 말간 눈동자에 대고 쯧 혀를 차며 다연이 돌아섰다. 곧장 뒤를 쫓으며 채근했으나 돌아온 건 다연의 타박뿐이었다.

"아, 시끄러워! 히프 걷어차기 전에 작작 징징거리고 일어나 씻기나 해, 기지배야. 오늘이 주말인 줄 알아? 늦기 전에 출근해야 할 거 아니야!"

"글쎄 그랬냐니까? 강다연!"

그렇게 또, 태양은 떠올랐다.

"근데 아무래도 이상한데서 걸려온 전화였나 봐. 010도 아니고 011도 아닌 것이 괴상망측하더라고. 그러고 보니 그 번호 묘하게 낯이 익긴 했었는데……. 뭐, 다행히도 그 망할 양.키.이.사.자.식은 아니었던 듯싶으니 안심해라."

나라의 일로 되레 자신이 카인에게 악감정이 생기기라도 한 듯, 다연이 빠득 이를 갈며 말했다. 그러곤 시뻘건 총각김치를 아삭 베어 물어 살벌하게 씹었다.

"다행이네."

내내 마음을 졸이며 다연의 말을 기다리고 있었던 나라는 조금은 허탈한 표정을 지으며 그제야 들고만 있던 젓가락을 움직이기 시작했다. 새하얀 앞니에 고춧가루 한 조각을 떡하니 붙인 다연이 그런 나라를 의아한 눈초리로 바라보았다.

"너 표정이 왜 그래? 아무 일 없었다면 기뻐 날뛰어야 정상 아니야? 근데 왜 그런 서운한 표정을 짓는데?"

"서운해하긴 내가 언제. 그냥 숙취 때문에 기운이 없어서 그런 거지."

속이 훤히 내보이는 표정을 지으며 애써 아닌 척하는 나라를 보곤 다연이 손에 들린 시뻘건 총각김치를 또 한 번 씹으며 '밸 없는 것' 하고 중얼거렸다.

그래, 사실은 내심 기대했었다. 술기운에 전화를 걸어, 별 볼 일 없는 자존심과 고집 때문에 털어놓지 못했던 진실과 진심을 그에게 죄다 말해버렸기를, 그 소리를 듣곤 그와 자신 사이에 존재하는 모든 오해가 풀려 있기를, 내심 바랐다. 그런데……

나라가 입매 끝을 쓸쓸하게 당기며 밥알을 깨작였다. 그렇게 쉽게 풀릴 일이었다면 애초에 이렇게 꼬일 일도 없었을 거라는 걸, 바보같이 잊고 있었다.

"근데 우리 집엔 어떻게 했어?"

밥상머리에서 청승 떠는 스스로가 한심해 화제를 바꿔 다연에게 물었다.

"다 알아서 전화 드렸으니까 괜한 걱정 말고 해장이나 해, 이것아. 이 언니의 북엇국을 맛볼 수 있는 기회가 어디 그렇게 흔한 줄 알아? 기껏 저 생각한다고 새벽부터 일어나 밥했더니. 너 계속 그렇게 성의 없이 먹으면 주둥이에 깔때기 쑤셔 넣어서 국 부어 버릴 줄 알아!"

다연이 금방이라도 깔때기를 쥐고 올 태세로 외쳤다. 어쩜 기지배가 저렇게 입이 거친지. 나라가 식겁한 표정으로 냉큼 국을 떴다. 뜨거운 그것을 후후 불어 꿀꺽하고 한 입 삼키자 맑은 물이 상한 속을 시원하게 다스려 왔다. 의외로 맛이 좋았다.

"옜다."

숟가락으로 몇 번인가 국을 떠먹는 나라의 코앞에 무언가가 날아와 툭 떨어졌다.

"이게 뭐야?"

"열어봐."

나라는 의아한 표정으로 다연을 바라보았다. 그러다가 눈앞의 그것을 주워 안을 들춰 보았다. 종이백에 든 핑크색의 그것은 예쁘게 포장된 초콜릿 상자였다.

"이걸 나한테 왜 주는데? 내 간식이야?"

"등신. 간식 좋아하고 자빠졌네. 오늘이 며칠이냐?"

"오늘? 오늘이 2월 14일인가?"

"그래, 발렌타인데이잖아."

발렌타인데이? 나라의 눈이 또 한 번 커졌다.

"네가 하도 정신없어 준비 못했을까 봐 내가 어제 너 떠메고 집에 오던 길에 하나 샀다. 그거 그 죽일 양키놈 갖다 줘. 명색이 발렌타인데인데 짝도 있는 애가 혼자서 청승 떨어서야 되겠냐."

정신없는 나머지 생각지도 못하고 있던 사실이었다. 2월 14일이 다름 아닌 발렌타인데이라는 것을. 그런데 다연이 날 대신해 준비하다니. 스물여섯이나 들어 그런 걸 챙긴다는 게 어찌 보면 우습기도 했지만 그보다 전혀 뜻밖인 다연의 호의가 놀라워 나라는 커진 동공을 좁힐 수가 없었다.

"잘은 모르겠다만 네 주정 듣고 대강 짐작한 건데, 만약 내가 예상하고 있는 상황이 맞다면 남자로선 충분히 오해하고 분개할 만한 일이었을 거라 생각해. 제 여자가 호텔 방에서 나오는 거 보고 오해 안 할 놈이 어디 있어. 물론 네 말 안 듣고 막무가내로 몰아붙인 건 그 사람 잘못이지만, 막말로 너희 시작한 지 얼마 안 됐잖아. 신뢰라는 게 그렇게 금방 쌓아지니? 왜 믿지 못하는 거냐고 화내기 전에 사실부터 말하는 게 순서라고 본다, 난. 싸우더라도 오해는 풀고 싸우라 이거야. 그래야 너도 그 사람한테 뭐라 할 말이 있고."

나라는 여전히 두 눈을 커다랗게 뜬 채로 다연을 바라보았다. 자신의 일에 다연이 이렇게나 걱정하고 있었다니. 입 밖으로 꺼낸 적조차 없었기에 더욱 생각지도 못하고 있었다. 그런데 다연은······.

나라는 손안에 든 초콜릿 상자를 물끄러미 바라보다가 다시금 다연에게로 시선을 옮겼다. 말하지 않아도 아는 게 정(情)이라고 했던가. 새삼 우정이라는 두 글자가 소중하게 여겨졌다.

"뭘 그렇게 느끼한 눈으로 쳐다보고 있어? 밥 안 먹어?"

"고마워, 다연아."

"등신."

까칠하게 욕을 뱉은 다연이 헛기침과 함께 고개를 획 돌렸다. 단정하게 묶어 올린 머리카락 아래 드러난 양 귀 끝이 살짝 빨갛다. 저 뻔뻔이가 쑥스러워하고 있다. 픽 웃음이 터지며 마음 한구석이 찡했다.

"잘 해볼게, 나. 널 봐서라도 오늘은 꼭 그 사람이랑 풀게, 다연아."

"그걸 말이라고 하냐? 그게 얼마짜리 초콜릿인데 당연히 풀어야지! 아무튼 이번에도 못 풀고 질질 짜면서 나 찾아오면 그땐 내가 가서 그 인간 반 죽여 놓을 테니 그리 알아. 지 여자 하나 못 믿는 자식이 무슨 사랑을 한다고. 사실을 말했는데도 초콜릿 내던지면서 너 안 믿으면 더 두고 볼 것도 없어. 당장 헤어져!"

멋쩍어 그러는지 아니면 참으로 분개한 것인지 밥알까지 튀기면서 열변을 토한 다연이 남은 밥을 싹싹 긁어 입안에 털어 넣었다. 그러곤 꺼억 소리를 내며 북엇국을 들이켰다.

항상 퉁명스럽고 걸쭉한 욕설로 저를 타박하는 다연이었지만 나라는 알고 있었다. 그 말과 행동이 실은 모두 그녀를 향한 애정에서 나온 것이라는 것을. 가끔 너무도 격한 그녀를 감당하기 쉽지 않아 토라질 때도 있었지만, 그 내면에 자리한 끈끈한 우정을 알기에 전혀 상반된 성격임에도 불구하고 9년이라는 지겨운 세월을 버텨 올 수 있었던 건지도 모른다.

"아악!"

서로의 지난날을 떠올리며 실없이 웃고 있는 나라의 머릿속으로 별안간 다연의 비명 소리가 스쳤다. 놀라 고개를 들자 다연이 경악 어린 표정으로 시계를 바라보고 있었다.

"7시 반? 아씨, 야, 인마! 너 때문에 나까지 회사 늦게 생겼잖아! 그만 좀 굼뜨고 빨리빨리 좀 처먹어!"

"벌써? 알았어!"

새록새록 싹트는 우정 속에서 나라의 생애 가장 '달콤한 발렌타인데이'가 그렇게 막을 올리고 있었다. 그리고 그 시간, 터키에서는……

"뭐어……?"

한국의 아침 시간에 맞춰 전화를 건 민은 윤으로부터 전해 들은 전갈에 목소리가 절로 높아지고 말았다.

"외박? 보나라 이게 진짜 간땡이가 완전히 부었구만! 친구네 집? 병신이냐, 그 말을 믿게! 넌 대체 집에 있으면서 뭘 하냐, 이 옆집 치와와보다도 못한 자식아! 하나뿐인 여동생 하나 제대로 간수 못 하고 뭘 해!"

간밤에 한 전화 통화로 인해 생긴 노파심의 불똥이 윤에게로 튀었다. 경악스런 통화 내용의 충격이 아직 가시지 않은 차, 나라가 생전 않던 외박을 했다는 소리까지 듣자 민은 금방이라도 머리 뚜껑이 열릴 것만 같았다.

"보나라 이거 완전히 미쳤다니까. 처음에는 느닷없이 나빠요 나빠요, 그러더니 중간엔 강운가 소나긴가 하는 놈이랑 호텔이 어쩌고 씨부렁대다가 막판에는 뭐? 이사님이 보고 싶어? 오기 전부터 어째 영 찝찝하다 했어. 꼭 똥 싸고 뒤 안 닦은 것처럼 뒷구멍이 께름칙하더라니까. 그때 그냥 한 방 날려줬어야 했는데 보나라 고게 말리는 바람에, 에이 쌍!"

격분한 민이 숙소의 유리창이 깨져라 고래고래 소리를 질러댔다. 지난밤 전화기를 통해 들었던 나라의 말들이 하나둘 떠오르며 화가 치밀었다. 술 취한 여자 입에서 보고 싶다는 말이 나오다니, 이미 게임은 끝난 상태임에 틀림없었다. 진즉에 옐로카드를 내보이며 경고를 줬다면 이럴 일이 없었을 텐데. 게다가 더욱 화가 나는 건 통화 당시 전해져 온 나라의 울음소리였다. 감히 내 하나뿐인 여동생 눈에서 눈물이 나게 해? 이건 두말할 것 없이 레드카드 감이다.

"야, 보윤! 너 지금 당장 가서 그 자식 족쳐! 뭐? 지금 회사 상사가 문제냐, 이 똘추 같은 자식아! 상사라는 놈이 제 비서를 건드리냐고! 너 솔직히 말해. 그때 그 새끼한테 쥐어 터진 것 때문에 무서워서 그러지? 어이구, 새끼. 생긴 건 산적같이 생겨가지고 덩칫값도 못 하고."

치미는 화에 애꿎은 윤에게 욕을 퍼부어댄 민이 머리카락을 쥐어뜯으며 거칠게 읊조렸다.

"아악, 몰라 몰라! 이런 염병할! 내가 있었어야 했는데. 이 보민님께서 한국에 있었어야 했는데! 내가 이 빌어먹을 훈련만 안 왔어도! 이런 빌어먹을……!"

참다못한 민이 제 앞에 놓인 축구공을 뻥 하고 걷어찼다.

그리고 그날. 미국(보준)과 터키(보민)와 한국(보윤) 삼국에서, 파란 눈알의 외래종 울프에게서 하나뿐인 여동생을 사수하기 위한 보브라더스의 긴급회의가 소집되었다.

후덥지근한 히터 열이 그득히 차 있는 차 안. 석고상과 같이 뻣뻣한 자세로 미동도 않고 앉아 있던 나라는 자꾸만 쏠리는 신경을 못 이겨 그녀의 왼편을 힐끔 곁눈질했다. 언제나와 마찬가지로 한시도 일거리에서 눈을 떼지 않는 카인의 모습이 시선 끝에 걸렸다. 기품 있는 자세, 느긋하게 서류를 넘기는 손놀림, 일을 할 때면 무표정해지는 얼굴. 그 모든 것이 평상시와 똑같았으나 한 가지만은 달랐다. 나라에게 단 한 마디도 붙여오지 않는다는 것. 마치 보이지 않는 벽이라도 쳐 놓은 듯 주변인은 신경도 쓰지 않은 채 일에만 몰두하고 있는 그를 보며 나라는 폭 한숨을 쉬었다. 가지런한 손끝이 무릎에 놓인 하얀색 종이백을 수차례 만지작댄다.

어떤 말을 건네면서 그에게 이것을 건네야 할지 하루 종일 고민했다. '오해예요!' 라고 대뜸 소리치기는 뭐해 말붙일 만한 기회를 엿보았으나 쉬이 곁을 주는 사람도 아니어서 좀처럼 틈을 찾을 수가 없었다. 그러는 사이 해는 뉘엿뉘엿 저물었고 어느새 저녁때가 되어버린 것이다. 다행히 워커힐 호텔에서 있는 브랜드 론칭 패션쇼가 저녁 일정으로 잡혀 있어 조금이나마 시간을 벌긴 했지만, 그렇다 하여 번 시간을 효율적으로 사용할 뾰족한 수가 있는 것도 아니었다.

어떻게 하면 좋을까. 한참을 고민하는데 불현듯 다연이 떠올랐다. 짠순이 강다연이 웬일로 큰맘 먹고 베푼 아량인데 이렇게 건네보지도 못한 채 끝낼 수는 없었다. 다연을 생각해서라도 뭐든지해야 한다. 마음을 결연히 한 나라가 종이백을 쥔 손가락에 힘을 실었다.

"이사님, 저……."

철컥.

어느새 행사장에 도착했는지 그가 차에서 내려서고 있었다. 당황한 나라는 휘둥그런 눈으로 그의 뒤를 쫓다가 그를 따라 서둘러 차에서 내려섰다. 행사장에 들어가는 즉시 바빠질 게 뻔하다. 그 전에 초콜릿을 전해주어야 했다. 마음을 굳게 다지며, 호텔 로비로 들어서는 그를 다급히 쫓았다.

"이사님, 잠시만!"

막 목소리를 높인 순간, 급한 마음에 너무 서둘렀던 게 화근이었던지 발이 땅을 헛디뎌 꺾이고 말았다. 동요가 인 몸이 크게 휘청인다. 목덜미를 긁어 내리는 소름에 아차 싶어 두 눈을 질끈 감은 그때였다.

"조심해."

"……!"

허리로 감기는 타인의 열기와 함께 익숙한 음성이 머리 위에서 울려 퍼졌다. 화들짝 놀라 고개를 들자 낯익은 얼굴이 시야를 파고들었다. 강우였다.

"덜렁대는 건 여전하구나."

"고맙습니다."

태연하게 말을 건네는 그를 뒤로하며 나라는 냉큼 그의 팔로부터 벗어났다. 나라가 빠져나간 팔을 멍하니 바라보던 강우가 쓸쓸히 웃으며 손을 거두었다. 그런 강우의 표정이 못내 신경 쓰였지만 이내 고개를 돌리고 말았다. 자신이 상처 입힌 이에게 쓰는 동정과 오지랖 따윈 비루한 사치일 뿐이었다.

나라는 서투른 손짓으로 흐트러진 옷매무새를 매만지며 강우의 시선을 피했다. 중요한 때에 강우를 마주한 것으로 봐선, 오늘도 또 뭔가 꼬일 것만 같았다. 그러는 나라의 앞으로 강우가 무언가를 주워 내밀었다.

"네 거지?"

"그거 이리 주세요."

그의 손에 들린 물건을 확인하곤 재빨리 낚아챘다. 초콜릿상자가 든 종이백. 넘어지려던 차에 떨어뜨린 모양이었다.

"그 사람 거니?"

지독히도 무감정한 목소리에 잠시 움찔했다. 하지만 이내 평정을 되찾고 매몰차게 받아쳤다.

"그 사람 거든 아니든 강우씨 와는 전혀 상관없는 일일 텐데요. 그럼 전 이만 가보겠습니다."

"그 사람과의 사이는 어떠니?"

막 강우로부터 돌아서려던 나라의 몸이 멈칫했다. 그 틈을 놓치지 않으며 강우가 말했다.

"오늘은 웬일인지 따로 걷던데. 그때 일이 아직 안 풀린 모양이지?"

마치 무언가를 알고 있는 듯한 묘한 뉘앙스. 나라는 멈춰 있던 몸을 천천히 돌려 강우에게로 향했다. 건조한 잿빛의 시선이 흔들리는 까만 눈동자를 담담히 마주한다. 거기엔 긍정도 부정도, 그 어떤 동요도 없었다.

"역시 강우 씨가……."

마지막으로 지니고 있던 미안한 감정마저 산산이 부서졌다. 그래도 믿었는데. 강우가 벌인 일이 아닐 거라고 굳게 믿었는데.

"끝까지 날 실망시키는군요."

"그게 내게 실망할 일인가?"

감정이 실리지 않은 단조로운 어조로 강우가 빈정거리듯이 말했다.

"난 그저 사실만을 말했을 뿐이야. 그걸 제멋대로 각색하고 오해해서 받아들인 건 그 자식이었어. 그러니 실망을 해도 널 믿지 못한 그 자식에게 해야 맞는 거 아닌가?"

"말이 사실이지 오해할 만한 여지를 남겨둔 빈틈 있는 사실이었겠죠."

"그렇더라도 나라면 널 믿었어. 적어도 오해를 하기 전 네 말부터 들어봤⋯⋯."

"뭔가 착각하고 있나 본데요."

강우의 말을 차갑게 가로막으며 나라가 강우를 똑바로 바라보았다.

"중요한 건, 누가 나를 믿었고 누가 나를 믿지 못했느냐가 아니에요."

칼날처럼 단호한 어조에 강우는 표정을 멈춘 채 나라를 마주했다. 확연한 적의를 품은 까만 눈동자가 차갑게 강우의 심장을 관통했다.

"나를 믿어줬으면 하는 그 사람이 바로 누구이냐지."

나라의 것이라고는 믿을 수 없을 만큼 냉정한 음성. 강우는 바지주머니에 찔러 넣은 주먹을 가만히 움켜쥐었다. 믿어줬으면 하고 바라는 사람. 더 이상의 덧붙임은 없었으나 강우는 알 수 있었다. 나라의 흔들림 없는 시선이 말하고 있었다. 그자라고. 내가 아닌, 그 자식이라고. 참혹하게 일그러진 심장이 나라의 거짓 없는 시선 앞에서 갈가리 찢겨 발아래로 무너진다.

"이만 먼저 가보겠습니다. 안녕히 계세요, 서강우 팀장님."

예의를 갖춘 깍듯한 인사를 마지막으로 나라가 돌아섰다. 예의를 가장한 선을 그으며, 단호히.

박진감 넘치는 음률이 울리는 런웨이 위를 늘씬하게 빠진 미녀들이 자신감 있는 워킹으로 거닐고 있었다. 아직 아시아에서는 입점한 바가 없는 유럽 유명 브랜드의 첫 아시아 론칭 행사인 만큼 행사장은 각계각층의 유명 인사들로 가득했다. 방송사와 패션 업계의 고위 간부층부터 시작해 국내의 내로라하는 인기 연예인들까지. 여기저기서 터지는 눈부신 플래시와 셔터만 보더라도 이번 '렌느' 유치 건이 성공적임은 두말할 나위가 없었다.

이를 통해 지난번 명품 유치 실패로 인해 고급 백화점으로써의 이미지를 실추할뻔 했던 IBMC가 다시 한 번 입지를 굳히게 될 것 또한 의심의 여지가 없었다. 그리고 그 정점에는 이번 유치 건을 진두지휘한 IBMC의 이사, 카인 G. 맥클레인이 있었다.

"여전히 바쁘시네."

행사가 끝난 후에도 인사를 나누느라 분주한 카인을 보는 나라의 입술 새로 낮은 한숨이 흘러나왔다. 비서인 나라가 그의 옆에 따라붙어 다녀야 당연한 것이었으나 상사인 그가 허락지 않는데 한낱 비서일 뿐인 그녀가 어찌할 수 있으랴. 게다가 그에겐 열 보나라 안 부러운 우직한 걸리버 청년까지 있었다. 애초에 행사장도 참석 못 하게 하려는 걸 억지로 우겨 따라왔으니 이 정도 냉대와 무관심은 감수해야 했다.

연회장 한구석에 박혀 나라는 가까운 듯 먼 그를 하릴없이 바라보았다. 그러다가 여전히 그녀의 손끝에 대롱대롱 매달려 있는 종이백으로 시선을 떨어뜨렸다. 홀을 데우는 히터 열과 인파들이 만드는 더운 공기에 초콜릿이 다 녹게 생겼다.

"그게 얼마짜리 초콜릿인데 한 번 건네보지도 못하고 그대로 문드러지게 만들 셈이야, 이 소심한 기지배야!"

불현듯 들려온 다연의 질책 어린 음성에 나라는 화들짝 정신을 차리고 주변을 두리번거렸다. 물론 다연이 있을 리는 없었다. 말 그대로 그저 환청이었을 뿐.

느닷없이 환청까지 듣다니 아무래도 다연에 대한 두려움이 크긴 큰 모양이다. 이러는 스스로가 우스워 피식 웃고 있는데, 어깨에 걸고 있는 숄더백으로부터 또 한 차례 진동이 느껴졌다. 굳이 확인하지 않아도 집으로부터 걸려오는 전화라는 것 정돈 쉬이 알수 있었다. 이 전화마저 무시하면 또 한 번 집안이 발칵 뒤집히리라는 것도 알고 있었지만 나라는 받지 않았다. 아니, 받을 수 없었다. 전화를 받는 순간 집으로 돌아가야 할 것이므로. 또다시 이렇듯 아무런 진전도 없이 하루를 마감할 수는 없었다.

나라는 가방에서 핸드폰을 꺼내 배터리를 가차 없이 분리했다. 그러곤 종이백을 쥔 손끝에 힘을 주며 다시 한 번 카인에게로 시선을 돌렸다.

"뭐야? 저건?"

막 카인에게로 향한 나라의 눈동자가 서슬 퍼런 빛을 띠며 살벌하게 빛났다. 정확히는 카인이 아니라 그 주변이었다. 그에게 노골적이다 싶게 추파를 던지고 있는 쭉쭉 빵빵 몸매의 날파리들!

종이백을 쥔 손끝이 바들바들 떨리며 형용할 수 없는 화기가 머리끝까지 솟구쳤다. 여자들이 카인을 보면 유혹하고 싶어 안달이 난다는 것 정도는 나라도 모르지 않았다. 꽃에게 벌이 꼬이듯 그에게 여자가 꼬이는 것은 자연의 섭리와 마찬가지로 당연한 일이었다. 하지만 나라가 지금 이 순간 화가 나는 건 꽃에게 꼬이는 벌들 때문이 아니었다. 바로 그 벌에게 경계 없이 향기를 흩날리고 있는 꽃, 카인 G. 맥클레인 때문이었다.

"아주 좋아 죽네."

요 근래 나라로선 좀처럼 보기 힘들었던 친절한 미소를 주변에 꼬여든 벌떼 미녀들을 상대로 아무렇지도 않게 흘리고 있는 그를 보며 나라가 맞물린 이를 으드득 갈았다. 누구는 연회장 구석탱이에 망부석마냥 찌그러져 있으라 해놓곤 자기는 홀 중앙에서 쭉빵 미녀들이랑 희희낙락거려? 기가 차다는 듯 실소를 뱉은 나라가 옆을 스치는 웨이터를 발견하곤 손을 번쩍 들었다.

"여기! 저도 와인 한 잔 주세요!"

웨이터의 손에 놓인 트레이에서 와인잔을 들어 겁도 없이 단숨에 들이켰다. 당도가 높은 와인이라 맛은 쓰지 않았으나 식도를 타고 내려가 위장에 안착하자 간밤의 음주로 인해 아직 온전치 못한 속이 여지없이 쓰려왔다.

"느아쁜 인간."

마치 처녀 귀신의 입가에 묻은 피처럼 입가에 묻어난 적색 와인
을 손등으로 스윽 훔쳐 내며 나라가 맞물린 이를 빠득 갈았다. 하
지만 동서양 미녀들과 노니느라 나라 따윈 아웃 오브 안중인 카인
은 여전히 페로몬을 흩날리며 즐기고 있는 중이었다. 이어 모델처
럼 보이는 한 여자가 카인의 뺨에 입을 맞춘 순간, 나라는 어제의
과음도 잊고 큰 목소리로 외치고 말았다.

"웨이터, 여기 한 잔 더!"

"Hello?"

다가와 인사말을 건네는 여자들을 향해 카인이 육감적인 입매
를 부드럽게 당기며 미소 지었다. 그런 카인의 행동을 호감이라
여긴 여자들이 더욱더 노골적으로 그에게 추파를 던지기 시작했
다. 하지만 그때마다 카인은 다년의 경험을 통해 일찍이 습득한
특유의 능숙함으로 여자들의 유혹 어린 언행에 유연하게 대처하
고 있었다. 단순한 호의로서의 미소는 주되 그 이상의 틈은 절대
허용하지 않는 것이다. 때문에 처음에는 유혹할 셈으로 작정을 하
고 다가선 여자들도 결국은 카인의 미소 뒤에 숨은 냉철함을 깨닫
곤 곧 하나둘 떨어져 나갈 수밖에 없었다.

'아직도 저 상태인가.'

치근거리는 여자들을 하나둘 상대하면서도 카인은 줄곧 나라를
살피고 있었다. 시선의 측면으로, 넓은 홀의 가장자리에서 홀로

선 채 와인잔을 쉴 새 없이 기울이고 있는 나라의 모습이 잡혔다. 나라의 빤한 시선이 무심하게 정면을 향하고 있는 그의 얼굴 위로 따갑게 감겨드는 게 느껴진다. 줄곧 그에게로 향하고 있는 나라의 시선을 일찍이 알고 있었지만 그는 내색하지 않았다. 우습게도, 자신을 쫓는 나라의 시선이 묘하게 기분 좋았기 때문이다. 어쩌면 곁에 두고 손댈 수 없기에 그녀의 시선만이라도 느끼고파 그런 것일지도 몰랐다.

구차하군.

스스로를 향해 자조적인 웃음을 짓던 카인은 이내 언제 그랬냐는 듯 무표정으로 돌아갔다.

「데릭.」

「네, 보스.」

카인의 주변으로 몰려든 여자들 때문에 어느 정도 거리를 두고 떨어져 있던 데릭이 그의 음성에 곧장 등 뒤로 다가와 섰다. 그에게로 다가오는 사람들을 사무적인 미소로 상대하며 카인이 데릭을 향해 나지막이 말했다.

「나라가 많이 취한 것 같으니 집까지 바래다주고 오도록 해.」

그러곤 줄곧 나라에게로 향해 있던 주의를 거둬들이려 할 때였다.

"많이 취하신 것 같은데 괜찮으십니까?"

네이비 슈트를 입은 한 남자가 나라의 곁으로 다가와 말을 건넸다.

"좀 전부터 쭉 보고 있었는데 쉬지 않고 와인을 드시는 것 같더군요. 이게 스위트해서 여자분들이 겁 없이 드시지만 이래 봬도 꽤 도수가 높은 와인이거든요. 혼자이신 분이 이렇게나 술을 드시다니. 무슨 일이라도 있으십니까?"

"아뇨. 괜찮습니다."

독한 와인을 연달아 마신 터라 시야가 조금씩 일렁였다. 하지만 나라는 최대한 내색하지 않으며 남자에게 답했다. 그러곤 막 남자로부터 돌아서려는데 술기운을 이기지 못한 몸이 중심을 잃고 그만 휘청거리고 말았다.

"이런, 많이 안 좋아 보이시는데."

이때다 싶었는지 남자가 나라의 어깨를 과하게 감싸 안았다. 걱정스러운 어조 뒤에 음탕한 웃음기가 서려 있었다. 소름이 확 끼친다. 적잖은 술 때문에 정신이 맑지 못한 상태이긴 했지만 남자가 그녀에게 흑심을 품고 있다는 것 정도는 직감적으로 알 수 있었다. 벗어나야 한다. 어깨를 질척하게 매만지는 손길을 완고히 밀어내며 나라가 돌아섰다.

"정말 괜찮습니다. 그럼 전 이만."

"거참, 자꾸 고집 부리시네."

나라보다 빠른 남자의 손이 그녀의 손목을 낚아챘다. 갑작스런 힘에 몸이 강제로 돌려지며 손에 쥐고 있던 종이백을 그만 놓치고 말았다. 연이은 실랑이에 주변 시선이 하나둘 그들에게로 모여들고 있었다. 남자의 행동에 당황한 나라가 붙잡힌 손목을 빼내려 손을 비틀었다.

"이, 이거 놓아주세요."

"전혀 괜찮아 보이지 않으니까 제가 이러는 거 아닙니까. 제가 무슨 짓 하겠대요? 뭔가 오해하셨나 본데, 저 아가씨가 생각하는 것처럼 그렇게 나쁜 사람 아니에요. 전 단지 아가씨가 취하신 것 같아 도와드리려는 것뿐입니다."

남자가 손목을 붙든 손에 더욱 힘을 주며 능글맞게 속삭였다. 그러더니 붙잡고 있던 손목을 쓸고 내려와 나라의 손을 맞잡는다. 손을 감싸 쥐는 타인의 체온과 함께 연한 살결 위로 일제히 소름이 돋았다. 직감이 맞았다. 남자의 술수를 눈치챈 나라가 흠칫 떨며 완강히 거부했다.

"그, 글쎄 전 괜찮다니까요. 그러니까 이 손……."

"너무 튕기시네. 보아하니 일행도 없는 것 같던데 댁까지 모셔다드릴게요. 여차하면 술 상대가 되어드릴 수도 있……."

"내 일행에게 무슨 볼일이지?"

남자의 말이 채 끝나기도 전, 귓전을 묵직하게 파고드는 소름 끼치도록 낮은 음성에 나라는 황급히 시선을 옮겼다. 동시에 물기 어렸던 두 눈동자가 화등잔만큼 커졌다.

"넌 또 어떤 자식……."

불청객의 등장에 한 소리 지껄이려 돌아본 남자는 말을 마저 맺지 못하고 입을 다물었다. 무심한 푸른 눈동자가 남자를 머리부터 느릿하게 훑어 내리고 있었다. 말 그대로 무심히 보고만 있을 뿐 이렇다 할 위협은 없었으나 왠지 모르게 위화감을 조성해 내는 사내였다. 같은 수컷이기에 더욱 정확하게 느낄 수 있었다. 마주하자마자 체감할 수밖에 없는 압도적인 강인함. 남자는 순간적으로 숨 쉬는 것조차 잊어버린 채 푸른 눈의 사내를 올려다보았다. 그러자 남자를 훑어 내리던 푸른 시선이 남자의 겁에 질린 동공을 싸늘히 훑어보곤 그의 오른손으로 향했다.

"아."

그 시선이 무엇을 가리키는 지 깨닫곤 남자는 자신이 붙잡고 있던 손을 냉큼 놓아버렸다. 남자로서의 자존심 때문에라도 한번 대적해 볼까 했으나 도저히 자신이 감히 감당할 수 있는 상대가 아니었다.

주변 공기가 차갑게 식어 내린다. 연회장 전체가 숨을 죽인 채 카인에게 집중하고 있었다. 나라 또한 호흡 한 줄기 뱉어내지 못하고 눈앞의 카인만을 망연히 올려다보았다. 이름 모를 남자에게 붙들려 겁에 질려 있었던 사실 따윈 이미 잊은 지 오래였다. 줄곧 먼 곳에만 있었던 그가 바로 코앞에 있다는 사실이 나라는 그저 놀라울 따름이었다.

나 따윈 안중에도 없어 보였는데, 설마 날 위해 달려와 준 건가? 날 위해?

"아직도 내 일행에게 볼일이 남아 있나?"

카인이 그의 박력에 꺾여 얼어붙어 있는 남자를 차갑게 응시하며 물었다. 얼음장처럼 굳어 있던 남자가 흠칫 떨며 그를 올려다보았다. 내내 무표정하던 카인의 유려한 입매 끝이 비릿하게 말려 올라간다.

"아니면……."

의도적으로 말을 멈춘 카인이 남자의 귓전으로 천천히 고개를

숙였다. 그러곤 오금이 저릴 정도의 섬뜩한 음성으로 나지막이 속
삭였다.

"내가 네 놈에게 가질 볼일을 기다리나?"

남자의 뒷목이 빳빳이 굳었다. 희미하게 호를 그리고 있던 카인
의 한쪽 입매 끝이 서서히 제자리로 돌아간다. 그가 하얗게 질린
얼굴에 대고 집어삼킬 것 같은 난폭함을 담아 낮게 읊조렸다.

"Piss off."

말이 떨어지기 무섭게 남자는 줄행랑을 치듯 황급히 카인에게
서 달아났다. 꼴사납게 멀어지는 남자의 뒤로 사람들의 야유와 웅
성거림이 따라붙었다. 이어 카인 쪽으로 시선이 쏠리는 듯싶었으
나 그도 잠시뿐, 얼마 지나지 않아 연회장은 본래의 분위기를 회
복하고 다시금 시끌벅적해졌다. 하지만 나라와 카인이 선 공간만
큼은 여전히 정적에 휩싸인 채였다 . 숨 막힐 것 같은 고요함. 이
를 견디다 못한 나라가 먼저 입술을 떼었다.

"고, 고맙……."

"당신 대체 뭐 하는 여자야."

말허리를 갈라드는 낮은 음성에 나라는 뱉어내려던 말을 멈추
고 고개를 들었다. 화기를 품고 검푸르게 가라앉은 시선이 나라의
말간 눈동자를 싸늘하게 가로질렀다.

"이러려고 따라온다고 한 거였나? 다른 사내놈에게 희롱당하는
꼴이나 보여 주려고?"

"이사님, 방금 그건……."

"비서면 비서답게 행동해."

변론의 기회 따윈 주지 않은 매정한 음성이 단호히 그녀의 말을 가로막았다.

"이곳 어디에도 당신처럼 술에 취해 비틀거리는 비서는 없어. 자신의 상사를 보좌하진 못할망정 최소한 폐 끼치는 일은 없도록 하란 말이야."

나라는 할 말을 잃은 채 황망한 표정으로 그를 바라보았다. 상대의 심정 따윈 고려치 않은 그의 독설이 날을 잔뜩 곤두세우고 심장을 콕콕 쑤셨다. 머릿속을 잔뜩 드리우고 있던 취기가 걷히며 기막힘과 서글픔이 밀려든다. 내가 누구 때문에 이렇게 된 건데. 누구 때문에 속상해서 술을 마신 건데. 내게 비서답게 행동할 기회조차 주지 않은 그 사람이 바로 누구였는데.

"그만 돌아가. 괜히 눈앞에서 얼쩡거리면서 사람 신경 쓰이게 하지 말고."

제 할 말만 마치고 차갑게 돌아서는 그를 보며 나라는 피식 입꼬리를 비틀었다. 웃을 상황이 아님을 알면서도 입매가 자연적으로 일그러지며 웃음 아닌 웃음을 그려냈다.

이해하려 했다. 이해할 수 있었다. 나를 믿지 못한 것도, 내게 말할 기회조차 주지 않은 것도. 상황이 그럴만한 상황이었고 거기에 강우의 악의적인 조장도 있었던 만큼, 모두 이해하고 먼저 손을 뻗으려 했었다. 그랬는데…… 어떻게 된 정황인지 알고 있는 이 상황에서마저 그는 일방적으로 그녀를 몰아붙이며 뭐라 말할 기회조차 주지 않고 있었다. 지독히 잔인했던 그날 밤 그랬던 것처럼.

희뿌옇게 퇴색되는 시야와 함께 눈자위가 뜨거워진다. 눈물이 고여 들고 있었다. 슬픔 어린 눈물이 아니다. 화기와 오기가 스민 눈물이었다. 나라는 맥없이 아래로 늘어뜨려져 있는 두 주먹을 불끈 거머쥐고 성큼 걸음을 뗐다.

이미 꼬일 대로 꼬여버린 상황. 이렇게나 노력했는데도 기어이 풀리지 않을 거라면 차라리 더 꼬아버릴 거야.

탁.

등을 보이고 돌아서 데릭에게 가고 있는 카인의 손을 빠르게 낚아챘다. 그가 무표정한 얼굴을 한 채 나라에게로 돌아섰다. 그리고 동시에…….

"어머! 어머어머!"

"웬일이니?"

카인에게로 손을 뻗은 나라가 그의 뺨을 감싸 쥐고 입술을 밀어붙였다. 그 순간 장내가 크게 술렁이고 그의 숨결이 멈추는 것 또한 느꼈지만 나라는 물러서지 않았다. 기습적인 상황에 당황하여 움직이기를 멈춘 그의 입술 사이로 자그마한 혀를 밀어 넣고 서툰 키스를 퍼부었다. 여기저기서 비명과 셔터 소리가 터져 나왔다. 지금의 이 행동이 얼마나 무모한지 모르지 않았다. 어쩌면 이 행동을 끝낸 즉시 사무치게 후회하게 될지도 몰랐다. 하지만 체면을 차리고 말고 할 이성적 여유 따위는 술기운에 섞여 사라진 지 오래였다.

주위의 소란을 무시하며 막무가내로 그에게 입술을 밀어붙이던 나라가 서툰 입맞춤을 마치며 입술을 뗐다. 놀란 듯 휘둥그레진 아쿠아빛 눈동자가 할 말을 잃은 채 그녀를 내려다보고 있었다. 그 주변에 뱅 둘러서서 입을 떡 벌리고 있는 사람들의 시선을 뒤로하며 나라가 감싸 쥐고 있던 카인의 뺨을 놓았다. 그러곤,

"이사님 따위."

방금 기습 키스를 끝낸 사람이 할 말이라곤 도저히 여길 수 없는 말을 카인을 향해 던졌다.

"죽어 버려요."

4

마주 서야 보인다

뿌연 담배 연기가 머리 위를 자욱하게 휘돌았다. 카인은 벽에
비스듬히 기대선 채 필터 끝을 깊게 흡입하며 하늘로 시선을 올렸
다. 창밖으로 빠져나간 회색빛 연기가 칠흑 같은 어둠을 물들이다
가 곧 새까맣게 형체를 감추었다. 별 하나 박혀 있지 않은 하늘이
지독히도 검었다.

"이사님 따위 죽어 버려요."

지금 올려다보고 있는 밤하늘만큼이나 검은 눈동자로 그를 쏘
아보며 나라가 뱉던 말이 날카로운 불 꼬챙이처럼 명치끝을 파고
들었다. 반들거리는 눈동자에 어려 있던 물기가 심장을 적시는 듯

하다.

붙잡을까 했었다. 원망 어린 눈으로 돌아서는 나라를 붙잡아 품에 안고 싶었다. 방금 전 했던 그 말들은 모두 진심이 아니었다고, 줄곧 너만을 바라보고 있었다고, 그놈이 네게 손을 댄 순간 미쳐버릴 것 같았다고, 그렇게 말하고 싶었다. 하지만 보잘 것 없는 자존심은 이번 역시 그를 무너뜨렸다. 아니, 자존심이 아니었다. 그것은 자존심을 가장한 옹졸함이었다. 모든 것을 얽히고설키게 만든 바로 그것.

카인은 나직이 욕설을 뱉으며 두 눈을 감았다. 이렇듯 스스로의 한심함을 뼈저리게 통감하면서도 정작 그녀를 붙잡을 생각은 않고 있는 자신이 경멸스럽기 짝이 없었다.

대체 무엇이 널 그렇게 한심하게 만드는 거지? 무엇이 두려워서.

스스로를 향해 묻던 카인은 이내 생각하기를 멈추며 감고 있던 눈을 떴다. 그 무엇을 안다고 해서 달라질 건 없었다. 문제는 무엇이 두려운가가 아니라, 그 무언가를 두려워하고 있는 겁쟁이 카인 맥클레인, 바로 그 자체였으므로.

필터까지 타들어 간 담배를 지져 끄며 카인은 연회장을 향해 몸을 돌렸다. 막 걸음을 옮기려던 순간, 건너편에서부터 다가오는 한 남자를 발견하곤 이내 움직임을 멈추고 말았다. 무표정하던 눈매가 그를 시야에 담자마자 사납게 구겨진다. 검푸르게 가라앉은 짙은 코발트블루가 눈앞의 상대를 향해 노골적인 불쾌감을 드러냈다.

서강우.

카인은 바지주머니에 찔러 넣은 주먹을 꽉 쥐며, 자신을 향해 다가오는 사내를 따라 천천히 시선을 움직였다. 은테 안경 너머, 속을 알 수 없는 차분한 눈동자가 맹수의 그것처럼 싸늘하게 번뜩이는 푸른 눈을 태연히 마주한다. 울컥 화기가 치밀었다. 결코 누군가를 상대로 먼저 흥분하는 성격이 아니었으나 강우에게 있어서만은 늘 예외였다. 날을 숨긴 차분함. 그 음험한 양면성이 그는 참을 수 없이 싫었다.

힘이 모조리 몰린 두 주먹을 잠재우며 그는 서강우에게서 시선을 떼었다. 더 마주하고 있다간 참지 못하고 주먹을 날리고 말 것이다. 더 이상 소란을 피워서는 안 됐다. 그보다도 저런 자식을 상대로 힘을 쓴다는 것 자체가 아까웠다.

"불 좀 빌려주시겠습니까?"

차갑게 일어서는 분노를 가라앉히며 지나치려는데 이 상황과 이질적이다 싶을 정도로 단조로운 목소리가 그를 붙잡았다. 카인은 기가 막히다는 듯 실소를 뱉으며 비긋이 고개를 틀었다.

"당신이란 자, 생각 이상으로 뻔뻔하군."

웃지만 웃지 않는 눈이 분노에 들떠 번들거렸다. 강우가 낮게 조소하며 되물었다.

"제가 뻔뻔해선 안 되는 이유라도 있습니까?"

"그걸 몰라서 묻나?"

"연회장이 시끌벅적하더군요. IBMC 기획이사와 그 비서의 연애사로."

카인의 짙은 눈썹이 날카롭게 휘어 올라갔다. 하지만 그도 아주 잠시뿐, 언제 그랬냐는 듯 평정을 되찾으며 무표정한 얼굴로 맞받아쳤다.

"그래, 시끄러울 만하지. 꽤 재미있는 광경이었는데, 감상은 잘하셨나?"

"아직도 그날 일에 매어 있으십니까?"

애써 태연을 가장하던 얼굴이 험악하게 일그러졌다. 뜨거운 불길이 이성을 집어삼킨다. 하지만 상대는 애초에 한계를 볼 작정이었던 듯 일말의 주저함도 없이 말을 뱉었다.

"나라에게 물어는 보셨습니까? 그날 밤, 호텔에서 무슨 일이 있었느냐고."

"Shut up."

카인이 민첩하게 몸을 움직여 강우의 셔츠 깃을 움켜쥐었다. 뼈가 부딪치는 둔중한 마찰음과 함께 강우의 몸이 벽 쪽으로 거칠게 밀어붙여졌다. 강우의 목덜미를 거머쥔 굵은 팔에 푸르스름한 힘줄이 돋아났다. 화기가 스민 숨결이 탁하게 부서져 강우의 얼굴 표면을 긁었다.

"여기서 한마디만 더 지껄였다간."

섬뜩하게 빛나는 푸른 눈동자로 강우의 시야를 집어삼키며 카인이 낮게 으르렁거렸다.

"네놈 숨통을 끊어버릴 거다."

심장을 집어삼킨 화기가 걷잡을 수 없는 크기로 번져 전신을 휘감는다.

'나도 먼저 꺼내지 않는 얘기를 감히 니가 내 앞에서 지껄여?'

목덜미를 움켜쥔 손에 더욱더 힘이 가해졌다. 온몸을 감싼 뜨거운 불길에 뇌가 타들어 갈 것만 같다. 스스로도 감당할 수 없는 살기가 강우를 향해 날을 세우는 것이 느껴졌다. 하지만 카인은 초인적인 인내력을 발휘하여 강우의 목덜미를 쥔 손을 놓았다. 때릴 가치조차 없는 자식이다. 일어서는 살기를 잠재우며 카인이 차갑게 몸을 돌리려는 순간이었다.

"아무 일도 없었습니다."

어조의 고저 없이 건조한 음성이 그의 귓속을 파고들었다.

"그날 밤. 나라와 아무 일도 없었습니다."

카인은 반쯤 돌아선 몸을 천천히 되돌려 강우에게로 향했다. 직전에 그런 일이 있었음에도 불구하고 여전히 무표정인 강우는 빤히 뻗어오는 카인의 시선을 느끼면서도 숨이 막힐 정도로 차분하게, 흐트러진 옷매무새를 가다듬는 중이었다. 그러더니 그는 곧 고개를 들어 카인을 마주했다.

"다시 말해줄까? 미련하게도 네놈 혼자 오해해서 쇼한 거였다고."

"서강우!"

불끈 거머쥔 카인의 주먹이 강우의 얼굴을 향해 달려들었다. 동시에 강우의 몸이 바닥으로 나뒹굴 것이라 예상했으나 정작 나가떨어진 것은 강우가 아닌 카인이었다.

예상치 못한 역공에 바닥으로 나가떨어진 카인은 입가에 배어난 피를 손끝으로 슥 훑어보곤 기가 막힌다는 듯 웃고 말았다. 적반하장도 유분수라는 말이 문득 떠올라서였다.

네놈의 장난질 때문에 내가 나라에게 어떤 짓을 했는데. 우리가 어떻게 됐는데. 뭐? 아무 일도 없었다고?

지난 며칠간의 끔찍했던 나날이 뇌리를 스치며 이성을 차근차근 좀먹었다. 차갑게 비틀어진 입매를 일자로 굳힌 카인이 입안에 고인 피를 뱉어내며 몸을 일으켜 세웠다. 그러곤 막 시선을 든 순간, 강우가 경멸조로 낮게 읊조렸다.

"너 같은 자식한테 나를 칠 권린 없어."

"뭐?"

카인이 입가에 실소를 띤 채 살기 가득한 시선을 강우에게 겨누었다. 하지만 강우를 가격할 수는 없었다. 미처 주먹을 날리기 전에 귓속을 파고든 강우의 말이 카인의 신경을 마비시켰다.

"기획안을 들고 협박하는 내게 나라가 뭐라고 했는 줄 알아?"

나라라는 두 글자와 함께 끊어질 듯 팽팽히 당겨져 있던 근육에서 거짓말처럼 힘이 빠져나갔다.

"마음대로 하라고 했었어. 자기가 사랑하는 남자는 고작 이 정도에 나가떨어질 만큼 나약한 사람이 아니라는 걸 믿는다면서. 그런데 넌!"

강우의 거친 고함 소리가 대리석 벽에 부딪쳐 날카롭게 울려 퍼졌다. 잠시 말을 멈춘 강우는 폭발하려는 분노를 억누르기 위해 주먹을 꽉 그러쥐었다. 어느 순간부턴가 카인은 전신에 휘감고 있던 화기를 씻은 듯 거둔 채 말없이 강우를 바라보고 있었다. 그것은 지극히 무표정한 얼굴이었으나 무감정지는 않았다. 미처 알지 못했던 뜻밖의 사실에 대한 놀라움, 그리고 뒤늦은 후회가 담긴 얼굴. 이제 와 그런 얼굴을 한다는 것이 강우는 미친 듯이 화가 났다.

"내가 정말 화나는 게 뭔 줄 알아?"

눈물이 흘러넘칠 것같은 목소리로 강우가 물었다. 그러는 강우를 카인은 여전히 그 어떤 표정 변화도 보이지 않은 채 바라만 보고 있었다.

"그래도 나라는 너뿐이라는 거야. 네놈이 나라를 믿지 못해도, 얼마든지 나라를 믿어줄 수 있는 내가 이렇게 기다리고 있는데도, 그래도 나라는 네놈이 아니면 안 된다는 거. 그 사실이……."

잠시 말끝을 흐린 강우가 그의 왼쪽 가슴에 1년이 넘도록 품어온 모든 것을 놓아버리듯 나직이 말을 맺었다.

"견딜 수 없이 분해."

카인은 내내 거머쥐고 있었던 주먹에 천천히 힘을 뺐다. 생각해 보면 강우는 아무런 말도 하지 않았었다. 분노에 휩싸여 윽박지르고 있는 그에게 무슨 일이 있었을 것 같냐고 그저 되물었을 뿐. 그런데 그것을 그는 멋대로 해석하고 오해하여 일방적으로 나라를 몰아붙였다. 강우의 그 물음이 나라와 자신의 사랑에 대한 일종의 시험이었음을, 질투에 눈이 멀어 있었던 순간의 카인은 미처 알지 못했던 것이다. 결국 모든 것은 그의 탓이었다. 사랑하는 여자 하나 믿지 못한, 꼴사납기 짝이 없는 카인 맥클레인 그 자신.

숨 막히는 자괴감이 온몸을 옥죈다. 너란 놈에게 자신을 칠 권리 따위 없다고 외치던 강우의 말이 그제야 비로소 이해되었다. 더불어 강우가 어째서 그렇게나 분해 하는지 또한 이해되었다. 그는 자격 미달이었다. 제 여자 하나 믿지 못한 놈에게 사랑받을 자격이란 있을 수 없다.

"이제 와 내게 사실을 말하는 의도가 뭐지?"

돌아서는 강우의 등에 대고 카인이 물었다. 걸음을 멈춘 강우가 담담한 어조로 답했다.

"원하니까."

"……."

"나라가 널 원하고, 그리고 난…… 나라가 행복하기를 원하니까."

그 무엇보다도 진심 어린 한마디에 카인은 더 이상 어떤 말도 물어볼 수 없었다. 그간 지독히도 미웠던 남자였으나 어째서 그가 그렇게나 지독할 수밖에 없었는지 그 이유를 조금은 알 것 같았다.

"네 물건 가지고 가."

갑작스레 몸을 돌린 강우가 카인을 향해 무언가를 던졌다. 말이 채 끝나기도 전에 불쑥 던지는 바람에 엉겁결에 받아 들고 만 카인은 의아한 눈으로 손안에 든 그것을 내려다보았다. 이건 나라가 오늘 하루 종일 손에 가지고 다니던 그 쇼핑백이었다. 그런데 이걸 왜.

"열어 보면 알 거다."

가늘게 뜬 눈으로 쇼핑백과 강우를 번갈아 바라보던 카인이 손을 넣어 그 안을 들춰 보았다. 거기에는 단내가 물씬 나는 하트모양 상자와 자그마한 쪽지가 들어 있었다. 그리고 그 쪽지를 펴 내용을 확인한 순간, 카인은 자신의 몸을 더 이상 제어할 수 없게 되었다.

—ㅣ LOVE YOU, CAIN♡

수줍게 적혀 있는 메시지를 확인하자마자 카인은 호텔 복도를 가로질러 뛰어나갔다.

그렇게 사라지는 카인의 뒷모습을 바라보던 강우는 카인이 완전히 시야에서 벗어나는 걸 확인하고서야 쓰러지듯 벽에 기대었다. 비로소 마음의 짐을 털어버렸으니 몸이 가벼워져야 당연할진대 이상하게도 몸은 금방이라도 부서져 버릴 것처럼 위태위태했다. 밀려드는 피곤함에 지그시 눈을 감고선 머리를 젖혔다. 차가운 벽에 뒤통수가 닿자 머리가, 가슴이 조금씩 식어 가기 시작한다. 한참이나 그대로 있던 강우는 슈트 안쪽을 뒤적여 조금 전 품에 넣어 두었던 초콜릿 하나를 꺼내었다. 오랫동안 품 안에 있었던 초콜릿은 그의 체온에 녹아 형태가 완전히 일그러진 상태였다. 너무도 소중했기에 품 안에 넣고 아껴주고 싶었던 것인데, 언제나 결과는 이렇듯 상실감만을 안겨줄 뿐이었다.

입매 끝을 씁쓸하게 당기던 강우가 이미 녹을 대로 녹아버린 초콜릿의 겉포장을 뜯었다. 흐물흐물해진 초콜릿이 달콤하고도 씁쓸한 맛을 내며 혀끝에서 녹아내린다. 녹아 없어지는 초콜릿의 마지막을 음미하며 강우가 나지막이 중얼거렸다.

"맛있다, 나라야. 내가 주는 마지막 발렌타인 선물도 꼭 맛있어
야 할 텐데."

비긋이 말려 올라간 한쪽 입매가 유난히도 서글픈, 강우의 발렌
타인데이였다.

❖

"야, 보나라."

테이블 위에 고꾸라져 있는 어깨를 슬쩍 흔들었다. 그럼에도 상
대가 꿈쩍도 않자 신경질적으로 한숨을 뱉은 다연이 술집이 떠나
가라 버럭 소리를 내질렀다.

"일어나! 제발 정신 좀 차리라고, 이 기지배야!"

아직 밤 12시도 되지 않은 이른 시간이었으나 나라의 상태는 마
치 동틀 무렵까지 술을 퍼마신 고주망태 같았다. 이래서야 또 어
깨에 메고 집까지 모셔 가야 할 판이었다. 아침 일찍부터 일어나
밥상을 차려야 했기에 욱신거리는 왼쪽 어깨에 아직 파스 한 장도
붙이질 못했건만. 이러다가 내일 아침에 일어나 병원부터 가야 되
는 건 아닐지 모르겠다.

"철천지원수 같은 년. 내가 간밤에 산 초콜릿 값부터 시작해 숙
박비, 내 어깨 치료비까지 죄다 정산해서 너한테 받아내고 말 테
다."

한참 동안 나라를 노려보던 다연이 이를 득득 갈며 나라의 소지

품을 챙기기 시작했다. 취해서 널브러질 거면 알아서 제 짐이라도 챙기고 쓰러질 것이지. 아무튼 후일에 대한 생각이나 걱정 따윈 눈곱만치도 없는 계집애였다. 지극히 충동적이고 단순하기 짝이 없는 DNA의 소유자. 대체 뭔 호사를 누리겠다고 이런 것과 인연을 맺었는지.

"이게 다 그 망할놈의 햄버거 자식 때문이야. 기껏 초콜릿까지 사서 쥐어 보냈더만, 우라질. 조만간 IBMC 전체를 확 다 불 질러 버리든가 해야지."

나라를 이 지경으로 만든 인간을 떠올리며 다연이 씩씩댔다. 그러곤 성마른 손길로 나라의 가방을 챙기고 있는데 문득 자잘한 진동이 느껴졌다. 나라의 핸드폰이다. 집에서 걸려온 전화인가 싶어 액정을 들여다보자 예상 밖의 괴이한 이름이 그 위에 떠 있었다.

"변태 보리빵? 이건 또 뭐야."

다연이 이맛살을 잔뜩 찌푸리며 핸드폰을 내려다보았다. 저장이 된 걸로 봐선 이상한 전화는 아닌 것 같았다. 하지만 저장된 그 호칭이 영 석연치 않아 받아야 할지 말지 잠시 망설여졌다. 이걸 받아, 말아? 한참을 고민하며 핸드폰 액정과 눈싸움을 하고 있는데 제법 길어지는 접전에 눈이 아파왔다. 에라, 모르겠다. 될 대로 되라는 심정으로 다연이 전화를 받았다.

"여보세요, 보나라 씨 핸드폰입니다."

심드렁한 목소리로 전화를 받곤 다음으로 이어질 상대의 목소리를 기다렸다. 하지만 어쩐 일인지 변태 보리빵에게선 아무런 말이 없었다.

"뭐야? 이건."

한차례 고개를 갸웃거린 다연이 다시 한 번 핸드폰에 대고 말했다.

"이봐요, 여보세요."

여전히 묵묵부답인 상대. 혹시 끊어진 건가 싶어 액정을 살폈으나 핸드폰에는 여전히 변태 보리빵과 통화 중인 걸로 나와 있었다.

뭐야, 이거. 나랑 장난해? 급한 성질머리를 이기다 못한 다연이 핸드폰을 부여잡고 악을 썼다.

"아씨, 여.보.세.요! 전화를 했으면 말을 해야 할 거!"

술집이 떠나가라 외치던 다연의 목소리가 일순 뚝 멈추었다. 신경질적으로 주위를 둘러보던 시선이 쐐기에 박힌 듯 한 곳에서 움직임을 멈추었다. 다연은 소리를 지르느라 벌어진 입술을 다물지 못한 채 연방 뻐끔거리며 정면을 바라보았다. 나라로부터 말로만 지겹도록 들어왔던 그 남자가, 망할 놈의 햄버거 자식이라고 욕했던 바로 그 남자가 웬 거인을 대동한 채 눈앞에 서 있었다.

무표정한 얼굴로 가볍게 묵례를 하는 카인을 보며 다연은 핸드폰을 손에서 놓쳐 버렸다. 마주하거든 가만두지 않겠다고 이를 득득 갈았건만 생각지도 못한 갑작스런 등장에 말문이 막혀 버렸다. 아니, 그보다도 보는 이로 하여금 저절로 위화감을 들게 만드는 남자의 포스에 눌렸다고 하는 편이 더 맞는 표현일지도 몰랐다. 물론 들어온 것 이상으로 출중한 남자의 외모 또한 그 포스에 한

몫하고 있었다. 정작 남자 본인은 전혀 신경도 쓰고 있지 않은 것 같았지만.

「많이 취한 것 같군.」

남자가 바다처럼 잔잔한 푸른 눈으로 나라를 바라보며 중얼거렸다. 뼈마디가 굵은 남자다운 손아 나라의 뺨 위로 드리운 머리카락을 조심스럽게 걷어냈다. 그 손의 움직임이 생김과는 달리 소름 끼칠 정도로 다정해서, 다연은 괜스레 제 뺨이 빨개질 것만 같았다. 나라를 향한 남자의 눈동자와 표정, 그리고 행동 그 어디에서도 요 며칠간 나라로부터 들었던 냉정함 따위는 찾아볼 수가 없었다. 냉정하기는커녕 오히려 손이라도 댔다간 그대로 녹아버릴 것처럼 달콤하게만 느껴졌다.

'혹시 다른 놈인가? 그 햄버거 놈이 아닌 다른 놈?' 하고 생각하던 찰나에 남자와 눈이 마주쳤다.

"아, 전!"

삽시간에 달아오르는 얼굴을 느끼며 다연이 당황한 목소리로 횡설수설했다.

"저, 전 그러니까. 나라의 저, 저, 절친한 치, 친구인데!"

"나라를 챙겨주셔서 감사합니다."

예상을 뛰어넘은 단정하고 능숙한 한국말에 다연은 또 한 번 말문이 막혔다. 팽창한 동공이 좁혀지지 못한 채 그를 바라본다. 하지만 남자는 그런 다연의 시선을 가벼이 무시한 채 가뿐한 몸짓으로 나라를 품에 안아 들었다.

「데릭.」

남자의 부름에 그 뒤에서 대기하고 있던 거인 같은 사내가 성큼 다가와 섰다.

「늦었으니 집까지 모셔다드려.」

남자가 나직이 명령하자 거인 사내가 다연의 앞에 섰다. 벽이 하나 들어선 것처럼 순식간에 시야가 컴컴해졌다. 다연은 겁먹은 표정으로 그 거대한 사내를 멀뚱히 올려다보다가, 뒤늦게 나라의 존재를 깨닫곤 서둘러 사내의 등 뒤편으로 시선을 던졌다. 하지만,

"저! 나라는!"

나라를 품에 안은 남자는 이미 홀연히 정체를 감추고 그 자리에 없었다. 아무래도 뭔가 벌어질 것만 같은 불길하고도 야릇한 예감이 들었다.

❖

"으음……."

감겨 있는 눈꺼풀이 미약하게 들썩였다. 타는 듯한 갈증이 혓바닥을 바싹 말리는 듯하다. 이맛살을 찌푸리며 몸을 엎치락뒤치락하던 나라가 물 주전자를 찾아 머리 위로 손을 뻗었다. 하지만 잡히라는 물 주전자는 손에 잡히지 않고 웬 부드러운 감촉이 살갗으로 따스하게 감겨왔다. 어쩐지 낯설면서도 낯이 익은 감촉……. 그와 같은 생각이 드는 동시에 잠에 취해 있던 두 눈이 번쩍 뜨였다.

"······!"

나라는 얼른 제 입술을 틀어막았다. 놀란 나머지 하마터면 비명을 내지를 뻔했다. 소스라치게 놀란 가슴이 온 방 안을 울릴 듯 쿵쿵 뛰었다. 아직 어둠에 완벽히 적응치 못한 눈 속으로 사내의 것으로 추정되는 널따란 가슴이 선명히 파고들었다. 입을 틀어막은 손이 바들바들 떨린다. 이게, 이게 대체······.

'어떻게 된 일이야?'

너무도 놀란 나머지 나라는 그만 숨 쉬는 법도 잊어버렸다. 뱉어지지 못한 숨이 목구멍 끝에 걸려 할딱였다. 분명 조금 전까지만 해도 다연과 술을 마시고 있었건만 대관절 이게 대체 무슨 황당한 조화인가 싶었다.

설마 다연이가 날 버렸나? 이틀 연달아 꼬장에 진상을 부리는 나를 보다 못해 이름 모를 사내놈에게 홧김에 팔아넘겨 버린 거야?

눈앞에 놓인 사내의 가슴을 보는 나라의 머릿속으로 별의별 생각이 다 흘러갔다. 지극히 상식 이하인 이야기이나, 지금의 그녀로선 이 정도로 생각하는 것이 고작이었다. 대체 이 무슨 아닌 밤중에 홍두깨 같은 일인지. 고민에 고민을 거듭하다가 무언가 떠올라 나라는 급히 제 몸을 확인했다. 동시에 나라의 입술 새로 안도의 한숨이 흘러나왔다. 조금 흐트러져 있긴 했으나 다행히도 옷은 오늘 입은 그대로였다. 우려하던 일은 없었던 것 같아 그나마 안심하면서도 차마 움직이진 못하고 있는데, 별안간 사내의 몸이 움직였다.

'까아!'

나라는 차마 뱉지 못한 비명을 급히 안으로 삼켜 넣으며 두 눈을 질끈 감았다. 웅크린 몸이 바들바들 떨렸다. 사내의 무거운 팔이 그녀의 허리에 닿아 있었다. 입술이 새하얗게 질린다.

정말 어떡하면 좋아. 이대로 쥐 죽은 듯이 있어? 아니면 이 남자 거시기를 한 방 먹이고 도망가?

여전히 두 눈을 뜨지 못한 채 분주히 머리를 굴리는데, 또 한 번 사내의 몸이 움직였다. 기절할 것처럼 놀라며 숨을 급히 들이마신 순간이었다.

"⋯⋯?"

더운 공기 속에 실린 익숙한 향취가 콧속으로 훅 밀려들었다. 바다처럼 청량한 아쿠아 향. 동시에 내내 감고 있던 두 눈이 번쩍 뜨였다.

"이, 이사⋯⋯."

저도 모르게 중얼거리고 만 나라가 아차 싶어 냉큼 입을 다물었다. 안 그래도 방망이질 치고 있던 심장에 쿵쿵 가속도가 붙기 시작했다. 종전처럼 놀랍고 무서워서가 아닌 다른 이유로 가슴이 두근거리고 있었다. 안도와 설렘. 그녀를 한순간에 불안감에서 해방시켜 준 눈앞의 사내는 다름 아닌 카인이었다.

"하아."

나라는 나지막이 안도의 한숨을 내쉬며 놀란 가슴을 쓸어내렸다. 그러곤 다시금 시선을 올려 그를 바라보았다. 달빛이 드리운 얼굴이 시리게 시야를 파고든다. 이마를 간질이던 그의 숨결이 콧

등 위로 부서져 내렸다. 어루만지는 듯한 부드러운 숨결이었다.

갑작스레 대면하게 된 뜬금없는 상황에 머릿속이 혼란에 휩싸였다. 무엇이 어떻게 된 것인지 갈피조차 잡히지 않았다. 하지만 다른 이가 아닌 카인의 품에 있다는 것에 순식간에 마음이 차분해진 것만큼은 사실이었다. 놀랍기는 마찬가지였으나 적어도 무섭지는 않았다. 나라는 곤히 잠들어 있는 그의 얼굴을 한참 동안 바라보다가 가만히 주변을 둘러보았다. 어디선가 본 듯한 낯익은 인테리어. 카인의 집이었다. 나라는 어둠 속을 배회하던 시선을 다시금 카인에게로 가져왔다.

훤히 트인 베란다 창살 사이로 어스름한 달빛이 쏟아져 그의 모습을 비추고 있었다. 나직한 심장 소리가 두근 하고 어둠을 가른다. 새까만 어둠만큼이나 짙게 드리운 정적 탓인지 그 작은 두근거림은 마치 선박의 우렁찬 고동처럼 방 안에 생생히 울려 퍼졌다. 하지만 카인은 여전히 자세 한 번 바꾸지 않은 채 곤히 잠들어 있었다.

나라는 자석에 이끌리듯 그에게로 손을 뻗었다. 어째서 자신이 여기에 있는 것인지. 그리고 그는 왜 자신을 이곳으로 데리고 온 건지. 처해 있는 상황은 여전히 궁금한 것투성이였으나 그런 건 이미 아무래도 상관없어졌다. 그저 그가 눈앞에 있다는 사실, 그 하나만으로 꽁꽁 얼어붙어 있던 가슴이 녹아내리고 있었다. 미련하고 바보 같다 해도 어쩔 수 없었다. 사랑은 이렇듯 자존심마저도 무기력하게 만드는 것임을, 그를 만나면서 이미 깨달아 버렸기 때문이다.

뻗은 손을 닿을락 말락 한 자리에서 잠시 멈춘 나라는 한참의 머뭇거림 끝에 용기 내어 손을 그의 뺨에 가져다 댔다. 맞닿은 손바닥을 타고 흘러든 그의 열기가 혈관을 데우며 나라의 심장 끝으로 파고들었다. 얼마 만에 느껴보는 그의 체온인지. 문득 눈시울이 뜨거워지며 눈물이 날 것 같았다. 그런 스스로가 바보 같아, 눈물을 참기 위해 잠시 시선을 떨구었다. 그러곤 다시 시선을 들었는데, 그 순간 아찔한 푸른빛이 시야를 뒤덮었다.

'맙소사!'

나라는 화들짝 놀라 냉큼 눈을 감았다. 당황한 심장이 몸에서 이탈할 듯 쿵쿵 뛰어댄다. 정말 말도 안 되는 일이었다. 분명 뒤척임 한 번 없었는데. 속눈썹의 미세한 떨림조차 한 번 없었는데. 어째서, 대체 어느 사이에? 얼굴이 홧홧했다.

"눈 떠."

정수리 위에서 울리는 낮은 목소리에 심장이 또 한 번 덜컥 내려앉았다. 눈을 질끈 감은 채 '나 지금 자는 척하고 있어요' 라고 있는 대로 티를 내고 있으면서도 나라는 결코 눈을 뜨지 않았다. 아니, 뜰 수가 없었다.

"다 봤으니까 눈 떠, 보나라."

더 이상 버티면 되레 무안해진다. 나라는 질끈 감고 있던 눈꺼풀을 머뭇거리듯 들썩이다가 한참이 지나서야 비로소 완전히 눈을 떴다. 하지만 시선을 들지는 못했다. 정면을 바라본 즉시 마주치게 될 그의 시선을 감당할 만한 용기가 나라에겐 없었다.

"어, 언제부터 일어나 있었던 거예요?"

한참이 지난 끝에 나라가 여전히 시선을 내리깐 채로 중얼거렸다.

"애초에 잠든 적 없었어. 그냥 눈만 감고 있었던 거지."

"그러면서 왜 자는 척했어요?"

"자는 척한 게 아니라 눈만 감고 있었던 거야."

"그게 자는 척이지, 뭐."

기가 막혀 반박하려던 나라의 말이 채 맺어지지 못하고 멈추었다. 더운 손끝이 갑작스레 턱을 들어 올렸기 때문이다. 어둠 속에서도 생생히 빛을 발하는 푸른 눈동자가 마주친 시선을 잔잔히 파고들었다. 당황한 나라가 황급히 고개를 떨구려 했으나 그가 허락지 않았다.

"눈가가 젖었어."

울컥 눈물이 치달았다. 눈앞이 순식간에 희뿌옇게 변하자 나라는 턱 끝을 붙잡고 있는 손을 뿌리치며 몸을 일으켰다. 애써 태연하고자 노력했는데 그의 별것 아닌 한 마디에 모든 것이 흐트러지고 말았다. 사랑엔 자존심이 없는 거라고들 하지만 이건 자존심이 없는 정도가 아니었다. 배알이 없는 거지. '줏대 없는 보나라'라고 자조하며 나라는 침대로부터 벗어났다. 그에게 이런 한심한 모습을 들키고 싶지 않았다.

"저 그만 가볼게요. 안 그래도 일어날까 말까 하던 차에 이사님이 눈을 뜨신 거거든요. 이렇게 인사도 드렸으니 전 이만……."

"미안해."

숨이 멈췄다. 젖은 시선이 새까만 허공으로 박힌다. 등 뒤에서 뻗어온 강한 팔이 나라의 어깨를 단단히 감싸 안고 있었다. 등에 닿는 그의 널따란 가슴과 체온. 심장이 삐걱 고장 난 듯 움직임을 멈춘다.

"미안하다는 말밖에는 할 말이 없다."

한숨처럼 흩어지는 음성에, 단 한 번의 깜빡임도 없이 허공만을 향해 있던 까만 나라의 눈에서 눈물이 툭 하고 떨어졌다. 그것을 시작으로 굵은 물방울이 잇따라 떨어져 카인의 팔을 적셨다. 어깨를 안은 팔이 더욱 깊이 그녀를 끌어안았다. 미안해, 미안해, 미안해. 그가 그녀의 어깨에 얼굴을 묻은 채 반복해 속삭였다. 나라는 흐느낌을 참느라 파르르 떨리는 입술을 질끈 물었다.

"뭐가 미안한데요?"

그의 숨결이 어깨를 파고든다.

"모든 게 다."

"그러니까 그 모든 게 뭔데요?"

나라는 카인의 품에서 빠져나와 그를 향해 돌아섰다.

"난 있죠, 이사님이 오해한 거, 날 믿지 못한 거, 그런 거 얼마든지 이해할 수 있어요. 왜냐하면 상황이 충분히 그럴 만한 상황이었으니까. 그런 상황마저 무시하고 무작정 서로를 믿어줄 수 있을 만큼 우리의 관계가 견고하지 못하다는 걸 아니까. 이건 이사님 마음과 내 마음을 무시해서 하는 소리가 아니라 시작한 지 얼마 되지 않은 우리에게 아직 서로에 대한 믿음이 부족한 건 당연한 거라고 생각해서 하는 말이에요. 이제 고작해야 몇 주째면서, 벌써부터 그 어떤 풍파에도 흔들리지 않을 만큼 서로를 믿고 있다고 생각하는 건 자만이고 허세잖아요. 그치만."

울음을 꾹 참기 위해 나라는 잠시 하던 말을 멈추었다. 하지만 이내 목소리를 가다듬곤 말을 이어 나갔다.

"말할 기회조차 주시지 않은 건 정말 너무했어요. 매번 그랬어요, 이사님은. 항상 자기 할 말만 하고 자기 편할 대로만 해놓고 돌아서 버리죠. 그 뒤에 남겨진 사람이 얼마나 난처할지는 생각도 않고……."

울컥 설움이 밀려들어 나라는 그만 말끝을 흐리고 말았다. 그간의 마음고생이 한꺼번에 심장을 억눌러 왔다. 꼴사나워지고 싶지 않아 최대한 참아 보려 했으나 역부족이었다. 어느새 흐느낌은 터지고 어깨는 흔들리고 있었다.

"지난 며칠간 내가 얼마나 힘들었는데. 잘못한 것도 없이 죄지은 마음으로 하루하루를 보내면서 얼마나 아파했는데. 그랬는데 이사님은……."

"미안해."

그가 다가와 나라를 품에 안았다.

"내가 바보였어. 질투에 눈이 멀어서 당신 눈물과 아픔은 보려고도 하지 않았어. 너무 화가 나서 눈과 귀를 막은 채 당신을 등져 버렸어. 마주 서야만 서로를 볼 수 있다는 걸, 그땐 몰랐어. 미안해. 정말 미안하다."

턱 끝에 대롱대롱 맺힌 눈물이 그의 어깨를 적셨다. 흐느낌과 떨림이 더욱 커져 간다. 미안해, 라고 계속해서 반복되는 그의 목소리. 그의 품에 안겨 서럽게 울던 나라는 그녀를 안은 넓은 품을 야멸치게 밀어냈다.

"미안하다는 말 그만해요. 미안하다는 한 마디로 모든 걸 용서받으려고 하는 건 비겁해."

"나도 알아. 미안하다는 말이 내가 네게 한 잘못들을 모두 용서받게 해주는 면죄부가 아니라는 걸. 하지만 알면서도 이 말밖에 할 수 없는 건, 내가 지금 네게 할 수 있는 말이 미안해 이 한마디밖에 없기 때문이야. 그러니까 나라, 제발 날 그만 용서해 줘."

그의 말에는 사람을 현혹시키려는 달콤한 기교 따위 전혀 없었다. 그저 나라를 향한 진심만이 담겨 있을 뿐. 나라는 또다시 목울대가 당겼다. 잔잔하게 물결치는 푸른 눈동자에 어린 진심이 가슴속으로 파도처럼 밀려와 나라의 모래성 심장을 조금씩 허물어뜨리고 있었다. 항상 이런 식이다. 그렇게나 아팠는데, 그렇게나 힘들었는데, 그의 시선이 마주 닿고 그의 목소리가 귀에 닿는 것만으로도 마음은 대번에 뒤집혀 버린다. 정말이지, 줏대 없이.

"이사님 따위 정말 미워요."

나라가 그를 노려보던 시선을 발밑으로 떨구며 울먹이듯 중얼거렸다. 더운 체온이 가는 팔을 당겨 나라를 그의 품으로 끌어들인다. 진한 아쿠아 향이 온몸을 휘감았다.

"미워해. 얼마든지 받아줄게."

"생각 같아선 백만 대쯤 때려주고 싶어."

"때리고 싶은 만큼 때려. 네 분이 풀릴 때까지 군말 않고 맞아줄게."

"이사님 따위 지옥에나 떨어져 버렸으면 좋겠어."

"당신이 원한다면 하데스를 부추겨서라도 그렇게 할게."

"이사님이라면 하데스를 부추기지 않고도 거뜬히 지옥에 떨어질 수 있을걸요?"

'그런가?' 하고 그가 나라를 품에 안은 채 나직이 웃었다.

내 눈은 아직도 눈물이 안 말랐는데 당신은 지금 이 상황에 웃음이 나온단 말인지? 또 한 번 그를 밀어낸 나라가 물기 어린 눈동자로 그를 쏘아보며 새침하게 말했다.

"웃지 마요. 나 아직 화 안 풀렸어."

"어떻게 해야 풀릴까?"

그가 살포시 웃으며 물었다. 나라는 팔짱을 낀 채 턱 끝을 도도하게 쳐들었다.

"글쎄요. 그건 좀 더 생각을 좀 해봐야겠는데요. 내가 받은 게 있는데 그렇게 시시하게 용서해 줄 순 없잖아요. 어쩜 죽을 때까지 안 풀릴 지도 모를 일이구요."

"죽을 때까지라. 그 말은 곧 죽을 때까지 내 옆에 있겠다는 뜻인가?"

"에? 그, 그게 왜 그런 뜻이 되는 건데요!"

당황한 나라가 그가 있는 쪽을 돌아본 순간이었다. 더운 열기가 손목을 옭아매 힘 있게 당겼다. 긴장을 놓고 있던 몸이 무기력하게 끌려가 순식간에 그의 품으로 빨려 들어갔다. 단단한 팔이 민첩하게 허리를 휘감았다. 살갗을 왈칵 뒤덮는 데일 듯 자극적인 열기. 화들짝 놀라 시선을 들자 가슴 시리도록 푸른 눈동자가 어둠을 뚫고 시야로 쏟아졌다.

"난 원래 뭐든지 제멋대로인 남자니까."

낮은 속삭임과 동시에 그의 열기가 성큼 코끝에 전해졌다. 지척에서 엉키는 숨결. 머릿속이 새하얘진다.

"나 아, 아직 화났어요!"

나라는 다급히 외치곤 잽싸게 고개를 돌려 버렸다. 심장이 둥둥 울리고 귀 끝이 홧홧했다. 사실 어느 정도 화가 누그러진 건 맞았다. 하지만 가슴에 진 응어리가 다 풀리지도 않은 상태에서 그의 술수에 휘말려 얼렁뚱땅 상황을 넘기고 싶지는 않았다. 내일은 어떨지 몰라도 최소한 오늘만큼은 아니다. 나라는 여전히 고개를 그와 반대편으로 둔 채 눈동자를 뱅글뱅글 굴리며 서툴게 중얼거렸다.

"그러니까 키스는 안⋯⋯!"

못다 한 뒷말을 이으려던 입술이 불현듯 멈추었다. 눈가를 핥고 지나간 습하고도 부드러운 감촉 때문이었다. 입술이 아닌 눈가. 나라는 어느 순간부턴가 움직이기를 멈춘 눈동자를 천천히 움직여 그에게로 향했다.

"줄곧 이러고 싶었어."

장난기 없이 진지한 눈동자가 동공을 파헤치고 들어와 심장을 움켜쥐었다.

"지난 며칠간, 떨리는 당신 어깨를 안아주고 젖은 눈가를 만져주고 싶어 미칠 것 같았어. 당신 눈가를 적시는 눈물들을 빤히 보고 있으면서도 그걸 닦아 주지 못하는 내 자신이 죽이고 싶을 정도로 미웠어."

채 마르지 않은 눈시울에 또다시 눈물이 차올랐다. 오기와 괜한 반발심에 물러서지 않고 버티고 있던 응어리가 그의 말 한 마디 한 마디에 송두리째 허물어져 나갔다.

어쩜 이 남자는 이럴까. 어쩜 이렇게까지 나를 바보로 만들 수 있는 걸까.

"정말이지 약았어."

괜스레 퉁명스런 투로 대꾸하며 나라는 고개를 숙였다. 계속 보고 있다간 이대로 그를 용서하게 되어버릴 것 같았다. 그도 그걸 알았을까. 다정한 손길로 고개 끝을 쥐어 자신에게로 돌린 그가 망설이는 나라의 가슴에 쐐기를 박았다.

"약속할게. 앞으론 두 번 다신 당신에게 등을 보이지 않겠다고. 아무리 화가 나는 일이 있더라도 절대 당신에게 먼저 등을 돌리는 일은 없을 거야. 꼭 당신과 마주 볼게."

더 이상의 망설임과 오기는 사라졌다. 마주 보겠다는 그의 진실한 속삭임이 가슴속에 커다란 파장을 일으켰다. 서로를 등진 채 지냈던 시간이 얼마나 힘들었는지 잘 알기에 더욱 그러한 것일지도 몰랐다. 그의 말대로 서로를 등진 채로는 그 어떤 것도 할 수 없었다. 서로의 마음을 알 수 없으니 서로에게 그 어떤 것도 해줄 수 없는 것이 당연했다. 모든 것은 서로를 마주 볼 때야 비로소 진심에 가까워질 수 있는 것이었다.

나라는 그의 눈을 깊게 응시한 채 말없이 고개를 끄덕였다. 눈언저리를 뱅글 돌던 물기가 희미하게 휘어진 눈초리 끝으로 번져 흐른다. 나라를 따라 입매 끝을 당긴 그가 고개를 숙여 눈물의 궤적을 따라 입술을 옮겨갔다. 깃털처럼 가볍게 내려앉는 입술이 젖은 뺨을 달래듯 어루만졌다.

잠시 감고 있던 눈꺼풀을 조심스레 들자 다정한 시선으로 그녀를 굽어 보고 있는 푸른 눈동자가 있었다. 바다처럼 시원하면서도 한편으로는 그 위로 작렬하는 태양빛처럼 뜨거운.

어느새 고개를 들기 시작한 기대감이 가슴 끝을 서서히 간질였다. 왼쪽 뺨을 감싸 쥐는 커다란 손. 얼굴 위로 천천히 감겨오는 더운 체온. 그리고 곧, 입술이 겹쳐졌다.

입술 사이로 감미롭게 맞물리는 그의 감촉을 느끼며 나라는 눈을 감았다. 까슬하고도 뜨거운 혀끝이 경직된 아랫입술을 달래듯 핥았다. 두근, 고동치는 심장 소리와 함께 숨결이 흔들린다. 처음도 아닌데 마치 처음인 것처럼 가슴이 벅차고 온몸이 떨렸다. 이 바보 같은 모습을 혹여나 그에게 들킬까 봐 나라는 떨림을 진정시키기 위해 그의 옷깃을 꽉 그러쥐었다. 하지만 그런다고 모를 그가 아니었다.

"긴장했군."

맞붙어 있던 입술을 살짝 떼어내며 그가 장난스럽게 속삭였다.

"기, 긴장은 무슨. 누가 긴장을 했다고 그래요."

"그런가. 연회장에서의 그 대범하던 모습과는 사뭇 다르길래 난 혹시 긴장한 건가 했지."

연회장? 나라의 얼굴이 순식간에 빨개진다.

"그, 그 얘기는 또 왜!"

빰에 닿아 있던 그의 손이 목 언저리를 쓸고 지나가 뒷목을 감쌌다. 목덜미를 휘감듯 당기는 손길과 함께 다시금 입술이 막혔다. 막 언성을 높이려 했던 나라는 휘둥그렇게 뜬 눈을 감지 못한 채 정면을 바라보았다. 매혹적인 아쿠아블루가 왈칵 시야를 덮쳤다. 쿵 하고 심장이 바닥을 친다. 동시에 아랫입술을 집요하게 물고 빨던 혀가 벌어진 입술 틈새를 가르고 매끄럽게 들어섰다. 손끝이 바들 떨리며 두 눈이 질끈 감겼다. 놀리듯이 얕게, 그러다가 또 휘몰아치듯이 깊게 파고드는 그의 움직임에 머릿속이 새하얘졌다. 옷깃을 쥔 나라의 손끝에 힘이 간다.

오랜만에 맛보는 나라의 숨결은 달콤하고도 자극적이었다. 집요한 키스에 통통 부어오른 입술의 말캉한 감촉이 그를 미치게 만들었다. 아직 그녀의 입안에 남아 있는 알싸한 알코올 향이 그마저 취하게 하는 듯싶었다. 카인은 나라의 자그마한 머리통을 손아귀에 끌어넣고 깊숙이 혀를 밀어 넣으며 거침없이 그녀를 유린했다. 처음의 부드럽고 조심스럽던 키스는 사라지고 없었다. 농후해질 대로 농후해진 키스가 그녀의 숨결을 갈취하고 그의 이성을 흐리게 할 뿐이었다.

순식간에 치미는 욕정. 그는 품에 안은 여린 몸을 벽 쪽으로 밀어붙였다. 그러곤 손을 내려 나라의 스커트 끝자락을 쓸어 올렸다. 나라의 입에서 가냘픈 신음 소리가 새어 나왔으나 그것은 이미 자라나 버린 욕망을 고무시키기만 할 뿐이었다.

관능의 마수에 사로잡힌 야수처럼 그는 집요하고도 거침없이 그녀를 탐해 갔다. 형용할 수 없을 정도로 증폭된 욕망이 이성을 갉아먹고 그의 내부를 잠식했다. 다분히 본능적인 행위임을 알면서도 그는 도저히 그 야만적인 움직임을 제어할 수가 없었다.

숨 쉴 겨를도 없는 폭풍과도 같은 키스를 퍼부으며 그는 그녀의 매끈한 다리를 느릿하게 쓸어 올렸다. 부드럽게 매만지는 손길에 나라의 입에서 또 한 번 달뜬 신음성이 흘러나왔다. 폭염을 맞은 여름날의 공기처럼 폭발할 듯 끈끈해진 열기가 그들을 에워쌌다. 거칠어진 숨결이 서로의 얼굴을 핥고 퍼진다. 두툼한 옷에 막혀 있음에도 살갗으로 적나라하게 끼쳐오는 서로의 체온이 그들의 몸을 흠뻑 적셨다. 탄탄한 근육질의 몸이 나라의 여린 피부 위로 뜨겁게 감겨든다. 그의 기세에 당황하여 머뭇거리고 있던 나라는 결심한 듯 옷깃을 붙잡던 손을 놓고 그의 목에 팔을 둘렀다. 그리고 그 순간, 내내 거침없던 카인의 근육이 움직임을 멈추고 팽팽하게 경직되었다.

"......?"

갑작스럽게 멈춘 그의 움직임에 나라는 묘한 허전함을 느끼며 의아한 듯 두 눈을 떴다. 여전히 그녀를 품에 안은 채로 움직임을 멈춘 그가 나라의 이마에 이마를 맞댄 채 밭은 호흡을 뱉고 있었다. 그런 그를 멀뚱히 바라보는 나라의 입술 새로도 가쁜 숨이 몰아쳐 나왔다.

지척에서 엉키는 달큼한 숨결을 느끼며 카인은 눈을 감았다. 잠재워지지 않은 욕망이 고개를 쳐들고 다시금 그를 충동질했다. 그녀를 탐하라고, 그녀를 취하라고, 그녀를 가지라고. 그 달콤한 속삭임에 넘어가 하마터면 이 자리에서 그녀를 안아버릴 뻔했다. 몸으로 보드랍게 감겨드는 가녀린 여체를 느끼지 못했다면 분명 그러했을 터였다. 그 감촉이 현 상황의 위험성을 일깨웠기에 뒤늦게 정신을 차리고 행동을 멈출 수 있었던 것이다.

지금 역시 욕정으로부터 완전히 벗어나지 못해 흔들리고 있기는 마찬가지였지만 카인은 알고 있었다. 오늘은 아니라는 것을. 모든 죄를 다 사하지 못한 지금은 절대 그래선 안 된다는 것을. 그는 스스로를 다잡듯 주먹을 꽉 거머쥐었다. 그러곤 자신 때문에 나라가 흘렸던 눈물들을 떠올렸다. 그와 함께 온몸과 마음을 지배하고 있던 원초적인 욕망이 이성을 되찾고 차갑게 물러섰다.

"이사님."

"시간이 늦었군."

나라와 밀착하고 있던 몸을 떼고 그가 돌아섰다. 그의 체온이 떨어져 나간 곳으로 짙은 한기가 순식간에 몰려들었다. 나라는 홀로 남겨진 몸을 두 팔로 감싸며 영문을 모르겠다는 듯이 그의 뒷모습을 바라보았다. 방금 전까지만 해도 그렇게나 뜨거웠는데 갑작스레 물러서는 그가 의아했다. 찬물이 끼얹힌 기분마저 들 정도였다.

"많이 늦은 시각이긴 하지만 지금이라도 집에 들어가는 편이 나을 거야."

"자, 잠깐."

나라는 뜬금없는 그의 말에 두 눈을 화등잔만 하게 떴다.

"집이라니요?"

"아직 새벽 3시야. 지금이라도 들어가면……."

"안 가요."

나라에게로 향해 있는 카인의 눈이 커진다. 방금 자신이 뱉은 그 말의 의미를 그녀 자신도 알아서일까. 어둠 속에서도 확연히 드러날 만큼 얼굴이 새빨갛게 달아올랐다. 하지만 뱉은 말을 무른 다고 하진 않았다.

"저…… 집에 안 가요."

"나라."

"안 갈 거예요, 나."

"장난 그만해."

화난 듯싶은 목소리가 그녀의 말을 차갑게 가로막았다. 사실은 그녀가 아닌 스스로에게 화를 내는 목소리였다. 나라가 무엇도 모르고 뱉는 말 하나하나에 진지하게 반응하고 있는 스스로를 향해. 그는 나라와 마주 닿아 있는 시선을 떼고 냉정히 등을 돌렸다. 계속해서 그녀를 보고 있다가는 더 이상은 자신을 제어하지 못하게 될 것만 같았다.

"오늘은 그만 집으로 돌아가. 집까지 바래다……."

"……쳐요."

돌아선 그의 팔이 그녀의 작은 손아귀에 붙들렸다. 온몸의 근육이 끊어질 듯 팽팽하게 당겼다. 무심히 허공을 향해 있는 눈동자가 딱딱하게 굳는다. 손가락 마디 끝을 붙잡은 가느다란 손끝으로부터 미미한 떨림이 전해져 온다. 그것이 그의 맥박을 흔들고 그의 심장을 흔들었다. 떨림을 애써 삼킨 목소리로 나라가 다시 한 번 말했다.

"오늘 우리, 사고 쳐요."

희미한 빛줄기에 에워싸인 공간 속으로 나라의 목소리가 자잘한 공명을 이루며 울려 퍼졌다. 카인은 여전히 등을 보인 채 아무런 말도 하지 않았다. 망설이듯 말을 뱉곤 그의 반응을 기다리던 나라는 생각보다 지체되는 정적에 조금씩 초조해지기 시작했다.

"이사님."

훈훈한 실내 기운을 타고 귓전으로 부딪쳐 오는 음성을 따라 카인이 몸을 돌렸다. 방 안으로 쏟아지고 있는 푸른 달빛을 닮은 그의 눈동자가 나라에게로 곧게 뻗어왔다. 무표정하지만 뜨거운 시선. 그 무언의 박력에 순간적으로 위축되는 듯싶었으나 나라는 이내 마음을 다잡고 망설임 없는 시선으로 그를 마주했다.

"집에 가지 않을래요. 그러니까……."

"당신이 말한 사고라는 거."

채 말을 맺기도 전, 그의 지독히도 낮은 음성이 나라의 말허리를 갈랐다. 어둠 속에서도 또렷이 빛을 발하는 다크블루가 한 치의 흐트러짐도 없이 나라를 향했다.

"그게 무엇을 의미하는 건지 알고는 있는 건가?"

그의 물음이 의미심장하게 귓가로 박혔다. 속눈썹 끝이 파르르 떨리고 심장이 무게 중심을 잃고 격렬하게 흔들렸다. 자신이 한 그 말이 무엇을 의미하는지를 알기에 가슴이 더욱더 거세게 두방망이질 치고 있었다. 나라는 살짝 벌어진 입술 새로 가냘프게 빠져나오는 숨을 가만히 삼켰다. 그러곤 그의 눈을 피하지 않은 채 명료하게 대꾸했다.

"알아요."

나라의 말이 맺어지자마자 카인이 그의 손목을 붙잡고 있는 나라의 손을 돌연 낚아채 끌어당겼다. 관능에 젖은 뜨거운 입술이 나라의 입술을 단숨에 삼켰다. 돌처럼 단단한 팔이 그녀의 부러질 듯 가는 허리를 강하게 휘감는다. 기습적인 상황에 중심을 잃고 휘청이는 나라를 카인이 강인한 팔로 받치며 벽 쪽으로 밀어붙였다. 그러곤 폭풍과도 같이 거칠고 강렬한 키스로 나라의 숨결을 뜨겁게 앗아갔다.

"내가 말하는 사고의 의미는."

구석구석 집요하게 탐하던 입술을 살짝 물었다 놓으며 카인이 거칠어진 음성으로 느릿하게 속삭였다. 나라는 그의 키스를 속수무책으로 받아들이느라 감겨 있던 눈을 떠 정면을 바라보았다. 검게 타오르는 다크블루가 주변의 어둠을 무시하며 그녀의 시야를 자욱이 드리워 왔다. 스쳐 닿은 콧날과 맞붙은 이마로부터 전해져 오는 그의 열기가 나라의 온몸을 달구었다. 뺨을 감싸 쥔 손이 녹일 듯이 뜨겁다.

"이까짓 키스나."

입술을 맞붙인 채 낮게 속삭인 그가 짧지만 강렬한 호흡으로 그녀의 입술을 빨아들였다. 그러곤 가녀린 허리에 감겨 있던 팔을 풀어 블라우스 아래 갇힌 탐스러운 젖가슴을 뭉개듯 거머쥐었다.

턱 끝을 핥고 올라선 입술이 예민한 귓불을 잘근 깨문다.

"이까짓 애무나."

귓바퀴를 핥아 올린 입술이 뜨거운 속삭임을 불어넣곤 그녀의 보드라운 목덜미로 향했다. 그의 손길에 반응하듯 튀어 오르는 나라의 맥을 자극적으로 눌러 삼켰다. 나라가 야트막한 신음을 뱉으며 그의 어깨를 쥔 손에 바짝 힘을 실었다. 강인한 몸에 갇힌 채 바들 떨리는 그녀의 허리를 양 손아귀로 붙잡아 끌어 올리며, 카인이 나라의 다리 사이로 기민하게 파고들었다. 바닥에 닿아 있던 나라의 발이 어느새 허공으로 떴다. 서로의 몸을 더는 악물릴 수도 없이 단단하게 밀착시킨 그가 언제부턴가 단단하게 굳은 그의 남성으로 그녀의 예민한 곳을 압박하며 노골적으로 말했다.

"이까짓 섹스로 끝나는 게 아니야."

다리 사이를 뚫을 듯한 난폭하고도 생생한 감촉에 나라는 흠칫 떨었다. 욕망에 잠식당한 검푸른 눈동자가 마주한 그녀의 시야를 맹렬하게 불태웠다.

"지금처럼 당신의 입술을, 숨결을, 그리고 살결을 미약하게 맛보는 것만으로도 나는 당신의 모든 걸 소유하고픈 지독한 열망에 사로잡히곤 해. 그런데 만약 정말로 당신의 몸을 취하게 된다면 난."

맹렬히 이는 욕망을 강한 의지로 차분히 가라앉히며 카인이 경고하듯 속삭였다.

"당신의 몸뿐만이 아니라 영혼까지 모두 속박하려 들 거야. 그 순간부터 당신은 오로지 나, 카인 맥클레인의 여자로 살아가야 한다는 의미야."

검게 타오르는 눈동자가 전해 오는 위화감과 그의 말 한 마디 한 마디에 담긴 지독한 소유욕이 나라의 심장 전체를 손아귀에 집어넣고 억세게 거머쥐었다. 귀밑부터 오소소 소름이 인다. 은밀한 곳을 노골적으로 압박하는 생생한 감각에 두려움이 언뜻 스쳐 지나가긴 했으나 나라는 알 수 있었다. 이것이 기분 좋은 소름이라는 사실을.

그의 소유욕이 좋았다. 오직 자신만을 향해 타오르는 그의 열정이 좋았다. 혹여나 그것이 비뚤어져서 며칠 전 그러했던 것처럼 서로의 사랑을 희석시켜 버릴지 모른다 하더라도, 나라는 뛰어들고 싶었다. 저 지옥처럼 위험한 남자에게.

"괜찮아요."

나라의 말에 그의 짙은 눈썹 사이가 크게 구겨졌다.

"전혀 아무렇지도 않다면 그건 아마 거짓말일 거예요. 처음이니만큼 망설임도 크고, 그 후에 밀려들 책임감이 조금은, 아니, 많이 두렵기도 해요. 하지만 그래도 괜찮다고 말할 수 있는 건 지금 느끼는 이 두려움보다도 이사님을 원하는 마음이 훨씬 더 크기 때문이에요. 한 상황에서 사람이 느끼는 감정은 부지기수잖아요. 그것도 서로 판이한 것들로. 그럼에도 결국 단 한 가지만이 상황을 휘두르게 되는 이유는, 그 한 가지가 나머지 감정들을 모두 능가할 정도로 크고 막강하기 때문일 거예요. 그러니까 이 정도의 두려움은 얼마든지 감당할 수 있어요. 아니, 감당할 거예요."

흔들림 없는 흑요석빛 눈동자가 올곧게 뻗어 그의 시야를 찔렀
다. 그의 구겨진 눈매를 아련하게 바라보며 나라가 그의 매끈한
뺨을 느릿하게 어루만졌다. 뺨에 맞닿은 손길을 통해 전해지는 그
녀의 따스한 체온이 그의 내부로 깊숙이 파고들었다. 허리 아래가
견딜 수 없이 뜨거워진다. 더는 버틸 수 없을 것 같다는 생각에 카
인은 눈살을 찌푸리며 어금니를 악물었다. 그러곤 자신의 입매를
더듬듯 매만지는 나라의 손을 붙잡았다.

"언젠가는 당신을 가질 거야. 싫다고 발버둥 쳐도 기필코 널 갖
는다. 하지만 오늘은 아니야."

"왜요?"

나라가 채근하듯 물었다. 그는 나라를 가두고 있던 몸을 떼어내
곤 그녀로부터 돌아섰다.

"이렇게 몰아붙이듯이 당신을 갖고 싶지 않아. 당신에게 후회
따위를 안겨주는 남자가 되고 싶진 않으니까."

사실은 두려웠다. 나라가 오늘 밤이 지난 후 후회할까 봐. 극에
달했던 상황이 끝난 직후인 만큼 나라의 지금 결정이 다분히 충동
적인 것일 수 있기 때문이다. 만약 그의 생각이 맞다면 그녀는 오
늘 밤 일을 후회하게 될 것이 분명했다. 사랑하는 여자에게 후회
를 안겨주는 남자라니. 생각만으로도 끔찍했다. 그렇게 생각하며
돌아서려던 그때, 기가 차다는 듯한 웃음소리가 그의 귀에 들어왔
다.

"정말 해도 해도 너무하시네."

직전까지와는 판이한 말투에 카인이 매끄러운 눈매를 가늘게 뜨며 그녀를 내려다봤다. 언제 그랬냐는 듯 얼굴에서 웃음기를 싹 걷은 나라가 둥근 눈매에 돌연 날을 세워 카인을 쏘아봤다.

"몰아세우듯이 라구요? 그 말은 지금 제가 이사님이 몰아붙이니까 마지못해 자겠다고 했다는 뜻인가요?"

"그게 아니라……."

"정말 너무하시는 거 아니에요? 제가 아무리 뭘 몰라도 욕망과 두려움을 헷갈릴 정도로 바보는 아니거든요?"

뾰로통한 나라의 표정과 눈길을 받은 카인이 당혹스런 표정을 지었다. 그런 카인을 향해 나라가 잔뜩 골이 난 표정을 지으며 소리쳤다.

"제 말 무슨 뜻인지 모르시겠어요? 싫은데도 밀어붙이니까 무서워서 어쩔 수 없이 남자와 자겠다고 하는 그런 미련 곰탱이는 아니라구요!"

어둠 속에서 예쁘게 반짝이는 까만 눈동자가 그를 향해 바짝 날을 세웠다. 그답지 않게 당황한 카인이 변명을 하기 위해 서둘러 입술을 떼었다.

"난 그런 뜻이 아니라."

"그리고 뭔가 착각하고 계신 것 같은데."

나라가 그의 말을 차갑게 가로막았다.

"전 지금 이사님께 날 이사님의 여자로 받아들여 달라고 말하는 게 아니에요."

의아한 듯 바라보는 그의 시선을 똑바로 마주한 나라가 턱 끝을 들어 올린 채 도도하게 말했다.

"이사님이 내 남자가 되어달라고 말하는 거지."

카인은 두 눈을 크게 뜬 채 나라를 바라보았다. 그녀의 도발적인 말들이 선뜻 머릿속에 와 닿지 않았다. 그때 나라의 손이 카인의 셔츠 깃을 거머쥐어 홱 당겼다. 방심하던 차에 이루어진 갑작스러운 습격에 카인의 얼굴이 순식간에 나라의 코앞으로 무너졌다. 당혹스러움을 머금은 사파이어 동공이 크게 팽창했다. 요염하게 치켜뜬 까만 눈동자가 그의 시야를 사로잡았다. 아찔한 유혹이 온몸을 관통했다.

"보나라 사전에서 잠자리란 곧 결혼을 의미해요. 순결을 넘겨준 대가로 이 세상 끝날 때까지 이사님한테 찰거머리처럼 들러붙어서 절대 안 떨어질 거라는 소리예요. 그러니까 각오를 해야 하는 건 내가 아니라 바로 이사님이시라구요. 아시겠어요?"

나라의 나른한 숨결이 카인의 코끝으로 부딪쳐 왔다. 그 자잘한 마찰은 금세 거부할 수 없는 자극이 되어 그의 전신을 휘감았다. 그녀의 달콤한 향내가 콧속으로 스며든다. '아시겠어요?' 라니. 피식, 웃음이 새어 나왔다. 동시에 그는 여태 조여 매고 있던 인내의 끈을 놓아버리며 속으로 답했다.

'네, 알겠습니다.'

그는 갑작스레 끌어당겨 진 터라 잔뜩 경직되어 있던 목에서 힘을 풀었다. 그러곤 양팔을 그녀의 등 뒤로 뻗어 벽을 짚고선 그녀의 귓가에 대고 나직이 속삭였다.

"방금 한 그 말, 혹시 프러포즈인가?"

품 안에 갇힌 가느다란 몸이 흠칫 떨린다. 웃음기를 머금은 그의 늘씬한 입매가 관능적으로 말려 올라간다. 오늘을 자꾸만 다음으로 미루려는 그에게 발끈해서 입에서 나오는 대로 쏟아냈던 나라는 순식간에 달아오르는 얼굴을 느끼며 종전부터 거머쥐고 있던 그의 셔츠 깃을 냉큼 놓아버렸다.

"그, 그게 뭐……. 그렇게 되나요?"

"내가 듣기로는 그런 것 같은데."

방금 전의 그 도발적인 모습은 어디로 갔는지 귀까지 새빨갛게 물들인 채 서툴게 중얼거리는 나라를 보며 카인이 낮게 웃었다.

미쳤어, 보나라. 자신이 뱉은 말들을 돌이켜 보던 나라는 언뜻 맞는 듯싶은 그의 말에 이렇다 할 반박 거리를 찾지 못하며 그의 눈길을 피해 버렸다. 그때, 벽을 짚고 있던 그의 오른손이 그녀의 말간 뺨을 드리운 검은 머리카락을 스윽 걷어냈다. 그의 열기가 자극적으로 뺨을 스쳤다. 머리카락을 쓸어 넘긴 손길이 예민한 귓불을 만지작거렸다. 말초신경을 자극하는 생생한 감각이 온몸을 훑었다. 얼굴이 또 한 번 확 달아올랐다.

"여자를 안는다고 해서 그 여자를 생이 마감할 때까지 무조건 책임진다는 주의는 아니지만."

그의 허스키한 음성이 정수리 위로 떨어졌다.

"그게 당신의 철칙이라니 아무래도 그렇게 해줘야겠군."

"잠깐, '해줘야겠군' 이라니요?"

'해야겠군' 도 아니고 '해줘야겠군' 이라니? 나라가 기가 찬 듯 두 눈을 앙칼지게 치켜뜨며 그를 홱 돌아봤다. 그러자 카인이 유려한 눈매를 매력적으로 휘며 오만하게 대꾸했다.

"당신의 프러포즈를 흔쾌히 받아들이겠다는 말인데, 맘에 안 드는 건가?"

"그게 어떻게 프러포즈로가 돼요? 그냥 말을 하자면 그렇다는 거……!"

귓불에 닿아 있던 손길이 그 밑의 여린 살결을 간질이듯 쓸어내렸다. 나라가 흠칫 놀라 하던 말을 멈추고 카인을 올려다보았다. 그의 뜨거운 숨결과 열기가 얼굴 위로 한꺼번에 전해졌다. 그 어느 때보다도 검게 가라앉은 짙은 코발트블루가 시야를 갈라 들어 옭아맨다. 발끈한 나머지 잊고 있었던 사실이 한순간에 뇌리를 강타했다. 하지만 그의 손길은 이미 목선을 쓸고 내려와 그녀의 블라우스 윗단추에서 멈춘 상태였다. 그의 뜨거운 눈동자가 그녀의 흔들리는 시선 위로 격렬하게 부딪쳤다.

"명심해 둬. 분명히 말하지만 날 유혹한 건 당신이야."

그가 말을 맺음과 동시에 단추 위를 배회하던 손길이 적극적으로 움직였다. 숨을 돌릴 겨를도 없이 톡 하고 첫 번째 단추가 풀렸다. 그 나직한 소리가 공허한 방 안에 크나큰 파장을 일며 퍼져 나갔다. 아랫배에 마치 통증과도 같은 아릿한 감각이 야릇하게 감돈다. 톡 하고 두 번째 단추가 풀리자, 흡 하고 숨이 급하게 당기며 나라의 가는 어깨가 작게 떨렸다. 몇 번의 시행이 반복되고, 블라우스의 모든 단추가 물고 있던 구멍을 놓으며 벌어졌다. 그가 어깨에 걸쳐 있는 옷감을 손끝으로 가만히 끌어 내리자 블라우스가 사르륵 피부를 타고 흘러내렸다. 그것이 훑고 내려온 자취를 따라 오소소 소름이 인다.

"이사님."

온몸을 뒤흔드는 떨림을 참다못해 그를 부르려는데, 그의 단단한 팔이 훤히 드러난 맨 허리를 휘감아 왔다. 맨살에 감긴 팔이 뜨거웠다. 고개를 들자 그의 오른손이 뺨을 가만히 감싸 쥐어 왔다. 그의 뜨거운 체온이 그녀의 옅은 체온을 물들여 온다. 몸이 바짝 밀착되고, 허리를 휘감고 있던 손길이 척추 마디마디를 매만지며 타고 올라왔다. 간지러운 느낌이 주는 야릇함이 이렇게까지 클 거라고는 생각조차도 못했다. 얼굴 표면을 뒤덮는 그의 열기와 함께 짙게 가라앉은 눈동자가 그녀의 시야로 잔잔히 파고들었다.

입술이 맞닿고, 이어 손가락 하나가 브래지어 밴드 속으로 파고드는가 싶더니 툭 하고 호크가 풀렸다. 내내 브래지어에 갇혀 있었던 가슴이 해방되듯 놓이며 그 틈새로 희미한 한기가 느껴졌다. 나라가 흠칫 떨자 그녀의 뺨을 감싸 쥐던 손길이 나라의 뒷머리를 거머쥐어 당겼다. 그의 뜨거운 눈동자가 그녀의 시야를 덮더니 조금은 까칠한 그의 입술이 간질이듯 입술에 부딪혀 왔다. 두 눈이 뜨인 채, 그렇게 마주 본 채…… 그의 혀가 그녀의 입술 선을 더듬듯 핥았다. 그리고 이어, 욕망에 젖은 허스키 보이스가 맞붙은 입술 틈으로 빠져나와 그녀의 살결에 닿았다.

"후회해도 이젠 늦었어. 이 모든 건 당신이 자초한 거야."

말이 맺어짐과 동시에 데일 것 같은 거센 뜨거움으로 카인이 나라의 입술을 삼켰다. 맞물려 하나가 된 두 사람이 그 모습 그대로 침대 위로 쓰러졌다.

초콜릿처럼 달콤하고 지옥 불처럼 뜨거운 밤이 시작되었다.

5

Sweet Enemy

어둠과 뒤섞여 푸르스름해진 달빛이 침대 위를 적셨다. 카인이 맞물린 입술을 흡입하듯 빨아들였다 놓기를 반복하며, 나라의 등줄기를 쓸어내리던 손을 그녀의 납작한 배로 옮겼다. 예민한 살갗을 간질이는 기운이 야릇함이 되어 전신에 퍼졌다. 나라의 입에서 나지막하게 앓는 소리가 새어 나왔다. 그 소리가 그녀의 입안에 머물며 그녀를 자극하고 있는 카인의 혀끝을 적셔 온다.

납작한 배를 느릿하게 매만지던 손길이 호크가 풀어져 느슨해진 브래지어 안으로 밀고 들어왔다. 흡 하고 숨을 당김과 동시에 생생한 감각이 뜨겁게 가슴을 움켜쥐었다. 보드라운 젖무덤 위를 데일 듯 뜨거운 감각이 자극적으로 훑고 지나간다. 나라의 몸이 한차례 작게 떨렸다.

각오는 했지만 그것이 점점 더 현실이 되어가자 희미했던 두려움이 나라의 내부에서 한순간에 증폭되었다. 하지만 강우와의 그날에 들었던 거부감 같은 것은 아니었다. 두려운 한편, 가슴 한구석에서는 그에 비례하는 기대감도 함께 팽창하고 있었다. 그 기대감으로 두려움을 이겨내며 나라가 떨리는 몸을 진정시켰다.

내내 맞물려 있던 입술을 놓고 뺨을 스쳐 귓불로 향한 그의 입술이 축축이 젖은 혀로 귓바퀴를 자극하듯 핥아 내렸다. 그의 뜨거운 숨결이 파도처럼 귓속으로 밀려들었다. 기분 좋은 소름이 전신에 일며 귀밑 솜털이 일제히 일어났다. 시트에 맞닿은 머리에 살짝 힘이 들어간다. 그가 뜨거운 손아귀에 갇힌 가슴을 세게 압박하며 밀어 올리듯 쥐었다. 그러곤 관능에 젖은 입술을 혈관이 비칠 만큼 새하얀 목덜미에 묻으며, 단단히 일어선 유두를 손가락 사이에 끼워 넣었다.

"아……."

유두 끝을 아프게 자극하는 그의 손길에 나라가 두 눈을 질끈 감으며 신음했다. 그리 크지 않은 음성인데도 방 안 짙게 깔린 습한 공기 탓인지 그 소리는 어느 때보다도 큰 울림을 자아내며 나라의 귓전에 부딪혀 왔다.

'내가 이런 소리를 내다니.'

훅하고 달려드는 민망함에 나라는 두 눈을 질끈 감은 채 잽싸게 고개를 돌려 버렸다. 하지만 곧 그의 손길이 그런 그녀의 턱 끝을 쥐어 잡아 자신을 향하게 했다.

"날 봐."

코앞까지 다가온 얼굴로 그가 나른하게 속삭였다. 허스키한 음성이 코끝에서 잘게 부서져 내린다. 검게 타오르는 눈동자로 나라의 시선을 옭아맨 채 그가 입고 있던 니트를 벗어 던졌다. 쿵 하고 무언가가 심장을 내리친다. 훤히 드러난 탄탄한 몸. 보기 좋게 갈라진 가슴 근육이 어둠 속에서 탄력적으로 물결쳤다. 다시 한 번 입술이 맞붙고, 그의 손길이 젖무덤을 스윽 훑으며 거세게 움켜쥐었다. 쾌감과도 같은 통증에 온몸이 전율했다.

"지금부터 한시도 내게서 눈을 떼지 마."

그가 입술을 맞붙인 채 강압적인 어조로 속삭였다. 그러곤 그대로 두 눈을 뜬 채 나라의 입술을 머금었다. 맞물린 입술 안에서 그의 까칠한 혀가 나라의 혀끝을 톡톡 건드렸다. 관능에 취해 감길 듯 말 듯 나른하게 뜨인 눈매 안으로 그의 뜨거운 시선이 적시듯 밀려왔다. 주변에 자욱이 깔린 어둠을 무시한 채 동공으로 파고드는 짙은 코발트블루는 온몸에 소름이 일 정도로 관능적이며 숨이 막히도록 섹시했다. 완전히 앗아 가지 않으며 오로지 혀끝으로 놀리듯이 건드리는 그의 움직임에 나라는 애가 탔다.

그는 결코 서두르지 않았다. 한 곳에서 다른 한 곳으로 옮겨가기까지 최대한 지체하고 공을 들이며 나라의 몸에 잔뜩 배어 있는 긴장감을 풀어 나갔다.

나라의 달큼한 살 내음이 코끝을 적시고 보드라운 살결이 혀끝에 감길 때면 순간 눈앞이 아찔해지며 그대로 그녀를 취하고픈 욕망이 전신을 뒤덮어 오기도 했다. 하지만 그는 그때마다 초인적인 자제력을 발휘하여 그의 욕망을 억눌렀다. 두려움보다도 그를 원하는 마음이 커 지금을 선택한 나라처럼, 그 또한 그녀를 안고픈 욕망보다도 그녀를 아껴주고픈 마음이 더욱 컸기 때문이다. 그는 그녀가 최대한 거부감 없이 자신을 받아들일 수 있도록 인내심을 갖고 그녀를 달랬다. 그리고 그의 그 같은 노력은 오히려 더욱 큰 촉매제가 되어 나라의 쾌락을 고무시켰다.

맞물린 곳을 놓고 떨어져 나간 그의 입술이 움푹 패인 쇄골에 머물러 지분거렸다. 뜨거운 흔적이 붉게 타오르는 꽃송이처럼 살결에 묻혔다. 매끈한 손끝이 브래지어 어깨 끈을 가만히 잡아 끌어 내렸다. 가슴이 드디어 공기 중에 완전히 노출되었다. 바깥 공기가 스민 가슴이 불현듯 시렸다. 그때 쇄골에 묻혀 있던 그의 입술이 핥아 내리듯 아래쪽으로 옮겨갔다. 이어 데일 듯 뜨거운 감각이 단숨에 가슴을 물어 삼켰다.

"하!"

나른하게 뜨여 있던 눈매가 확 구기듯 감기며 허리가 들리고 뒷목이 꺾였다. 쾌락의 물살이 날카롭게 허리 아래를 관통했다. 가슴을 살짝 무는가 싶던 그의 입술이 그녀의 숨결을 갈취하던 때처럼 가슴 전체를 흡입해 빨아들였다. 나른한 신음이 재차 입술 밖으로 미끄러지듯 흘러나왔다. 까칠한 혀끝이 곧게 선 유두를 옭아매며 애간장이 녹도록 살살 굴린다. 그의 입안에 담긴 유두가 아픔을 동반한 쾌감과 함께 저릿했다. 머릿속이 아찔했다.

가녀린 허리선을 훑고 내려간 손길이 납작한 배를 어루만지듯 쓸다가 그녀의 스커트 윗자락으로 옮겨갔다. 손끝에 걸린 지퍼가 망설임 없이 끌어 내려진다. 그의 손이 스커트를 붙잡아 당기자 나라의 하반신을 감싸고 있던 스커트가 그녀의 몸으로부터 완전히 이탈했다. 상아빛의 매끈한 다리가 푸른 어둠 속에서 눈부시게 빛났다. 그의 손길과 입술이 머무는 곳을 제외한 전신을 휘도는 한기에 나라가 급히 숨을 당기며 크게 떨었다. 가녀린 몸이 잔뜩 움츠러들자 카인이 달래듯 등줄기를 쓸어내리며 힘이 들어간 혀끝으로 다시 한 번 유두를 비틀듯 감아올렸다.

나라의 달뜬 신음 소리가 어둑한 룸 위에 어지럽게 떠돌았다. 어떻게든 참아 보려 이를 악물었지만 그가 전하는 자극이 쾌감이 되어 온몸을 관통할 때면 나라는 어김없이 전율하며 밭은 호흡을 뱉어내야 했다. 새하얀 시트 위로 흐트러진 검은 머리카락이 그녀의 움직임을 따라 크게 출렁인다. 야트막하게 뱉은 소리가 야릇하리만치 크게 변하여 귓전을 울렸다. 머릿속을 뒤덮는 부끄러움에 나라가 재빨리 입술을 깨물었다. 피가 배어날 정도로 세게. 그러자 내내 그녀의 유두 끝을 자극하던 손가락 하나가 억척스레 악물린 나라의 입안으로 헤집듯 파고들었다.

"안 돼."

고압적인 어조가 그의 타액에 젖어 축축해진 유두 끝에 자극적으로 부딪쳤다. 그러곤 다시 한 번 나라의 가슴을 삼킨 그의 입술이 가슴을 흡입하듯 빨아들이며 그 정점을 물고 끈질기게 희롱했다.

아! 하고 재차 터지려는 신음에 나라가 입안을 헤집고 들어온 그의 손가락을 꽉 깨물었다. 손끝에 퍼지는 아릿한 통증을 무시하며 카인은 자신의 혀를 대신한 손가락으로 그녀의 입안을 샅샅이 헤집었다. 그녀의 타액이 손끝을 축축이 적신다. 가슴을 삼켜 물고 그 끝을 살살 굴리는 자극에 나라가 뼛속까지 전율했다. 침대 위에 놓인 새하얀 손이 바들바들 떨리며 시트를 힘주어 쥔다.

"나라……."

그의 낮은 목소리가 가슴을 스쳐 내려와 나라의 납작한 배 위에서 울려 퍼졌다. 촉 하고 퍼지는 자극적인 울림이 그녀의 배꼽 주변을 배회했다. 그의 목소리가, 그 울림이 나라의 내부에서 낮게 공명했다. 단전 아래가 간질거린다.

움푹 패인 가녀린 등줄기를 타고 내리던 손가락이 허리를 스쳐 허벅지로 내려왔다. 납작한 배 위에 촉촉 입 맞추던 입술이 예쁘게 불거져 나온 골반뼈에 머물렀다. 까칠한 혀끝이 뱅글 돌며 그 위를 뜨겁게 적셔 온다. 훗, 나라가 짧게 신음하며 몸을 비틀었다. 뜨거운 기운이 스쳐 지나간 자리에는 화인과도 같은 붉은 흔적이 짙게 새겨졌다. 그녀의 입안을 헤집듯 유린하는 손가락 사이로 달뜬 신음이 터진다. 그리고 바로 그때였다.

"……!"

카인이 그의 손끝에 걸린 레이스 팬티를 스윽 끌어 내렸다. 쾌락의 물살에 휩쓸려 있던 차, 따갑게 뇌리를 긁는 그 기운에 나라가 화들짝 놀라 몸을 세워 그쪽으로 손을 뻗었다. 하지만 카인은 자신의 손길을 제지하려는 나라의 손을 가볍게 물리치고 어깨를 짓눌러 다시 그녀를 침대에 눕혀 버렸다. 그러곤 나라가 어찌할 새도 없이, 그녀의 은밀한 곳을 가리고 있는 얇은 천 조각을 단숨에 끌어 내렸다.

앗 하고 다급한 비명이 터지며 작게 벌어져 있던 다리가 꽉 악물렸다. 애타는 전희에 언제부턴가 젖어 있었던 축축한 속살들이 그 안에서 음탕하게 부대꼈다.

아, 어떡해. 왈칵 치미는 창피함에 나라가 두 눈을 질끈 감고 고개를 틀었다. 완전히 드러나 버렸다. 그의 눈앞에서, 자신의 모든 것이.

골반에 묻혀 있던 그의 입술이 배에서 가슴, 옆구리 전체를 스치듯 기어 올라와 그녀의 목덜미에 머문다. 그의 몸으로부터 발산된 뜨거운 열기가 여린 피부 위를 뒤덮었다. 촉 하고 귀밑을 훑는 짜릿한 마찰음과 함께 그의 낮은 음성이 귓바퀴를 핥았다.

"눈 떠."

나라의 귓가에 대고 낮게 속삭임과 동시에 카인이 나라의 한쪽 허벅지를 붙잡아 확 끌어 올렸다. 손아귀에 붙잡힌 왼쪽 다리가 순식간에 들렸다.

말도 안 돼! 갑작스러운 상황에 놀란 나라가 새된 비명을 지르며 양손으로 얼굴을 가렸다.

일부러 눈을 떠 확인하지 않아도 나라는 알 수 있었다. 지금 자신의 눈앞에 어떠한 상황이 그려지고 있는지를. 그를 떠올리곤 다급히 다리를 오므리려 했지만, 어느새 무릎 안쪽으로 파고든 억센 손이 종아리를 거슬러 올라가 발목을 붙잡아 그녀의 움직임을 저지했다. 다급해진 나라가 내내 움켜쥐고 있었던 이불자락을 끌어 몸을 가렸다. 하지만 그것도 고작 가슴과 중심부를 가리는 것에 그칠 뿐, 지금 자신이 보이고 있는 이 모습을 모두 가려주지는 못했다.

나라가 수치심에 발갛게 달아오른 얼굴을 양손으로 가린 채 파
르르 떨리는 입술을 질끈 깨물었다. 아무리 실내가 어둡다지만 자
신의 이런 부끄러운 모습을 샅샅이 훑어 보고 있을 그의 눈동자가
나라는 원망스러웠다. 그때, 다정하고 커다란 손이 눈물에 촉촉이
젖은 두 눈을 가리고 있는 작은 손을 가만히 거두어냈다.

"날 봐, 나라."

탁하게 가라앉은 허스키 보이스가 그들 사이를 드리운 어둠 위
로 낮게 울려 퍼졌다. 발 안쪽 복숭아뼈 위로, 그녀의 이름을 타고
나온 뜨거운 숨결이 잘게 부딪쳤다. 여린 피부 속으로 간질이듯
파고드는 낯선 감촉에 나라의 눈이 번쩍 뜨였다. 그러자 그녀의
눈동자를 응시한 채로 그녀의 부러질 듯 가는 발목에 짙게 입술을
묻고 있는 카인의 모습이 시야로 파고들었다. 퇴폐적이면서도 관
능적인 모습. 숨이 턱 막혔다. 그의 입술이 닿은 곳이 인두에 지진
듯 뜨거웠다. 전신을 훑는 노골적인 아쿠아빛 눈동자가 시선을 옭
아매고 놓아주질 않았다.

억세고 강한 손이 그 생김과는 달리 그녀의 발목을 조심스럽고
섬세하게 쓸어내렸다. 발목에 머물러 있던 입술이 작은 마찰을 차
례대로 빚으며 종아리를 타고 내려온다. 뜨거운 혀끝으로 무릎을
어루만지듯 핥은 다음, 허벅지 안쪽의 예민한 살결로 파고들듯 입
을 맞추었다.

하아, 한숨과도 같은 탄식이 나라의 입 밖으로 빠져나왔다. 허
벅지 안쪽 깊숙이 범접해 가는 그 입술의 움직임이 보다 더 농염

해졌다. 그를 따라 점점 더 가팔라지는 숨결이 쉴 새 없이 입술을 타고 미끄러졌다. 눈동자를 적시는 그의 뜨거운 바닷빛에 정신이 아득해졌다. 관능에 젖어 흐릿해진 잿빛 초점 너머로, 그의 짙은 브라운 톤의 머리카락이 모습을 감추었다. 그리고 그때.

"아, 안 돼!"

사타구니 깊숙이 파고드는 뜨거운 감촉에 나라가 서둘러 정신을 깨고 그를 밀어냈다. 살짝 걷어진 이불을 황급히 다시 끄집어 가린 나라는 냉큼 뒤로 물러나 고개를 저었다.

"아…… 안 돼요."

발갛게 홍조를 띠고 있던 얼굴이 확 붉어지며 왈칵 눈물이 고여들었다. 다리 사이로 닿던 그의 입술이 떠올라서였다. 어떻게 그런 일을. 말도 안 돼. 이불을 움켜쥐고 있는 손이 바들바들 떨렸다. 물기 어린 눈동자로 그를 바라보며 고개를 젓자 한참 동안 말이 없던 카인이 나라 쪽으로 가만히 손을 뻗어왔다. 나라가 침대 헤드에 등을 바짝 마주 댄 채 그를 바라보았다. 위태롭게 흔들리는 검은 눈동자 위로 다정한 아쿠아빛 눈동자가 잔잔히 스며들었다.

"이리 와."

모든 게 처음이라 너무도 서툴고 두려워하는 연인을 카인이 한없이 감미로운 목소리로 달래듯이 불렀다. 그녀의 앞으로 뻗은 손을 나라가 말없이 멀뚱히 보고만 있자 카인이 재촉하듯 또 한 번 나라를 부르며 매력적인 입매를 부드럽게 말아 올렸다. 바짝 긴장한 채 그와 그의 손을 번갈아 바라보던 나라는 이불을 꼭 움켜쥔 손에 지그시 힘을 실었다.

"아, 안 하겠다고 약속해요."

다정하게 나라를 바라보던 카인의 눈매가 살짝 가늘어졌다.

"방금 그거…… 안 하겠다고 약속해 주세요. 그럼 갈게요."

나라가 약간은 고집이 선 말투로 카인에게 말했다. 무슨 말인가 싶어 가늘게 뜬 눈으로 한참 나라를 주시하던 카인은 '방금 그거' 의 의미를 파악하곤 낮게 웃었다. 그 웃음소리에 나라가 둥근 눈매를 팍 구기며 카인을 흘겨보았다. 그러자 곧 웃음을 그친 그가 입가에 미소만을 머금은 채 크고 남자다운 손을 다시 한 번 나라에게로 뻗으며 낮게 속삭였다.

"OK."

카인의 속삭임이 귓가에 닿고도 나라가 여전히 의심 어린 눈으로 그를 바라보자 카인이 뭐 하냐는 듯 눈가를 찡긋거렸다. 그에 마지못해 마음을 다잡은 나라가 놀란 마음을 추스르듯 숨을 당겼다. 그러곤 그의 손을 맞잡기 위해 막 손을 뻗었을 때였다.

"꺄아!"

그의 손에 손끝이 닿기도 전, 별안간 양 발목이 당기며 나라의 몸이 침대 위로 단번에 쭉 미끄러졌다. 갑작스런 상황에 터진 요란한 비명이 적요한 룸 안에서 세차게 진동했다. 그리고 그 순간.

"안 하겠다고, 아……!"

이루 말할 수 없이 뜨거운 감촉이 그녀의 민감한 곳을 단숨에 점령했다. 두 눈이 번쩍 뜨이며 막 입 밖으로 빠져나오려 했던 성마른 음성이 나직한 신음성과 뒤섞여 순식간에 목구멍으로 빨려 들어갔다. 허리가 튕기듯 휘며 격렬하게 비틀렸다. 하지만 곧 다부진 손이 침대 위로 떠오른 허리를 붙잡아 눌러버린다.

"Shh…… That's okay, baby."

커다란 손으로 나라의 가녀린 허벅지를 꽉 붙잡은 채 카인이 달래듯 속삭였다. 나라의 말을 따라, 하지 않을 수도 있는 일이었다. 하지만 나라는 처음이다. 여자에게 있어 처음은 그만큼 많은 고통을 동반했다. 그리고 그런 그녀에게 그가 해줄 수 있는 건, 그 고통이 최소가 되도록 도와주는 것뿐이었다.

"괜찮아."

"아…… 흡……."

그의 낮은 음성이 자아내는 울림이 그녀의 은밀하고 깊은 구석 위로 잘게 부딪쳐 왔다. 데일 듯 뜨거운 감촉이 축축이 젖은 속살 위로 감기듯 파고든다.

아! 이불을 움켜쥔 손가락이 떨리고, 초점을 잃은 두 눈이 질끈 감겼다. 뜨거운 혀끝이 그녀의 중심부를 음미하듯 핥아 올린 뒤, 그 위 여린 살점을 자극적으로 깨물었다. 허리 아래를 왈칵 조이는 관능을 견디다 못한 나라가 매트리스에 얼굴을 묻으며 흐느꼈다.

안 된다고, 안 된다고 말하면서도 쾌락에 함락당한 몸은 어느새 손을 뻗어 그의 머리를 끌어당기고 있었다. 흐느낌이 목젖 너머에 걸려 할딱인다. 뒷목이 꺾이고 허리가 휘었다. 커다란 블랙홀에 온정신이 송두리째 빨려 들어가는 기분이었다.

눈앞이 깜깜하고 정신이 아득해진다. 몸이 불길 속에 뛰어든 것처럼 활활 타올랐다. 뜨거워서, 너무나 뜨거워서 나라는 눈물이 날 것만 같았다. 가늘게 뜨인 눈꼬리 끝에 위태롭게 걸려 있던 눈물 한 방울이 쾌락을 머금고 또르르 시트 위로 추락했다. 견딜 수 없는 관능이 허리 아래를 아찔하게 관통했다.

"나를 봐."

그녀의 중심부가 혀끝에 젖어들도록 샅샅이 맛보고서야 고개를 든 카인이 땀에 젖은 나라의 머리카락을 다정하게 쓸어 넘겼다. 눈물이 흘러 지나간 곳에 입술을 묻자 그녀의 여운이 아직 남아 있는 혀끝에 짭짜름한 맛이 녹아든다.

그녀의 고운 얼굴선을 따라 더듬듯 입을 맞춘 뒤 귀 라인을 잘근 깨물었다. 한참 가쁜 숨을 몰아쉬고 있던 나라가 그제야 나른하게 눈꺼풀을 들어 올린다. 그녀의 입술을 타고 빠져나온 가파른 숨결이 그의 입술 위로 부딪쳐 왔다. 그 감질나는 맛을 견디다 못해 결국 그녀의 입술을 삼켰다. 힘겹게 숨을 몰아쉬면서도 나라는 입을 벌려 그를 받아들였다. 맨살이 드러난 가느다란 팔이 목을 휘감아 온다. 맞닿은 이마로부터 비롯된 아릿한 열기가 피를 타고 온몸으로 번졌다. 숨결이 거칠어지고, 둘의 몸이 더는 악물릴 수도 없이 바싹 밀착되었다.

그의 욕망이 고스란히 그녀에게로 닿았다. 그는 벌어진 다리 틈새로 바짝 파고들어 온몸을 밀착시켰다. 실오라기 하나 걸치지 않고 적나라하게 드러난 가슴과 가슴이 맞붙은 채 가쁘게 오르내렸다. 탐욕스럽게 갈취하던 숨결을 놓으며 그가 입술을 뗐다.

빨갛게 상기된 얼굴과 힘겹게 떠올린 눈매 안에서 빛나는 관능 어린 흑요석빛 눈동자가 지나칠 정도로 고혹적이었다. 그녀의 입술을 맛보던 때부터, 그녀를 눈에 담던 때부터 서서히 일어서던 욕망이 걷잡을 수 없이 팽창했다. 더는 거부할 수 없는 유혹에 그가 성마른 손길로 벨트 버클을 풀었다. 그러곤 나라의 엉덩이를 꽉 움켜쥔 채 순식간에 그녀의 내부로 파고들었다.

"하!"

나른하게 들려 있던 눈꺼풀이 번쩍 뜨이며 곱던 미간이 한순간에 일그러졌다. 차마 음성이 되지 못한 가냘픈 숨소리가 비명처럼 빠져나왔다. 눈물이 순식간에 눈자위를 왈칵 뒤덮는다. 대꼬챙이에 온몸이 갈가리 찢기는 듯한 극심한 고통이 척추를 타고 올라와 세차게 뒷목을 당겼다. 꺾여 올라간 시야에 닿은 검은 천장이 뿌옇다. 아무 소리도 새어 나오지 못하는 입이 혀끝에 흐느낌을 머금은 채 달싹였다. 아무 말 못 하는 눈물만이 눈꼬리를 이탈해 시트를 적셨다. 하지만 그는 아주 잠시 동안 숨을 고른 뒤, 이윽고 움켜쥔 그녀의 엉덩이를 힘있게 당겨 아직 완전히 연결되지 못한 고리를 단숨에 밀어붙였다.

"아…… 아파……."

길지 않은 나라의 손톱이 그의 다부진 등 위로 박혔다. 그의 어깨를 부여잡은 작은 손이 파리한 빛을 띠며 바들바들 떨린다.

단숨에 밀고 들어가 나라의 깊숙이 몸을 묻은 카인은 거친 숨을 토해내며 나라의 목덜미에 입술을 묻었다. 더운 땀이 이마를 적시고 흘러내린다. 그녀의 뜨거운 속살에 파묻힌 곳으로부터 아득한 전율이 밀려왔다. 지금 당장 그녀를 몰아붙이고 질주하고픈 야만

적인 욕망과, 그녀를 위해 기다려야 한다는 인내심 깊은 이성이
그의 내부에서 격렬하게 충돌했다. 결국 기나긴 사투 끝에 이를
악물고 한 가지 것을 선택한 그가 한차례 숨을 내쉰 후 고개를 들
어 나라를 바라보았다.

"괜찮아?"

질끈 감긴 채 파르르 떨리는 속눈썹에 입 맞추며 카인이 탁하게
갈라진 목소리로 물었다. 소리 없이 고통을 토해내던 나라는 뺨에
닿는 다정한 손길을 느끼고서야 눈꺼풀을 들어 올렸다. 그러자 걱
정스러운 표정으로 자신을 내려다보고 있는 카인이 눈에 들어왔
다. 축축이 젖은 눈망울 위로 어둠 속에서도 또렷이 빛을 발하는
푸른 눈동자가 잔잔히 스며들었다. 자신에게 형용할 수 없는 고통
을 안겨준 사람인데도, 어째서인지 나라는 그가 밉지 않았다. 실
은 숨도 제대로 못 쉴 정도로 아프고 힘에 겨운데도, 어째서인지
나라는 그를 밀어내고 싶지 않았다.

"……네."

자신을 내려다보는 그를 따라 가만히 숨을 내쉬며 나라가 작게
고개를 끄덕였다. 검게 가라앉은 짙푸른색 눈동자가 엷게 휘며 그
윽한 빛을 띠었다. 그의 길고 마디 굵은 손가락이 한없이 다정스
럽게 눈 밑을 어루만졌다. 눈물이 훑고 지나간 자리에 그의 입술
이 닿는다. 촉촉, 부드러운 울림이 귓가에서 녹아들었다. 땀에 젖
은 이마를 맞대며 그가 감미롭게 속삭였다.

"이제 곧 괜찮아질 거야. 당신을 아프게 하지 않아."

이윽고 그는 달래듯 천천히 허리를 움직이기 시작했다. 처음은

역시나 고통스러웠다. 살을 베어 나가는 듯한 극심한 고통이 그가 스치고 지나간 구석구석마다 날카롭게 박혔다. 하지만 그것은 찰나였다. 그는 섣부르게 뚫고 들어왔던 처음과는 달리, 그다음부터는 애가 탈 정도로 느리게 움직이며 그녀를 고통에 적응시켜 갔다. 고통은 적응하자 곧 쾌감으로 바뀌었고, 종전까지만 해도 그녀의 입술을 가파르게 오르내리던 고통 어린 음성은 곧 그의 느긋한 움직임을 채근하는 칭얼거림으로 바뀌었다.

카인은 나라의 젖은 음성을 듣고서야 움직임을 가속화하기 시작했다. 나라의 머리를 받치고 있던 손을 내려 그녀의 가느다란 허리를 붙잡아 올렸다. 나라의 내부에 깊게 몸을 묻고 있던 그의 남성이 나라가 그의 허벅지에 앉음과 동시에 더욱더 깊숙한 곳까지 파고들어 그녀를 자극했다. 통증을 동반한 아릿한 쾌감이 아랫배를 찌르며 퍼져 나갔다. 그녀 안을 묵직하게 채워 넣은 뜨거운 욕망에 나라가 달뜬 신음을 뱉으며 몸을 휘었다. 그녀를 놓치지 않도록 손을 뻗어 등을 단단히 받친 카인이 눈앞에 드러난 탐스러운 젖가슴을 크게 베어 물었다. 잊고 있던 자극이 되살아나자 나라가 또 한 번 신음했다. 그의 움직임에 따라 아, 아, 하고 끊어지는 듯한 신음 소리가 가파르게 입술을 오르내린다. 쾌락에 젖은 정신이 취한 것처럼 몽롱해졌다.

나라의 허리를 안아 올려 그녀의 가슴 끝을 입에 머금은 채로 카인은 또다시 허리를 움직이기 시작했다. 여리고 예민한 내벽을 긁으며 깊고 깊게 파고들었다. 그녀의 안에 자신의 모든 것을 새겨 넣듯 노골적이고 적나라한 움직임으로.

깊게 밀고 들어왔다 빠지는 그를 느끼며 나라가 흐느끼듯 신음했다. 어느덧 그녀의 희고 가는 다리가 그의 허리에 감겼다. 그의 남성을 물고 있는 그녀의 속살이 뜨겁게 조여온다. 모든 것을 집어삼켜 버릴 것만 같은 습하고 열정적인 늪지. 허리 아래를 맹렬하게 훑고 지나가는 아득한 쾌감에 카인이 이를 악물었다. 어깨를 부여잡던 나라의 손이 그의 머리카락 속으로 파고들자 끈질기게 물고 희롱하던 그녀의 가슴을 놓은 카인이 나라의 뽀얀 목덜미 위로 이를 박았다.

움직임이 점차 격렬해지며 나라의 흐느낌이 밀폐된 공간 안에서 더욱더 가쁘게 울려 퍼졌다. 나라의 몸을 침대에 뉘인 카인이 여태껏 보다도 더욱더 깊고 강렬하게 그녀의 안으로 파고들었다. 맞물린 곳에서부터 시작된 짜릿한 전율이 척추를 타고 올라 전신을 내려쳤다. 거칠어진 호흡이 흐느낌으로 뒤바뀌어 쉴 새 없이 나라의 입술을 타고 흘러나왔다. 처음, 온몸을 산산조각 낼 것 같았던 그 고통은 형체 없이 사라지고 말로 형용할 수 없는 극심한 쾌감만이 등줄기를 날카롭게 긁어 내렸다. 폭풍이 몰아치는 듯한 거센 몸놀림. 그리고 더는 견딜 수 없을 것 같다 느낀 순간.

"아아!"

대기를 찢어 가를 듯한 간드러지는 교성이 룸 곳곳에 울려 퍼지며 나라의 몸이 붕 떠올랐다. 응축되어 있던 무언가가 펑 터지며 새하얗게 부서져 내리는 형상이 머릿속을 가득 채웠다. 그녀의 여린 목덜미에 이를 박은 채 거친 숨을 토한 카인이 나라의 몸을 으스러뜨릴 듯이 끌어안았다. 열에 들뜬 몸으로 파도처럼 밀려든 황홀한 쾌감이 둘 사이를 옭아맸다. 카인의 거친 숨결이 시트를 흠뻑 적신다. 서로의 몸에 밴 땀이 꽉 악물린 상대의 몸에 끈끈하게 스며들었다. 가쁜 숨이 입술을 비집고 빠져나와 끈적끈적한 대기 중에서 진동했다. 쾌락의 급물살에 올랐던, 지옥과 같이 뜨거운 밤이 푸르스름한 달빛 속으로 아득히 저물어 갔다.

❖

지르감긴 눈꺼풀이 들썩였다. 감은 눈 안에 이는 빛의 편린이 자꾸만 달콤한 잠을 방해했다.

"으음……."

나라는 감은 눈을 찌푸리며 몸을 뒤척였다. 작게 벌어진 틈새로 바깥의 찬 공기가 이불 속으로 기어 들어와 여린 살갗을 훑었다. 오소소 이는 소름을 뒤로하며 잔뜩 웅크린 몸을 이불 속으로 깊숙이 묻었다.

소름의 잔흔이 올라 있는 살결 위로 뜨거운 체온이 겹친다. 마주 닿은 곳으로부터 기분 좋은 열기가 훈훈하게 퍼졌다. 오그라들었던 몸이 풀리며 찌푸렸던 미간을 바로했다. 잠에 취한 아기 고양이마냥 배시시 웃으며 나라는 보다 더 몸을 밀착했다. 온몸으로 기분 좋은 체취가 얽어 든다. 정신이 몽롱해지며 다시금 잠이 오려 했다.

두근.

의문의 소리가 귓전을 묵직하게 울렸다. 분명 심장의 고동 소리다. 동시에 감겼던 눈이 번쩍 뜨였다.

'심장 소리라니. 설마!'

속으로 수도 없이 아우성치는 사이, 빛에 적응한 시야에는 보기 좋게 갈라진 탄탄한 구리빛 가슴이 또렷이 박혀 들었다. 그리고 이어, 이마로 따뜻한 미풍이 불어왔다. 사람의 숨결이었다. 함지 박만 한 눈이 더는 커질 수도 없을 만큼 크게 뜨였다.

'오, 하느님!'

나라가 경악에 잔뜩 물든 얼굴로 급히 고개를 들어 올렸다. 제 일 먼저 입술이 보였다. 어머나, 세상에! 온전히 잠이 깨지 않은 상태에서 그런 상황을 마주한 나라는 또 한 번 기함을 하며 두 눈 을 질끈 감아버렸다.

대관절 이게 무슨 일이란 말인가! 잠이 덜 깨어 헛것이라도 보 는 건가? 하지만 그렇다 치기에는 살갗에 부대끼는 타인의 감촉과 숨결이 너무도 생생했다. 도무지 부정할 수 없는 생생한 감각들에 나라가 바들바들 떨며 다시금 눈을 떴다. 그러곤 훔쳐보듯 느릿하 게 시선을 올려 다시 한 번 위를 바라봤다. 역시나 입술이다. 그런 데 어쩐지 낯이 익은 입술이었다. 기함과 함께 오두방정을 떨던 것도 잠시. '뭐지?' 하고 의문을 품으며 입술을 거슬러 올라가 그 인물의 형상을 모두 눈에 담았을 때였다. 경악에 물들어 있던 나 라의 얼굴이 차츰차츰 풀려 갔다.

'이사님……?'

눈앞의 그는 다름 아닌 카인이었다. 바로 그녀의 연인인, 카인 맥클레인. 막 창으로 햇빛이 들기 시작한 이른 아침에 이사님이 왜 나와 이 침대에……. 아직도 잠결에 헤매는 정신을 붙잡지 못하고 멍하니 그를 올려다보는데, 그런 나라의 눈에 그 의문을 풀어주기라도 하려는 듯 나신의 그와 자신이 담겼다.

'그러고 보니 나 어제…….'

"우리, 사고 쳐요."

"이미 늦었어. 이 모든 건 당신이 자초한 거야."

"아아…… 흡. 이사님, 이사님…….."

"Shh…… That's okay, baby."

잠결에 잊고 있었던 간밤의 일이 떠오르며 나라의 얼굴이 확 붉어졌다. 귓전에서 생생하게 엉켜 드는 교태 섞인 신음 소리와 욕망에 젖은 허스키 보이스가 기억 속에 가라앉아 있던 어제의 감각을 다시 불러 일으켰다. 온몸이 불에 덴 듯 뜨거워졌다. 수치스러움이나 후회는 아니나 미치도록 부끄러웠다. 밤새도록 그에게 매달려 칭얼대던 자신이, 채우고 채워도 그를 갈망하던 음탕한 몸이.

"아……."

간밤의 일들을 짓궂게 일깨워 주기라도 하려는 듯 문득 아랫배가 아려왔다. 아릿한 통증이 퍼지는 아랫배를 손으로 살짝 누르며 나라는 간밤의 일을 떠올렸다.

그와 사랑을 나누었다. 그 누구에게도 허락지 않았던 곳을 어젯밤, 그에게 허락했다. 운명이라 여겨질 오직 한 사람만을 기다려온 그곳을 어젯밤, 바로 그에게.

손바닥 아래로 욱신거리며 퍼져 나가는 고통을 뒤로하며, 나라는 다시 고개를 들었다. 이마에 붙던 그의 숨결이 봄바람처럼 나른하게 입술 위를 간질였다. 시선을 조금 더 들자 그의 얼굴이 보인다. 커튼을 뚫고 새어 들어온 아침 햇살이 그의 등 뒤에 드리워 나라는 눈이 부셨다. 빛살에 방해받는 시야로 간신히 그의 모습이 담겼다.

감긴 눈, 잠긴 입술, 고요한 표정, 무방비 상태의 그.

그는 여전히 잠든 채였다. 언젠가와 같은 아침이다. 그를 처음 만났던 그날과 같은. 아마 그때도 그의 체온이 따뜻하다며 그에게로 달라붙었다가 그의 심장 소리에 깜짝 놀라 잠에서 깼었지. 그러곤 멀쩡한 순결을 뺏겼다며 울고불고 있는 대로 청승을 떨고.

"풋……."

문득 떠오르는 옛일에 나라는 그만 웃음을 뱉고 말았다. 그리 오래된 일도 아니지만 불과 몇 달 전의 자신이 너무도 바보 같이 느껴졌다.

바로 이런 게 사랑을 나눈 후의 아침이라는 건데. 나도 참 바보지.

기분 나쁘지 않은 통증이 아릿하게 퍼져 나가는 아랫배를 달래며 나라는 가만히 그를 올려다봤다. 여전히 무방비 상태인 그가 세상모르고 잠들어 있었다. 그의 잠든 모습을 보는 건 오늘이 두 번째다. 하지만 열병에 달뜬 그때의 모습과는 사뭇 다른 느낌이었다. 항상 악랄한 악마 같던 남자가 잠들어 있는 모습은 꼭 세상 그 어느 것에도 때 묻지 않은 순수한 아이 같았다.

나라는 이불 속에 숨겨 있던 손을 꺼내어 조심스럽게 그에게로 뻗었다. 맞닿은 손바닥을 타고 그의 열기가 온몸으로 퍼져 나갔다. 뺨을 쓸며 그의 섬세한 턱 선을 따라 손을 움직였다. 간밤에 자란 그의 수염이 손바닥에 닿아 까칠했다. 그 느낌조차도 너무 좋아서 한참이나 그에게서 손을 떼지 못하는 자신을 느끼며 나라는 또 한 번 웃었다.

그땐 이 사람과 이렇게 될 거라고는 상상조차 못 했었는데.

서로 죽일 듯 노려보고, 으르렁거리고, 악담을 퍼붓던 그때와 지금이 너무도 달라서 나라는 자꾸만 피식피식 웃음이 새어 나왔다. 서로의 지금이 너무도 좋아서였다. 하지만 언제까지 이러고 있을 수는 없었다. 그녀는 지금 실오라기 하나 걸치지 않은 상태였다. 아무리 간밤에 그런 일이 있었다지만, 환한 낮에 그에게 이런 모습을 보이기란 아직은 부끄러운 일이었다. 그가 일어나기 전에 옷이라도 먼저 갈아입어야지. 카인의 이마 위로 흩어진 머리카락을 손끝으로 슬쩍 넘겨주는 것을 마지막으로, 나라가 그와 마주 보던 몸을 돌리며 그의 품에서 벗어나려 했을 때였다.

"어딜 가."

"……!"

탁하게 가라앉은 목소리와 함께 강인한 팔이 허리로 기민하게 감겨왔다. 나라는 놀라, 급하게 숨을 들이켰다. 그가 어느새 깨어 있었던 모양이다. 실오라기 하나 걸치지 않은 맨 등 뒤로 그의 탄탄한 가슴이 맞닿아 왔다. 그 다부진 몸의 굴곡이 얄팍한 등 위로 세세하게 새겨 들어온다. 가슴이 터질 듯 방망이질 쳤다. 심장에 이는 고동이 귓불까지 닿았다. 나라는 떨리는 가슴을 애써 숨기려 카인 쪽을 돌아보지 않은 채 말했다.

"아…… 일어나셨어요? 아니, 저 옷 좀 입으려고."

"나중에 입어."

말을 맺도록 기다려 주지 않은 카인이 잠에 취한 목소리로 말하며 가녀린 허리를 보다 더 바짝 끌어안았다. 몸이 다시금 그의 품에 갇혔다. 그의 체온이 나라의 살결에 적나라하게 번졌다. 그의 목소리를 타고 정수리로부터 퍼져 나온 뜨거운 숨결이 나라의 머리끝부터 발끝까지 소름이 일게 했다. 심장이 인력으로는 가누지도 못할 정도로 튀어 오르고 있었다. 이대로 있다가는 정말이지 혼이 나가 버릴지도 모른다 생각하며 나라는 허리에 감긴 그의 손을 풀어내려 했다.

"안 돼요. 그만 일어나셔야."

"쉬이."

품에서 빠져나가려는 그녀를 다시금 당기며 카인이 행동을 저지했다. 어제 그토록 안겼고 매달렸던 품인데도 나라는 새삼스레 부끄러운 맘이 들었다. 등에 닿아 오는 단단한 근육의 굴곡이, 허리를 옥죄는 강인한 팔이, 머리카락 사이로 파고드는 뜨거운 숨결이, 맨살 위로 엉켜드는 서로의 체온이, 그 모두가 야릇하리만치 적나라했다.

터질 것처럼 요동치는 심장을 가까스로 가라앉히며 결국 나라는 숨죽인 채 그의 품에 몸을 놓았다. 그의 큰 손이 잔뜩 움츠러든 작은 손 위로 겹치듯 포개어졌다.

"괜찮아?"

카인이 그녀의 정수리에 턱을 괴며 물었다. 그의 물음에 나라가 잠시 흠칫한다. 괜찮을 리가 없겠지. 알면서도 물은 카인은 그와 함께 밀려드는 야만적인 만족감을 느끼며 낮게 웃었다.

"내가 어제 조금 과했던가. 힘들었다면 미안해. 당신이 너무 맛있어서 나도 모르는 새 이성이 마비되어 버렸거든."

조금은 장난스런 말투로 귓가에 대고 나른하게 속삭이자 나라의 귀가 금세 빨개졌다. 수줍은 듯 반응하는 그 모습조차도 그에겐 너무나 사랑스러웠다. 나라에겐 들리지 않을 만큼 작게 웃으며 카인이 그윽한 눈길로 나라를 내려다봤다.

밤새 몇 번이나 그의 몸에 감겼던 윤기 어린 검은 머리칼. 집요하게 지분거리며 붉은 꽃잎을 새겨 넣었던 탐스럽고 가녀린 목덜미. 자신의 품에 안겨 절정에 오르던 그때처럼 붉게 물들어 복숭아빛을 띤 뺨과 귓불. 품 안에서 으스러져 버릴 것만 같았던 가녀린 여체. 어젯밤, 이 연약한 몸에 얼마나 많은 욕망을 토해냈던지.

힘들어 하면서도 자신을 받아들이려 노력하던 나라를 떠올린 카인의 입가에 웃음이 번졌다. 가슴을 복받쳐 오게끔 만드는 연인의 사랑스러움에 카인은 그녀의 정수리에 괴고 있던 턱을 들어 그녀의 머리카락 위로 입술을 묻었다. 그 순간, 나라가 눈에 띄게 움찔했다. 그의 숨결이 피부에 닿자 긴장한 모양이었다. 품에 안긴 채, 마치 연약한 생물체처럼 파르르 떠는 그 모습이 카인은 어쩐지 귀여웠다.

문득 나라의 얼굴이 보고 싶어졌다. 수줍어하는 그 표정을 마주하고 진하게 입 맞추고 싶었다. 꿈결만 같은 어제를 확인하듯, 생생히 고동치는 그녀의 숨결을 갈취하고 삼키고 싶었다. 문득 끼친 그 같은 생각으로 카인이 꼿꼿이 등을 보이고 있는 나라를 향해 짓궂게 속삭였다.

"그런데 혼자 미안해하려니까 뭔가 좀 억울하군. 처음엔 수줍어했지만, 그다음부터 날 물고 놓지 않으려 했던 건 바로 당신이었는데 말이야."

"네? 제, 제가 언!"

그의 노골적인 말에 나라는 온몸이 확 붉어졌다. 무, 물고 놓질 않다니! 이 남자가 아주 못하는 말이 없어! 나라가 앙칼지게 돌아봤다. 하지만 생각했던 것처럼 쏘아붙이진 못했다. 그녀의 시선이 머문 곳에서, 그가 아름다운 아쿠아빛 눈동자를 유연하게 휘며 나른하게 미소 짓고 있었기 때문이다.

"이제야 겨우 봐 주는군. 얼굴 한 번 보기가 이렇게나 어려워서야."

아침 햇살을 받은 푸른 눈동자가 잔 물살이 이는 바다처럼 아름답게 넘실거렸다. 태양보다도 눈부신 그의 미소에 나라는 쏘아붙이려던 말을 채 잇지 못하고 헛기침을 해버렸다. 그의 술수에 말려든 것이다. 민망한 마음에 나라는 곧장 정면으로 고개를 되돌렸다. 하지만 미처 앞을 보기도 전, 그가 나라의 턱 끝을 잡아 돌렸다.

"안 돼."

낮게 속삭인 그가 검지로 턱 끝을 받친 채 투박한 엄지 끝으로 나라의 아랫입술을 더듬었다. 검게 그을린 다크블루가 도톰한 입술을 뜨겁게 핥아 왔다. 입안이 바싹바싹 탔다. 시선을 어디다 둬야 할지 몰라 나라는 그의 얼굴 뒤편으로 분주히 눈동자를 굴렸다. 하지만 곧 떨어진 그의 명령이 그녀의 시선을 옮아맸다.

"날 봐."

턱을 들어 올리는 힘과 함께 그의 시선이 올곧게 그녀를 직시했다. 부딪쳐 오는 눈동자가 욕망에 젖어 탐욕스럽게 빛나고 있었다. 그의 손끝이 머문 입술 위가 타는 듯 뜨거웠다. 그 위에 머문 손끝을 마치 입술로 지분거리듯 움직이며 카인이 천천히 그녀에게로 고개를 향해 왔다. 뇌쇄적인 푸른 눈동자가 나른하게 감기는 눈꺼풀 아래로 모습을 감추었다. 턱 끝이 보다 더 당겨지고 서로의 숨결이 코끝에서 뜨겁게 엉켜 들었다. 그의 입술과 그녀의 입술이 막 맞물려 겹쳐지려 했을 그때였다.

"자, 잠깐만요!"

그의 페이스에 말려들던 정신을 화들짝 깨운 나라가 막 닿으려던 그의 입술을 밀어냈다. 그의 유려한 눈매가 불편한 심기를 안고 확 구겨졌다. 하지만 나라는 그를 가로막은 손길을 거두지 않았다.

고작 키스일 뿐인데 굳이 못 하게 할 것까지야 없었다. 하지만 나라는 어째서인지 이 키스를 허락할 수가 없었다. 왠지 키스를 했다간 이 이불 속에서 온종일 나가지 못할 것만 같은 불길한 예감이 들었기 때문이다.

"아, 아무래도 안 되겠어요. 시간도 늦은 것 같고 빨리."

자신을 바라보는 그의 날카로운 시선을 외면하며 나라가 손을 떼고 등을 보였다. 그러곤 침대보를 부여잡은 채 몸을 일으켰다.

"누구 맘대로."

옆에 누워 있던 그의 몸이 별안간 나라의 위로 올라왔다. 그의 팔이 어느 틈에 뻗어져 나라를 가두었다.

아무래도 안 되겠다니, 그야말로 안 될 소리지. 그가 입술을 굳게 다문 채 무게감 있는 시선으로 나라를 내려다봤다. 그녀가 난처한 듯싶은 눈초리로 그를 올려다보았다.

"이러지 마세요, 이사님. 이제 그만 출근해야……."

"키스해."

나라가 채 말을 맺기도 전 그가 말했다.

"내게 키스해, 나라."

그답지 않게 아이 같고 고집스러운 말투였다. 당혹스러운 듯 바라보는 시선에 그의 눈동자가 닿았다. 결코 물러서지 않겠다는 듯 완고한 기세다. 어찌해야 할지 한참을 망설이던 나라는 고민 끝에 느릿한 어조로 머뭇거리듯 물었다.

"키스만…… 하실 거예요?"

"왜. 그 이상의 것을 바라나?"

카인의 늘씬한 입매가 비긋이 말려 올라갔다. '그 이상의 것'이라는 말에 나라의 얼굴이 확 붉어졌다.

"무, 무슨! 그게 아니라!"

"그게 아니면?"

낮은 목소리로 은밀하게 속삭이며 카인이 고개를 숙여 왔다. 순식간에 무너진 그의 열기가 얼굴 위를 덮쳤다. 그의 몸이 나라의 몸 위로 닿을 듯 말 듯 겹쳐 들고 있었다.

'이 남자의 페이스에 말려들어선 안 돼!' 피부 위를 핥아 내리듯 배회하는 야릇한 감촉에 어느덧 초조해진 나라가 다급히 외쳤다.

"제, 제가 아니라 이사님 말이에요! 제가 만약에 키스해 주면, 정말 키스로만 끝낼 수 있으시냐구요!"

"Of course not."

목청껏 외친 말이 무색하게도 그가 일말의 망설임도 없이 딱 잘라 답했다. 조금이나마 돌려 말할 줄 알았더니, 저돌적인 그의 대답에 되려 당황스러워진 나라가 할 말을 찾지 못하고 입술을 뻥긋거렸다.

그런 그녀를 보며 카인이 유려한 입매 끝을 매력적으로 당겼다. 키스로만 끝내다니. 당연히 안 될 소리였다. 키스로 끝내기는커녕, 그는 다음 해가 떠오를 때까지 이 침대에서 그녀를 놓아주지 않을 생각이니까. 일찍이 경고 했었다. '나'라는 남자를 갖는다는 게 무엇을 의미하는 것인지를.

탐욕스럽게 빛나는 다크블루 속에 그녀를 가두며 카인은 몸을 숙였다. 어느새 그의 몸이 나라의 다리 사이로 파고들고 있었다.

"사랑을 나눈 그다음 날의 묘미가 뭔 줄 아나?"

나른한 허스키 보이스가 귓바퀴를 핥았다. 카인의 의미심장한 물음에 나라는 대답 없이 크게 숨을 들이켰다. 나직한 웃음소리와 함께 그가 그녀의 얼굴 옆에 지탱하고 있던 팔을 구부렸다. 그러곤 그녀의 귓가에 가만히 입술을 가져다 댔다. 진득한 숨결이 따갑게 귓속을 파고든다. 이번엔 목소리가 아닌 진짜 혀가, 적나라하게 귓바퀴를 핥아 댔다.

훗, 신음을 뱉으며 나라가 고개를 돌렸다. 말려들지 말자고 그렇게 다짐했는데, 어느새 그가 그녀의 모든 신경을 손아귀에 쥐고 멋대로 농락하고 있었다.

엄습하는 불길하고도 야릇한 생각과 함께 나라는 늦기 전에 피하려 몸을 비틀었다. 하지만 다부진 손길이 빠져나가려는 몸을 잽싸게 붙잡아 버렸다. 그러곤 짙푸른색 시트 위에 검게 펼쳐져 출렁이는 머리카락에 입술을 묻으며 유혹적으로 속삭였다.

"햇살 아래서 다시 한 번 나누는 모닝 섹스지."

귓속에 자잘한 공명을 이루며 울려 퍼지는 목소리를 마지막으로 그의 뜨거운 입술이 얇은 살가죽 아래서 파닥거리는 그녀의 맥을 삼켰다. 그의 타는 듯한 손끝이 옆구리를 스쳐 내려와 여린 살갗을 쓸어내렸다. 카인이 그녀의 납작한 복부를 매만지며, 그녀의 갈비뼈 수를 새어 확인하듯 느릿하게 손길을 옮겼다. 오소소 소름이 일며 가쁜 숨이 애타게 입술 위를 오르내렸다. 목덜미를 지분대던 입술이 간밤에 새긴 흔적 위를 차례로 더듬으며 차츰차츰 아래로 내려갔다. 수천 개의 돌기가 인 뾰족한 혀끝이 자극적으로 살결을 훑는다.

어느덧 눈동자가 흐릿해져 갔다. 높은 천장이 눈동자 속에서 형체를 잃고 일렁였다. 혼미해지려는 정신을 가까스로 다잡으며, 나라는 자신의 허벅지를 쓰다듬는 그의 손길을 다급히 붙잡았다.

"이사님, 저기 난 아직……."

아직은 어제의 여운 때문에 힘들다고, 그렇게 말하려는데 불현듯 사타구니 깊숙한 곳으로 무언가가 닿아왔다. 그녀의 은밀한 곳을 자극하듯 찔러오는 노골적인 감각에 나라는 말을 잇지 못하고 얼굴을 확 붉히고 말았다. 당혹스러움과 수줍음을 담은 눈동자 위로 검푸르게 변한 그의 눈동자가 무겁게 내려앉았다. 그의 뜨겁게 부푼 욕망이 거칠 것 없이 그녀를 압박해 왔다.

"나도 아직이야."

낮은 속삭임을 끝으로 카인의 입술이 나라의 호흡을 삼켰다. 그를 밀어내려 나름의 저항을 했으나 소용없는 짓이었다. 진한 키스가 온정신을 앗아 가버렸다. 어느덧 저항이 멈추며 나라의 가녀린 두 팔이 포기한 듯 그의 목뒤로 감겨들었다. 한없이 얄밉지만 도저히 미워할 수가 없는 달콤한 나의 적.

커튼 사이로 새어 들어온 빛살이 그의 널따란 어깨 위로 부딪쳐 반사돼 대기 중에 흩어졌다. 곧, 방 안 가득 드리운 포근한 아침 햇살 사이로 그와 그녀의 사랑의 속삭임이 달콤하게 울려 퍼졌다.

6

Love is to be together

나라는 현관문 앞에 선 채 혹하고 숨을 들이마셨다.

결국 카인의 마수에 걸려들고만 나라는 하루 온종일 그의 침대 위에 있다가 해가 다 저문 저녁때가 되어서야 겨우 빠져나올 수 있었다.

배터리가 다 된 핸드폰이 꺼져 있어 직접 확인은 못 해봤지만 필시 집과 오빠들로부터 수백 통의 부재중 메시지가 남겨져 있을 터였다. 이틀을 연달아 외박한 데다가 어제 오늘은 연락조차 하지 않았으니 그로 인해 불어닥칠 화는 안 봐도 뻔했다. 때문에 도무지 문고리를 잡아 돌릴 엄두가 나질 않아 벌써 20분째 집 앞에 서 있는 것이었다.

그렇다 하여 언제까지고 여기서 이러고 버티고 있을 수는 없는 노릇이었다. 나라는 진정되지 않는 가슴을 달래듯 쓸어내리며 문고리 쪽으로 손을 뻗었다. 손가락 사이로 감겨오는 쇠의 기운이 유독 서늘했다. 잠시 움찔하던 나라는 이윽고 자포자기 심정으로 문고리를 잡아 돌렸다.

찰칵.

둔탁한 마찰음에 간담이 서늘해졌다. 문고리를 완전히 놓지 못한 손끝이 달달 떨렸다. 하지만 문을 다시 닫고 줄행랑을 친다거나 하는 짓은 할 수 없었다. 스스로가 자초한 일인 만큼 스스로가 감당하는 것이 맞았기에.

문을 열고 걸음을 들여놓자 훗훗한 열기가 코끝에 감겨왔다. 저녁상에 올라갈 음식들의 냄새다. 나라는 강아지 오줌 지린 걸음을 하며 슬금슬금 거실을 가로질렀다. 일단은 부엌에 있을 엄마의 눈을 피해 방에 도착하는 것이 우선이었다. 뒤꿈치를 든 걸음으로 2층으로 올라가는 층계에 막 다다랐을 때였다.

"뉘 집 도둑고양이가 남의 집에 살금살금 기어들어 오실까?"

나라는 한쪽 발을 계단에 올린 채로 걸음을 멈추고 말았다. 살기 어린 목소리가 목덜미 뒤를 날카롭게 낚아챘다. 차갑게 굳은 몸을 천천히 돌리자 아니나 다를까 그분이 계셨다. 주걱 신공의 달인, 살벌한 전 여사.

"어, 엄마."

"아니, 이게 누구야. 엊그저께 나가선 여태 소식 한 번 없던 우리 집 막내 고양이 아니니?"

온화한 표정에서 뿜어져 나오는 기운이 활활 타오르는 태양도

얼려 떨어뜨릴 듯했다. 나라는 경직된 입매를 어색하게 당기며 엄마의 시선을 마주했다. 부자연스럽기 짝이 없는 입술 끝이 작게 경련을 일으킨다.

"근데 네가 여긴 웬일이니?"

"웨, 웬일이라니 엄마도 참. 하하. 퇴, 퇴근했으면 집에 오는 게 당연한 거 아니겠어요?"

"그러게, 당연하지. 그리고 그 당연한 일을 넌⋯⋯."

주걱을 쥔 엄마의 표정이 싸늘하게 굳었다.

"이틀씩이나 건너뛰었고."

살기를 감지한 나라의 목구멍 너머로 마른침이 꼴깍하고 넘어갔다. 주걱을 거머쥔 엄마의 손끝이 파리해졌다. 나라는 더 이상 생각할 것도 없다는 듯 엄마로부터 등을 돌렸다. 이쯤이면 서로 할 말은 다 한 것이다. 그렇다면 남은 것은.

"엄마, 미안해!"

삼십육계 줄행랑뿐.

"너 이 기지배 어딜 도망가? 당장 이리 안 와!"

우레와 같은 음성을 뒤로하며 나라는 냅다 집 밖으로 뛰쳐나가기 시작했다. 엄마의 고함 소리가 뒤를 쫓았으나 멈추지 않았다. 도망친다 하여 해결될 문제는 아니었으나 엄마가 저리 노기를 띤 순간은 일단 피해야 하지 싶었다. 지금 잡혔다간 최소 전치 4주의 상해를 입게 될 게 뻔했기 때문이다.

급한 대로 다연이네 집에라도 피신해 있어야겠다고 생각하며 대문을 향해 뛰었는데, 미처 대문 앞에 도달하기도 전에 커다란 검은 그림자가 그녀 앞을 가로막았다.

"아니, 이게 누구신가?"

"유, 윤이 오빠."

"오랜만이야, 동생. 그런데 뭘 그렇게 허둥지둥 달려 나오냐?"

퇴근하고 돌아오는 모양인 윤이 빙글 웃음 지으며 물어왔다. 윤 또한 화가 나 있을 거라 생각했는데 표정을 보니 그렇지 않은 모양이었다. 잠시 겁에 질려 굳어 있던 나라는 눈치를 보듯 등 뒤쪽을 힐끔거렸다. 그런 나라를 의아하다는 듯 바라보던 윤이 나라의 등 뒤편으로 시선을 옮겼다.

"보나라, 너 이리로 안 와!"

저만치 가까워진 엄마의 음성이 등줄기를 내려쳤다. 이러다간 꼼짝없이 잡히게 생겼다. 마음이 급해진 나라가 윤의 손을 덥석 붙잡았다.

"오빠, 나 좀 살려줘! 나 이러다가 엄마한테 맞아 죽게 생겼어!"

"무슨 일인데 그래?"

"그러니까 그게 있지⋯⋯."

"보나라, 네 이년!"

윤에게 하려던 말 사이로 엄마의 날카로운 고함 소리가 또 한 번 끼어들었다. 더 이상 지체할 시간이 없었다. 초조함에 발이 절로 동동 굴렀다.

"자세한 건 나중에 말해줄게. 오빠, 그러니까."

"윤아, 그 녀석 못 도망가게 붙들어!"

그리고 그 순간.

덥석.

나라는 두 눈을 휘둥그렇게 뜨고 눈앞의 윤을 바라보았다. 나라의 손을 마주 붙든 윤이 빙글 웃으며 나라를 내려다보고 있었다.

"들었지?"

"오, 오빠?"

"엄마가 널 붙들라고 하신다."

"오빠아!"

결국 그렇게 윤과 엄마의 합작에 무너진 나라는 그대로 복날 개 끌려가듯 끌려 들어가 꼼짝없이 엄마의 주걱 세례를 받아야 했다.

"이렇게 된 거예요. 설마하니 오빠까지 감쪽같이 절 속이는 건 줄 제가 어떻게 알았겠어요."

어제의 정황을 설명하며 나라가 씩씩거렸다. 나라의 신세 타령을 잠자코 들어주며 커피를 마시던 카인의 입술 새로 피식 웃음이 흘러나왔다. 그 소리에 나라가 고개를 획 돌려 그를 흘겨보았다.

"뭐예요? 설마하니 웃으신 거예요, 지금? 누군 주걱에 맞아 골로 갈 뻔했다는데 이사님은 웃음이 나오세요? 이게 다 누구 때문인데!"

"맞았다던 곳은 괜찮나?"

카인이 빙글 말을 돌렸다.

'얄미워.'

볼을 빵빵하게 부풀린 나라가 뱉는 말 음절 음절마다 힘을 주어 외쳤다.

"안 괜찮아요! 하나도!"

그러곤 또다시 그를 등지고 돌아섰다. 토라졌나 보다. 귀엽다는 듯 낮게 웃은 카인이 기울이던 찻잔을 내려놓고 손을 뻗어 그녀를 잡아당겼다.

"그래서 뭐라고 둘러댔는데? 설마하니 사실을 말하진 않았을 거 아니야."

다정하게 물으며 그가 나라를 자신의 무릎 위로 이끌었다. 여전히 토라진 표정으로 나라가 마지못한 척 그의 무릎에 앉으며 새침하게 말했다.

"당연하죠. 꽃다운 나이에 요절할 일 있어요? 출장이 있었다고 둘러댔어요."

"출장?"

"이사님한테 갑작스러운 지방 출장이 생겼다구요. 워낙 갑작스러워서 경황도 없었던 데다가 핸드폰까지 배터리가 나가는 바람에 도저히 연락을 할 수가 없었다. 그렇게 둘러댔어요."

"그 말을 믿으시던가?"

"아빠 엄마는 믿는 눈치셨는데 오빠는……."

나라는 잠시 말을 멈추고 어제를 떠올렸다.

저녁밥을 먹고 올라간 방문 앞에 윤이 떡하니 버티고 서 있었다. 시선이 하도 살벌하여 나라는 무슨 일이냐고 묻지도 못한 채 그런 윤을 바라보고 있었다. 그러자 팔짱을 낀 채 문설주에 기대어 있던 윤이 성큼 코앞으로 다가와 싸늘하게 읊조렸다.

"적당히 해라, 보나라."

더 이상의 말은 덧붙이지 않았으나 그만으로도 충분히 위협적인 말이었다. 마치 모든 걸 알고 있다는 듯한 어조. 예사롭지 않은 불길함이 불현듯 그녀를 엄습했다. 혹시 오빠가 눈치채고 있는 것일까?

간밤 윤이 한 경고를 떠올리며 생각에 잠겨 있던 나라는 이내 고개를 내저었다. 별다르게 티를 낸 적이 없는데 윤이 알기는 무엇을 안단 말인가. 두려움으로부터 비롯된 지나친 비약이며 노파심이었다.

"아무튼 일이 그렇게 돼서 당분간은 외출 금지예요. 퇴근도 셋째 오빠랑 무조건 같이 해야 되구요."

"경비가 삼엄하군."

"삼엄한 정도가 아니에요. 감옥이 따로 없다니까요, 정말. 내가 무슨 10살 먹은 어린애도 아니고."

물론 외박이 잘한 짓은 아니었으나 26살이나 먹은 딸에게 외출 금지령이라니. 날아가던 똥파리도 웃다 떨어질 일이었다. 남들은 일찍이 독립해서 당당하게 싱글 라이프를 즐기고 있다는데 나는 이 나이가 먹도록 대체 뭘 하는 짓인지. 신세 한탄 섞인 넋두리를 늘어놓던 나라가 푹 하고 한숨을 내쉬었다.

"그럼 당분간은 당신을 맛볼 수 없는 건가?"

불현듯 들려온 목소리가 땅을 꺼뜨릴 듯하던 나라의 한숨을 뚝 멈추게 했다.

맛보다니. 그의 음성을 되새김과 동시에 얼굴이 확 달아올랐다. 구체적인 단어는 실려 있지 않았으나 충분히 외설적이고 노골적인 말이었다. 가슴이 두근 뛴다. 차마 그를 마주하지 못한 나라가 눈동자를 허공으로 뱅글뱅글 굴렸다. 그의 시선이 얼굴 측면을 뜨겁게 바라보는 것이 느껴진다.

"아…… 아무래도요?"

서툴게 중얼거리며 괜한 헛기침을 내뱉고 있는데 턱 끝으로 그의 손이 닿았다. 데일 듯 뜨거운 체온. 어쩌면 좋지, 고민하는 사이 얼굴이 돌려졌다. 불현듯 숨이 가빠왔다. 나라는 그의 시선을 피한 채 무릎에 놓인 손가락 끝을 꼼지락거렸다. 알 수 없는 기대감과 야릇함이 발등 위로 스멀스멀 기어 올라왔다. 그의 뜨거운 손이 아랫입술을 지그시 내리누른다.

"갈증 나는데."

한층 낮아진 목소리가 나른하게 귓가를 스친다. 심장이 갈빗대를 뚫을 듯 쿵쿵거린다. 그의 손끝에 닿은 입술이 녹아내릴 것 같다. 그가 말하는 갈증이라는 것이 무엇을 뜻하는지 알고 있기에 보이는 반응이었다. 하지만 나라는 짐짓 모르는 척하며 그에게 말했다.

"무, 물 가져다 드릴까요?"

떨리는 목소리로 말을 맺은 후 그의 무릎에서 내려오려는데, 나라보다 민첩한 손아귀가 그녀의 허벅지를 붙잡았다. 숨이 빠르게 목구멍 아래로 빨려 들어간다. 스커트 사이로 미끈하게 파고드는 손길에 단전 아래가 간질거리기 시작했다. 당황한 시선이 한곳에 머무르지 못하고 분주하게 주변을 배회했다. 어떡하지, 어떡하지, 하고 분주히 머리를 굴리는 사이 검은 머리카락을 걷어내고 목으로 감겨온 손이 단단하게 목덜미를 받쳐 당겼다. 코끝으로 성큼 달려드는 더운 체온. 점차 가까워지는 진한 아쿠아 향. 그대로 입술과 입술이 마주 닿는가 싶었다.

"어?"

나라에게로 가까워지던 그가 움직임을 멈추고 눈매를 살짝 일그러뜨렸다. 그럼에도 나라의 시선은 여전히 그가 아닌 다른 곳에 닿아 있었다. 상황을 피하려고 꾀를 부리는 건가 싶었으나 눈동자에 담긴 놀라움을 보자니 꼭 그런 것 같지도 않았다.

"이걸 어떻게 이사님이 갖고 계세요?"

맥 빠졌다는 표정을 지은 카인이 나라의 시선을 따라 눈길을 옮겼다. 거기에는 그가 책상 위에 놓아둔 하트모양 상자가 있었다. 서강우로부터 건네받았던 물건이다.

"분명히 그때 잃어버렸었는데."

"어떤 사내에게 받았어."

나라가 두 눈을 휘둥그렇게 떴다.

"아무래도 내 것인 것 같다면서 그걸 주운 사내가 가져다주더군."

"그게 이사님 건 줄 어떻게 알구요?"

"그 안에 적혀 있던데?"

"……?"

"I love you, Cain이라고."

달콤하게 속삭인 입매 끝이 비긋이 말려 올라갔다. 나라의 얼굴이 부끄러움으로 확 붉어진다. 생각해 보니 거기에 그런 쪽지를 써넣었다. 쓰면서도 손끝이 달달 떨려 한참을 망설였었는데 그의 입으로 들으니, 쓰던 당시 느꼈던 민망함과 부끄러움이 배가되는 듯했다.

"그, 그게 그냥 그거만 달랑 주긴 뭐하고 그래서 그냥."

"서강우야."

민망함에 서툴게 둘러대던 나라의 말이 멈추었다.

"내게 그걸 준 자가 바로 서강우라고. 당신이 그렇게 연회장에서 빠져나가고 나서 우연히 서강우를 만났었어. 그날 일에 대해 사실대로 말하더니 내게 그걸 건네더군."

강우 씨가……?

가슴 한구석이 욱신거렸다. 카인과의 화해 뒤에 강우가 있었을 것이라고는 생각지도 못하고 있었다. 아니, 그의 존재 자체를 생각지 않고 있었다는 게 더 맞는 말이었다. 새로운 사랑에 눈이 멀어 그는 의중에 두고 있지도 않았다.

그런데 강우는…….

그간 강우에게 했던 못된 말들이 하나하나 떠오르며 눈시울이 뜨거워졌다.

정떨어지게 만들겠다는 명목 아래 그에게 모진 말을 했지만, 어찌 보면 스스로의 사랑에 열중한 나머지 그의 심장에 난 생채기는 등한시 여겼던 말들이기도 했다. 스스로의 이기심을 상대방에 대한 배려심이라 합리화시키며.

뒤늦은 죄책감이 밀려들어 와 가슴을 적셨다. 마지막까지 아팠을 그를 생각하자 심장이 아려왔다. 그리고 그런 그에게 해줄 수 있는 것이 아무것도 없다는 사실에 또 한 번 가슴이 시렸다.

그렇게 강우를 생각하며 슬픈 감상에 잠겨 있는데 별안간 머리카락이 홱 당겨졌다. 화들짝 놀라 정신을 차리자 잔뜩 심기가 비틀린 푸른 눈동자가 보였다.

"무슨 생각을 그렇게 하지? 서강우를 생각하는 중인가?"

"아, 그게."

화난 듯싶은 그를 보며 당황한 나라가 붕어처럼 입을 뻐끔거렸다. 하지만 말을 잇지는 못했다. 채 말을 꺼내기도 전, 불처럼 뜨거운 감각이 귓불을 삼켰기 때문이다. 귀밑 솜털이 일제히 일어나며 귀 끝이 뜨거워졌다. 나라가 그를 밀어내려 고개를 비틀었다.

"이, 이사님. 잠시만."

"벌이야, 내 앞에서 다른 남자를 생각한 벌."

그녀가 자신을 피할 수 없게 머리카락을 단단히 움켜쥔 그가 귓불을 잘근 깨물던 입술을 내려 그녀의 쇄골 위에 묻었다.

말도 안 돼!

당황한 나라의 얼굴이 새빨갛게 물들었다. 신성한 일터에서 이 무슨 일이란 말인가. 게다가 언제 누가 들어올지도 모르는 이런 위험천만한 곳에서! 키스 정도의 가벼운 스킨십이야 그렇다 치지만 지금 상황으로 봐서는 절대 그 정도로 끝날 것 같지가 않았다. 블라우스 사이로 파고든 더운 손이 허리를 간질이듯 쓸고 올라온다. 다급해진 나라가 그의 엄한 손길을 재빨리 붙들어 저지했다.

"잠깐만요, 이사님."

밀어내는 손길에 쇄골을 진하게 핥던 입술이 마지못한 척 떨어져 나갔다. 하지만 여전히 그의 숨결은 나라의 살갗을 배회하는 중이었다. 어느새 단추 서너 개가 풀려진 블라우스를 추스르며 나라가 서툴게 중얼거렸다.

"여, 여기선 안 돼요."

"그럼 어디서."

목덜미를 핥고 올라온 입술이 귓불을 잘근 깨물며 나른하게 속삭였다. 정염에 휩싸인 목소리가 탁하게 가라앉아 있었다. 더워지는 숨결과 함께 매끈한 피부 위로 소름이 일었다. 나라는 그의 어깨를 꽉 움켜쥔 채로 그와는 반대편으로 고개를 틀었다.

"끄, 끝나고."

"당신 오빠와 함께 퇴근해야 된다고 하지 않았던가?"

여전히 나라의 블라우스 속에 자리하고 있던 손이 나라의 납작한 배를 어루만지며 옆구리를 타고 올라갔다. 전혀 물러설 생각이 없어 보이는 더운 숨결이 귓속을 끈적하게 적신다. 떨리는 호흡을 흡, 삼키며 더듬더듬 말했다.

"그, 그럼 다음에."

그를 마주 보지 못하고 있던 얼굴이 그 끝을 쥔 고압적인 힘에 의해 정면으로 돌려졌다. 새까맣게 가라앉은 짙은 다크블루가 시야를 파고들어 심장을 움켜쥔다.

"널 원해, 지금 당장."

그에게 붙들린 심장이 발작처럼 떨렸다. 늘씬한 입술이 매혹적으로 휘어 시야로 박혔다. 거부할 수 없는 치명적인 유혹이 그녀를 덮쳤다. 관능 어린 푸른 눈동자가 그녀의 주저함을 서서히 무너뜨리고 있었다. 온몸의 신경이 흐물흐물해지는 기분이었다.

넘어가선 안 돼, 보나라.

다급히 스스로를 다잡은 나라가 자꾸만 그녀를 혹하게 만드는 그의 시선을 피하며 습관처럼 말을 더듬었다.

"하, 하지만 여긴 회사고."

"상관없어."

"밖에 소리가 들릴지도 모르는데."

"안 들리게 할게."

"무, 문도 열려 있어서."

"이미 잠가 놨어."

"하지만, 에?"

이미 잠가 놨다니? 휘둥그레진 나라의 눈동자가 자력에 따라 그에게로 향했다. 그러자 사악한 악마가 입꼬리를 얄밉게 올라간다.

"당신이 이사실로 들어설 때 이미 잠가 두었지."

"이 색마! 처음부터 작정하고 있었군요!"

문을 이미 잠가 두었다는 것은 일찍이 계획하고 있었다는 말이나 다름없었다. 애초에 물러설 생각 따위는 추호도 없었던 것이다. 그가 뻗친 마수에 보기 좋게 걸려들었다는 생각에 나라의 얼굴이 붉으락푸르락해졌다. 하지만 능글맞은 악마는 조금의 죄책감도 느끼지 않는 듯 천연덕스런 표정으로 그녀의 말을 받아쳤다.

"설마. 만약을 위한 방편이었을 뿐이야. 네가 이 안에 들어오면……."

그가 의도적으로 말을 멈추며 나라의 허리를 바짝 끌어당겼다.

"어떤 일이 일어날지 모를 일이니까."

은밀하게 속삭인 그가 손끝에 걸려 있던 브래지어를 위로 밀어올렸다. 기습적인 상황에 놀란 나라가 다급히 그를 밀어내려 손을 뻗었다. 하지만 연약한 힘으로 어찌 해보기도 전, 뜨거운 입김이 블라우스 채로 그녀의 가슴을 삼켰다. 숨이 순식간에 목구멍 아래로 빨려 들어가며 흑 하고 억눌린 신음이 터졌다. 단단한 혀끝이 젖은 블라우스 위로 곤두선 유두를 비틀듯 감아올렸다. 허리 아래를 날카롭게 스치는 관능에 머릿속이 새하얘졌다. 힘이 들어간 나라의 손톱 끝이 그의 어깨 위로 박히듯 파고든다.

"다리 벌려."

스커트 사이로 손을 밀어 넣으며 그가 은밀하게 속삭였다. 나라가 선뜻 움직이지 못하고 망설이자 그의 손아귀가 그녀의 다리 사이로 파고들어 왼쪽 허벅지를 붙잡았다. 그러곤 그것을 대번에 잡아 올려 자신의 몸이 그녀의 다리 사이에 자리를 잡도록 만들었다.

'어쩌면 좋아.'

나라는 두 눈을 질끈 감으며 그의 어깨로 무너지듯 얼굴을 묻었다. 호텔도 아니고 회사 안에서, 그것도 근무시간에 이런 일을 벌이다니. 이전의 나라로선 생각조차 할 수 없는 일이었다. 그 생각조차 할 수 없는 일이 생각으로부터 벗어나 점점 현실이 되어가는 이 시점에서도 나라는 '설마'와 '말도 안 돼'를 번갈아 외치고 있을 뿐이었다.

그리고 그때, 나라가 차마 받아들이지 못하고 있는 그 현실을 깨우쳐 주기라도 하려는 듯 그의 더운 손이 스커트를 파고들어와 나라의 팬티스타킹을 끌어 내렸다. 현실을 체감한 등줄기가 오싹 움츠러든다.

"이, 이사님. 아무래도 안…… 읍."

겁을 집어먹고 움찔하던 나라의 입술이 그의 입술에 막혀 버렸다. 그는 그녀의 영혼마저 빨아들일 것처럼 깊게 키스하며 나라의 스타킹을 거침없이 찢어냈다. 호흡을 골라내느라 떨어진 입술 새로 나라가 수차례 '잠깐'을 외쳤으나 소용없었다. 팬티 위를 더듬듯 매만지던 곧은 손이 순식간에 그녀의 팬티 사이로 파고들었다. 늪지와도 같이 습한 그곳에 그의 손끝이 닿았다. 겁에 질린 듯 경직되어 있는 속살 위에서 그의 손이 달래듯이 둥근 원을 그린다. 그에게 숨결을 내어주고 있는 나라의 입안에서 나지막하게 앓는 소리가 흘러나왔다. 내내 숨결을 갈취하던 입술을 떨어뜨린 그가 그녀의 귓불로 입술을 옮겼다.

"힘 빼."

나른한 속삭임과 함께 그가 입구를 살살 문지르던 손가락 하나를 나라의 안으로 천천히 밀어 넣었다. 나라가 흡 숨을 삼키며 그의 어깨에 필사적으로 매달렸다. 촉촉하게 젖은 속살이 그의 긴 손가락을 음탕하게 감싼 채 파르르 떨렸다.

"쉬이······."

그는 어느새 땀이 배기 시작한 그녀의 관자놀이에 짧게 입을 맞추며 천천히 손가락을 움직이기 시작했다. 부드럽게 파고든 뜨거운 손끝이 예민한 내벽을 살살 긁어 내린다. 간질이는 듯한 그 감칠맛 나는 움직임에 나라는 서서히 조갈이 나고 몸이 꼬이기 시작했다. 어떻게 회사 안에서 그럴 수 있냐며 망설이던 그녀는 더 이상 이 자리에 없었다. 오직 카인이 뻗어오는 유혹의 손길에 함락당한 그녀만이 있을 뿐.

"······카인."

애욕에 휩싸였던 지난밤 어둠 속에서의 그때처럼, 직함이 아닌 이름으로 그를 부른 나라가 그의 어깨에 파묻고 있던 고개를 들어 그에게 먼저 입을 맞추었다. 카인을 미친 듯이 원하고 있다는 무언의 신호. 희미하게 몰려오는 쾌감에 애가 탔는지 나라가 리듬을 타듯 엉덩이를 움직였다. 머리가 아닌 몸이 시키는 행위였다. 재촉하는 듯한 다급한 키스 사이로 밭은 호흡이 터진다. 몸속을 유영하는 손가락의 움직임이 더욱더 적나라해지고 있었다. 습한 곳에서부터 피어올라 급속도로 번지기 시작한 열기가 신경을 마비시키기 시작했다. 흡사 흐느낌과도 같은 소리를 가늘게 흘려낸 나라가 여린 몸을 바르르 떨며 고개를 젖혔다.

"어떻게 해주길 원하지?"

무게중심이 뒤로 향한 나라의 허리를 단단한 팔로 받치며 그가 나직이 속삭였다. 금방이라도 숨이 넘어갈 것만 같은 그녀와는 다른, 웃음기마저 서린 여유로운 목소리였다. 그 음성에 약이 바짝 오른 나라가 젖은 눈동자로 야속하다는 듯 흘겨보았다. 그러자 늘씬한 입매 끝을 유려하게 당긴 카인이 유혹적으로 빛나는 푸른 눈동자로 그녀를 응시한 채 그의 타액에 젖은 블라우스 위로 꼿꼿이 선 유두 끝을 보란 듯 핥았다.

"내가 어떻게 해줬으면 좋겠어, 나라?"

허스키한 음성을 따라 부서진 숨결이 젖은 살갗 위를 자극적으로 더듬는다. 그의 단단한 손끝이 세차게 움직여 다시 한 번 그녀의 내벽을 자극했다. 둥글게 벌어진 입술 사이로 핫, 하고 터지는 짧은 신음과 함께 그를 노려보던 검은 눈동자가 왈칵 감겼다.

"말해봐, 나라. 내가 어떻게 해주길 원하는지."

장난스럽지만 한편으로는 간절한 음성으로 사분거린 그가 희롱하던 가슴 끝을 크게 베어 물었다. 그 뜨거움에 온몸이 녹아 흘러버릴 것만 같아서, 나라는 매달리듯 그의 목을 다급히 끌어안았다. 그의 혀가 재촉하듯 가슴 끝을 희롱한다. 더운 호흡이 차마 발설되지 못하는 소리 없는 신음과 함께 분홍빛 입술 위를 가쁘게 오르내렸다. 신음을 참지 못해 키스를 하려 했지만 그가 허락지 않았다. 그의 입술은 그녀의 입술을 피한 채 그녀의 가슴과 목덜미, 귓바퀴만을 끈질기게 지분거리고 있을 뿐이었다. 마치 그가 원하는 대답을 주기 전까지는 절대 허용치 않겠다는 듯.

그를 갖고 싶다. 그를 가져야 한다.

그의 집요한 애무로 인해 인내가 한계에 다다랐을 즈음, 나라가 한참을 망설이던 끝에 결국 수줍은 목소리로 채근했다.

"빨리…… 빨리, 카인."

"그래, 나라."

"나를 안아줘요, 카인."

그녀의 목 언저리를 훑던 매혹적인 입술 위로 회심의 미소가 흘렀다. 조금 더 시간을 지체했더라면 애가 닳는 건 그녀가 아닌, 카인 자신이 될 뻔했으니까.

나라의 말이 떨어지기 무섭게 카인은 그길로 곧장 손을 뻗어 그녀의 입술을 취했다. 무릎에 앉아 있던 그녀를 일으켜 세워 품 안 가득 안은 채, 여태껏 외면했던 것을 사죄하기라도 하듯 더없이 열정적인 키스로 그녀의 호흡을 앗아 갔다. 그렇게 한참의 키스 후, 한 줄기 미소마저 지워 버린 무표정한 얼굴 위로 그녀를 향한 타는 듯한 욕망만을 드리우며 그녀를 바라보았다. 그러곤 나라를 향해 낮지만 강렬히 속삭였다.

"당신이 원하는 대로 해주지."

동시에 벨트 버클을 푸는 차가운 금속음이 훗훗한 열기로 휩싸인 내부를 가로지르며 울려 퍼졌다. 그리고 곧,

"날 잡아."

나라의 가는 다리를 쥐고 자신의 허리에 휘감게 한 그가 단 한 번의 강력한 몸짓으로 그녀의 몸속으로 파고들었다.

"흡!"

다급히 숨을 삼킨 나라가 매달리듯 그의 목을 끌어안았다. 폭발

할 것처럼 뜨거운 감각이 그와 악물린 부위를 팽팽하게 긴장시킨다. 충분히 예열된 상태였으나 그를 받아들이기엔 아직 많이 비좁은 그녀의 속살이 고통을 이기다 못해 파르르 떨렸다. 하지만 고통은 곧 현재에 적응했고, 그사이에 일어나기 시작한 희미한 쾌감이 서서히 고통을 압도하기 시작했다.

그녀의 엉덩이를 움켜쥔 채로 한참 동안 거친 숨을 몰아쉬던 카인이 품에 안은 가녀린 몸을 블라인드가 드리운 통유리 쪽으로 밀어붙였다. 폭풍처럼 몰아치는 거센 움직임과 함께 나라가 그의 어깨를 질끈 깨물었다. 비명처럼 터져 나오려는 신음 소리를 참아내기 위해서였다. 하지만 카인은 나라가 참으려 하면 할수록, 그 어떤 때보다도 격렬한 움직임으로 나라를 지배하기 시작했다.

가쁘게 터지는 숨소리. 마주 닿은 몸 사이로 고여 드는 습한 열기. 지척에서 엉키는 숨결. 서로의 악물린 곳으로 빠르게 몰려드는 아찔한 관능.

밀폐된 공간 속에서 뜨겁게 서로를 탐하던 그들은 블라인드 틈으로 갈라져 쏟아지는 오후의 빛살을 받으며 그보다도 찬란한 절정을 향해 맹렬하게 치달아 갔다.

막 정사를 마친 실내는 서로의 호흡이 만들어낸 더운 열기로 가득 차 있었다. 블라인드의 틈새로 희미하게 새어 들어온 햇살이 통유리에 등을 맞댄 채 카인의 어깨에 기대어 있는 나라의 말간 얼굴 위를 드리웠다.

카인은 뻗은 손으로 그늘을 만들어 그녀의 휴식을 방해하는 빛을 차단했다. 살짝 구겨져 있던 나라의 얼굴에 평온함이 감돌았다. 그런 그녀를 내려다보는 카인의 입술 끝으로 잔잔한 미소가 번졌다.

이렇게까지 막무가내로 몰아붙일 생각은 없었는데 나라를 마주하면 이성은 늘 이렇듯 욕망에 압도당하고 말았다. 자제력이 사라진 곳에는 야수적인 본능만이 일어나 그의 몸과 마음을 지배했다. 그나마 다행인 것은 한없이 유약하게만 보이는 그녀가 이런 그를 밀어내지 않고 온전히 감당하여 준다는 것이었다.

카인은 나라의 몸을 감싸고 있는 그의 슈트 재킷을 단단히 여며주었다. 정열적인 행위가 몰고 온 나른함에 곤한 숨을 새근새근 쉬던 나라가 눈꺼풀을 살짝 들썩였다.

"일어났나?"

귓전을 간질이는 낮은 웃음소리에 나라가 감고 있던 눈꺼풀을 느릿하게 들어 올렸다. 잔잔히 물결치는 바닷빛이 잠에 취한 몽롱한 시선 위로 적시듯 밀려든다.

"색마."

조금 전, 그의 유혹에 못 이겨 음탕하게 칭얼거렸던 것이 떠오른 나라는 민망한 마음에 괜히 불퉁한 소리를 내뱉으며 그의 가슴팍을 밀어냈다. 매끄러운 손이 가슴에 닿은 그녀의 손을 붙잡았다. 건조하면서도 뜨거운 그의 입술이 손등 위로 짙게 내려앉는다. 나라가 붙잡힌 손을 뿌리치듯 빼냈다.

"힘들어요. 오빠들 때문에 대체 이게 뭐야."

"오빠들 때문이라니?"

"오빠들 때문에 당분간은 따로 데이트 못 할 것 같으니까 회사에서 이러신 거 아니에요."

"듣고 보니 그렇군."

나직한 웃음이 귓가를 간질였다. 그 미약한 스침에 또 한 번 가슴이 두근거렸다. 아무렇지도 않은 그와는 달리 혼자서만 설레고 혼자서만 두근거리는 것 같아 그녀는 살짝 골이 났다. 고양이 같은 눈매로 그를 살짝 흘겨보곤 흥, 하고 콧방귀를 끼며 고개를 돌렸다. 그가 또 한 번 웃는다.

"당신 가족은 참 화목한 것 같아. 부모님께서도 그렇고 오빠들도 그렇고."

"화목은요. 하루에도 몇 번씩 광풍이 몰아치는데요? 엊그제도 그래요. 아무리 외박 좀 했기로서니 주걱으로 다 큰 딸 등짝을 후려치질 않나."

"어지간히 못 미더운 딸인가 보군."

놀리듯이 쿡쿡거리는 소리에 나라가 두 눈을 세모꼴로 치켜떠 그에게로 향했다.

"자꾸 그렇게 웃으실 거예요? 제가 집안에서 못 미더운 딸로 전락하게 된 게 바로 누구 때문인데요?"

"오빠들이 몇 명이라고 했지?"

"은근슬쩍 말 돌리는 거 봐."

"궁금해서 그래. 내가 봤던 오빠만 해도 2명이던가?"

"한 명 더 있어요. 뉴욕에서 일하고 있는 저보다 6살 많은 첫째 오빠요. 시스터 콤플렉스의 최강자죠."

"시스터 콤플렉스?"

"저희 오빠들이 하나같이 시스콤 환자들이거든요. 그중에서도 첫째 오빠가 제일 심해요. 정말 말도 못 하게."

준을 떠올린 나라가 고개를 설레설레 저었다. 첫째 준은 시스콤이 안 그래도 대한민국 평균 이상일 세 형제 사이에서도 가장 극성인 사람이었다. 집안의 장남으로서의 위엄 탓인지, 민이나 윤처럼 애교를 부리는 등의 애정 표현은 하지 않았지만 그 대신 그 나름의 지능적인 방법으로 나라를 보호하고 감시했다. 바로 아우인 민과 윤을 조정함으로써.

나라의 일이라면 설레발을 치며 나서는 이들이 바로 민과 윤이었으나, 엄밀히 따지자면 그들은 준의 하수인에 지나지 않았다. 그들이 나라를 감시하고, 나라의 주변에 꼬이는 사내놈들을 손본 것도 모두 준의 명령하에 이루어진 일이었다. 아마 출퇴근 시 윤의 감시가 붙게 된 것 또한 뉴욕에 있는 보준의 머릿속에서 나온 계획이며 명령이었을 것이다. 생각만으로도 진저리가 쳐졌다.

"어렸을 땐 그저 많이 귀여워하고 많이 챙겨주는 정도였는데 중고등학교를 거치면서 극성이 됐어요."

"중고등학교?"

"자랑은 아니지만, 저 학교 다닐 때 인기깨나 있었거든요."

나라가 쑥스러운 듯 말하며 새침한 표정을 지었다. 그런 나라의 말에 카인이 나직이 웃으며 '아, 그러셨습니까?' 하고 얄밉게 비

아냥거린다. 못 믿겠다는 듯한 그의 반응에 나라가 발끈하여 반박
했다.

"이사님, 지금 제 말 안 믿으시는 거죠?"

"누가 안 믿는다고 했나?"

"보니까 딱 그런 걸요, 뭘. 그래도 정말이에요. 한때는 스토커
까지 있었다고요. 그 바람에 오빠들이 저리 극성이 된 거지만."

"스토커?"

카인이 매끄러운 눈썹을 살짝 구기며 그녀를 바라보았다.

"중학교 3학년 때인가, 유독 절 쫓아다녔던 한 남자애가 있었거
든요. 처음엔 그냥 그러려니 했는데 얘가 슬슬 도를 지나치기 시
작하는 거예요. 등하교 시간은 물론이고 점심시간까지 저희 학교
로 와서 제 주변에 어슬렁거리고. 그러다가 어느 날은 학원 끝나
고 집에 가던 길이었는데, 어두컴컴한 골목에서 불쑥 튀어나와서
절 어디론가 강제로 끌고 가려고 하는 거예요."

"그래서?"

나라의 말을 듣고 있는 카인의 목소리가 한 톤 높아졌다.

"그래서? 다친 곳은 없었어?"

바로 옆에서 들려온 격한 반응에 화들짝 놀라 옆을 돌아보자 그
가 마치 그때 그 상황이라도 된 것처럼 걱정스러운 표정을 하며
나라를 살피고 있었다. 순간 풋 하고 웃음이 터졌다. 그가 보이는
그 순수한 반응이 한없이 귀엽게 느껴졌다. 잘생긴 미간을 험악하
게 구겨가면서 진지하게 바라보는 그를 향해 나라가 환하게 미소
지었다.

"별일 없었어요. 마침 절 데리러 온 큰오빠가 그 장면을 목격했거든요. 어디선가 나타난 오빠가 그 애한테 다짜고짜 주먹을 날리는 바람에 제가 더 놀랐어요. 알고 봤더니 그 앤 그냥 잠깐 저랑 얘기 좀 하고 싶었던 거였대요. 언제 한번 말 좀 붙여 볼까 기회를 노리고 있었는데 매번 친구들하고 같이 있거나, 아니면 오빠들한테 둘러싸여 있으니까 좀처럼 기회가 없어서 웬일로 혼자 있는 걸보곤 이때가 기회라고 생각했었던 거래요."

"그나마 다행이군."

"다행이긴요. 그 애의 그릇된 애정 표현 때문에 그 이후부터 제인생이 이 모양이 이 꼴로 됐는데. 그날 이후로 모두 얼마나 극성을 떨어대는지 전 여태 운전면허증도 못 땄다구요."

별일 없었다는 말에 가슴을 쓸어내리던 것도 잠시, 나라가 한숨쉬듯 뱉은 말에 카인이 가늘어진 눈매 가득 의아함을 품고 그녀를 바라보았다.

"운전면허증?"

"네. 운전면허를 따려면 학원엘 다녀야 하잖아요. 그런데 오빠들이 운전학원 강사들은 죄다 남자라고 못 다니게 하니까 면허증을 따고 싶어도 딸 수가 있어야 말이죠."

"그랬군."

"남들은 그렇게 극진히 아껴주는 오빠들이 있어 좋겠다고 하지만 그건 극진이 아니라 극성인걸요."

오라비들로 인한 인고의 세월을 떠올리며 나라가 한숨을 푹 내쉬었다. 그간의 극성도 극성이지만 이번 일을 계기로 오빠들의 경

계와 간섭이 더욱 심해질 것을 생각하자 벌써부터 가슴 한구석이
답답해졌다.

"그래도 싫기만 한 건 아니잖아. 덕분에 당신이 이렇게 무사히
내 품에 올 수 있었던 거고."

나라의 시무룩함을 알았는지 카인이 비긋이 웃으며 달래듯이
말했다. 아치형으로 휜 매력적인 코발트블루가 다정하게 그녀를
내려다본다. 그 따스한 시선에, 답답했던 가슴이 금방 더워지며
심장 한 귀퉁이가 간질거렸다. 어쩜 이 사람은 그런 느끼한 말을
이리도 달콤하게 할 수 있는 걸까. 홧홧대는 귀 끝을 느낀 나라가
수줍은 마음에 얼른 그의 눈을 피해 버렸다.

"그, 그러고 보니 이사님 가족은 어떠세요? 내 얘긴 실컷 했는
데 도통 이사님 가족사는 듣질 못…… 아."

상황 전환을 하겠답시고 생각 없이 중얼대던 나라가 아차 싶어
제 입을 막았다. 그에게 어떤 과거가 있는지 뻔히 알면서 가족사
에 대해 묻다니, 당황하여 실언을 내뱉고 만 것이다. 자신의 말실
수에 혹여나 그가 상처를 입었을지도 모른다고 생각하자 심장이
철렁 내려앉았다.

"이, 이사님, 방금 제 말은 그러니까……."

"가족이라면 지금 영국에 계신 양부모님을 말하는 거지?"

당황하여 버벅거리는 나라에게 카인이 덤덤한 목소리로 물었
다. 당황한 것이 되레 무색할 정도로 그에게선 일말의 동요조차
비치지 않았다. 정말 아무렇지 않은 건지, 아무렇지 않은 척하는
건지, 정확히 알 수는 없었지만 자신의 괜한 설레발이 오히려 그

에게 상처가 될 수도 있을 것 같아 나라는 난처해하던 기색을 지우곤 말없이 고개를 끄덕였다. 그러자 그가 괜찮다는 듯 입매 끝을 당기며 웃어 보였다.

"양부모님이라⋯⋯. 참 좋으신 분들이지. 피 한 방울 섞이지 않은 나를 마치 친자식처럼 길러 주고 아껴주신 분들이니까. 부모님이라기보단 은인에 가까우신 분들이야. 사실 나란 녀석, 처음 입양되었을 땐 마음도 말문도 모두 닫아버린 상태였거든. 지금이야 아니라는 걸 알고 있지만 어린 마음에 그때만 해도, 날 입양시킨 외조모나 날 입양한 양부모님이나 모두 한통속이라고 생각했었으니까. 그래서 입양되곤 며칠 동안 식음도 전폐했어. 양어머니가 통하지도 않는 한국어로 달래도 보고 화도 내봤지만 한국으로 보내달라는 말을 할 때 외에는 절대 입을 열지 않았지. 하루 지나서는 그마저도 하지 않았지만. 그렇게 이틀쯤 흘렀던가."

가만히 그때를 회상하던 카인이 담배 한 개비를 꺼내어 입에 물었다. 적막한 실내를 울리는 라이터 소리와 함께 담배 끝에 불이 붙는다. 필터를 입에 물고 깊게 흡입하는 움직임을 따라 그의 매끈한 뺨이 굴곡지게 파였다. 붉게 일어나는 점점이 칙— 하는 소리와 함께 담배 끝을 태운다. 들이마신 희뿌연 담배 연기를 길게 뱉어내고선 그가 다시금 천천히 말을 잇는다.

"입도 안 대는 데도 끈질기게 음식을 가져 나르시던 양어머니께서 갑자기 나와 함께 단식을 하겠다고 나서셨어. 사실 그분이 몸이 많이 약하시거든. 그래서 슬하에 자녀도 두지 못하셨던 거고. 그런데 오기를 피우는 날 따라서 며칠 동안 정말이지 아무것도 드시질 않는 거야. 식사는 물론 지병 때문에 평소에 챙겨 드시던 약도 거르시고. 며칠이나 그러겠나 싶어서 더 독이 올라 이를 악물고 버텼는데, 아니나 다를까. 그리고 며칠 못 가 쓰러지셨어."

"어떻게……."

"어린 마음에 얼마나 놀란 줄 알아? 사람이 바로 옆에서 쓰러졌는데, 이러다 곧 죽겠다 싶더군. 이 모든 게 괜한 오기를 부린 내 탓만 같고. 겁을 잔뜩 집어먹곤 어찌할 줄을 몰라 허둥대는데 때마침 퇴근을 하신 양아버지께서 집에 들어오셨어. 아무 말도 못하고 겁먹은 얼굴을 한 채 눈물만 뚝뚝 흘리고 있는 내게 양아버지께서 알아듣지 못할 영어로 말씀하시는데, 한참을 울기만 하다가 내가 뱉은 첫말이 뭐였는 줄 알아?"

"뭐라고 하셨는데요?"

"헬프 미. 헬프 미였어."

사뭇 진지한 상황이건만 하마터면 풋 하고 웃음이 터질 뻔했다. 지금 눈앞에 있는 이 푸른 눈의 남자가 눈물을 뚝뚝 흘리며 서툰 발음으로 헬프 미, 라고 중얼거렸을 것을 생각하자 도저히 웃지 않을 수가 없었다. 말하는 그 자신도 우스웠던지 머쓱한 미소를 지은 그가 나라의 시선을 피하며 바닥을 본다.

"그게 아마 내가 영국 땅을 밟고 처음 쓴 영어였을 거야."

"그래도 무척 좋으신 분들이셨나 봐요. 나 같았으면 안 먹으려면 말아라, 하곤 보는 앞에서 일부러 더 맛있게 먹어줬을 텐데."

"보기보다 독하군."

"독하긴요. 원래 먹을 거 앞에서 생떼 부리면 혼쭐을 내줘야 하는 법이라고요."

"훗, 당신다워."

나라의 너스레에 카인의 입가에 웃음이 피어났다. 처음에 말을 꺼냈을 때만 해도 혹여 말실수를 한 건 아닌가 싶어 걱정스러웠었는데 그의 웃는 얼굴을 보니 한결 마음이 가벼워졌다. 그의 과거를 채우는 것이 슬픔만은 아니라는 것에 안도감도 들었다. 그리고 고마워졌다, 어린 나이로는 감당하기 힘들었을 큰 상처 때문에 마음의 문을 닫아버린 그를 진심을 다해 보살펴 주시고 이렇게나 멋진 남자로 성장하도록 도와주신 그의 양부모님께.

그분들이 안 계셨다면 지금의 그도 있을 수 없었겠지, 생각하며 웃음을 짓고 있는데 그런 나라의 머릿속으로 문득 한 줄기 의문이 스쳐 지나갔다.

"그렇게 좋은 분들이 계신데 한국에는 왜 오신 거예요?"

잠시 호를 그리며 말려 올라갔던 그의 입술이 천천히 한일자로 굳어졌다. 순식간에 무표정해진 그를 보곤 괜한 말을 꺼낸 건가 싶어 이내 후회가 밀려들었다. 하지만 그런 후회 속에서도 뇌리의 한 귀퉁이에서는 막 똬리를 튼 의문이 더욱더 증폭되고 있었다.

그는 왜 이곳에 온 것일까. 자신에겐 상처뿐인 이 땅에 왜 돌아온 것일까. 어째서?

만약에 자신이라면 어땠을까, 라는 생각을 해보았다. 아마도 나라였다면 결코 이 땅에 돌아오지 않았을 것이다. 평생 지울 수 없는 상처를 준 이 땅에 돌아와, 다 잊고자 했던 상처를 다시 한 번

헤집는 악취미 따위, 나라에게는 없었다. 그럼에도 이 땅에 돌아올 수밖에 없었던 이유가 무엇이냐고 또 묻는다면?

골똘히 답을 찾던 나라는 잠시 사고를 멈추며 카인의 얼굴을 바라보았다. 무표정하지만 무감정하지는 않은 얼굴. 미처 생각지 못했던, 아니 일부러 생각하기를 피하고 있었던 난처한 질문에 봉착하기라도 한 것처럼 그는 복잡스러워 보였다. 그리고 그 순간 떠올랐다. 그가 한국에 올 수밖에 없었던 단 하나의 이유가.

"일이 주어졌으니까."

한참 후 어렵게 뗀 운을 마저 잇지 못한 그가 입에 물고 있던 담배를 다시 한 번 깊게 흡입했다. 그의 입술 새로 빠져나온 희뿌연 연기가 그의 머리 위를 자욱하게 드리운다. 아스라이 피어오른 연기가 그의 표정을 가렸다. 마치 그의 진심마저 가려 버리려는 듯.

"물론 안 오려면 안 올 수도 있었을 테지만, 결국 오고 말았어. 내가 한 선택이면서도 이유는 나도 잘 모르겠군. 이 땅에서 버림받은 내가 이만큼이나 성장했다는 걸 보여주고 싶어서였는지, 아니면 고국에 대한 단순한 향수 때문인지."

"낳아주신 어머니가 그리워서는 아니고요?"

또 한 번 필터 끝을 입에 물려던 그의 움직임이 거짓말처럼 멈추었다. 잔잔히 빛나던 푸른 눈동자 위로 걷잡을 수 없는 어둠이 순식간에 잠식해 왔다. 그의 변화를 체감한 나라의 심장이 발작을 일으키듯 오그라들었다.

카인에게 있어 생모에 관련된 이야기는 그 어떤 이유에서건 함부로 입 밖으로 꺼내어선 안 될 일종의 금기와 같았다. 제아무리 나라라 하여도 예외일 수는 없는 사항이었다. 물론 나라 또한 그 사실을 알고 있었다. 하지만 나라는 묻고 싶었다. 아니, 정확히는 들추고 싶었다. 그가 자꾸만 숨기려고만 하는 아픔을, 도망치려고만 하는 그 진실을 들추어 치유해 주고 싶었다.

"제 말이 틀린 거예요?"

"틀렸어."

그가 여태껏 들어본 적 없는 냉정한 목소리로 단호히 읊조렸다. 그 음성에 실린 시린 바람이 나라의 가슴 끝을 조각조각 베어냈다. 하지만 그보다도 더 나라를 아프게 하는 건 그 무미건조한 음성으로도 숨겨지지 않는 그의 아픔이었다. 너무도 강한 사람이기에 차마 드러낼 수 없어 더욱 아픈 그 상처. 그것을 나라는 도저히 모른 척할 수가 없었다.

"이사님."

그가 손가락 사이에 걸려 있던 담배꽁초를 차가운 사무실 바닥 위로 가차 없이 내리눌렀다. 마치 모든 것을 묵살시키는 듯한 손놀림. 붉게 일어났던 점점이 칙— 하고 차갑게 꺼진다.

"오늘따라 유독 질문이 많군. 그만 일어나지."

자신이 베푸는 관대와 관용은 딱 여기까지라는 듯, 그가 싸늘하게 말했다. 그러곤 군더더기 없는 몸짓으로 자리를 털고 일어났다. 유리를 뚫고 들어온 오후의 눈부신 햇살이 하얀 셔츠에 감싸인 널찍한 등에 부딪쳤다가 사방으로 반사되었다. 그 빛이 나라의 시선을 찌르며 말한다. 이제 그만하라고. 더 이상은 주제넘은 짓이라고.

하지만 나라는 그럴 수 없었다. 그가 아무리 아닌 척하여도, 잠시 흔들렸던 아쿠아빛 눈동자에 인 동요를 애써 무심함으로 가장한다 하여도 애초에 알지 못했다면 모를까, 그의 내면에 자리한 아픔을 알아버린 이상 모른 척 입을 다물고 있을 수는 없었다.

"어머니는 찾아보셨어요?"

풀어져 있던 셔츠 단추를 하나둘 채우던 그가 움직임을 멈추고 고개를 돌렸다. 눈이 마주치자마자 순간적으로 오금이 저렸다. 간담을 서늘케 하는 싸늘한 코발트블루. 거침없이 말을 뱉던 혀끝이 빳빳하게 굳으며 손끝이 떨린다. 하지만 그만두기엔 이미 너무 멀리 와버렸다.

"바닥이 차가워. 어서 일어나."

그녀를 내려다보던 사나운 시선이 다시금 차분하게 가라앉았다. 하지만 그도 아주 잠시일 뿐이었다.

"안 찾아보셨군요."

"그만하고 일어나."

"왜 찾지 않으신 거예요?"

"그만하라고 했지!"

나라의 끈질김에 내내 평정을 유지하던 그의 목소리가 처음으로 높아졌다. 신경질적으로 돌아서 나라를 향한 그가 인내심이 다한 목소리로 나직이 읊조렸다.

"그래, 찾지 않았어. 찾고 싶지도 않고. 그러니까 그 얘긴 이제 그만하고 일어나."

"거짓말."

다시 한 번 등을 보이려던 그의 움직임이 우뚝 멈추어 섰다. 나라가 그런 그를 똑바로 응시한 채 바닥에 앉아 있던 몸을 천천히 일으켜 그의 앞으로 다가가 섰다. 검게 가라앉은 푸른 눈동자와 맹랑하게 빛나는 흑요석빛 눈동자가 허공에서 싸늘하게 충돌했다.

"이사님은 지금 거짓말을 하고 있어요."

"하. 대체 무슨 근거로 그런 소릴 하는 거지?"

그가 낮게 조소했다. 하지만 나라는 한 치의 물러섬도 없이 그를 향해 또박또박 말했다.

"정말 찾고 싶지 않았다면 애초에 한국에 오지 않았어야 맞는 거니까요. 상처뿐인 이 땅에 발끝 하나 들여놓고 싶어 하지 않는 게 당연하니까. 그런데도 한국에 올 수밖에 없는 이유라면 단 하나뿐이잖아요. 어머니, 그분이 그립고 보고 싶다는 이유."

나라의 말을 잠자코 듣고 있던 그의 무표정한 입술 끝이 비릿하게 비틀렸다. 하지만 차마 그녀를 마주하지 못한 시선 끝은 오래 전부터 희미하게 흔들리고 있었다. 딸깍 하고 서서히 흔들리는 마음의 빗장. 그것을 다잡으며 그가 말한다.

"꽤 재밌는 소릴 하는군. 하지만 틀렸어. 그러니까 그만하고 나가 봐."

"그렇게 부정하면 뭐가 달라지나요?"

"보나라."

"그렇게 부정한다고 해서 이사님이 그분을 그리워한다는 사실이, 사실이 아닌 게 되냐구요. 아니잖아요. 왜 솔직하지 못하세요?"

나라가 울부짖듯 외쳤다. 눈가가 뜨끈하다. 천천히 차오르던 눈물이 어느새 시야를 왈칵 뒤덮었다. 아픔이 묻어난 눈물이 아니었다. 화기가 스민 눈물이었다. 왜 진실하지 못한 것인지. 내 앞에서조차 그는 왜 이리도 자신을 감추려고만 하는 것인지 너무도 섭섭하고 화가 나서 차오르는 눈물이었다. 하지만 나라는 울지 않았다. 눈물이 차오르면 차오를수록 더욱더 눈을 부릅뜨며 오기 있게 그의 시선을 받아쳤다.

"전 이사님이 적어도 제 앞에서만큼은 솔직하셨으면 좋겠어요. 과장하지도 숨기지도 말고, 그 모습 그대로 모두 보여주셨으면 좋겠어요. 저 이사님의 여자잖아요. 그 정도 자격은 있는 거잖아요. 기쁠 때 같이 웃고, 슬플 때 같이 울고, 아플 때 그 아픔을 같이 공유하고…… 그 정도는 할 수 있는 거잖아요."

나라가 떨리는 목소리로 호소하듯 말했다. 그녀의 음성에 실린 진심에 할 말을 잃은 카인은 말없이 그녀를 바라보기만 했다. 그녀의 눈가를 따라 또르르 구르는 물방울이 그의 심장을 뒤흔들었다. 화기와 자기방어로 에워싸여 있던 그의 눈동자가 흐린 빛을 띠며 흔들린다. 마음을 감추려, 숨기려 겹겹이 걸어 놓았던 빗장이 하나둘씩 벗겨져 나가기 시작했다.

"이사님."

"찾아볼까 생각하지 않은 건 아니야."

나직이 그를 부르는 음성을 가로막으며 그가 드디어 입을 열기 시작했다.

"한국에 오기로 마음먹었을 때부터 줄곧 고민해 왔어. 찾아 볼까, 생사만이라도 확인해 볼까, 하루에도 수십 번씩 고민했어. 하지만……."

잠시 말을 멈춘 그는 혼란에 휩싸인 시선을 허공으로 던졌다. 한국행을 결정했던 그때부터 지금까지 끊임없이 그의 마음을 힘들게 했던 감정이 다시 한 번 되살아나 그를 지배했다. 그의 시선이 크게 떨린다.

"두려워."

한참의 공백 끝에 그가 뱉은 말에 그를 바라보는 나라의 눈동자가 크게 팽창했다.

"혹시나 나의 존재가 그분께 폐가 되진 않을까. 나의 갑작스러운 등장이 그분의 평화로운 일상을 깨뜨리게 되는 건 아닐까, 자꾸만 겁이 나."

금방이라도 무너질 것만 같은 나약한 시선과 목소리로 그가 말했다. 그가 뱉는 말 한 마디 한 마디에 나라는 가슴이 미어지는 것만 같았다. 그 언젠가, 지독한 열감기에 시달리며 어머니라는 이름과 함께 눈물 한 방울을 흘리던 그의 모습이 불현듯 떠올라 그녀의 가슴을 옥죄었다. 그가 여태 이런 마음을 한 채 하루하루를 보내고 있었을 것이라고는 생각지도 못하고 있었다. 한없이 강인해 보이기만 하는 그의 내면에 이러한 고뇌와 남모를 두려움이 자리하고 있었을 거라고는…….

왈칵 눈물이 치달아서 나라는 계속 그에게 머물러 있던 시선을 다급히 떼고 고개를 돌려 버렸다. 이렇게 울어선 안 됐다. 그의 상처를 달래주겠노라 해놓고선 그보다 먼저 눈물을 흘려선 안 됐다. 나라는 떨리는 입술을 질끈 깨물었다. 눈시울이 후끈거린다.

"바보."

넘쳐흐를 것만 같은 눈물을 꾹 참아내며 나라가 나직이 말했다. 종전의 말을 끝으로 내내 침묵을 지키고 있던 카인이 시선을 들어 나라를 바라보았다. 슬픔에 흠뻑 젖어버린 얼굴로 억척스레 눈물을 참고 있는 나라가 그를 바라보며 화를 내듯 말했다.

"이사님이 그걸 어떻게 알아요. 그분께서 어떤 마음으로 하루하루를 살아가고 있을지 보지도 않고 이사님이 어떻게 아는데요? 그분께서도 이사님을 잃고 힘들어하고 있을지, 아들을 그리워하면서 다시 만날 수 있기만을 학수고대하고 있을지 어떻게 아냐구요."

내지르듯 말을 맺은 나라가 용기를 낸 듯 그의 앞으로 한 발짝 가까이 다가섰다.

"알지도 못하는 일에 미리부터 겁낼 게 뭐가 있어요. 그런 건 찾고 난 뒤에 생각해도 늦지 않잖아요. 이사님 생각대로 만약 그분 나름대로 행복한 삶을 살고 계신다면 그때 가서 그분의 행복을 빌어주면 되는 거예요. 그러니까……."

눈물 맺힌 눈초리를 희미하게 휜 나라가 살포시 미소 지으며 그의 손을 잡았다.

"조금만 더 용기를 내세요, 겁쟁이 카인."

그녀의 명랑하고도 포근한 미소가 카인의 냉가슴을 가만히 두

드렸다. 심장 주변을 차갑게 에워싸고 있던 얼음 막이 그녀의 봄처럼 따사로운 손길에 차차 녹아간다.

"이미 지나간 과거를 지울 수 없다는 건 알아요. 하지만 과거가 만든 상처는 마음만 먹으면 얼마든지 지울 수 있어요. 이사님이 계신 현재가 분명히 그렇게 만들어줄 거예요. 모자란 저이지만 그래도 괜찮으시다면 제가 이사님의 힘이 되어 드릴게요."

휘어진 나라의 눈초리 끝으로 투명한 눈물 한 방울이 소리 없이 떨어졌다. 블라인드 사이로 새어 들어온 빛줄기가 그 위를 영롱하게 비추었다. 한참을 말없이 서 있던 카인은 가만히 손을 뻗어 그녀의 한없이 여린 어깨를 감싸 안았다. 말로는 전할 수 없는 마음과 그녀로 인해 변화된 그의 결심을 대신하듯 그렇게. 나라 또한 뒤꿈치를 들어 그의 넓지만 나약한 등을 가득 끌어안았다. 그러곤 그를 향해 나직이 속삭였다.

"잊지 마세요, 이사님. 당신은 절대 혼자가 아니라는 걸."

나라가 빠져나간 사무실에서 혼자가 된 카인은 실내로 쏟아지는 빛을 차단하려 쳐놓았던 블라인드를 걷어 올렸다. 훤히 드러난 통유리 밖으로 넓게 펼쳐진 서울의 전경이 한눈에 들어왔다. 창밖을 내려다보는 그의 마음을 대변하기라도 하듯 복잡스럽고 혼탁한 모습이었다. 꼬리에 꼬리를 물며 길게 늘어진 차량의 행렬을 눈으로 좇으며 그는 깊은 생각에 잠겼다. 초점 없이 허공을 향한 푸른 눈동자가 그의 생각의 깊이만큼 짙게 가라앉는다.

"알지도 못하는 일에 미리부터 겁낼 게 뭐가 있어요. 그런 건 찾고 난 뒤에 생각해도 늦지 않잖아요. 그러니까 조금만 더 용기를 내세요, 겁쟁이 카인."

종전에 나라가 했던 말들이 그의 머릿속을 어지럽게 부유했다. 그의 큰 손을 감싸던 작은 손길이, 그를 대신하여 흘리던 눈물 한 방울이, 심장을 녹여낼 듯 따뜻하던 그 미소가 그의 마음을 서서히 밀어붙인다. 그렇게 한참을 생각에 잠겨 있던 그가 무언가를 결심한 듯 손을 뻗어 인터폰을 눌렀다.

"데릭, 네가 알아봐 줬으면 하는 게 있어."

❖

"자, 오늘 하루도 끝."

두꺼운 서류 더미를 차곡차곡 쌓아 내려놓으며 나라가 낭랑한 목소리로 외쳤다. 손목시계를 보자 어느새 시침이 숫자 6에 닿아 있었다. 옴짝달싹도 않는 이사실 문을 보아하니 아무래도 아직 일이 한창인 모양이었다. 쉬크앤룩과의 제휴를 앞두고 있는 시점이니 그럴 만도 했다. 인사라도 하고 갈까 잠시 망설이던 나라는 이내 마음을 고쳐먹었다. 일에 몰두하고 있는 그에게 괜한 방해만 될 것이다.

"안녕히 계세요, 카인."

그가 있는 사무실 문 앞에서 그에겐 닿지 않을 작은 목소리로 앙증맞게 속삭이곤 빙글 웃으며 이사실을 빠져나왔다. 생각 같아선 늦게까지 일하는 그의 곁에 남아 그를 도와주고 싶었지만, 며칠 전의 외박으로 현재 윤의 감시가 붙은 상태라 그것도 여의치가 않았다. 지금 바로 나가지 않으면 귀신같이 전화가 걸려올 것이다. 당장 안 나오냐고.

"네네. 나가야지요, 나가."

들리지 않는 윤의 윽박에 대꾸라도 하듯 혼잣말을 하며 나라는 엘리베이터 쪽으로 서둘러 걸어갔다. 그러곤 엘리베이터 버튼을 누른 채 깜빡이는 숫자 판을 올려다보고 있을 때였다.

"가야지요, 가……."

"혼자서 뭐라고 중얼거리는 거지?"

"엄마야!"

등 뒤에서 들려온 낮은 목소리에 나라가 소스라치게 놀라 돌아보았다. 그러자 이사실에 꼭 박혀 있을 거라 생각했던 사람이 바로 등 뒤에 서 있었다.

"여기 어디 귀신이라도 있나? 뭘 그렇게 놀래?"

"이사님도 참. 놀랄 만하니까 놀라죠. 일하고 계실 분이 왜 여기에 계세요?"

"왜긴? 당신 때문이지. 퇴근할 때는 몸만 가지 말고 정신도 챙겨서 가라고 내가 분명히 말했을 텐데."

그가 하는 말의 뜻을 몰라 동그란 눈을 두어 번 끔벅거리자 그가 비긋이 웃으며 그녀의 앞에 손을 내밀었다. 내민 손 위에는 다름 아닌 그녀의 핸드폰이 놓여 있었다.

"어머, 내 정신 좀 봐."

"이걸 노리고 일부러 두고 간 건 아닌가?"

카인이 시원한 아쿠아빛 눈동자를 휘며 장난스럽게 속삭였다. 잠시 당황하던 나라가 그의 의중을 파악하곤 이내 표정을 싹 바꾸었다.

"쳇, 그건 또 어떻게 아셨대요?"

"훗. 엘리베이터 왔군. 타지."

그녀의 어깨에 손을 얹으며 그가 그녀를 이끌고 엘리베이터에 올라탔다.

"로비까지 같이 가주시는 거예요?"

"데려다주지도 못하는데 배웅이라도 해야지."

아찔한 미소와 함께 그가 엘리베이터 버튼을 눌렀다. 예상치 못한 그의 배려에 가슴이 뛰었다.

"안 그러셔도 되는데."

작은 목소리로 수줍은 듯 중얼거리며 나라는 가만히 정면으로 고개를 돌렸다. 나란히 서 있는 둘의 모습이 엘리베이터 문에 비쳐 나라의 눈에 들어왔다. 뜻하지 않은 상황이 주는 묘한 설렘이 가슴을 가득 채운다. 자꾸만 배시시 웃음이 터져서 입술을 꾹 눌렀다. 아무런 말도, 행동도 오가지 않는 상황이었지만 그와 함께 있다는 것, 그리고 그가 이렇게 자신을 생각해 주고 있다는 사실 자체만으로도 가슴엔 온기가 잔뜩 번지고 있었다.

예전에는 그와 이렇듯 밀폐된 공간에 단둘이 있다는 건 상상조차 할 수 없을 만큼 긴장되고 두려운 일이었다. 그런데 이젠 이런 순간들이 설레고 아쉬운 일이 되어버렸다는 것이 나라는 한없이 신기하고 한편으론 쑥스러웠다. 너무도 달라져 버린 스스로의 반응에 신기해하고 있던 순간, 손안에 든 핸드폰으로부터 자잘한 진동이 느껴졌다. 윤이 재촉하는 전화임에 틀림없었다. 그와 그녀에게 주어진 짧은 시간을 방해받고 싶지 않아 나라는 손안에서 이는 진동을 무시하며 묵묵히 정면만을 바라보았다.

[1층입니다.]

도착을 알리는 엘리베이터의 기계적인 음성과 함께 말없이 정면만을 바라보고 있던 카인이 그녀 쪽을 돌아보았다.

"집까지 바래다주지 못해서 미안해. 이번 프로젝트 마무리 짓고 나서 못 했던 데이트도 하고 그러자. 조심히 들어가."

카인이 아름다운 푸른 눈동자를 가득 휘며 다정스레 속삭였다. 그러곤 나라의 머리를 끌어당겨 그녀의 동그란 이마에 짧게 입을 맞추었다. 가볍게 닿았다가 떨어지는 따뜻한 체온에 귀 끝이 더워지고 심장이 뛰었다. 그리고 엘리베이터의 문이 열렸다.

"그, 그럼 안녕히 계세요, 이사님."

아무 말도 못 한 채 그를 멍하니 올려다보다가 이내 서툴게 중얼거리며 허둥지둥 엘리베이터에서 내렸다. 그의 입술이 닿은 부분이 불에 덴 것마냥 뜨거웠다. 새로울 것도 없는 일인데도 가슴이 쿵쾅쿵쾅 뛰고 있었다. 화답하는 의미로 그의 볼에 입맞춤이라도 해야 했나, 뒤늦은 후회를 하며 다시 엘리베이터 쪽을 돌아보려는데 그 순간 등 뒤에서 들려온 목소리가 나라의 고갯짓을 멈춰세웠다.

"나라야."

로비를 잔잔하게 울리는 익숙한 목소리에 나라의 고개가 이끌리듯 그리로 향했다. 아주 잠시였지만 그것이 윤의 목소리가 아니라는 것쯤은 확실히 알 수 있었다. 그럼 누구지? 라고 생각하며 주변을 둘러보던 순간 두 눈에 포착된 한 남자의 모습에 나라의 표정이 크게 동요했다.

"준이 오빠?"

"뭘 그렇게 놀래, 인마."

무뚝뚝하지만 장난스런 어투로 대답하며 천천히 다가오는 남자를 바라보면서 나라가 입을 떡 벌렸다.

준이었다. 뉴욕에 있는 첫째 오빠, 보준. 분명 뉴욕에 있어야 할 사람이건만 이렇듯 갑작스레 눈앞에 등장한 걸 보자 반가움은 둘째치고 우선 당혹스러움이 앞섰다.

"오빠가 어떻게 여기에⋯⋯."

"오늘 뉴욕에서 들어왔어. 한국으로 출장이 떨어져서 말이야. 그런데⋯⋯."

놀란 기색이 역력한 나라와는 달리 시종일관 포커페이스인 준이 다정스레 대답한 뒤 잠시 말을 멈추고 나라의 등 뒤를 바라보았다. 그리고 그 순간, 속 쌍꺼풀이 희미하게 진 늘씬한 눈매가 차갑게 굳으며 시야에 담긴 남자를 꿰뚫을 듯 날카롭게 빛났다.

"너와 같이 엘리베이터에 타 있던, 저분은 누구시지?"

억양의 고저 없이 무미건조하고도 모든 것을 불태울 듯한 낮은 목소리. 준(焌), 뉴욕을 휩쓸던 강한 불길이 드디어 한국으로 귀환

했다.

❖

「오셨습니까.」

사무실에 남아 카인을 기다리고 있던 데릭이 뒤늦게 들어온 그를 보곤 자리에서 일어났다. 골똘한 표정의 그가 말없이 소파에 와 앉았다. 사무실에서 나갈 때와는 사뭇 달라진 그의 분위기에 데릭이 의아한 듯 물었다.

「보스, 무슨 일이라도 있으셨습니까?」

그와 함께 카인은 방금 전 로비에서 있었던 일을 가만히 떠올렸다.

"저분은 누구시지?"

준이 그렇게 말한 순간, 나라는 굳이 뒤돌아보지 않아도 누굴 얘기하는 것인지 직감적으로 알 수 있었다. 그 때문인지 뭐라 대답하기도 전에 몸이 먼저 반응하며 손끝 발끝이 뻣뻣하게 굳어버리기 시작했다.

"나라야."

아무 대답도 못 한 채 얼어붙어 있는 나라를 준이 다시 한 번 불렀다. 그제야 정신을 차리며 준을 바라보자 준이 차가운 입매 끝을 슬쩍 당겨 올리며 반복해서 물었다.

"누구시냐고 물었잖아."

"그, 그게."

차라리 이전의 보민처럼 윽박지르는 편이 백배 천배 나았다. 감정 따윈 없는 것처럼 차분하게 물어오는 목소리에 심장이 주체할 수 없이 떨려왔다. 뻔한 대답이 있는데도 엉켜 버린 사고 탓에 쉽사리 입술이 떨어지지 않아 횡설수설하는 사이 등 뒤에서 카인의 목소리가 들려왔다.

"안녕하십니까. IBMC 기획이사, 카인 G. 맥클레인입니다."

"아, 나라가 모시고 있다는 바로 그 상사분이시군요. 반갑습니다."

나라가 중간에서 무슨 말을 하고 말고 할 것도 없이 순식간에 상황이 이루어져 버렸다. 카인의 인사를 받은 준이 손을 뻗어 악수를 청했다. 나라의 신경이 온통 준에게로 쏠렸다. 긴장감이 온몸을 잔뜩 옥죄었다.

"이사님에 대해서는 동생 놈들을 통해서 익히 들었습니다."

"아, 그러셨군요."

동생들을 통해 익히 들었다라. 어쩐지 의미심장한 말이라고 카인은 생각했다. 나라의 두 오빠들이 그에 대해서 좋은 말을 했을 리는 없을 테니까. 게다가 나라의 첫째 오빠라는 사람에게서 뿜어져 나오는 기운 또한 예사롭지 않았다. 감정을 확연히 드러내고 있지는 않았지만, 오히려 감정을 씻은 듯 제어한 그 무표정한 시선이 더욱 위화감을 조성하고 있었다. 나라가 어째서 첫째 오빠가 가장 무섭다고 했었는지 그 이유를 조금은 알 것 같았다.

"그런데 이사님께서 왜 나라와 같은 엘리베이터에 타 계신 거죠? 보아하니 퇴근하시려던 건 아닌 것 같은데."

"먼저 퇴근하는 보나라 씨를 배웅해 주던 길이었습니다."

"비서를 배웅까지 해주시다니. 참 친절하신 상사시네요."

격을 넘지 않고 예의를 갖춰 하는 말이 더없이 예리했다. 옆에 서서 두 사람의 대화를 지켜보던 나라는 금방이라도 터져 버릴 것만 같은 분위기에 조마조마하여 준의 옷깃을 끌어당겼다.

"오빠."

"그래, 가야지."

언제 그랬냐는 듯 다정하게 웃으며 준이 대답했다. 그러곤 다시금 시선을 돌려 카인을 마주했다. 그 순간 생생하게 느껴진 확연한 살기. 시선 가득 품은 그 살기를 숨기지 않은 채 준이 나라와 카인의 사이에 바리케이드를 쌓듯 무미건조한 음성으로 말했다.

"저희는 바빠서 이만 가봐야겠습니다. 그럼 저희 나라에게 베푸는 과분한 친절, 앞으로도 딱 그 정도로만 부탁드리겠습니다."

저희 나라. 확연한 선을 긋듯 말한 뒤 마치 나라를 그로부터 보호하듯 어깨를 감싸 안으며 멀어져 가던 준을 떠올리며 카인은 두 눈을 가늘게 떴다. 준은 지금껏 보아왔던 나라의 두 오빠들과는 전혀 다른 분위기의 사내였다. 두 오빠들이 감정을 숨기지 않고 드러내어 정면으로 승부하는 축에 속한다면 이쪽은 감정을 철저히 숨긴 채 모르는 새 상대방의 숨통을 조이는 축에 속했다. 그 누구보다도 지능적이고 치밀한 사람일 것이다.

오랜만에 만나는 꽤 흥미로운 적수. 카인의 가는 입매 끝이 늘씬하게 말려 올라간다. 근육들이 본격적으로 전장에 나설 채비를 하듯 팽팽하게 긴장되었다.

"쉽지만은 않겠군."

❖

숨이 턱턱 막히는 것만 같았다. 다혈질 보민과 있을 때와는 또 다른 기분이었다. 아무 말 없이 묵묵히 운전하는 보준을 바라보는 나라의 등골로 한 줄기 식은땀이 주룩 흘러내렸다.

"춥지. 히터 틀어줄까?"

"아, 아니! 괜찮아, 오빠!"

아무리 춥다지만 식은땀이 줄줄 나는 이 마당에 히터 같은 것이 필요할 리가 없었다. 나라는 더듬거리는 말투로 소리치듯 대답한 뒤 다시금 정면으로 시선을 돌렸다.

준은 제 오빠이긴 하지만 도통 속을 알 수가 없는 사람이었다. 무신경한 듯싶으면서도 알고 보면 나라의 일거수일투족을 모두 꿰고 있으며 한없이 다정한 것 같다가도 어떤 때는 또 호랑이처럼 엄한 것이 바로 그녀의 첫째 오빠, 보준이었다. 그렇기에 준은 나라에게 있어 마냥 응석을 부리기에는 조금 어려운, 그런 사람이었다. 카인을 보고도 별말은 않고 있지만 분명 뭔가 꿍꿍이가 있을 터였다.

"근데 말도 없이 한국엔 어쩐 일이야? 아침까지도 엄마 아빠 두 분 다 아무 말씀도 없으셨는데."

"내가 말하지 마시라고 했어. 우리 여동생 좀 놀래켜 주려고."

"놀래켰네, 그것도 아주 확실히."

나라는 불퉁스러운 말투로 혼잣말을 하듯 중얼거린 뒤 한숨을 푹 내쉬었다. 1년 만에 보는 첫째 오빠가 반갑지 않을 리 없지만 상황이 상황인지라 마음이 그다지 개운치만은 않았다. 말은 출장 때문에 온 것이라고 했으나 꼭 그것 때문만은 아닐 거라는 것을 나라 또한 어렴풋이 짐작할 수 있었다. 요 며칠 윤의 철통 감시만으로도 충분히 힘들었는데 엎친 데 덮친 격으로 준까지 가세하니 앞으로 카인과의 관계를 어떻게 지속해 나갈지 벌써부터 걱정이 되었다.

"근데 너 며칠 전에 외박했다며."

"어, 어?"

한숨을 쉬던 중 불쑥 물어오는 말에 나라가 당황하여 두 눈을 크게 떴다. 준이 자동차 핸들을 유연하게 돌리며 무심한 어조로 말했다.

"생전 안 하던 외박까지 다 하고. 밤새 뭐 한 거야?"

"오, 오랜만에 친구들이랑 놀았지! 하하. 너무 오랜만이라 그런지 얘기하다 보니까 시간 가는 줄 몰랐네."

나라가 과장된 말투로 어색하게 웃으며 준에게 답했다. 그 과장됨이 오히려 역효과로 작용할 것이라는 것을 알고는 있었지만 현재의 심리 상태로는 사실 그대로 실토하지 않고 이렇게 변명을 둘러대고 있는 것만으로도 천만다행인 일이었다.

"그래. 너도 이제 성인인데 그럴 만하지. 그래도 부모님께 연락은 좀 드리지 그랬냐. 밤새 가족들 다 네 걱정만 했는데."

느낀 바가 많은 표정으로 고개를 주억거리며 나라가 초조하게 치맛단을 쥐고 있는 손끝을 바라보았다. 티 내지 않으려 노력은 하고 있었지만 긴장된 손끝이 미미하게 떨리고 있었다.

"근데 나라야."

빨간불에 잠시 멈춰 선 차와 함께 준이 공백을 깨고 나라를 불렀다. 움찔 경직된 채로 재빨리 고개를 들자 어느새 그녀를 바라보고 있던 준과 눈이 마주쳤다. 쌍꺼풀 없는 기다란 눈초리가 유연하게 휜다. 웃으면서, 분명하게 웃으면서 준이 말했다.

"별일은 없었지?"

준을 마주한 나라의 목구멍 너머로 침이 꼴깍 넘어갔다. 바싹 굳은 혀끝이 달달 떨려왔다.

"다, 당연하지, 오빠. 하하. 벼, 별일은 무슨. 그, 그런 게 있을 리가 뭐 있겠어."

"그래, 그렇겠지."

여전히 웃은 채로 중얼거리듯 말하며 준이 다시금 고개를 정면으로 향했다. 여전히 붉게 빛나고 있는 경고등이 나라의 눈앞에서 위협하듯 반짝이고 있었다. 그 빨간불에서 잠시 시선을 떼어 준을 힐끗거린 순간, 다시 한 번 준과 눈이 마주쳤다. 그와 동시에 무표정하게 변하는 준의 얼굴. 줄곧 미소 짓고 있던 표정을 차갑게 굳힌 준이 나라를 향해 경고하듯 나직이 덧붙여 말했다.

"그래야만 하고."

말을 마친 직후 정면으로 향한 준의 얼굴과 함께 신호가 바뀌었다. 멈춰 있던 차가 천천히 앞을 향해 나아가기 시작한다. 순식간에 냉각되어 버린 공기와 함께 나라의 손끝과 발끝이 차갑게 굳어졌다.

처음으로 진심을 다하고 싶다고 생각한 연애. 생각지 못한 복병의 등장으로 결코 쉽지만은 않은 길이 될 것 같았다.

7

장애물, 넘거나 혹은 부딪치거나

─시간 맞춰서 회사 앞으로 간다.

"그러시든지 말든지."

준으로부터 온 문자메시지를 읽으며 나라가 짜증 가득한 표정으로 불퉁거렸다. 며칠째 계속 반복되는 상황에 몸도 마음도 점점 지쳐 가고 있었다. 어차피 카인이 눈코 뜰 새 없이 바쁜 터라 별다른 일이 있을 리도 없지만, 누군가에게 집요하게 감시당하고 있다는 사실만으로도 정신적으로 받는 스트레스가 꽤 컸다.

이로써 정말 확실해졌다, 준이 한국으로 돌아온 이유가. 그것은 전적으로 나라를 감시하기 위함이었던 것이다.

대체 언제까지 이 숨 막히는 일상이 계속될까. 쌓여가는 근심에 한숨을 푹 내쉬고 있던 때였다.

똑똑.

문득 들려온 묵직한 마찰음이 생각에 잠겨 있는 나라의 정신을 깨웠다. 책상을 두드리는 커다란 손을 따라 느릿하게 시선을 옮기자 카인이 있었다.

"무슨 생각을 그렇게 골똘히 하고 있어?"

"이사님?"

그를 보자마자 나라가 반사적으로 자리에서 일어났다. 카인이 두 눈을 가늘게 뜨며 못마땅한 듯 말했다.

"단둘이 있을 때는 카인이라고 부르라고 분명히 말했을 텐데."

"그렇지만 여긴 회사잖아요."

"어차피 누구씨의 오라버니들 덕분에 회사 밖에서는 볼 수도 없지 않나?"

"안 그래도 그것 때문에 속상해 죽겠는데, 꼭 그렇게 아픈 구석을 찌르셔야겠어요?"

"하하. 농담이야."

짓궂게 속살거리는 카인의 말에 나라가 얄밉다는 듯 새치름히 그를 흘겨보았다. 시원한 푸른색 눈동자를 가득 휘며 그가 웃는다. 그러곤 책상을 타고 느릿하게 걸어 돌아와 그 끝에 살짝 걸터앉았다. 나라의 손목 위로 감겨오는, 이제는 익숙해진 그의 체온과 함께 몸이 당겨지며 그의 다리 사이로 들어가게 되었다. 그가 책상 끝에 걸터앉은 덕분에 평소에는 올려다봐야 했던 그와 비로소 눈높이가 맞춰졌다.

"아직도 오라버니들께서는 여전히 철통 방어 중이신가?"

희미한 미소를 머금은 채로 그가 하나로 묶어 올린 나라의 머리카락 사이로 흘러내린 한 가닥을 살짝 귀 뒤로 넘겨주었다. 뺨을 스치는 부드러운 감촉에 금세 얼굴이 달아올랐다. 이젠 제법 익숙해질 법한데도 어째서인지 그에 대한 반응은 시간이 지나면 지날수록 수그러들기는커녕 더욱 격렬해지기만 했다. 몸 안에 이는 떨림을 애써 억누르며 태연한 척 대답했다.

"뭐…… 아직 그렇죠."

"그냥 사실대로 말할까?"

"뭘요?"

"너와 나, 연애하는 중이라고."

"네에?"

카인이 나직하게 속삭인 말에 나라가 소스라치게 놀라며 냉큼 그의 품에서 빠져나왔다.

"마, 말도 안 돼요! 오빠들이 알았다간 대체 무슨 봉변을 당할 줄 알고. 이사님, 일전에 민이 오빠랑 윤이 오빠 만났던 일만 생각하시고 저희 오빠들 만만하게 보시면 큰코다치세요. 그 두 인간만 있을 때라면 그나마 나을지 모르지만 큰오빠까지 가세한 마당에. 어휴, 정말이지 큰일 난다구요."

나라가 생각하기도 싫다는 듯 고개를 도리질 쳤다. 며칠 전, 별일 따위 전혀 없었다고 당당히 선언한 마당에 그 말이 묻힐 새도 없이 그와의 교제 사실을 오빠들에게 공개하다니. 어떤 불호령이 떨어질지 불 보듯 뻔했다.

"딱히 죄를 지은 것도 아닌데 굳이 그럴 필요가 있나? 이렇게 숨어서 하는 연애, 내 스타일은 아닌데."

"내 스타일 네 스타일 따지다간 그나마 하고 있는 비밀 연애마저도 못 하게 될지도 모르거든요."

"내가 당신 오빠들 하나 못 이길 만큼 별 볼 일 없는 남자로 보이나?"

나라의 잇따른 반응이 마음에 들지 않는 듯 카인이 유려한 눈매를 살짝 구기며 물었다.

"그런 건 아니지만……."

오빠들이 워낙 극성이라는 의미였을 뿐 그의 심기를 건드릴 생각은 아니었던 나라가 난처한 듯 말끝을 흐렸다. 그러다가 이내 결심을 단호히 하며 그에게 답했다.

"그래도 어쩔 수 없어요. 아직은 안 된다구요, 아직은."

나라 또한 모든 것을 솔직히 털어놓고 떳떳하게 연애를 하고픈 마음인 것은 마찬가지였다. 하지만 얼마 전의 외박 사건 탓에 오빠들이 두 눈에 불을 켜고 있는 이 어수선한 시국에 보란 듯 휘발유를 들이부을 수야 없는 노릇이었다. 언젠가는 터뜨려야 할 일이지만 그 시기가 적어도 지금은 아니었다. 카인을 향한 미안함과 오빠들에 대한 걱정이 맞물려 복잡한 표정을 한 채 서 있는데 앞에서 나직한 한숨 소리가 들려왔다. 고개를 들자 눈앞의 남자가 딱 보기에도 티가 나는 풀이 죽은 연기를 하며 그녀의 손을 마주 잡았다.

"레이디께서 극구 안 된다고 하시니 어쩔 수 없지. 그쪽에 심장을 저당 잡힌 보잘것없는 나로선 그저 순순히 그대의 뜻을 따를 수밖에."

하지만 말만 그러할 뿐 그는 자신만만한 표정으로 그녀를 마주하며 유려한 입매 끝을 유혹적으로 당겨 올렸다. 그러곤 그대로 시선을 마주한 채 그녀의 손등 위에 고개를 숙여 짧게 입을 맞춘다. 덥고 습한 숨결이 얇은 살갗을 파고들어와 그녀의 혈관 사이사이로 뜨겁게 퍼져 나갔다. 그에게 오롯이 저당 잡혀 버린 심장이 미풍에 살랑거리는 잎사귀처럼 흔들거렸다.

어떻게 하면 이 남자의 유혹에 온전히 태연할 수 있을까, 언제쯤이면 이 남자의 이렇듯 압도적인 존재감에 익숙해질 수 있을까 생각하던 사이, 그가 뻗어온 손이 이번에는 그녀의 뺨 위로 감싸들었다.

"그런데 오빠들이 뭘 잘 모르고 있군."

나직이 속삭이는 허스키 보이스가 심장 한 귀퉁이를 간질인다. 허리를 감싸 당기는 강인한 팔의 감촉과 함께 뺨에 닿아 있던 그의 손이 부드럽게 움직여 그녀의 목덜미 뒤로 감겨왔다.

"사내 연애 커플에겐……."

그녀의 목과 허리에 감긴 손에 점점 힘이 실린다. 나른하게 뜬 눈이 그녀의 온 정신을 앗아 갔다.

"회사 밖이 다가 아니라는 걸."

그의 음성 끝에 찍힌 마침표를 시작으로 점점 가까워지는 그의 열기. 모든 신경을 빨아들여 정신을 혼미케 하는 유혹적인 푸른 바닷빛의 눈동자. 지척에서 엉키는 끈끈한 숨결. 그에게 완벽히 사로잡혀 버린 오감 탓에 더는 버티지 못하고 눈을 감은 순간이었다.

"Boss."

하나가 되던 호흡 사이로 나직한 목소리가 파고들었다. 다가오던 얼굴이 목소리가 들려온 딱 그쯤에서 움직임을 멈추었다. 그음성이 누구의 것인지를 파악한 나라가 얼굴을 확 붉히며 그에게서 황급히 떨어져 나갔다. 물러선 그녀로 인해 갈 곳을 잃은 손이 허공중의 공기를 가만히 움켜쥐었다.

"단골 방해꾼께서 납셨군."

카인은 짙은 눈썹 사이를 날카롭게 구기며 걸터앉아 있던 책상에서 일어나 데릭 쪽을 바라보았다. 언제나처럼 '하필'이라는 생각을 하고 있는 듯싶은 데릭이 헛기침을 하며 텅 빈 공간을 바라보고 있었다.

「무슨 일이지, 데릭.」

화기를 잠재우듯 두 눈을 지그시 내려감으며 카인이 말했다. 사무실에 들어선 순간 마주하게 된 상황 탓에 덩치에 맞지 않게 우물쭈물하던 데릭이 그제야 카인을 제대로 바라보았다. 무슨 합당한 용건이 있는 거냐고 묻듯 가늘게 뜬 눈초리 끝을 찡그리자 데릭이 카인의 등 뒤에 선 나라의 눈치를 살폈다.

「괜찮으니까 말해봐.」

「찾았습니다.」

말이 떨어지기 무섭게 돌아온 데릭의 대답에 무표정하던 카인의 얼굴 위로 동요가 스쳤다. 나라가 어리둥절한 표정으로 그와

데릭을 번갈아 바라보았다. 이윽고 나라의 의문을 불식시켜 주듯
데릭이 한참의 공백을 깨고 무겁게 말을 뱉었다

「어머님께서 계신 곳을 찾았습니다.」

❖

기계적인 신호음이 약품 냄새로 가득한 공간 속에서 간헐적으
로 울려 퍼지고 있었다. 카인은 투명한 유리 너머에 누워 있는 파
리한 얼굴의 중년 여성을 그저 말없이 바라보고 서 있었다. 힘없
이 감겨 있는 눈꺼풀. 환자복의 넉넉한 소매 아래로 드러난 앙상
한 팔. 산소마스크에 가려져 있는 핏기 없이 창백한 얼굴. 그것이
꼬박 20년 만에 재회하게 된 어머니의 모습이었다.

「악성 심장종양. 쉽게 말해 심장암이라고 합니다. 발병된 지는
3개월 정도 되었고, 병 자체가 워낙 희귀한 데다가 현재 암세포가
심장판막까지 전이된 상태여서 병원에서도 쉽게 손을 쓰지 못하
고 있다고 합니다.」

이어지는 데릭의 말에 카인은 아무런 말도 하지 못한 채 지그시
눈을 감았다. 행복한 삶을 꾸리고 있을 거라고 생각했다. 먼 나라
로 입양 보낸 자식 따윈 잊어버린 채 새로운 가정을 이루고 평화
로운 일상을 보내고 계실 거라고 철석같이 믿었다. 행복할 것이라
고, 분명 그래야만 한다고. 억지로 이국땅으로 떠밀려지던 그 공

항에서 처절하게 울부짖던 어머니의 모습을 떠올리며 부단히도 바랐었다. 한때는 어째서 자신을 지켜주지 못한 것인지 원망도 했지만 머리가 자라고 나서는 그녀의 처지를 이해하며 오직 그녀의 행복만을 간절히 바랐다. 그런데 그 결과가 고작 이것인가? 정상적인 가족은커녕 변변한 혈육 하나도 없이 홀로 외로이 병상에 누워 있는 이 모습이 내가 20년 동안 감내해야 했던 뼈저린 고통의 결과물이란 말인가?

카인은 감고 있던 푸른 눈을 떠 어머니가 누워 계신 중환자실을 바라보았다. 그의 기억 속에 자리한 젊고 아름다웠던 어머니의 모습은 어디에서도 찾아볼 수가 없었다. 병마에 고통 받고 있는, 이젠 너무도 쇠약해져 버린 여자만이 있을 뿐.

그 모습을 차마 더는 지켜볼 수 없던 그의 시선이 병실을 외면하며 허공으로 향한다. 움켜쥔 주먹이 더욱더 팽팽하게 조여들었다. 허공을 담고 있는 푸른 시선이 싸늘하게 번뜩였다.

20년 만에 재회하게 된 어머니. 그리고 그런 그녀를 점령하고 있는 병마. 이것이 세상이 내게 걸어오는 도전이라면, 도망치지 않고 받아들일 것이다. 그리고 보란 듯이 이겨 주마. 그녀를 살려 냄으로써.

❖

"어머님은 잘 뵙고 계시려나?"

나라는 초조한 듯 손톱 끝으로 책상 위를 톡톡 두드리며 그를 기다리고 있었다. 데릭의 말을 듣고 나간 지가 3시간은 더 된 것 같은데 여태 아무 소식이 없었다. 그의 어머니를 보긴 본 것인지, 모자 상봉은 제대로 이루어진 것인지 걱정되고 궁금한 것투성이였다. 어머니를 찾고자 마음먹기까지 꽤 힘들어 했었는데, 어렵게 먹은 그의 결심이 헛되지 않았으면 하는 바람이 컸다.

"어? 오셨어요."

찰칵 열린 문소리에 나라가 자리에서 벌떡 일어났다. 카인이 무표정하지만 조금은 지친 기색으로 사무실로 들어섰다. 20년 만에 재회한 어머니를 만나고 온 사람치곤 표정이 썩 좋지 않았다. 혹시 뭔가 일이 잘못된 것일까. 걱정되는 마음에 나라가 이사실로 들어서는 그의 뒤를 따르며 물었다.

"어머님은 만나셨어요?"

"아니."

그가 입고 있던 피코트를 벗어 의자 위로 던지며 말했다. 던져진 피코트를 들어 옷걸이에 옮겨 걸며 나라가 다시 한 번 그에게 물었다.

"왜요? 데릭 씨랑 거기 다녀오신 거 아니었어요?"

"맞아. 하지만 뵐 수 있는 상태가 아니었어."

다녀온 건 맞지만 뵐 수 있는 상태가 아니었다니. 아이러니한 말에 쉽사리 납득이 되지 않아 고개를 갸웃거렸다.

"그럼 거기까지 가서서 얼굴도 못 보고 그냥 돌아오신 거예요?"

"아니, 그건 아니야."

"그럼요?"

"나라."

궁금한 마음에 연달아 질문을 해오는 나라의 말을 가로막으며 그가 그녀가 있는 쪽으로 몸을 돌렸다. 지친 기색이 역력한 푸른 빛의 눈동자가 말없이 그녀를 바라보았다. 표정을 보아하니 일이 잘 풀리지 않은 모양인데 자신이 눈치도 없이 귀찮게 굴었다는 생각이 뒤늦게 들었다.

"아, 불편하셨다면 죄송해요. 궁금한 마음에 저도 모르게……. 이사님 그렇게 가시고 나서부터 계속 걱정했거든요. 어머님 잘 만나뵙긴 하신 건지 어떻게 됐는지. 아무튼 죄송해요. 괜히 귀찮게 해드려서."

"고마워."

그녀가 한 말의 성질과는 맞지 않는 그의 대답에 나라가 의아한 듯 두 눈을 크게 떠 그를 바라보았다.

"고맙다니…… 갑자기 무슨."

"그냥. 고마워, 나라."

그가 다시 한 번 반복해서 말했다. 그를 걱정하고 있었다는 것에 대해 고맙다고 하는 것일까? 그가 한 말의 뜻을 곰곰이 되짚어보고 있는데, 그 순간 마주한 푸른 눈동자 위로 차오르는 희미한 물안개가 순식간에 그녀의 신경을 잡아끌었다.

"이사…… 님?"

눈을 의심할 법한 장면에 나라가 차마 말을 잇지 못하고 그를 나직이 불렀다. 그 순간 나라의 어깨 위로 떨어지는 그의 얼굴. 그의 커다란 몸이 순식간에 나라를 덮었다. 틀림없이 잘못 본 것이라고 확신하고 있던 그녀의 믿음을 배반하듯, 그의 얼굴을 지탱하고 있는 그녀의 작은 어깨 위에서 축축한 물 기운이 느껴졌다. 그리고 이윽고 전해진 미미한 떨림에, 그 순간 나라는 더 이상 어떤 말도 하지 못한 채 숨을 삼켜야 했다. 그의 등 너머를 바라보는 나라의 눈동자가 크게 떨린다. 울고 있었다. 그가…… 지금 울고 있었다.

"고마워. 정말…… 정말 고마워."

그가 그녀의 어깨에 얼굴을 묻은 채로 나직이 속삭였다. 낮게 잠긴 음성 끝이 애처롭게 갈라진다. 그 어떤 말도 꺼내지 못한 채 그를 받치고 서 있는 나라의 시야 위로도 천천히 눈물이 차오르고 있었다. 대체 무슨 일이 있었기에 그가 이러는 것인지 궁금했지만 아무런 말도 할 수가 없었다. 그에게서 느껴지는, 이 숨 막힐 정도로 짙은 슬픔이 그녀의 목구멍을 틀어막아 버렸다. 그를 담은 심장이 찢어질 것만 같았다.

나라는 힘없이 아래로 늘어져 있던 손을 천천히 올려 그의 등을 감싸 안았다. 커다란 몸이 그녀의 작은 품으로 힘없이 안겨온다. 등을 안고 있던 손을 올려 그녀의 어깨에 기대어 있는 그의 머리를 달래듯 조심스럽게 쓸어내렸다. 더욱더 커지는 그의 슬픔. 그를 따라 가만히 눈을 감은 나라가 눈물에 젖은 작은 목소리로 그에게 말했다.

"괜찮아요, 카인."

낮게 파장을 일며 퍼져 나가는 애달픈 음성. 그의 눈물이 가녀린 어깨를 흠뻑 적신다. 나라의 뺨도 흠뻑 젖었다. 그에 비해 턱없이 작은 몸으로 그의 아픔을 오롯이 감당해 내며 나라가 다시 한 번 그를 향해 나직이 속삭였다.

"괜찮아요."

두 사람 주변을 가득 채운 창백한 침묵. 그 말없는 슬픔이 꼭 끌어안은 서로를 축축이 적시고 있었다.

❖

화려하게 장식된 연회장은 쉬크앤룩과 IBMC의 온라인 공동 사업 제휴를 축하하기 위해 온 사람들과 수많은 취재진들로 인산인해를 이루고 있었다.

처음 추진할 때만 해도 여기저기서 잡음이 많았던 프로젝트는 그들이 기획한 프리미엄 쇼핑몰 홈페이지를 공개한 지 하루 만에 방문자 수가 10만 명을 돌파하는 기염을 토해냈다. 성공적이라고 표현하기엔 조금 섣부른 감이 있으나, IBMC 백화점은 쉬크앤룩을 통해 단기간에 온라인 거점을 확보하고 쉬크앤룩은 그들의 프리미엄 쇼핑몰 전략과 부합하는 오프라인 백화점의 고품격 브랜드 상품과 고급서비스를 확보함으로써 양사가 온—오프라인의 시너지 효과를 극대화시킬 것임에는 의심의 여지가 없었다. 이로써 IBMC 한국 지사를 위해 영국에서 건너온 카인의 임무도 어느 정도 일단락 지어진 셈이었다.

개회식에 참석하여 회사 중역들과 인사를 나누느라 바쁜 카인을 보면서 나라는 남모르게 한숨을 지었다.

생모를 만나고 온 후, 마치 아무 일도 없었다는 듯 그는 다시 원래의 모습으로 돌아가 일에 몰두했다. 하지만 그런 그를 바라보는 나라의 시선만큼은 좀처럼 가벼워지지가 않았다. 그 일이 있은 이후로 그녀는 그에게 아무것도 묻지 않았다. 무슨 일이 있었던 것인지, 왜 그토록 슬퍼한 것인지 궁금한 것투성이였지만 그의 슬픔을 파헤치려 들기보다는 그저 말없이 그의 곁을 지키며 그의 슬픔을 함께 감내해 주는 편이 나을 것이라 생각했다.

하지만 아무리 생각을 않으려 해도 그날 그가 보였던 모습이 머릿속에서 쉽게 잊히지 않는 건 그녀로서도 어쩔 수가 없는 일이었다. 겉모습처럼 이젠 정말 괜찮은 것인지, 아니면 그저 괜찮은 척하는 것인지 걱정되고 마음이 쓰였다. 그를 보는 마음이 물가에 내놓은 아이를 보듯 위태위태했다.

"여기서 또 보네요."

문득 귓속을 파고든 음성에 그제야 나라는 줄곧 카인에게만 향해 있었던 시선을 다른 곳으로 옮길 수 있었다. 목소리의 주인을 찾아 돌아보자 낯이 익은 여자가 서 있었다.

"누구⋯⋯."

"겨우 두 번째 만남이라도 그렇지. 어떻게 그렇게 까맣게 잊어버릴 수가 있어요? 귀여운 비서 언니."

낯은 익지만 확실히 생각이 나지 않아 갸웃거리고 있는 나라를 보며 여자가 장난스럽게 속삭였다. 속삭이는 말을 따라 매력적으로 움직이는 장밋빛 입술. 그와 함께 기억을 더듬던 나라의 머릿속으로 몇 달 전 IBMC에서 만났었던 한 여자의 모습이 빠르게 스치고 지나갔다. 쉬크앤룩(Chic&Look)의 기획실장, 성하연. 바로 그 고추장 발린 입술!

"아, 안녕하세요."

"이제야 날 기억하나 보네?"

떨떠름한 표정으로 마지못해 인사하는 나라를 보며 하연이 고양이 같은 눈매를 활짝 휘며 환하게 미소 지었다.

이제야 기억이 났다. 눈앞의 여자는 몇 달 전 카인의 바지에 물을 쏟는 고전적인 수법으로 그를 꾀려 했던 그 고추장 먹은 불여시였다. 사람의 시선을 잡아끄는 화려한 외모는 둘째치고 얄밉게 속살거리는 저 붉은 입술 덕분에 잊고 있던 모든 것이 생생하게 되살아났다.

"언니 보기보다 기억력이 별로구나. 나를 다 잊어버리고."

"하하. 기억력이 별로라기보다는 원래 관심 없는 사람에겐 워낙에 무심한 성격이라서요."

그녀를 보자마자 배알이 뒤틀리는 통에 나라가 익살스런 표정을 지으며 적의가 가득한 말투로 그녀에게 말했다. 어찌 보면 이여자 덕분에 카인과의 관계가 개선된 것이라 할 수 있겠으나, 잠시나마 그에게 집적거렸던 여자에게 좋은 마음이 들지 않는 건 당연한 일이었다.

"어머. 말하는 것 좀 봐. 귀여운 성격이랑 안 맞게 제법 얄밉게 말하네. 아직도 나한테 감정 있어요?"

"감정? 내가 그쪽한테 감정이 있을 건 또 뭔데요?"

"언니 그때 나한테 삐졌었잖아요. 내가 이사님을 유혹하는 줄 알고."

"제, 제가 언제요?"

나라의 속마음을 콕 짚어내는 하연의 말에 나라가 당혹감을 감추지 못하고 빽 소리를 질렀다. 전방 1m의 사람들에게마저 들릴 만큼 쩌렁쩌렁한 목소리였으나 연회장 안이 워낙에 시끄러운 탓에 다행히도 사람들의 이목이 집중되는 불상사만큼은 막을 수 있었다. 하지만 그 틈을 놓치지 않은 하연이 빙글 웃으며 얄밉게 되물었다.

"아니었어요?"

"전혀 아니었거든요!"

"그래요? 뭐…… 아니라면 말구."

"저, 저기요!"

한 대 때려주고 싶을 정도로 밉살맞게 되받아치는 하연의 말에 나라가 다시 한 번 목소리를 높여 외쳤다. 도도하게 몸을 돌리던 하연이 움직임을 멈추며 다시금 나라 쪽을 힐끗 돌아본다. 이왕 말이 나온 거 쐐기를 박아 버려야겠다는 생각으로 나라가 당차게 물었다.

"혹시 아직도 우리 이사님한테 관심 있으세요?"

"우리 이사님이라."

고집스런 표정으로 다부지게 물어오는 나라의 말에 하연이 그녀의 말을 나직이 따라 읊더니 희미하게 웃었다.

"훗. 왜요? 그럼 안 되나?"

"네, 안 돼요."

말이 떨어지기가 무섭게 나라가 단칼에 무 자르듯 단호하게 대답하며 하연을 쏘아보았다. 나라의 그 모습이 요령 있는 암고양이라기보다는 눈앞의 생선을 보며 기를 쓰고 아웅다웅하는 귀여운 아기 고양이 같았다.

"왜요? 이사님한테 따로 애인이라도 생기셨어요?"

"네!"

"그게 누군데요?"

곧장 되돌아온 직설적인 물음에 나라가 잠시 움찔했다. 애인이 있다고 하면 알아서 떨어져 나갈 거라고만 생각했지, 설마하니 그게 누구냐고 물어올 거라고는 미처 생각하지 못했다. 예상치 못한 반격에 순간 멈춰 버린 사고가 답 없이 허공을 헤맨다. 뭐라 대답할지 정리가 되지 않아 우물쭈물하고 있는데 여자가 요염한 눈매를 나른하게 뜨며 나라를 올곧게 직시했다. 여자의 시선이 어쩐지 자신을 얕잡아 보는 것만 같았다. 나라는 이내 마음을 단단히 고쳐먹으며 당차게 말했다.

"그건 개인의 프라이버시라 그쪽한테 말씀드릴 수 없구요. 아무튼! 우리 이사님, 무지무지 예쁘고 무지무지 몸매 좋고 무지무지 성격 좋은 여자친구 있으시거든요! 그러니까 임자 있는 몸 함부로 넘보지 마세요!"

분이 한껏 서린 목소리로 씩씩거리며 외친 나라가 이를 앙다물며 하연을 노려보았다. 나라의 의외의 당참에 잠시 할 말을 잃은 하연이 이내 하, 하고 헛웃음을 터뜨렸다. 속이 뻔히 보였지만 저렇게 해서라도 자신의 사랑을 지키려는 모습이 같은 여자가 보기에도 참 사랑스럽고 귀엽게 느껴지는 여자였다.

"나 참. 본인 입으로 그렇게 말하는 거 쑥스럽지도 않나?"

"뭐라고요?"

질투심과 적개심에 신경이 잔뜩 곤두선 나라가 얼핏 들려온 하연의 말을 알아듣지 못하고 신경질적으로 반응했다. 그러자 앞에서 기분 나쁘게 쿡쿡거리고 있던 여자가 간신히 웃음을 참으며 마치 마지못해 져주듯이 말했다.

"아니에요. 잘 알겠습니다. 더 이상 그쪽 이사님께 직접거리지 않을게요. 이제 됐죠?"

"알아들으셨다니 다행이네요. 그럼 전 바빠서 이만."

새침하게 턱 끝을 들어 올린 채 '흥!' 하고 보란 듯 콧방귀를 뀌어주는 센스 또한 잊지 않으며 나라가 하연으로부터 돌아섰다. 으스대듯 도도한 걸음걸이로 멀어져 가는 나라를 바라보며 하연이 재미있다는 듯 웃었다.

처음 보았던 그때와 마찬가지로 여전히 귀엽고 재미있는 아가씨였다. 자신도 저렇게 솔직하게 행동한다면 그녀처럼 어떤 이의 눈에 사랑스럽게 비쳐질 수 있을까, 하는 생각이 문득 들었다.

"귀엽네. 맥클레인 이사가 푹 빠질 만해."

"성하연."

혼잣말을 하고 있던 하연의 등 뒤에서 기억 속에 자리한 익숙한 목소리가 문득 들려왔다. 꽤 오랜 시간이 흘렀음에도 쉽사리 잊혀지지 않았던 그 목소리가 지척에서 들려오자 가슴이 탁 막혀왔다. '설마'를 되뇌며 하연이 빠르게 뒤를 돌아보았다.

"선…… 배?"

"오랜만이다. 네 소식 간혹 가다가 듣긴 했었는데 여기서 이렇게 보게 될 줄은 몰랐네."

확연히 동요하고 있는 그녀와는 달리 남자가 무심하다 싶을 정도로 태연하게 말하며 천천히 그녀 앞으로 다가왔다. 꽤 오랜만에 보는 것이었으나 남자는 말 그대로 '오랜만이다'라는 상투적인 인사말만 건넬 뿐 뜻밖의 재회에 대한 별다른 감흥은 없는 듯 보였다.

하지만 하연 쪽은 그와 조금 달랐다. 눈앞의 남자를 두고 귀신이라도 본 것 같은 표정을 지으며 하연이 물었다.

"선배가 어떻게 여기에……. 지금 뉴욕에 있는 거 아니었어요?"

"일이 있어서 잠깐 한국에 들어왔어."

"여기엔 어쩐 일인데요? 일이라는 게 IBMC랑 관련 있는 일이에요?"

"아니. 이 호텔에서 미팅이 하나 잡혀 있었는데 끝나고 나오던 길에 눈에 띄어서 들어와 본 것뿐이야."

하연의 물음에 무미건조하게 받아친 남자가 그녀의 손에 들린 칵테일 잔을 가로채 자신의 입에다 털어 넣었다. 그러곤 텅 빈 잔을 다시 하연에게 내밀었다. 대학 시절이나 지금이나 정말이지 변함없이 무심하고 제멋대로인 남자였다.

"근데 네가 내 동생이랑은 어떻게 아는 사이냐?"

그가 건넨 빈 잔을 말없이 받아 들어 가만히 매만지던 하연이 불쑥 물어오는 남자의 말에 의아한 듯 고개를 들었다.

"느닷없이 무슨 소리예요?"

"방금 전에 너랑 얘기 나누던 여자애."

"아, IBMC 기획실 비서 언니? 그 아가씨가 왜…… 어?"

무심코 대답하던 하연이 문득 뇌리를 스쳐 지나간 생각에 두 눈을 크게 떴다.

"설마 그 귀여운 언니가 선배 동생이었어요?"

"맞아."

고개를 짧게 한 번 끄덕이며 그가 대답했다. 그런 보준을 바라보는 하연의 얼굴 위로 경악이 서서히 번져 간다.

"그랬구나. 어쩐지 처음 봤을 때부터 낯이 익더라니."

하, 하고 낮게 헛웃음을 터뜨리며 하연이 혼잣말을 하듯 중얼거렸다.

"세상 참 좁네요. 선배가 그렇게 애지중지한다던 그 여동생이 바로 저 아가씨일 줄이야."

"내 동생이랑 어떻게 아는 사이냐고 물었을 텐데."

생각지 못한 인연에 당혹스러워하고 있을 새도 없이 보준이 몰아붙이듯 나직이 읊조렸다. 놀라움과 신기함도 잠시, 재촉하는 남자의 무심함에 하연은 문득 화가 치솟았다. 어쩜 이 남자는 이리도 변한 게 없는지. 매사에 무심한 성격과는 달리 대학 시절부터 여동생이라면 자다가도 벌떡 일어나던 그를 떠올리며 하연이 씁쓸한 표정으로 되물었다.

"이봐요, 선배. 선배 그렇게 뉴욕 가고 나서 2년 만에 보는 건데, 나한테 물어볼 게 겨우 그것뿐이에요?"

"아, 미안. 요즘 내 여동생한테 엄한 놈이 꼬인 것 같아서 내가 좀 예민해져 있는 상태거든."

"엄한 놈이라니요?"

"그런 게 있어."

어딘가로 줄곧 향해 있는 눈매를 흐릿하게 구기며 그가 말했다. 가늘게 뜬 눈초리가 유독 매서웠다. 그의 눈길을 따라 시선을 옮기자 IBMC의 기획이사 카인 G. 맥클레인과 그 옆에 딱 붙어 서 있는 그의 여비서가 시야에 잡혔다.

예나 지금이나 여동생밖에 모르는 건 여전했다. 허탈함에 낮게 한숨을 터뜨리고 있는데 그 순간, 하연의 가슴속에 묘한 충동이 일어왔다. 여동생의 일 외에는 매사에 무심하기 짝이 없는 이 남자의 속을 왕창 긁어 놓고 싶다는 얄궂은 충동.

"하긴. 두 사람, 일전에 봤을 때랑은 분위기가 많이 달라지긴 했지."

"그게 무슨 소리야?"

아니나 다를까 하연이 툭 뱉은 한마디에 보준이 날카롭게 반응해 왔다. 그런 그의 반응에 재미가 붙은 하연이 매력적인 장밋빛 입술 끝을 빙글 말아 올리며 그에게 능청스럽게 되물었다.

"글쎄요. 이게 무슨 소리일까?"

"성하연."

보준이 손을 뻗어 하연의 가는 손목을 다그치듯 강하게 움켜쥐었다. 그의 손이 닿은 것만으로도 가슴은 대학 시절 그때로 돌아간 것마냥 가열차게 뛰었다. 하지만 자신이 이러고 있는 와중에도 이 남자의 머릿속에는 오직 여동생에 대한 생각만 가득하겠지. 지조 없이 두근거리는 심장이 우스운 듯 자조한 하연이 마음을 차분히 가라앉히며 보준에게 붙잡힌 손목을 가만히 비틀어 빼냈다. 그러곤 웃음기를 씻은 듯 거둔 차가운 눈매로 그를 올려다보며 냉랭하게 속살거렸다.

"무슨 소리인지는 선배가 알아서 생각하세요."

"뭐?"

하연이 보인 뜻밖의 반응에 보준이 특유의 포커페이스를 무너뜨리며 당황한 표정으로 하연을 붙잡았다.

"야, 성하연."

"알고자 하는 게 있으면 고분고분하게 물어봐야지. 뭐가 그렇게 기고만장해요?"

붙잡힌 손을 야멸차게 뿌리치며 하연이 보준을 돌아보았다. 날카롭게 쏘아붙이는 말에 보준이 선뜻 말을 잇지 못하며 황당한 표정을 지었다.

"뭐? 너……."

"그렇게 알고 싶으면, 내친김에 술 한잔 사든지."

상황에 맞지 않게 튀어나온 하연의 말에 다시 한 번 보준이 미간을 구겼다. 무슨 소리를 하고 있는 거냐는 듯 어정쩡한 시선이었다. 충동적으로 말을 뱉어놓고도 보준의 그 같은 시선에 순간 당황한 하연이 본초 기세 좋게 외쳤던 것과는 달리 다 기어들어 가는 목소리로 중얼거리듯 덧붙여 말했다.

"나…… 오늘 밤에 한가한데."

"하하하하하."

그가 재회한 이래 처음으로 크게 소리를 내어 웃었다. 그 기분 좋은 웃음소리가 그녀의 귓불을 두드려 왔다. 표정 없는 로봇처럼 웬만해선 변화를 보이지 않는 얼굴 만면에 시원스럽게 웃음을 건 보준이 호탕한 웃음을 멈추며 하연을 내려다본다. 빤히 마주 닿은 시선에 하연이 머쓱한 듯 큼, 하고 헛기침을 뱉으며 시선을 외면했다.

엷게 홍조를 띠는 그녀의 뺨을 보며 준은 또 한 번 낮게 웃었다. 예나 지금이나 당돌한 건 여전했다. 그 당돌함 속에서 한 번씩 엿보이는 허술함이 가끔 귀엽기도 했다.

"왜 웃어요?"

언제 수줍어 했었냐는 듯 하연이 두 눈을 날카롭게 치켜떠 그를 노려보았다.

"술 사주면 얘기해 줄 거냐?"

"뭐, 선배 하는 거 봐서요?"

보준이 여전히 미소 지으며 물어오는 말에 하연이 새침하게 대답했다.

"술만 얻어 마시고 입 싹 씻으려는 건 아니고?"

"어머, 약삭빠르기도 하셔라. 이래서 선밴 재미가 없다니까."

앙큼하게 뜬 눈으로 시시하다는 듯 능청스럽게 되받아치며 하연이 돌아섰다. 술 따위야 안 얻어먹으면 그만이라는 듯 멀어져 가던 그녀가 서너 걸음쯤 걸어간 곳에서 잠시 발걸음을 멈춘다.

"이따 9시쯤 로비에서 봐요. 오늘 아주 왕창 마셔 드릴 테니까

주머니 바짝 긴장하시고."

선전포고를 하듯 다부지게 말한 하연이 도도한 몸짓으로 멀어져 갔다. 그런 하연의 뒷모습을 지켜보는 보준의 입가에 희미하게 미소가 번졌다. '엄한 놈'에 대한 생각으로 가득 차 있던 머릿속에 오랜만에 재회한 한 여자가 조금씩 틈새를 벌리며 파고들려 하고 있었다. 그렇게, 극성스러운 보브라더스에게도 천천히 진실한 사랑이 찾아오고 있었다.

아침 일찍부터 회사에 출근한 나라는 이사실로 들어와 그의 책상 위를 가지런하게 정돈했다. 어제 개회식이 있어서 회사에 들리지 못한 탓에 책상을 비롯한 사무실 가구들 위에 벌써 먼지가 조금씩 쌓여 있었다. 게다가 나라가 퇴근한 사이 그가 또 회사에 들렀던 모양인지 마시다 만 커피잔과 담배꽁초로 산을 이루고 있는 재떨이도 눈에 들어왔다.

"담배 좀 끊으셔야 할 텐데."

예전에는 재떨이를 치우기가 싫어 투덜대던 말에서 이제는 그에 대한 진심 어린 걱정이 묻어났다. 이따가 그가 출근하면 끊는 것까지는 힘들더라도 조금씩 줄이겠다는 약속을 꼭 받아내야지, 생각하며 나라가 책상 위에 놓인 손을 분주하게 놀렸다. 그러다가 문득 한 곳에서 시선이 멈추었다. 그녀의 시선을 잡아끈 것은 다름 아닌, 영어로 된 비자 신청서와 초청장이었다.

비자 신청서라니? 이런 게 왜 그의 책상 위에 있는 거지?

국적 자체가 영국인 그에게 따로 비자가 필요할 리가 없었다. 물론 영국이 아닌 제3국으로 갈 일이 있다면 또 모를 일이지만 말이다. 하지만 그렇다 하더라도 왜 그가 갑자기 이런 것을 준비하고 있는 것인지 나라로선 그저 의아할 따름이었다.

좀 자세히 봐볼까 하는 생각에 나라가 서류 더미 위로 손을 뻗었다. 그러곤 막 그것을 잡으려던 찰나, 찰각 하고 문 열리는 소리가 들려왔다.

"아침 일찍부터 부지런하시군, 보 비서."

"아, 오셨어요?"

갑작스러운 그의 등장에 나라가 화들짝 놀라며 뒤를 돌아보았다.

"청소하는 중이었나?"

나라가 있는 쪽으로 다가오며 그가 물었다. 나라는 딱히 잘못한 것이 없는데도 마치 남의 일기장을 몰래 훔쳐보려다가 들킨 것마냥 심장이 덜컥거렸다. 눈치 빠른 그가 이상하게 여길까 봐 나라는 재빨리 평정을 되찾으며 화두를 돌렸다.

"책상 위에 먼지가 쌓였기에. 그나저나 웬일로 데릭 씨가 안 보이네요."

"데릭은 오늘 안 올 거야."

"왜요?"

"오늘 하루 휴가를 줬거든."

바늘에 실 따라 다니듯 항상 붙어 있던 걸리버 청년에게 갑작스럽게 휴가라니. 무슨 영문인가 싶었다. 그간 일하느라 고생했다는 뜻에서 준 휴가인가? 잠시 고개를 갸웃거리던 나라가 이내 장난스럽게 말했다.

"걸리버 청년도 휴가 받았으니까, 그럼 저도 오늘 하루 휴가 주시는 거예요?"

"아니."

말을 뱉기가 무섭게 단호하게 되돌아온 말에 나라가 반발하듯 외쳤다.

"에? 그런 게 어디 있어요. 휴가를 주려면 다 같이 줘야지, 누군 주고 누군 안 주고. 이건 엄연한 편애예요!"

"편애라도 어쩔 수 없어. 당신은 오늘 나와 출장을 가야 하니까."

어느새 성큼 나라 앞으로 다가온 카인이 별안간 그녀의 손을 덥석 잡으며 말했다. 나라가 두 눈을 크게 뜨며 그를 올려다보았다.

출장이라니. 그의 비서인 자신이 모르는 출장도 있단 말인가? 머릿속을 덮쳐 오는 의문에 갸웃거리던 찰나 그와 눈이 마주쳤다. 이어 심장을 앗아 갈 정도로 아찔하게 미소 지은 그가 멍하니 그를 올려다보는 나라를 향해 은밀하게 속삭였다.

"당신과 나, 단둘만 가는 출장."

8

Secret Trip

어제만 해도 봄기운이 만연했던 세상에 때 아닌 눈이 내려 거리를 새하얗게 덮고 있었다. 카인의 손길에 이끌려 하얗게 흩어지는 눈발 사이로 걸어 나온 나라는 회사 입구에 주차된 그의 차 앞에서 고집스럽게 발걸음을 멈추었다.

"잠깐만요, 이사님. 대체 어딜 가시려는 건데요?"

가타부타 말도 없이 다짜고짜 그녀를 끌고 나온 카인을 바라보며 나라가 황당하다는 듯 물었다. 나라가 걸음을 멈추는 통에 따라 서게 된 카인이 등 뒤에서 괜한 오기를 부리고 있는 그의 연인을 돌아보았다.

"며칠 전에 분명히 말했던 것 같은데."

대체 무슨 말을 했다는 건지. 도통 알아들을 수 없는 말에 나라가 답답한 표정을 짓자 그가 그녀의 코앞으로 성큼 고개를 기울이며 나직이 속삭였다.

"프로젝트 마무리 짓는 대로 데이트하자고."

답답함에 젖어 있던 나라의 표정이 크게 바뀌었다. 그가 또박또박 뱉은 데이트라는 세 글자에, 머리가 순간적으로 생각하기를 멈춰 버렸다. 흑요석빛 구슬처럼 동그란 눈동자가 터질 듯이 팽창하여 그를 바라본다. 그런 그녀의 눈동자에 대고 매혹적으로 미소 지은 그가 우뚝 멈춰 서 있는 그녀를 이끌며 능글맞게 말했다.

"자세한 얘기는 나중에 하고 일단 차에 타시죠, 레이디. 갈 길이 머니까."

그의 손에 이끌려 엉겁결에 차에 올라탄 나라는 차 문을 닫고 운전석 쪽으로 걸어오는 그를 멍하니 바라보았다.

'데이트. 데이트라니.'

그가 말한 세 글자를 가만히 되새기는 사이 그가 운전석에 탑승했다. 그러곤 이내 반쯤 혼이 나간 것처럼 멍하니 앉아 있는 나라에게로 몸을 기울였다.

"버릇이 잘못 들었군. 혼자서는 안전벨트도 할 줄 모르다니."

"잠깐만요, 이사님."

장난스럽게 말하며 그녀의 안전벨트를 매주려는 그의 팔을 나라가 다급히 붙잡았다.

"데, 데이트요? 지금 방금, 데이트하자고 하신 거예요?"

두 눈을 깜빡거리며 순진무구하게 물어오는 나라의 말에 카인의 입가에 웃음이 번졌다. 데이트라는 말 하나에 설렘을 내비치는 나라가 더없이 사랑스럽게 느껴졌다. 자신의 팔을 붙잡은 나라의 손을 가만히 끌어 내린 뒤 안전벨트를 찰칵, 매어주며 카인이 말했다.

"그래. 출장을 가장한 데이트."

낮게 속삭이는 그의 음성과 함께 나라의 말간 얼굴 위로 홍조가 번졌다. 데이트라니. 오빠들의 극성으로 인해 차마 엄두도 못 내고 있던 그와 데이트를 한다니. 그 말을 듣는 순간부터 조금씩 두근거리기 시작하던 심장이 상황을 오롯이 이해하자마자 더욱더 빠르게 뛰기 시작했다.

그와 교제를 시작한 지 벌써 한 달이 넘었지만, 지금까지 제대로 된 데이트를 즐겨본 적은 단 한 번도 없었다. 서로의 마음을 확인하고 나서 얼마 지나지 않아 오해로 인해 마음고생을 해야 했고, 오해가 풀리고 나서는 오빠들의 철통 경계로 인하여 회사 밖에서 만난다는 것은 꿈도 꿀 수 없기 때문이다. 물론 거기에는 그가 쉬크앤룩과의 제휴 건으로 눈코 뜰 새 없이 바쁜 탓도 있었다.

그런데 그런 그와 드디어 첫 데이트를 하게 되다니. 생각지도 못하고 있었던 터라 더욱 가슴이 두근거렸다. 그와의 데이트에 대한 기대감이 커서라기보다는 첫 데이트를 한다는 그 사실 자체만으로도 가슴이 너무나 벅차오르고 있었다. 그사이 차에 시동을 건 그가 차를 몰아 회사를 빠져나갔다. 유연하게 도로 위를 주행하는 차를 느끼고서야 뒤늦게 정신을 차리며 나라가 물었다.

"근데 어디로 가는 거예요?"

"명색이 출장 핑계까지 댄 데이트인데 아무 데서나 할 수는 없 잖아. 적어도 서울 밖으로는 나가야지."

사이드미러를 살피며 그가 대답했다. 서울 밖이라. 그와 함께일 수만 있다면 아무래도 괜찮은데, 라고 생각하고 있는데 그런 그녀 의 속마음을 알았던지 그가 나직이 덧붙였다.

"당신 오빠들 감시도 만만치 않고."

데이트에 출장이라는 명목을 붙여야만 했던 이유는 역시 따로 있었던 모양이다. 오빠들이 있는 한 서울 땅에서 그와 마음 놓고 데이트를 즐긴다는 것은 거의 불가능한 일이니 말이다. 물론 그와 단둘이 '출장'을 떠나고 있다는 것이 알려진다면 더욱 난리가 날 것은 불 보듯 뻔한 일이지만.

그러고 보니 집에는 뭐라고 말을 해야 할지 고민이 되었다. 출 장이라고 설명한들 호락호락하게 넘어가 줄 양반들이 아니었다. 제아무리 둘러대 봤자 씨알도 먹히지 않을 것이다. 그렇다면 남은 방법은 배 째라일 뿐. 기왕 이렇게 된 거 오늘 하루 오빠들 따윈 잊어버리자고 마음먹으며 나라가 핸드백에서 휴대폰을 꺼내 들었 다. 그러곤 한 치의 망설임도 없이 종료 버튼을 눌렀다.

"휴대폰은 왜?"

"데이트하는 동안 꺼두려구요."

"왜?"

"왜긴요? 핸드폰 켜놔 봤자 방해하는 전화만 수십 통 걸려올 거 고. 그러다가도 안 되면 위치 추적해서라도 저 찾아내고 말 사람 들이에요, 그 사람들. 그러니까 차라리 마음 편하게 꺼두는 편이 나아요."

"그러다가 집안 난리 나면 어쩌려고."

"난리 날 테면 나라죠. 자기들은 연애 안 하나, 뭐."

새침하게 중얼거리며 나라가 전원이 꺼진 핸드폰을 미련 없이 가방에 넣었다. 의외의 강단을 보이는 그녀의 모습에 카인이 나직이 웃으며 장난스럽게 말했다.

"오빠들에게 반항하는 건가?"

"반항이 아니라 이제야 제대로 된 제 권리를 행사하는 거라구요. 극성스러운 오빠들 때문에 꽃 같은 청춘 제대로 누려 보지도 못하고 다 날려 버릴 수야 없잖아요."

"그런 속담이 있지? 늦게 배운 도둑질이 날 새는 줄 모른다는."

"다 늦어서 도둑질 가르쳐 주신 게 바로 누군데요."

'누구'라는 것이 바로 카인을 지칭하는 말이라는 듯 그를 빤히 바라보며 나라가 짓궂게 받아쳤다. 운전대를 잡은 채로 힐끗 그녀를 바라본 그가 기분 좋은 듯 소리 내어 웃는다. 그의 청명한 웃음소리가 만드는 기분 좋은 울림이 나라의 심장을 가득 채웠다. 힐끗 닿은 그의 시선에 대고 혀를 빼꼼 내민 뒤 오디오 쪽으로 손을 뻗었다.

"오빠들 따윈 잊어버리고 신나는 노래나 들어요, 우리."

라디오를 틀자 제멋대로 맞춰진 주파수에서 요즘 유행하는 아이돌의 노래가 흘러나왔다. 음악 소리에 맞춰 작게 콧노래를 흥얼거리며 나라가 오디오 볼륨을 더 높였다. 바람에 흔들리는 꽃송이처럼 고개도 가볍게 살랑살랑 흔들었다. 그러곤 연신 웃으며 자신을 바라보는 카인을 향해 해맑게 미소 지었다. 더는 즐거워 보일 수 없을 정도로, 더는 아름다울 수 없을 정도로, 더는 사랑스러울 수 없을 정도로 해맑게.

카인은 핸들을 잡지 않은 오른손을 뻗어 나라의 손을 가만히 깍지 껴 잡았다. 맞잡은 손가락 사이사이로 따스한 온기가 파고들어 그들의 온몸으로 퍼져 나간다. 마주 닿은 시선을 향해 빙글 웃으며 그가 말했다.

"당신 오라버니들께서 부디 날 유괴범으로 신고하지 않기만을 바라야겠군."

근심 걱정 따윈 뒤로한 채 서로에게로 환히 젖어드는 웃음. 그렇게 그들의 첫 번째 데이트가 시작되었다.

장장 3시간에 걸쳐 달려온 끝에 도착한 곳은 다름 아닌 강원도 속초였다. 어디로 가는 것인지 오는 내내 물었으나 도통 입을 열지 않는 카인 때문에 입이 댓발은 튀어나와 있던 나라는 차가 멈춰 서자마자 시야 가득 들어온 전경에 토라져 있던 것도 잊고 들뜬 감탄사를 뱉고 말았다.

"와, 바다다!"

나라가 도착하기 무섭게 차 문을 열고 차 밖으로 뛰쳐나갔다. 짭짜름한 바다 냄새가 시린 바람을 타고와 코끝을 흠뻑 적신다. 인공적인 히터 열기에 답답했던 머릿속이 순식간에 맑아지는 것 같았다.

차에서 내리자마자 눈을 감고 가장 먼저 바다 냄새부터 들이마신 나라는 이번에는 뺨을 덮은 긴 머리카락을 귀 뒤로 넘기곤 찰싹거리는 파도 소리에 귀를 기울여 보았다. 철썩철썩, 백사장으로 밀려드는 바닷물이 자유롭게 넘실거리며 바위에 부딪히는 소리가 경쾌하게 귓전을 울려왔다. 눈을 꼭 감고 있는데도 파도가 만들어내는 그 새하얀 포말이 마치 바로 눈앞에서 부서지고 있는 것만 같았다.

후각과 청각으로 한참 동안 바다를 느끼고서야 나라는 감고 있던 눈을 천천히 떠 눈앞의 바다를 바라보았다. 오는 길에 보았던 산등성이를 뒤덮은 새하얀 눈이 모래사장마저 소복이 덮고 있었다. 그 눈부시도록 하얀 빛이 푸른 바다와 어우러져 더없이 아름다워 보였다.

"바닷가 진짜 오래간만인데. 어떻게 여기 오실 생각을 다 하셨어요?"

온전히 바다를 만끽하고서야 카인에게 시선을 옮기며 나라가 물었다. 아이처럼 천진난만하게 즐거워하는 나라를 뒤에서 말없이 지켜보고 있던 카인이 그녀의 곁으로 다가와 섰다.

"영국으로 보내지기 전에 잠시 살았던 곳이 이곳 속초거든."

"아……."

아무렇지 않게 대답하는 그의 말을 귀에 담자마자 혼자만의 즐거움에 젖어 웃고 있던 입꼬리가 금세 제자리를 찾아 내려갔다. 방금 전까지만 해도 경쾌하게만 들렸던 파도 소리가 시리게 바뀌어 귓전을 스치고 지나갔다.

속초가 그가 한국에 있던 시절 살았던 곳이었을 거라곤 미처 생각지 못하고 있었다. 이럴 땐 어떻게 반응해야 하는 것일까. 잠시 고민하던 나라는 담담하게 바다를 바라보는 그의 옆모습을 보며 이내 생각을 정리했다. 본인이 아무렇지 않아 하는데 자신이 괜히 마음 쓰여 하는 모습을 보여 봤자 외려 그의 마음을 불편하게 만 드는 꼴이 될 터였다.

"고향이 속초라니. 참 좋은 곳에서 사셨네요. 저 바닷가 무지 좋 아하는데. 살았던 곳이 이 근처예요?"

담담하게 웃으며 그에게 물었다. 줄곧 바다로 향해 있던 그의 시선이 그녀에게로 옮겨왔다. 눈앞에 펼쳐진 바다처럼 푸르른 눈 동자가 그녀를 품으며 다정하게 휜다.

"아니. 워낙 어렸을 때였고 아주 잠깐 살았을 뿐이라 생각은 잘 나지 않아. 잠시 있었던 곳이 이곳 속초였다는 정도?"

"그렇구나."

"첫 데이트 장소를 속초로 정한 것에 별다른 뜻은 없어. 그 냥…… 당신과 함께 와보고 싶었어."

그가 한숨처럼 나직이 읊조린 뒤 푸르게 펼쳐진 겨울 바다로 시 선을 옮겼다. 나라는 고개를 돌려, 아련한 시선으로 속초의 경관 을 눈에 담는 그의 옆모습을 말없이 바라보았다.

"그때 당신이 그랬잖아. 과거는 어쩔 수 없지만 과거가 만든 상 처는 마음만 먹으면 얼마든지 지울 수 있다고. 현재를 통해서."

언젠가 나라가 했던 말을 곱씹듯 찬찬히 말한 그가 그녀와 눈을 마주치며 다시 한 번 부드럽게 미소 지었다.

"이 땅이 과거에 내게 줬던 상처. 그걸 당신과 함께하고 있는 현재로 지우고 싶었어. 그래서 온 거야."

이 땅이 그에게 준 상처가 더 이상은 남아 있지 않은 것처럼 그가 담담하게 말했다. 속초의 바다처럼 푸르게 빛나는 그의 눈동자가 구름 사이사이로 쏟아져 내리는 태양 빛을 받으며 아름답게 출렁였다. 나라는 손을 뻗어 그의 오른손에 단단히 깍지를 꼈다. 앙증맞은 입매의 양 끝이 동그랗게 말려 올라간다.

"잘하셨어요. 아주 장하시네요, 카인."

"이젠 아주 아이 다루듯이 말하는군?"

"이사님께서 제 말을 너무 잘 들으시니까 왠지 칭찬해 드려야 할 것 같아서요."

나라가 살포시 미소 지으며 명랑하게 뱉는 말에 카인이 또 한 번 소리 내어 웃었다. 그녀가 그에게 주는 현재의 의미가 너무나 커서, 지난 과거 따윈 더 이상 그에게 그 어떤 아픔도 되지 못했다.

만약 나라가 아니었다면 자신은 지금쯤 어떻게 되었을까. 시린 겨울 바다마저도 따뜻하게 느끼게끔 환하게 미소 짓는 그녀를 보며 그는 그녀가 없는 자신의 일상을 떠올려 보았다. 하지만 얼마 지나지 않아 곧 생각하기를 멈추었다. 아니, 생각할 수 없었다. 이미 그의 인생은 나라를 빼고는 존재할 수 없을 만큼 그녀로 가득 차 있었다. 아니, 보나라 그녀가 바로 그의 세계 그 자체였다.

"바다 구경은 이따가 마저 하기로 하고, 출출하지 않아? 오는 길에 휴게소에서 호두과자 몇 개 먹은 게 전부잖아."

그가 바람에 나부껴 나라의 뺨을 덮고 있는 검은 머리카락을 다정스럽게 귀 뒤로 넘겨주며 말했다.

"아, 저 지금 완전 배고파요."

말이 떨어지기 무섭게 나라가 배를 움켜쥐는 시늉을 했다. 그러곤 카인에게 찰싹 붙어 팔짱을 끼며 애교스럽게 속삭였다.

"저 맛있는 거 사 주세요, 카인."

넘실거리는 바다 위로 부서져 내리는 해사한 햇살처럼 찬란한 그녀의 미소에 몸의 온도가 천천히 상승하기 시작한다. 심장 밑바닥부터 시작해 혈관 구석구석까지 가득 채워오는 이 과분할 정도의 행복.

생각할 수도 없다. 네가 없는 나의 인생이란, 단 하루도. 아니 1분 1초도.

해안 도로를 타고 조금 달리자 속초의 먹을거리가 모여 있기로 유명한 대포항에 도착했다. 주말 같으면 사람들로 북적일 대포항은 평일이라 그런지 비교적 한산한 편이었다. 즐비하게 들어선 횟집 여기저기서 들어오라며 호객 행위를 하는 통에 정신이 하나도 없을 지경이었다.

카인과 나라는 골목 안쪽으로 늘어선 생선들을 구경하며 어디로 갈까 한참을 망설이다가 결국 바다 위에 세워진 작은 횟집으로 들어갔다.

창문을 통해 바다를 가깝게 바라볼 수 있는 아담하고 고즈넉한 횟집이었다. 항구에 세워져 있는 배 위에서 한가로이 휴식을 즐기고 있는 갈매기 떼를 창밖으로 구경하며 신선한 회와 얼큰한 매운탕을 먹었다. 그러곤 바닷가 특유의 짠 내음으로 가득한 어시장의 골목 여기저기를 둘러보았다.

대포항의 오랜 명물이라는 새우튀김집에 들러 새우튀김을 먹는가 하면, 그렇게 연신 먹어놓곤 부른 배를 꺼트려야겠다며 멀리 보이는 빨간색 등대까지 달려갔다 오기도 했다. 그러다가 나라는 또 금방 배가 꺼졌다며 그를 악착같이 조른 끝에 대포항 입구에 있는 감자떡 한 봉지를 기어코 얻어냈다. 덕분에 나라는 그로부터 '먹여 살리려면 등골 빠지겠군' 이라는 농담 섞인 핀잔을 들어야 했다.

그렇게 속초의 여기저기를 구경하는 사이 어느새 해가 저물어, 나라와 카인은 근처에 있는 펜션으로 들어왔다. 창을 열고 발코니로 나오면 탁 트인 바다가 한눈에 들어오는 전경 좋은 곳이었다. 인테리어 또한 여느 펜션들처럼 너무 과하지도, 그렇다고 너무 단조롭지도 않아 딱 마음에 들었다.

"여기 좀 봐요, 이사님. 너무 근사하죠."

겉옷도 벗지 않은 채 발코니로 뛰어나간 나라가 그가 있는 쪽을 돌아보며 천진하게 말했다. 피코트를 벗어 옷걸이에 건 그가 흡족한 미소를 지으며 나라에게 다가왔다.

"마음에 들어 하는 걸 보니 다행이군."

"마음에 안 들 리가 없잖아요. 누구랑 같이 있는 건데. 이런 근사한 펜션이 아니라, 시골 민박집에서 잔대도 이사님이랑 함께라면 괜찮아요."

저무는 일몰의 눈부심도 묻어버릴 만큼 해맑게 웃으며 나라가 말했다. 서로의 마음을 확인하기 전만 해도 마음의 문을 꽁꽁 달은 채 도무지 속마음을 보여주려 하지 않았던 그녀는 언제부턴가는 더 이상 솔직해질 수 없을 만큼 있는 그대로 자신의 감정을 표현하며 그의 가슴속을 속수무책으로 파고들어왔다. 그리고 나라가 그러면 그럴수록 그녀를 향한 그의 욕심과 욕망은 그 스스로도 감당할 수 없을 만큼 걷잡을 수 없이 커져서 그의 내부를 철저히 잠식해 갔다.

갖고 싶다. 영원히 함께이고 싶다. 널 온전히 내 것으로 만들고 싶다. 하지만……

카인은 맹렬하게 일어서려는 욕심을 억누르며 차분히 마음을 가다듬었다. 아직 하루가 끝나지 않았다. 벌써부터 조급하게 서두를 필요는 없었다. 나라가 오늘 하루 온전하게 행복해할 수 있도록 그녀에게 조금 더 시간을 주어도 늦지 않았다.

"자, 이제 또 저녁 시간인데 어떻게 할 거지?"

머릿속을 옭아매는 복잡한 생각들을 뒤로하며 그가 말했다.

"어떻게 할 거냐니요?"

"회에 매운탕에 새우튀김에 감자떡까지 그렇게 열심히 드셨는데 저녁 먹을 배는 있으시냔 말이야."

"아, 이사님, 모르셨어요? 아침 배랑 점심 배랑 저녁 배는 따로 있는 거."

"밥 배랑 술배랑 커피 배 따로 있다는 소린 들었어도 그 소린 또 처음 듣는군."

"이게 바로 보나라식 위장(胃腸)학이라는 거지요."

카인의 비아냥거림을 뻔뻔하게 받아친 나라가 동그란 눈을 반짝이며 그의 팔에 팔짱을 꼈다.

"그럼 우리 저녁엔 또 뭐 먹을까요, 카인?"

애교 있게 물어오는 말에 도무지 미소를 감출 수가 없었다. 카인은 그의 옆에 딱 붙어 자신을 사랑스럽게 올려다보는 나라의 머리를 다정하게 쓸어내리며 그녀의 이마에 슬며시 입을 맞추었다. 그러곤 그녀에겐 들리지 않을 목소리로 스스로를 향해 말했다.

그래. 조금만 더 시간을 주자. 네가 나로 인해 근심하기 전, 잠시나마 오롯이 행복함을 느낄 수 있도록.

둘은 카인이 준비해 온 간편한 복장으로 갈아입은 뒤 펜션 앞뜰로 나가 조개구이 파티를 벌였다. 본래 계획은 바비큐 파티였으나 펜션 주인이 속초까지 왔으니 조개구이를 맛보아야 하지 않겠냐며 추천한 덕분에 주인이 공수해 준 갖가지 종류의 조개로 저녁을 때우게 되었다. 물론 저녁 상차림은 카인의 몫이었다. 나라 또한 하려고 마음먹는다면 못 할 것도 없었지만, 그가 오늘 하루 나라를 완벽히 대접하기로 결심한 것인지 극구 만류하며 팔을 걷어붙이는 통에 결국 손끝에 물 한 방울도 묻힐 수가 없었다.

싱싱한 재료 덕분인지, 아니면 그의 조개 굽는 실력이 탁월한 것인지 그가 해준 조개구이는 꽤 맛있었다. 물론 그가 퓨전 조개구이를 선보이겠답시고 치즈니 뭐니 이것저것 얹어 만든 조개구이 맛은 정말이지 형편없었지만.

그렇게 저녁을 먹은 뒤 둘은 대포항에서 사온 폭죽을 가지고 해변으로 나가 불꽃놀이를 했다. 차가운 바닷바람이 살갗을 엘 듯했지만 둘이기에 괜찮았다. 새까만 밤하늘을 찬란하게 수놓는 불꽃을 바라보며 각자 소원을 빌기도 했다. 하지만 무슨 소원을 빌었는지는 서로 비밀로 하기로 했다.

깊어진 밤을 뒤로하며 펜션으로 들어오니 주인이 왔다 갔는지 훈훈한 기운을 내뿜고 있는 벽난로가 타다타닥 불꽃을 터뜨리고 있었다. 시계를 보니 벌써 10시였다. 나라는 하루 종일 전원을 꺼 놓은 채 핸드백에 던져 놓았던 휴대폰이 문득 머릿속에 떠올랐다. 이제라도 전원을 켜서 집에 연락을 할까 생각했으나 이내 마음을 고쳐먹었다. 오빠들 걱정 덜어준답시고 연락했다가 괜히 그와의 시간만 방해받을 게 뻔했다.

"오빠들 걱정하나?"

등 뒤에서 들려온 목소리에 나라가 화들짝 놀라며 몸을 돌렸다.

"아, 아니요. 제가 그 인간들 걱정을 왜 해요."

"집에 전화 안 드려도 정말 괜찮겠어?"

"괜찮다니까요, 글쎄. 지난번엔 우리 오빠들 하나도 못 이길 것 같냐고 그렇게 큰소리 떵떵 치시더니, 오늘은 왜 그렇게 몸을 사리세요?"

"그쪽은 셋이잖아, 난 혼자고."

"에에? 실망인데요, 이사님."

나라의 장난스러운 반응에 그가 '당신 연인은 인간이지 터미네이터가 아니야'라고 능청스럽게 받아친 뒤 그녀로부터 돌아섰다. 그러다가 문득 무언가가 떠오른 듯 다시금 그녀 쪽을 돌아보았다.

"씻을까?"

"네. 네?"

무심코 대답하던 나라가 카인이 뱉은 말을 되새기곤 놀란 표정으로 바보같이 되물었다. 그가 씨익 웃으며 나직이 속삭인다.

"씻자고. 밤이 늦었잖아."

그래, 맞다. 밤이었다. 그의 말을 되새김질하자마자 아랫배를 홧홧하게 덮쳐 오는 야릇한 기운에 나라의 귀 끝이 빨개졌다. 멀쩡히 들이쉬고 내쉬던 숨이 언뜻 가팔라졌다. 나라가 확연한 떨림을 내비치며 서툴게 중얼거렸다.

"아아. 하하. 이, 이사님 먼저 씻으세요. 전 잠깐, 오빠들한테 뭐라고 핑계 댈지 생각 좀……."

"같이 씻어야 돼."

말을 마칠 새도 없이 단호히 되돌아온 그의 말에 나라가 두 눈을 휘둥그렇게 떴다. 같이라니. 뭘 어떻게 같이 씻는다는 것인지 당혹스럽기만 한 그녀가 빨개진 얼굴로 차마 아무 말도 하지 못하며 붕어처럼 입을 빼끔거렸다.

하지만 그런 그녀의 반응 따윈 안중에도 없는, 아니, 안중에 없다기보다는 오히려 그것을 즐기고 있는 카인이 어쩔 줄 몰라 하는 그녀에게 둘이 같이 씻을 수밖에 없는 이유를 친절히 설명해 주었다.

"보다시피 여긴 샤워실이 따로 없이 거실에 월풀 욕조만 하나 있거든. 만약 따로 씻는다면 한 사람이 씻는 동안 다른 한 사람은 밖에 나가 있어야 한다는 소리인데. 나야 아무래도 상관없지만 여자인 당신을 이 추위에 밖으로 내보낼 수는 없잖아? 당신은, 당신이 씻는 동안 내가 밖에 나가서 혼자 추위에 떨길 원해?"

능글맞은 미소를 지으며 물어오는 그의 말에 나라가 아무런 대답도 하지 못하며 울상에 가까운 표정을 지었다. 그 아이 같은 표정에 카인은 문득 웃음이 터질 뻔했다. 하지만 인내를 발휘하여 웃음을 참아내곤 굳은 얼굴로 그녀를 향해 물었다.

"나와 같이 씻는 게 그렇게 울상을 지을 만큼 싫은 일인가?"

"그, 그게 아니라."

심장이 덜컥 내려앉은 나라가 서둘러 변명했다.

"부끄럽잖아요. 이사님이랑 제가 어떻게……."

"꼭 이런 상황이 아니었더라도 난."

나라의 말을 가로막으며 그녀의 손을 잡은 카인이 붙잡은 손을 잡아당겨 그 위에 살포시 입을 맞추었다. 손등에 닿아오는 뜨거운 열기와 함께 잠시 감겼던 그의 눈꺼풀이 천천히 들리며 그 안에 자리한 매혹적인 푸른 눈동자가 불안한 듯 떨고 있는 그녀의 시야를 완벽하게 장악한다.

"당신과 함께 하고 싶었는데?"

그녀를 향한 그의 욕망이 자아낸 짙은 페로몬이 유혹적인 기운을 발산하며 그녀의 심장을 격하게 뒤흔들었다. 그에게 붙잡힌 손끝이 녹아내릴 것만 같았다. 잔뜩 긴장하고 있던 몸에서 모든 힘이 모조리 빠져나간다. 마주한 푸른 눈동자가 그녀의 이성을, 신경을 야금야금 좀먹어 들어갔다.

어떻게 반응해야 할지 갈피를 잡지 못하고 있던 순간, 그녀의 망설임을 끊어내듯 그가 붙잡은 그녀의 손을 가만히 잡아끌었다. 남자다운 강건한 팔이 그녀의 부러질 듯 가는 허리를 부드럽게 감싸 안았다. 코끝까지 미쳐 오는 진한 머스크 향. 순식간에 온몸을 에워싼 그의 열기에 나라는 숨이 턱 막힐 지경이었다.

"같이 하자, 나라야."

동해의 푸른 바다처럼 아름다운 눈동자를 희미하게 휘며 그가 섹시한 허스키 보이스로 나른하게 속삭였다. 그 낮고도 깊은 울림이 나라의 망설임을 결국 허물어뜨렸다.

"보, 보지 마세요."

거품이 가득한 욕조에 몸을 담근 나라가 자신을 빤히 쳐다보는 카인의 시선을 외면하며 수줍은 듯 중얼거렸다. 욕조 위로 피어오르는 수증기 탓인지, 아니면 그와 함께 몸을 담그고 있는 이 상황 탓인지 화장기 없는 뺨이 붉게 화끈거렸다. 몸을 가려주는 이 몽글몽글한 거품마저 없었다면 정말이지 나라는 혼이 나가 버렸을지도 모를 일이었다.

도저히 맞은편에 있는 그를 볼 엄두가 나지 않아서 고개를 돌린 채 우물쭈물거리고 있는데, 그런 그녀와는 달리 양팔을 욕조의 가장자리에 걸친 채 느긋하게 몸을 담그고 있는 그가 젖은 머리카락을 느릿하게 쓸어 넘기며 얄밉게 말했다.

"어차피 거품 때문에 잘 보이지도 않아."

"보, 보이면 뭘 어쩌시려구요!"

"왜? 내가 뭘 어떻게 해주길 바라나?"

발끈하여 과민 반응하는 나라의 말에 카인이 능글맞게 되받아쳤다. 그의 말이 떨어지기 무섭게 나라가 물속에 담그고 있던 두 손을 들어 재빨리 제 몸을 가렸다.

"무, 무슨! 그런 거 아니거든요!"

"아, 그러십니까?"

"아, 그렇습니다!"

놀리듯이 물어오는 말에 나라가 외치듯이 대답했다. 그러곤 얄미워 죽겠다는 듯 씩씩거리며 그를 노려보았다. 하지만 그 씩씩거림도 오래가지 못했다. 그의 말에 자동적으로 받아쳤던 자신의 말투가 우스워 이내 풋 하고 웃음을 터뜨리고 만 것이다.

'아, 그렇습니다' 라니. 이 무슨 바보 같은 대답이란 말인가. 상황이 상황이니만큼 웃지 말아야지 하면서 입술을 꾹 다문 채 웃음을 참고 있는데 별안간 그가 욕조에 든 거품을 손끝으로 툭 날렸다. 새하얀 거품이 그녀의 코끝에 폭 내려앉는다.

"뭐예요, 이게?"

"뭐긴, 거품놀이지."

장난스럽게 되받아치며 그가 다시 한 번 손끝으로 거품을 쳤다. 날아온 거품이 이번에는 그녀의 토라진 듯 삐쭉 나온 입술 위로 날아 붙었다. 푸, 하고 거품을 털어낸 그녀가 둥근 눈매를 세모꼴로 치켜떠 그를 노려보았다.

"정말 자꾸 이러시기예요?"

"왜? 같은 욕조에 있으면서도 손끝 하나 못 대게 하면서 이 정도도 안 되나?"

지나친 경계에 대한 보복이었다는 듯 말하는 카인의 말에 할 말을 잃은 나라가 입을 딱 다물었다. 볼이 다시 화끈거린다. 어찌어찌하여 같은 욕조에 몸을 담그게 되긴 했다지만, 몸 둘 바를 모를 정도로 부끄러운 걸 난들 어찌하란 말인가. 다른 건 다 솔직한데, 이 일에 있어서만큼은 아직까지도 영 숙맥일 수밖에 없는 나라는 궁지에 몰려 우물쭈물거렸다. 그러다가 이내 될 대로 되라는 심산으로 그가 자신에게 그러했던 것처럼 그를 향해 거품을 날렸다. 제법 커다란 부피로 날아간 거품이 그의 얼굴을 왈칵 덮쳤다. 갑작스러운 공격에 눈을 질끈 감은 그가 얼굴을 덮은 거품을 거칠게 훔쳐 내며 그녀를 노려보았다.

"어쭈. 이렇게 나오시겠다?"

"흥. 당하고만 있을 수는 없잖아요."

"두고 보자고."

선전포고와 동시에 그가 물속에 잠겨 있는 나라의 발목을 확 잡아당겼다. 그 바람에 욕조에 무방비하게 기대어 있던 몸이 순식간에 물속으로 끌려 들어가 버렸다.

"어푸! 이, 이런 법이 어디 있어요!"

뜨거운 물이 온몸을 왈칵 뒤엎자, 화들짝 놀라며 물속에서 빠져나온 나라가 엉겁결에 입에 들어온 물을 뱉어내며 앙칼지게 외쳤다. 그 모습을 지켜보고 있던 카인이 장난기 가득한 웃음을 지으며 얄밉게 말했다.

"어디 있긴, 여기 있지."

"이건 엄연한 반칙이에요! 더티 플레이라구요!"

"그렇게 억울하면 그쪽도 더티 플레이 하시던지."

그러곤 그녀를 도발하듯 또 한 번 손끝으로 거품을 튕겼다. 거품이 날아 붙기 전에 민첩하게 움직여 거품을 쳐낸 나라가 그를 날카롭게 쏘아보며 이를 득득 갈았다. 그러곤 이내 복수를 결심하며 그의 발목으로 손을 뻗은 순간이었다.

"꺄!"

그의 발목을 붙잡은 나라의 손이 쑥 끌어당겨졌다. 미처 힘을 주지 못한 몸이 맥없이 앞으로 기울어졌다. 덕분에 나라는 복수고 뭐고 할 거 없이 다시 한 번 욕조 속 거품 위로 제 얼굴을 박아야 했다. 워낙에 순식간에 벌어진 일이라 나라는 낮은 물임에도 불구하고 몸을 바로 하지 못하며 허우적대고 말았다. 바로 그때, 불현듯 다가온 강한 힘이 그녀의 몸통을 붙잡아 물 위로 끌어 올렸다.

"어푸! 푸푸! 하아!"

젖은 머리카락을 뒤로 넘긴 나라가 잔뜩 얼굴을 찌푸리며 입안 가득 들어온 거품을 뱉어냈다. 두 눈을 뜨지 못한 채 정신 못 차리고 푸푸 거리고 있는 얼굴이 재미있어 죽겠다는 듯 호탕한 웃음소리가 유쾌하게 울려 퍼졌다.

"괜찮아?"

"뭐예요, 진짜!"

"미안해. 하하."

짓궂은 장난에 너무도 놀라 눈물까지 찔끔 났다. 빨갛게 충혈된 눈으로 카인을 한껏 노려보며 나라가 나무라듯 그의 어깨를 찰싹 내리쳤다. 그 스스로도 너무한 것을 아는지라 그도 아무런 저항

없이 그녀의 손길을 받아들였다. 아무리 그래도 그렇지 어쩜 이런 장난을 칠 수가 있단 말인가? 갑작스런 상황에 잔뜩 겁을 집어먹었던 나라가 그를 격렬하게 원망하며 아직도 놀라서 씨근덕거리고 있는 가슴을 쓸어내렸다.

하지만 어느 정도 진정이 되었다 느꼈을 즘, 천천히 되돌아온 정신과 함께 현재 자신이 누구의 위에 어떻게 자리를 잡고 있는지를 뒤늦게 깨닫곤 또다시 경악하고 말았다. 허우적대는 자신을 그가 잡아 올려준 바람에, 조금 전까지만 해도 욕조 끝에 기대어 있던 몸이 바로 그의 허벅지 위에 앉아 있었기 때문이다.

'어, 어떡해.'

심장이 갈빗대를 뚫고 튀어나올 듯 세차게 튀어 오르며 온몸이 타오를 듯 붉게 달아올랐다. 그와 맞닿은 허벅지 사이로 습하고 뜨거운 기운이 흘렀다. 순식간에 뜨거워진 몸과 함께 상황을 인식한 나라는 자신도 모르는 새 그의 어깨를 붙잡고 있던 손을 놓으며 황급히 고개를 돌렸다. 그러곤 서둘러 그의 위에서 내려오려던 찰나, 그녀보다 더 빠른 손이 그녀의 허리를 붙잡았다.

"⋯⋯!"

맥없이 붙들려 버린 허리와 함께 그와 눈이 마주쳤다. 짙게 가라앉은 코발트블루가 그녀의 시야를 강하게 옭아맨다. 마주해 버린 그 시선은 이 순간부터는 절대 그를 벗어날 수 없다는 무언의 명령과도 같은 것이었다.

뱉어내려던 숨결이 빠르게 목구멍 아래로 빨려 들어갔다. 그의 시선에 박제라도 당한 것처럼 옴짝달싹할 수가 없었다. 그의 압도적인 남성미에 완벽히 매료되어 미동조차 못 한 채 그를 바라보고 있는데, 허리를 붙잡고 있던 뜨거운 손길이 느릿하게 움직여 그녀의 등허리를 매끄럽게 쓸어 올렸다. 그 소름 끼치도록 부드러운 손길에 등골이 오싹 움츠러들었다.

등골을 타고 올라온 손길이 가는 목덜미로 뜨겁게 감았다가 그녀의 젖은 머리카락 사이로 느릿하게 파고든다. 긴장에 휩싸여 딱딱하게 경직된 뒷목이 천천히 당겨지며 가깝게 다가온 그의 푸른 눈동자가 감기는 눈꺼풀 속으로 조금씩 숨어들어 갔다. 젖은 입술 위로 부딪혀 오는 숨결. 이윽고 카인의 더운 입술이 나라의 연약한 입술을 보드랍게 덮었다. 떨리는 숨결이 그의 코끝에서 달콤하게 흩어졌다. 머리카락 사이로 파고든 손과 가는 허리를 붙잡고 있는 손에 팽팽한 긴장감이 서렸다.

언제나처럼 달콤하게 나라의 입술을 취하며 그가 뒷목을 휘감고 있던 손을 돌려 그녀의 쇄골 위로 옮겼다. 더운 손이 감칠맛 나도록 부드럽게 그녀의 살결을 매만진다. 그 간지럽고 야릇한 촉감에 나라의 입술 새로 야릇한 신음 소리가 흘러나온다. 도톰한 아랫입술을 할짝 핥은 뒤 가만히 물어 당기자 긴장하여 꾹 잠겨 있던 나라의 입술이 허락을 표하듯 작게 열렸다. 입술의 안쪽을 핥아내며 매끄럽게 들어선 혀가 고른 치열을 샅샅이 훑어냈다.

몸속에서 움츠리고 있던 신경세포들이 그가 주는 자극에 하나둘 깨어나며 뜨겁게 몸서리쳤다. 뼈 마디마디로 파고드는 쾌락에 몸이 힘을 잃고 무너져 버릴 것만 같았다. 견딜 수 없는 감각에 나라가 신음하며 그의 어깨를 움켜쥔 순간, 그가 쇄골을 매만지던 손을 내려 그녀의 한쪽 가슴을 움켜쥐었다.

더운 혀끝으로 놀리듯 나라의 입안을 유린하며 그녀의 숨결을 갈취한 그가 끈질기게 물고 빨던 입술에 도장을 찍듯 짙게 입을 맞춘 뒤 붉게 상기된 뺨을 스쳐 그녀의 턱 선으로 향했다. 그의 어깨를 움켜쥐고 있는 손끝에 힘을 실으며 고개를 젖힌 나라가 무섭도록 육체를 점령해 오는 야릇한 감각에 낮게 신음했다. 가는 턱선을 타고 올라와 귓불을 깨문 입술이 물에 젖어 매끈하게 빛나는 그녀의 탐스러운 목덜미 위로 짙게 내려앉는다.

뜨겁게 지분거리는 열기. 젖은 살갗 위로 적나라하게 흩어지는 그의 숨결에 달아오른 아랫배가 욱신거렸다. 그의 입술이 떨어져 나간 입에서 신음 소리가 새어 나올 것만 같았다.

'어떡하면 좋아.'

쾌락에 젖어 차오른 눈물 탓에 천장을 바라보고 있는 시야가 어지럽게 일렁였다. 자꾸만 흘러나오려는 이상한 소리를 참아내려 입술을 꾹 깨무는데, 그 순간 데일 것처럼 뜨거운 기운이 그녀의 가슴 끝을 집어삼켰다. '하!' 하고 빠르게 당겨진 호흡과 함께 나른하게 뜨여 있던 두 눈이 왈칵 감긴다. 조금 전 그녀의 입안을 제멋대로 농락하던 혀끝이 이번에는 그녀의 유두 끝을 물어 희롱하고 있었다. 온몸을 잠식해 가는 쾌감에 정신이 혼미할 지경이다.

애타게 신음하며 떨리는 나라의 목울대에 자잘한 입맞춤을 하며 카인이 나라의 허리를 붙잡고 있던 손을 옮겨 그녀의 납작한 배를 느릿하게 쓸어내렸다. 그 작은 마찰에도 나라는 온몸에 전율이 일었다. 숨이 점점 더 가빠지고 혈관마저 다 타버릴 것처럼 온몸이 뜨거워졌다. 그의 접촉에 어떻게 반응해야 좋을지 몰라 망설이던 사이, 그의 마디 굵은 손끝이 습하게 젖어든 그녀의 중심 부위로 미끈하게 파고들어왔다.

"아아……."

그의 품에 안겨 있는 연약한 몸이 오싹 움츠러들며 크게 떨린다. 그녀의 내부로 파고든 손가락을 느릿하게 움직이며 그가 엄지 끝으로 촉촉이 젖은 중심부 위 여린 살점을 자극하듯 스치자 머릿속에서 하얗게 반짝이는 아찔한 전율과 함께 나라가 그의 목을 왈칵 끌어안으며 허리를 비틀었다. 청아한 신음성이 물 위로 깊은 파문을 일며 울려 퍼진다. 마디 굵은 손가락이 애타도록 천천히 그녀에게서 빠져나갔다가 다시 한 번 빠르게 파고든다. 물속에 잠겨 있는 발끝이 전기라도 통한 듯 찌릿했다.

"아……. 카인……."

견딜 수 없는 쾌감에 결국 더는 참지 못하고 칭얼거리는 그녀의 음성을 들으며 그 또한 여유를 부릴 수 없을 만큼 욕망이 증폭되고 있었다. 그녀의 쇄골에 맞닿아 있는 이마가 점점 더 뜨거워진다. 딱딱하게 부풀어 오른 그녀의 유두 끝이 그의 입술 위를 두드렸다. 혀끝을 내밀어 할짝 핥아내자 나라의 어깨를 새까맣게 덮고 있는 젖은 머리카락이 그녀의 떨림을 오롯이 전하며 그의 뺨을 간질여 왔다. 그녀가 보이는 순수한 욕망이 그를 가열하게 충동질했다. 더는 기다릴 수가 없었다.

카인은 그녀의 내부를 채우고 있던 손가락을 빼내 그녀의 허리를 강하게 움켜쥐어 들어 올렸다. 그러곤 그길로 손을 뻗어 그녀의 뒤통수를 끌어당겼다. 이윽고 두 사람의 입술이 균열 없이 맞춰짐과 동시에 허리를 내리누르는 강한 힘과 함께 거세게 부풀어 오른 카인의 욕망이 거칠 것 없이 난폭하게 그녀의 내부로 파고들었다.

"흐읍!"

척추를 날카롭게 타고 오르는 전율에 더는 참지 못한 소리가 카인의 입술에 틀어 막힌 나라의 입 밖으로 터져 나왔다가 다시 그의 입안으로 삼켜졌다. 허기진 맹수처럼 그녀의 숨결을 집어삼키며 그가 격렬하게 허리를 움직였다. 그의 입술로부터 해방된 붉은 입술 위로 아, 아, 끊어지듯 애타는 소리가 터져 나온다. 스스로가 뱉어내는 음란한 소리를 견디지 못한 나라가 손을 뻗어 다시금 그와 입을 맞추었다.

그의 욕망을 오롯이 감당하고 있는 그녀의 몸이 파도에 떠밀리는 부표처럼 연약하게 흔들렸다. 나라의 젖은 머리카락이 그녀에게로 파고드는 그의 움직임에 맞추어 물속에서 검게 출렁였다. 나라의 아랫배를 누르고 있던 묵직한 기운이 그의 욕망과 만나자 걷잡을 수 없는 쾌감으로 돌변하여 그녀의 몸과 머리를 새하얗게 점령했다. 거센 움직임에 따라 찰박거리는 물소리가 그와 그녀의 막힌 신음성을 대변하듯 음란하게 울려 퍼진다.

수증기 사이로 녹아드는 습한 숨결. 뜨거운 물을 더욱더 뜨겁게 달구어 가는 열정. 그렇게 두 사람의 밤이 깊어져 가고 있었다.

❖

욕조에 이어 침대 위에서마저 계속된 집요한 정사 탓에 쓰러지
듯 잠이 들었던 나라는 문득 옆자리에서 느껴진 허전함에 더는 잠
을 이루지 못하고 눈을 뜨고 말았다. 잠이 완전히 깨지 않은 눈으
로 옆을 살피자 그 자리에 있어야 할 이의 모습이 보이질 않았다.
차갑게 물러서는 잠기운과 함께 나라가 부스스 몸을 일으켰다. 지
난 정사가 몰고 온 나른함이 온몸을 덮쳐 왔다. 관절 마디마디에
서 힘이 빠져나간 것만 같았다.

나른한 몸을 가까스로 추스르며 주변을 둘러보자 발코니의 닫
힌 문 너머에 서 있는 카인의 모습이 그녀의 시선을 잡아끌었다.
아직 어둑한 하늘을 보아하니 이른 시간임이 분명하건만 잠을 이
루지 않고 밖에 서 있는 그를 보자 나라는 의아함이 들었다. 발가
벗은 몸을 이불로 대충 감싼 채 카인이 있는 발코니 쪽으로 걸어
나갔다.

"날이 차요."

삐걱— 하고 열리는 문소리와 함께 느껴진 인기척에 깊은 생각
에 잠겨 있었던 듯한 카인이 뒤를 돌아보았다. 등 뒤에 있는 그녀
를 확인한 그가 피우고 있던 담배를 재떨이에 비벼 끄며 그녀 쪽
으로 몸을 돌린다.

"나 때문에 깬 건가?"

"잠도 안 자고 무슨 생각을 그렇게 하고 계세요?"

이불로 몸을 단단히 여미며 나라가 그의 곁으로 다가가 섰다.

"그냥 이런저런 생각들."

어머니께 다녀온 그날부터였을까. 항상 여유로워 보이던 그의 얼굴에 근심 걱정이 가득하게 느껴진 것이. 그때부터 나라는 줄곧 대체 무엇 때문에 그토록 근심하고 있는 것이냐고 카인에게 묻고 싶었다. 하지만 선뜻 그럴 수 없었다. 무슨 일이 있었던 것인지 자세히 알지 못하나, 그의 근심의 원인이 어머니라는 것 정도는 굳이 묻지 않아도 알 수 있었기 때문이다.

그 스스로 말하고자 하는 마음이 들지 않고서야, 그에게 그의 어머니에 관한 사항을 묻는 것은 일종의 금기와도 같은 것이었다. 그녀의 괜한 관심이 그에게는 깊은 상처가 될 수도 있기 때문에 선뜻 그의 마음속으로 파고들 수 없었던 나라는 더 이상 질문하지 않고 정면으로 시선을 돌렸다. 방금 전까지만 해도 새까맣던 어둠 위로 어느새 푸르게 여명이 지고 있었다.

"해 뜨는 거 본 지 참 오래됐는데. 이사님 덕분에 모처럼 일출을 볼 수 있겠네요."

"나라."

더는 카인을 귀찮게 하지 않으려 태연한 척 말하는 나라를 그가 나직이 불렀다. 어쩐지 평소보다 더욱더 무게감 있게 들리는 그 음성에 나라가 푸른 어둠으로 향해 있던 시선을 천천히 돌려 그를 마주했다.

"그날 이후로 내게 묻진 않았지만, 내 어머니의 일에 대해서 궁금해하고 있었지?"

진지하게 시선을 맞춘 카인이 줄곧 함구해 오던 이야기를 꺼냈다. 그의 뜻밖의 물음에 당황한 나라가 잠시 우물쭈물하다가, 이

내 솔직하게 대답했다.

"네."

"그때 내가 했던 말 혹시 기억나? 고맙다고."

기억이 나지 않을 리가 없었다. 얼마 전, 그가 눈물을 흘리며 몇 번씩 반복하여 되뇌었던 말을 떠올리며 나라는 작게 고개를 끄덕였다. 그녀를 바라보던 시선을 검게 파도가 치는 바다로 옮기며 그가 담담히 말을 이어 나갔다.

"그때 한 말 진심이었어. 만약 그때 당신이 내게 어머니를 찾으라고 하지 않았다면 아마 난 손도 써보지 못하고 어머니를 보냈을지도 모르거든."

"그게 무슨……?"

"심장암 말기시래."

카인의 말이 귓속을 파고들자마자 둔중한 충격이 나라의 뇌리를 쳤다. 나라의 눈동자가 순식간에 불어난 눈덩이처럼 커다래진다. 하지만 정작 카인 본인은 아무 일도 아니라는 듯 믿을 수 없을 정도로 태연한 표정으로 말을 계속하고 있었다.

"심장에 종양이 생겼는데, 그 암세포가 이미 심장판막까지 전이된 상태라서 일반 수술로는 치료가 불가능한 상태라더군. 내가 어머니를 찾았을 땐 이미 병원 측에서도 어머니를 포기한 상태였어."

"그, 그럼 어떻게……."

그의 말을 귀에 담자마자 할 말을 잃고 있던 나라가 믿을 수 없다는 듯 떨리는 손으로 입을 틀어막았다. 며칠 전 그날, 자신의 비좁은 어깨에 기대어 하염없이 눈물을 흘리던 그의 모습이 떠올라 희뿌옇게 차오른 눈물이 망막 위를 덮었다. 그때는 그저 막연했던 그의 슬픔과 고통이, 그의 말을 듣자마자 생생하게 형상화되어 그녀의 가슴속으로 날카롭게 파고들었다. 어머니를 뵙고 오겠다며 나갔다가 돌아온 그가 어째서 그렇게나 애처로웠었는지를 이제야 알 것 같았다. 그 순간 그가 느꼈을 아픔이 나라의 심장을 저민다.

"방법이…… 전혀 없는 거예요?"

"딱 한 가지 있어."

"그게 뭔데요?"

"인공심장 이식."

나라의 떨리는 음성과는 달리 한 치의 흔들림도 없는 어조로 그가 말했다.

"하지만 한국에선 아직까진 인공심장 이식 성공률이 희박한 상태야."

"그럼 어떻게……."

"아무래도 어머니를 모시고 영국으로 가야 할 것 같아."

"영국…… 이요?"

갑작스런 그의 발언에 나라가 혼란스러운 표정으로 그에게 되물었다. 그러자 그가 줄곧 바다로 향해 있던 시선을 천천히 떨구며 말없이 고개를 끄덕였다.

영국이라니. 그에겐 언젠가 돌아가야 할 곳이 있다는 것을 알고 있었지만 여태껏 단 한 번도 깊게 생각하지 않았던 터라 머릿속이 복잡했다. 얽히고설킨 머릿속으로 어제 그의 책상 위에서 보았던 비자 관련 서류들이 문득 떠올랐다. 아무래도 그 서류는 그의 어머니의 영국행을 위한 것이었던 모양이다.

갑작스럽게 덮쳐든 갖가지 사실들에 나라는 현기증이 일 것 같았다. 그에게도 느껴질 만한 그 확연한 동요를 가까스로 다잡으며 나라가 천천히 입술을 떼었다.

"언제쯤 가실 건데요?"

"준비되는 대로 최대한 빨리."

"아……."

조심스럽게 물어본 스스로가 무색해질 정도로 빠르게 되돌아온 대답에 나라는 허탈한 음성으로 나지막이 말을 뱉으며 입을 다물고 말았다. 아무런 내색도 상의도 없이 일방적인 통보를 하는 그에게 화가 나기도 했다. 하지만 따져 물을 수는 없었다. 아니, 애초에 따져 물을 수 있는 성질의 것이 아니었다. 20년 만에 재회한 어머니의 목숨이 달린 일이라는데, 그녀가 그에게 무엇이라 하겠는가. 하지만 머리로는 알면서도 마음으로는 진정이 되지 않는 탓에 나라는 차마 그를 바로 보지 못하며 촉촉이 젖은 눈망울만 하염없이 깜빡였다.

이럴 때는 뭐라고 해야 하는 것일까. 정말 꼭 가야만 하는 거냐고 묻기라도 해야 하나. 아니면 그저 기다리겠다고 대답해야 하나. 그것도 아니면 잘 다녀오라고 미리 인사라도 해야 하는 건가. 나라는 도저히 입을 열지 못한 채 고개를 숙였다. 그 순간,

"그래서 말인데, 나라."

불현듯 다가온 손길이 힘없이 늘어져 있는 그녀의 손끝을 가만

히 붙잡았다. 손끝부터 퍼져 오는 카인의 온기에 나라가 마지못해 고개를 들었다. 그러자 그런 그녀를 올곧게 바라보고 있는 푸른 눈동자와 눈이 마주친다. 본격적인 말을 꺼내려는 듯, 그가 나라의 손을 힘주어 거머쥐었다.

결심이 선 시선으로 나라를 바라보는 그의 등 뒤로 어느새 동이 트고 있었다. 새까만 어둠 속에서 구분 없이 한데 어울려 존재하고 있던 하늘과 바다가 서서히 떠오르는 태양과 함께 수평선 너머 명확한 경계를 드러낸다. 바다 위, 붉게 떠오르는 일출을 등지고 그가 그녀를 향해 말했다.

"당신이 나와 함께해 줬으면 좋겠어."

9

To My World

서울을 향해 달리고 있는 차 안은 더운 히터 열기에도 불구하고 더없이 차갑고 적요했다. 첫 데이트에 들떠 속초로 향하던 어제와는 전혀 다른 분위기였다. 차에 탄 이래로 줄곧 창 쪽으로만 고개를 돌리고 있는 나라는 빠르게 고속도로를 질주하는 차 밖으로 어지럽게 흩어지는 풍경을 초점 없는 시선으로 바라보고 있었다.

"당신이 나와 함께해 줬으면 좋겠어."

붉게 번져 가는 하늘을 뒤로하며 카인이 했던 말에 나라는 결국 아무런 대답도 하지 못했다. 처음에는 생각지도 못한 그의 말에 당황해서였고, 그다음에는 그것이 순간적인 판단으로 좋다 싫다를 결정 내릴 수 있는 사안이 아니었기 때문이다.

그의 제안이 딱히 싫은 것은 아니었다. 아니, 솔직히 말하자면 좋았다. 그가 영국으로 돌아간다는 말만 들었을 때에는 아무런 상의도 없이 독단적으로 그런 결정을 내릴 만큼 그에게 있어 자신이 아무것도 아닌 존재였나 하는 생각이 들어 서운하고 화가 나기도 했다. 하지만 그의 제안을 듣고 그가 자신을 완전히 배제해 두고 있었던 것은 아님을 알게 되자 서운하고 화났던 마음이 씻은 듯 사라지며 가슴이 설레었다. 그러나 그럼에도 불구하고 곧바로 그의 제안에 응할 수 없는 것은, 이 결정이 몰고 올 후폭풍이 어쩌면 그녀가 감당할 수 없을 정도로 클 것이라는 것을 그녀 또한 잘 알고 있기 때문이다.

그 후폭풍이라는 것이 비단 부모님과 오빠들만을 의미하는 것은 아니었다. 부모님과 오빠들이 허락하고 안 하고를 떠나, 단 한 번도 가족이라는 울타리 밖으로 나가 본 적 없는 자신이 부모 형제도 없는 낯선 땅에서 온전히 적응하여 잘 살 수 있을지 나라는 걱정이 되었다.

"당장 대답해 주기를 바라는 건 아니야. 내 이기적이고 일방적인 바람일 뿐, 당신에게 내 뜻을 강요할 생각은 없어. 다만, 고려해 줬으면 좋겠어. 혹시 나의 바람대로 그렇게 될 수도 있는지를."

아무 대답도 하지 못한 채 복잡한 표정을 짓고 있는 자신에게 그가 했던 말이 문득 머릿속을 스친다. 마음은 가지만 선뜻 결정

내릴 수는 없는 그녀의 마음을 알기라도 하듯 그가 먼저 건네준 말 덕분에 나라는 조금이나마 시간을 갖게 되었다. 하지만 생각할 시간이 길어지면 길어질수록 답이 더욱 또렷해지기는커녕 머릿속은 복잡해지며 정신적인 중압감만 늘어날 뿐이었다.

"하아."

나라는 그에겐 들리지 않을 정도의 작은 소리로 한숨을 뱉은 뒤 슬며시 눈을 감았다. 단둘뿐인 비좁은 공간에서 아무런 대화도 나누지 않은 채 장시간을 함께한다는 것은 생각보다 더 힘든 일이었다. 그렇다 하여 아무렇지 않은 척 그에게 말을 건네기에는 그녀의 마음이 지닌 여유가 그리 많지 않았다. 겉으로 드러내고 있진 않지만 그 또한 힘들어하는 자신을 보면서 적잖게 마음을 쓰고 있다는 것을 나라도 알고 있었다. 하지만 그의 기분까지 배려해 주기에는 현재 그녀의 머릿속이 너무도 복잡한 상태였다.

그렇게 정신없이 고민하는 사이, 어느새 서울에 도착한 건지 도로를 벗어난 차는 그녀의 집 골목 어귀로 들어서고 있었다. 두 눈을 감고 생각에 잠겨 있던 나라는 집에 도착한 것도 알아차리지 못한 채 계속 눈을 감고 있었다. 차를 멈춰 세운 뒤 내린 그가 조수석 쪽으로 돌아와 차 문을 열어주었다. 그제야 나라는 정신을 차리며 안전벨트를 풀고 차에서 내려섰다.

"부모님께서 걱정하고 계실 텐데 어서 들어가."

카인이 언제나처럼 다정하게 미소 지으며 그녀를 내려다보았다. 하지만 아직 내공이 부족한 탓인지 나라는 눈앞의 그처럼 그저 태연할 수가 없었다. 그도 그런 나라를 알고 있는지 그녀에게 그 어떤 재촉도 하지 않았다. 그렇게 한참을 아무 말도 하지 못하고 서 있자, 그가 경직된 분위기를 누그러뜨리고자 장난스럽게 말했다.

"오늘 하루는 집에 들어가서 푹 쉬어. 오빠들한테도 많이 야단맞지 않도록 잘 둘러대고."

"이사님께서 말씀하신 거."

드디어 나라가 줄곧 다물고 있던 입술을 떼며 말문을 열었다. 어렵사리 열린 나라의 음성에 귀를 기울이듯 말하기를 멈춘 카인이 다음으로 이어질 말을 기다리며 소리 없이 그녀를 내려다보았다. 자신의 얼굴 위로 내리 닿는 푸른 시선을 차마 마주하지 못한 나라가 손안에 든 핸드백을 꼭 거머쥐며 나직이 말했다.

"진지하게 생각해 볼게요. 그럼 조심히 들어가세요."

그러곤 작게 목례를 한 뒤 그로부터 돌아선 그때였다.

"보나라."

불현듯 귓전을 스쳐 오는 음성에 나라는 앞을 향해 걸어 나가려던 발걸음을 우뚝 멈추고 말았다. 그녀의 뒤에 서 있던 카인 또한 특유의 무표정하던 얼굴 위로 확연한 동요를 드러냈다. 자신의 이름 세 글자를 나직이 읊은 음성이 품은 싸늘한 냉기에 나라의 등골이 오싹 움츠러들었다. 뒷목이 바짝 경직되고 허리가 곧추세워진다. 확인하고 싶지 않았으나 몸은 이미 반사적으로 목소리의 근원지를 향해 돌려진 상태였다.

위태롭게 허공을 떠돌던 시선이 집 대문 앞에 버티고 서 있는 한 사내에게서 멈췄다. 칠흑처럼 어두운 동공이 싸늘하게 시야를 가로막는다. 마른침을 삼키며 나라가 조심스럽게 그 이름을 불렀다.

"주, 준이…… 오빠?"

하지만 그 이상의 말은 뱉어내지 못했다. 나라가 뭘 어떻게 하기도 전에 그들이 있는 쪽을 향해 빠르게 다가온 준이 순식간에 카인의 얼굴로 주먹을 날렸기 때문이다.

퍽—!

귓전을 울린 끔찍한 마찰음에 나라는 놀란 나머지 차마 소리도 지르지 못하며 눈앞의 광경을 그대로 마주하고 말았다. 다행히도 땅바닥으로 나가떨어지지 않고 차에 몸을 지탱한 카인이 붉게 터진 입가를 매만지며 몸을 바로 세우고 있었다. 그리고 그 앞에는 살기등등한 시선을 카인에게 박은 채 주먹을 거머쥐고 있는 준이 있었다.

그 둘에게로 시선을 향한 채 꼼짝도 못 하고 서 있는 나라의 몸이 바들바들 떨렸다. 제대로 끔벅거리지도 못하고 있는 커다란 눈망울이 겁을 집어먹은 사슴의 그것처럼 위태롭게 흔들렸다.

"집에 들어가, 보나라."

여전히 카인에게 시선을 고정시킨 채 준이 씹어뱉듯 싸늘하게 읊조렸다. 카인에게로 향한 새까만 눈동자가 사납게 반들거린다. 어느 정도 예상한 상황이었는지, 당사자인 카인은 담담한 표정으로 그런 준의 시선을 오롯이 감당해 내고 있었다.

하지만 그런 그와는 달리 뒤에서 두 사람을 지켜보고 있는 나라는 전혀 괜찮지 못했다. 준이 뿜어내는 그 살벌한 기운에 오한이 밀려들었다.

"오, 오빠……."

"네가 보는 앞에서 이 자식 어떻게 해버리기 전에 집으로 들어가, 당장."

나라가 주춤 한 걸음을 떼기 무섭게 준으로부터 싸늘한 경고가 날아왔다. 준의 말이 떨어지자마자 겁을 집어먹은 발이 바닥에 달라붙은 듯 멈추고 말았다. 하지만 발걸음을 돌릴 수는 없었다. 이대로 두었다가는 정말이지 사달이 날 것이라는 걸 그 누구보다도 잘 알고 있기 때문이다. 어떻게 해서든지 준을 막아볼 요량으로 나라가 준의 경고를 무시하며 다시금 걸음을 뻗었다. 그러곤 달달 떨리는 손끝을 뻗어 준의 옷깃을 붙잡은 순간이었다.

"오빠."

"오빠 말이 우습냐, 보나라?"

단조로운 어조로 나직이 뇌까리며 준이 시선을 돌려 나라에게로 향했다. 감정 따윈 결여되어 있는 무표정한 시선에 준의 옷깃에 닿은 작은 손이 바싹 오그라들었다.

"거기 그렇게 계속 서서 이 자식 죽는 꼴 지켜볼래?"

표정 변화 따위 없는 차가운 얼굴로 준이 말했다. 단 한 번도 마주한 적 없었던 큰오빠의 섬뜩한 박력에 나라의 온몸이 차갑게 굳어 내렸다. 파리한 얼굴의 나라를 지켜보다 못한 카인이 줄곧 다물어져 있던 입술을 떼었다.

"나라, 난 괜찮으니까 걱정하지 말고 어서 들어가."

"누가 나라의 이름을 멋대로 입에 올리라고 했지?"

말을 하기 무섭게 준이 싸늘하게 카인의 말을 가로챘다. 살갗을 엘 정도로 생생하게 뿜어져 나오는 살의가 그를 향해 날카롭게 달려들었다. 카인은 낮게 한숨을 뱉으며 차분하게 가라앉은 푸른 눈동자를 들어 나라의 오빠를 마주했다. 적수를 향해 적나라한 적대감을 드러내는 새까만 눈동자가 사납게 번뜩인다.

"내가 그때 분명히 말했었지. 나라에게 베푸는 과분한 친절, 딱 그 정도로만 허용하겠다고. 그런데 그런 내 말을 무시하고 배짱 좋게 나라를 외박시킬 만큼 내 경고가 우스웠나?"

"그런 게 아닙니다."

"닥쳐."

무슨 말을 해볼 기회조차 묵살시켜 버리며 준이 흉폭하게 뇌까렸다. 처음 만난 그 순간부터 단 한 번도 어조의 변함이 없는 무미건조한 음성이었지만 그 음성에 깃든 기운만큼은 공기마저 싸늘하게 얼어붙일 듯 난폭했다. 그 화기가 썩 내키지는 않았으나 지금 카인의 입장으로서는 그저 그 막무가내인 화를 묵묵히 받아들여야 할 뿐 별다른 방도가 없었다.

"그런 게 아니라는 놈이 애를 연락도 없이 외박을 시켜?"

"오빠 그건!"

"들어가라고 했지!"

줄곧 변함이 없던 언성이 처음으로 높아졌다. 화기 짙은 준의 음성이 차갑게 주변 공기를 울린다. 한없이 두렵고 무서웠지만 나라는 더 이상 가만히 보고 있을 수만은 없었다.

"지금 너, 이게 뭐 하는 짓이야."

둘의 사이로 파고들어 양팔을 활짝 벌린 채 카인의 앞을 막아서는 나라를 보며 준이 매서운 눈매를 가늘게 떴다. 차분하게 준의 난폭한 언사를 듣고 있던 카인 또한 두 눈을 크게 뜨고 나라의 뒷모습을 바라보고 있었다. 연약한 몸을 바들바들 떨고 있으면서도 강단 있게 준을 마주하고 있는 까만 눈동자가 한 걸음도 물러서지 않을 듯 완고한 의지를 드러내고 있었다. 떨리는 턱을 앙다물며 나라가 말했다.

"더 이상 이 사람 때리지 마. 아무리 오빠라도 더 이상은 안 돼."

"비켜, 보나라."

"차라리 날 죽여."

나라의 발칙한 말에 준이 기가 막힌 듯 실소했다. 확연한 비웃음에도 불구하고 카인을 지켜내고자 하는 나라의 결심은 모진 풍파에도 꿈쩍 않는 느티나무처럼 확고했다.

"때리려면 날 때리고 죽이려면 날 죽이라구! 지금부터 이 사람한텐 손끝도 대지 마."

"보나라, 너 지금 그걸 말이라고 하는 거야?"

"내가 사랑하는 사람이야."

나라의 입을 타고 흘러나온 말에 준뿐만 아니라 그녀의 뒤에 서 있던 카인의 표정 또한 크게 흔들렸다. 숨을 죽이고 서 있는 카인이 자신의 앞을 막아서고 있는 나라의 작은 등을 꿈쩍도 하지 못한 채 바라보았다. 뜨겁게 눈물이 차오르는 눈동자를 부릅뜨며 나라가 준을 향해 나직이 말을 뱉었다.

"오빠, 오빠가 사랑하는 사람이 눈앞에서 맞고 있는데 가만히 있을 수 있어?"

"너."

"그만하거라, 준아."

기가 막힌 듯 언성을 높이려던 준의 뒤에서 차분한 목소리가 들려왔다. 세 사람이 일제히 시선을 돌린 그곳에는 언제부터인지 집 앞으로 나와 그들을 지켜보고 있는 나라의 어머니가 서 있었다. 잔뜩 화가 나 있는 준과는 달리 침착해 보이는 전 여사가 그들에게 천천히 다가왔다.

"나라, 너도 그만해. 네 오빠가 간밤에 널 얼마나 걱정했는데 네가 그러면 안 되지."

나라의 옆에서 발걸음을 멈추곤 그녀의 등 뒤에 말없이 서 있는 카인을 보며 전 여사가 물었다.

"괜찮으세요, 이사님?"

"전 괜찮습니다. 괜한 걱정 끼쳐 드려서 정말 죄송합니다."

카인이 차마 그녀를 마주하지 못하고 정중히 고개를 숙였다. 그를 바라보는 전 여사가 나직이 뱉은 한숨과 함께 설핏 미소를 지었다.

"이른 시간도 아닌데 밖에서 이렇게 소란을 피우면서 얘기하기도 그렇고. 일단 안으로 드시죠."

전 여사가 고개를 숙인 카인에게 부드럽게 말했다.

"너희도 그만 안으로 들어가자."

서로를 마주한 채 싸늘하게 대치하고 있는 두 오누이에게도 달래듯이 말한 뒤 집을 향해 걸음을 옮겼다. 준 또한 어머니의 말을 따르며 싸늘하게 몸을 돌렸다. 그제야 잔뜩 힘을 주고 있던 눈에서 힘을 푼 나라가 온몸을 옥죄고 있던 긴장감을 터져 나오는 무거운 한숨과 함께 뱉어냈다. 힘이 빠져 한 걸음도 내딛지 못하고 있는데, 불현듯 뻗어온 따스한 손이 나라의 떨리는 손을 가만히 마주 잡았다. 손끝부터 퍼져 오는 온기에 몸 안에 이는 떨림이 순식간에 잦아들었다.

"난 괜찮아. 그러니까 날 위해 너무 애쓸 필요 없어, 나라."

눈물을 머금고 반짝이는 나라의 눈동자를 바라보며 카인이 공활한 하늘처럼 푸른 동공을 다정하게 휘어 보였다. 그의 눈빛이, 그의 목소리가 나라의 온몸 깊숙이 배어 있는 두려움을 하나둘 녹인다. 굳어 있던 입매를 느슨하게 당겨 올리며 그의 말에 화답하듯 나라가 웃었다. 그리고 둘은, 서로의 손을 단단히 마주 잡은 채 그들이 이겨 내야 할 역경 속으로 함께 걸어 들어갔다.

"인사가 늦었습니다. 현재 나라와 교제 중인 카인 맥클레인이라고 합니다."

카인이 허리를 숙여 정중히 인사했다. 전 여사와 함께 거실 소파에 앉아 있는 준이 베일 듯 매서운 시선으로 카인을 바라보았다. 살풋 미소 지으며 전 여사가 다정하게 말했다.

"일단 자리에 좀 앉으세요."

전 여사가 카인에게 베푸는 호의가 마음에 들지 않는 듯 준이 사납게 구겨진 눈초리를 허공으로 돌려 버린다. 카인이 고개를 숙여 다시 한 번 인사하곤 그녀의 말을 따라 소파에 앉았다. 나라 또한 그의 옆자리에 앉았다. 그런 둘의 모습을 지켜보는 준의 표정이 탐탁치만은 않았다.

"우리 나라와 교제 중이시라구요?"

집 안을 가득 채운 짙은 적막감을 깨뜨리며 전 여사가 먼저 입술을 떼었다. 처음 보았던 그때처럼 다정한 음성이었으나 느껴지는 분위기만큼은 그때와 사뭇 달랐다. 나이 오십이 넘은 여인에게 어울릴 소리인지는 모르겠지만 처음 만났던 그땐 조금 소녀 같고 천진했다면, 오늘은 어머니로서의 위엄을 나타내듯 기품 있고 고상했다.

"그렇습니다."

"교제를 시작한 지 얼마나 되셨죠?"

"한 달이 조금 넘었습니다."

"그렇군요. 그리 오래되지는 않았네요."

생각보다 짧은 교제 기간에 안심을 하고 있는 것인지, 아니면 염려를 하고 있는 것인지 의중을 알 수 없는 말투로 그녀가 나직이 중얼거렸다. 지루하게 오가는 질문이 따분한 듯 준이 단정한 머리카락을 거칠게 쓸어 올린다. 전 여사와 카인 사이에서 말없이 앉아 있는 나라는 가시방석에 앉은 것처럼 불편한 마음으로 둘의 대화를 지켜보고 있었다.

"이사님."

잠시 말없이 생각에 잠겨 있던 전 여사가 나직이 그를 불렀다.

"제 생각을 솔직하게 말씀드려도 될까요?"

"네, 편하게 말씀하십시오."

"우선 우리 부족한 여식을 어여삐 봐주신 데에는 어미 된 입장으로서 너무나 감사드려요. 지난번 일처럼 허술한 것투성이인 나라를 감싸주고 보살펴 주신 것 또한 진심으로 고맙고요. 이사님처럼 멋지고 듬직한 분이 우리 나라의 곁에 있다는 게 얼마나 든든한지 모릅니다. 하지만……."

본격적으로 생각을 풀어 놓으려는 듯 조심스럽게 운을 뗀 그녀가 포근하지만 선을 긋듯 격 있는 미소를 지으며 잠시 멈춘 말을 다시금 천천히 이어 가기 시작했다.

"제가 듣기론 이사님께선 잠시 사업차 한국에 들리신 것뿐이고, 언젠가는 원래 계시던 곳으로 돌아가셔야 한다고 알고 있어요."

그런 일이 있었던 탓일까? 영국 이야기를 꺼내는 전 여사의 말에 카인과 나라 둘 다 동요를 숨기지 못하며 그녀를 바라보았다. 묵직한 돌덩이가 카인의 가슴 위를 꽉 억누른다.

"사람 일이라는 게 어떻게 될지 알 수는 없는 거지만, 피차 혼기꽉 찬 나이인지라 가볍게 스쳐 지나가는 인연처럼 만나는 건 조금 아닌 듯싶네요."

"그렇게 생각하고 있지 않습니다."

영국 이야기에 차마 입을 떼지 못하고 있던 카인이 나라에 대한 그의 마음을 가볍게 단정 짓는 전 여사의 말에 단호하게 대답했다. 줄곧 죄인처럼 고개를 들지 못하던 그가 진지하게 빛나는 푸른 눈동자를 들어 그녀를 당당하게 마주했다.

"어머님께서 생각하고 계신 것처럼, 결코 그녀를 가볍게 여기면서 만나고 있지는 않습니다. 나라의 마음이 어떤지 알 수 없는 일이라 단정 지어 말씀드릴 수는 없지만, 그 누구보다도 그녀를 진지하게 생각하고 있다는 게 제 진심입니다. 조금 전, 어머님께서 말씀하신 것처럼 어떻게 될지 알 수 없는 그녀와의 미래에 대해서도 충분히 고려하고 있는 상태입니다."

"어떻게 될지 알 수 없는 미래라는 게 나라와의 결혼을 말씀하시는 건가요?"

단도직입적으로 물어오는 말에 카인은 잠시 숨을 삼켰다. 맞은편에 앉아 있는 준의 눈동자가 싸늘하게 번뜩였다. 나라도 힘없이 떨구고 있던 고개를 빠르게 들어 자신의 어미를 바라보았다.

실내를 가득 채우고 있던 훈훈한 온기가 차갑게 얼어붙고 있었다. 터질 듯 팽팽한 긴장감에 휩싸여 있는 주변 공기를 물리치며, 카인이 전 여사를 올곧게 직시한 채 말했다.

"네."

"이사님, 그건……."

묵직하게 카인의 입을 빠져나온 대답에 전 여사가 무어라 말하려는 듯 입술을 떼었다. 하지만 그녀가 제대로 말을 꺼내기도 전, 나라가 차갑게 그녀의 말을 가로막았다.

"엄마."

"보나라, 넌 가만히 있어."

말없이 상황을 지켜보던 준이 싸늘하게 나라의 말을 낚아챘다. 하지만 뱉은 말을 맺지 못하고 도중에 멈춰 버리기에는, 어느 순간 나라의 마음속에 쐐기를 박아 버린 그녀의 결심이 너무도 확고했다.

"아니, 말해야겠어. 엄마, 그리고 오빠."

준의 무언의 협박이 실린 경고에도 불구하고 나라가 단호히 대답하며 어머니와 오빠에게 차례대로 시선을 두었다. 그러곤 결코 흔들리지 않을 의지를 담아 말했다.

"나 이 사람 따라서 영국으로 가고 싶어요."

깊은 한숨이 적막한 공기를 가른다. 머리 깊숙이 파고드는 잡념을 떨쳐보려 서류를 붙잡고 있었으나 그도 소용없는 짓이었다. 만년필을 던지듯 손에서 놓아버린 카인은 뜨거워진 이마를 손끝으로 쓸어내린 뒤 자리를 박차고 일어났다. 카인은 복잡한 머릿속을 가라앉혀 보려 한강이 넓게 펼쳐진 유리벽 쪽으로 몸을 돌렸다. 푸르른 전경이 시야에 들어오자 한결 머릿속이 차분해지며 며칠 전 벌어진 그날의 기억 속으로 흘러갔다.

"나 이 사람 따라서 영국으로 가고 싶어요."

나라의 갑작스런 발언에 놀란 것은 그녀의 가족들만이 아니었다. 카인 또한 그녀의 가족 못지않게 놀랍기는 마찬가지였다. 진지하게 생각해 본다고 해서 기대를 저버리지 않고 있긴 했으나 이렇게 돌연 긍정의 뜻을 밝힐 거라고는 생각지도 못하고 있었다.

하지만 너무나 급작스러운 탓일까. 그녀의 선택이 진심이 아닌 그저 상황에 따른 오기 때문인 것 같아, 카인은 어쩐지 생각처럼 기쁘지가 않았다.

"보나라, 너 그게 지금 무슨 소리야?"

"나라야, 너 갑자기."

뜬금없는 소리를 하고 있다는 듯 어머니와 보준 둘 다 어안이 벙벙한 표정으로 나라를 바라보았다. 하지만 함께 있는 모든 사람이 혼란스러워하는 상황 속에서도, 정작 그 혼란을 야기한 장본인은 믿을 수 없을 정도로 차분한 표정을 짓고 있었다.

"말 그대로예요. 이 사람과 함께 영국으로 갈 거예요."

"너 지금 시위하는 거냐?"

내내 표정 변화 없던 준이 매서운 두 눈을 부릅뜨며 나라를 쏘아보았다. 하지만 그 또한 피하지 않고 당당히 받아들인 나라가 흔들림 없는 눈동자로 야무지게 말했다.

"오기나 홧김에 하는 소리 아니야. 그저 충동적으로 하는 말은 더욱 아니고. 오랜 시간 생각했다면 거짓말이지만 이성적으로 생각할 수 있을 만큼 충분히 생각했어요."

"나라야."

"엄마."

나라를 회유해 보려는 듯 나직이 그녀를 부르는 전 여사의 음성에 나라가 단호히 말했다.

"아까 그러셨죠? 스쳐 가는 인연처럼 만나는 건 아닌 것 같다고. 맞아요. 스쳐 가는 인연이라고 생각했다면 이사님과 저, 여기까지 올 수도 없었어요. 가족들이 걱정하고 있는 거 뻔히 알고 있으면서 모든 후환 감수한 채 이 사람과 같이 있을 수도 없었을 거구요. 방금 이사님이 말씀하신 것처럼 그 어떻게 될지 알 수 없는 미래라는 거, 저도 생각하고 있어요. 이사님과 함께하는 쪽으로."

"아무리 그래도 그렇지 이렇게 갑자기 이러는 법이 어디 있니?"

전 여사가 한숨을 뱉으며 달래듯이 말했다. 참다못한 보준이 자리를 박차고 일어났다.

"어머니, 그만두세요. 이 녀석 얘기 더 이상 들을 필요도 없어요."

"오빠, 내 말 마저 들어줘."

"말이 말 같아야 듣든가 말든가 하지!"

"나 이러는 거 처음이잖아!"

준이 분노한 듯 외치는 음성에 나라가 처음으로 언성을 높였다. 밀폐된 공간이 순식간에 싸늘해졌다. 가족 간의 대화이기에 차마 아무 말도 하지 못하고 자리를 지키고 있던 카인은 나라의 그와 같은 모습에 놀란 듯 두 눈을 크게 떴다.

나라에게로 향한 그의 시선에 언제부턴가 눈물이 차오르기 시작한 까만 눈망울이 잡혔다. 몸에 이는 떨림을 참는 것인지 연약하기 짝이 없는 손 또한 억척스럽게 움켜쥐고 있었다. 애처로운 마음에 손을 뻗어 그녀를 중재하려던 순간, 사납게 달려드는 준의 시선을 피하지 않으며 나라가 입을 열었다.

"가족들 입장에선 너무나 뜬금없는 이야기라는 거 알지만, 이번 한 번만 제 뜻에 따라줬으면 좋겠어요. 이날 이제껏 단 한 번도 부모님과 오빠들 뜻 거역한 적 없었잖아요. 물론 가족들이 저에게 일방적으로 무엇을 강요한 적도 없었지만, 그렇다고 해서 내 인생이 오롯이 내 것이었던 적도 없었어요. 그러니까 이번 한 번만, 제가 하고 싶은 대로 하게 해주세요. 제발……."

곧 울 것 같은 표정을 하면서도 단 한 번의 주저함도 없이 말을 뱉은 나라가 진심으로 호소하듯 그들을 향해 말했다.

"제 뜻 허락해 주세요."

나라가 그렇게까지 말했음에도 불구하고 달라진 것은 없었다. 추호도 허락할 생각이 없는 보준은 치미는 화를 참다못해 결국 자리를 떠나 버렸고, 나라의 모친 또한 혼란스러운 상황 속에 더 이상 대화를 이어 갈 수 없는 듯 그에게 그만 돌아가라고 말했다. 때문에 카인은 결국 그 어지러운 혼란 속에 나라를 홀로 남겨놓은 채 돌아올 수밖에 없었다.

그런데 그렇게 돌아와 버린 이후로 여태껏 나라와 연락이 닿질 않는 것이다. 출근은 물론 전화도 받지 않는 그녀 때문에 카인은 속이 새까맣게 타들어 가고 있었다.

나라의 떨리던 눈동자와 그 위로 말갛게 차오르던 눈물이 흐르는 기억 속으로 떠올라 그의 마음을 옥죄어온다. 자신의 이기심이 나라와 그녀의 가족 모두를 힘들게 하고 있는 것만 같아 마음이 무거웠다. 사랑하는 여자에게 근심만 안겨줄 뿐 그 어떤 해결책도 줄 수 없는 자신이 더없이 초라하게 여겨졌다. 병세가 위독한 어머니 때문이라도 하루빨리 결정을 내려야 했지만, 나라에 대한 생각으로 머릿속이 가득 차 도무지 아무것도 할 수가 없었다.

똑똑.

문득 들려온 노크 소리가 사색에 잠겨 있는 카인을 빠르게 현실로 되돌려 놓았다. 낮게 한숨을 쉬며 줄곧 건물 밖으로 향해 있던 시선을 돌린 그가 무미건조한 음성으로 허락을 표했다. 그러곤 다시금 책상 앞에 앉으려던 찰나, 문을 열고 들어온 사람의 모습에 카인은 곧장 몸을 바로 세우고 말았다.

"어머님께서 여긴 어떻게……."

이사실로 들어온 것은 다름 아닌 나라의 모친이었다. 전혀 예상하지 못한 방문에 깜짝 놀란 카인을 향해 싱긋 웃으며 그녀가 이사실 안쪽으로 걸어 들어왔다.

"바쁘실 텐데 죄송합니다. 오늘은 나라를 대신해서 제가 오게 되었어요. 괜찮으시다면 잠시 시간을 뺏어도 될까요?"

"네, 여기 앉으십시오."

카인이 재빨리 자리를 안내했다. 깎아놓은 듯 근사하면서도 어쩐지 차가워 보이는 그 외향과는 어울리지 않게 당황스러워하는 기색이 역력한 그를 보며 전 여사가 낮게 웃었다. 그러곤 그의 안내에 따라 이사실 중앙에 있는 소파의 한 자리에 앉았다.

"이곳이 우리 나라가 일하는 곳이군요. 전에 일하던 곳에도 한번도 가본 적이 없었는데 이렇게 되고 나서야 겨우 와보네요."

온화한 미소를 지은 전 여사가 흥미로운 시선으로 이사실 구석구석을 둘러보았다. 무슨 용건으로 온 것인지 알 수 없을 정도로 인자한 모습의 그녀였으나, 정작 그녀를 대면하고 있는 카인은 뭐라 말을 꺼내야 할지 모를 만큼 긴장하고 있었다. 사람을 대한다는 것이 이렇게 어려운 적이 없었다. 그의 이 같은 모습이 전혀 그답지 않다는 것을 스스로가 더 잘 알고 있는지라 더욱 당황스러웠다. 어떻게 해야 할지 몰라 진땀을 빼다가 문득 떠오른 생각과 함께 말을 뱉었다.

"차 한잔 하시겠습니까?"

"그렇게 해주시면 저야 감사하죠. 요새 다이어트 중이라 설탕 없는 커피로 부탁해요. 나이가 드니 조금만 먹어도 살이 붙더라고요."

처음 만났던 그때처럼 소녀 같은 모습으로 그녀가 천진하게 말했다. 인터폰을 통해 임시 비서에게 커피 한 잔을 부탁한 카인은 한참 마음을 가다듬은 끝에 비로소 그녀의 앞에 앉을 수 있었다.

"나라가 회사에 나오지 않아서 많이 걱정하고 계셨죠?"

"네."

"아시다시피 제 오빠들이 워낙에 극성이라 아마 당분간은 집 밖으로 한 발짝도 나오지 못할 거예요. 그래도 별일은 없으니 너무 걱정하지 마세요."

어느 정도 짐작은 하고 있었지만 역시나 그렇게 된 모양이었다. 안심하라는 말에 카인이 나직이 한숨을 뱉었다. 그사이 커피가 준비되었는지 나라를 대신해 일하고 있는 직원이 이사실로 들어와 찻잔을 조심스럽게 내려놓았다. 뜨거운 잔을 천천히 들어 커피 향을 음미한 전 여사가 조용히 나가는 여직원을 보며 말했다.

"말도 없이 며칠 결근하는 건데, 혹시 우리 나라 회사에서 잘리는 건 아닌가요?"

"아닙니다. 그런 일 없을 겁니다."

"다행이네요."

장난스럽게 물은 말에 잔뜩 경직되어 진지하게 답하는 카인을 보곤 전 여사가 커피를 홀짝이며 소리 없이 미소 지었다. 보기와는 다른 모습이 오히려 그의 진실성을 보여주는 것 같아 마음이 뿌듯했다. 딸아이가 남자를 고르는 눈이 아주 없는 건 아닌 모양이다.

"그때 나라가 이사님을 따라 영국으로 가겠다고 했었는데. 어떻게 된 사정인지 좀 알 수 있을까요?"

들고 있던 찻잔을 조심스럽게 테이블 위로 내려놓으며 전 여사가 말했다. 본격적으로 이야기를 시작할 모양이었다. 카인은 그녀의 시선을 피하지 않으며 물음에 차분히 대답했다.

"어머님께서 그때 말씀하신 대로 한국에서의 제 맡은 바가 끝난 데다가, 개인적인 사정이 생겨서 갑작스럽게 영국으로 돌아가게 되었습니다. 이기적인 생각일지는 모르겠지만 나라가 함께해 줬으면 하는 마음이 커서, 제가 나라에게 함께했으면 좋겠다고 제안을 했습니다."

"일이 그렇게 된 거군요."

전 여사가 혼잣말을 하듯 중얼거리며 앞에 놓인 찻잔을 다시금 손에 들었다. 지나온 세월을 대변하듯 옅은 주름이 진 그녀의 손끝이 붉은 꽃이 그려진 찻잔 위를 가만히 쓸어내렸다.

"그때 그러셨지요. 우리 나라와 미래를 생각하고 계신다고."

"네."

"이사님께서 생각하신다는 그 미래, 굳이 반대하지는 않습니다. 저와 나라 아빠도 연애를 통해서 결혼했고, 결혼이란 게 가족과 가족의 만남이긴 하지만 일단은 두 사람의 마음이 가장 중요하니까 당사자들이 좋다면 그렇게 되는 것도 나쁘지는 않다고 생각해요. 느끼셨다시피 제가 이사님을 많이 좋아하잖아요?"

나라와 닮은, 아니, 나라가 닮은 눈매를 엷게 휘며 그녀가 온화하게 미소 지었다. 그러곤 손에 쥔 찻잔을 다시 한 번 입가에 기울인다.

은은한 커피 향이 카인의 코끝까지 흘러 닿았다. 대체 무슨 말을 하려는 것일까. 말없이 찻잔을 기울이고 있는 그녀를 카인은 복잡한 표정으로 바라보았다. 분명 긍정적인 말을 하곤 있었지만, 그녀가 이곳까지 자신을 찾아온 이유가 저것이 전부는 아닐 거라는 생각이 들었다.

그렇게 생각하고 있는 사이, 그녀가 줄곧 기울이고 있던 찻잔을 드디어 테이블 위에 내려놓았다. 그러곤 여태껏과 마찬가지로 인자한 표정을 지으며 그에게 말했다.

"하지만 나라가 이사님을 따라서 영국으로 가는 건 반대입니다."

역시 그의 예상이 빗나가지 않았다. 따사로운 미소와는 달리 차갑게 귓속을 파고드는 전 여사의 말에 카인은 감히 아무 말도 할수가 없었다.

"나라는 지금까지 단 한 번도 집을 떠나서 살아본 적이 없어요.

부모도 부모지만 제 오빠들의 보살핌을 많이 받고 자랐죠. 뭐 저렇게 극성스러운 형제들이 있나 하실 테지만 나라가 어렸을 때부터 워낙 잔병치레가 많았던 데다가, 한 번은 제 오빠들이 눈을 뗀 사이에 큰 사고도 당할 뻔한 적이 있어서 그 이후로는 세 놈이 더욱더 지극정성으로 나라를 보살펴 왔어요. 아무튼 지금껏 단 한 번도 가족이라는 울타리를 벗어나 본 적 없는 아이가 머나먼 이국 땅에서 잘 살 수 있을 거라곤 저로선 생각이 되지 않네요."

"어머님 말씀대로 낯선 땅에서 생활한다는 게 결코 쉽지 않을 거라는 거 잘 알고 있습니다. 그렇기 때문에 한참을 고민한 끝에 나라에게 말하게 된 거구요. 지극히 제 욕심만을 위한 거라는 거 알고는 있지만 도저히 나라를 그냥 두고 떠날 수가 없습니다. 어려울 거라는 거, 무엇보다도 나라가 많이 힘들 거라는 거 잘 알지만 노력하겠습니다. 나라가 외롭지 않도록 제가 가족들 몫까지 노력하겠습니다."

카인이 진지하게 빛나고 있는 푸른 눈동자로 전 여사를 바라보며 그 스스로에게 다짐하듯 말했다. 그런 그를 바라보는 전 여사의 시선에 안타까움이 흘렀다.

"물론 이사님께서 많이 마음 써주시고 보살펴 주실 거라는 건 압니다. 하지만 분명 거기에도 한계는 있을 거예요. 이사님께서 해줄 수는 있는 것과 가족이 해줄 수 있는 건 엄연히 다르니까요. 그러다 보면 언젠가 외로워질 테고 결국 두 사람에겐 함께 있는 것보다도 못한 결과를 낳게 되지 않을까. 이사님과 나라보다 조금 더 오래 산 사람으로서 그런 생각이 드네요."

어머니와 같은 미소를 지으며 그녀가 말했다. 그 미소에는 무작정 자신의 딸만 걱정하는 마음이라기보다는, 눈앞의 현실만을 바라본 채 중요한 것을 간과하고 있는 두 젊음에 대한 안타까움이 서려 있었다.

"그날 나라가 제 입으로 말하기도 했지만 나라는 여태껏 자신이 하고 싶은 대로 한 적이 없어요. 부족한 것 없이 남부러울 것 없이 항상 채워주면서 살긴 했지만 그만큼 가족들의 뜻에 억눌린 채로 지내야 했어요. 한창 나가서 놀고 싶어 할 나이인데도 제 아버지와 오빠들이 워낙 엄하게 구는지라 그러지 못했고, 꽃다운 나이에 연애도 맘껏 하고 싶었을 텐데 제 오라비들이 여기저기서 훼방을 놓는지라 그 조차도 쉽지 않았죠. 불평은 않았지만 알게 모르게 스트레스받았을 거예요. 엄마이기 이전에 여자인지라 저도 나라의 심정이 조금은 이해가 되더라고요. 그렇기 때문에 나라가 저렇게까지 얘기하는데 굳이 나서서 반대하고 싶지는 않아요. 이 사님이 오죽 좋으면 저럴까 싶기도 하고. 두 사람이 그렇게나 원한다면 그냥 두 눈 딱 감고 보내줄까도 생각하고 있어요. 하지만 그러기 이전에 제가 두 사람에게 부탁하고 싶은 건 조금만 더 멀리 바라보라는 거예요."

나직이 말을 이은 전 여사가 아무 말 없이 그녀의 말을 듣고 있는 카인에게로 가만히 손을 뻗었다. 그러곤 애처로운 마음을 담아 그의 손을 꽉 잡아 준다. 그 손길에 실린 진심이 카인의 이기심을 허물고 그의 흔들리는 가슴에 쐐기를 박았다.

"너무 가까운 미래만 생각하지 말고 먼 미래까지 내다보라는 것. 그게 제가 하고 싶은 말이고, 해줄 수 있는 말의 전부예요."

❖

탕탕탕!

문을 부술 듯 요란한 소리가 넓지 않은 주택 안을 쩌렁쩌렁하게 울렸다.

"열어줘! 오빠, 엄마, 아빠! 이 문 좀 열어줘요!"

몇 번을 반복한들 대답 없는 메아리만 돌아올 뿐이었으나 지치지도 않는지 문을 때리는 작은 손에서는 그만둘 기미가 조금도 보이지 않았다.

"좀 열어줘! 나 좀 내보내 달라고!"

줄기차게 외친 말을 반복하고 또 반복하던 나라가 기어이 울음을 터뜨리고 말았다. 벌써 10시간째 이어지는 길고도 지루한 싸움이었다. 온 동네가 떠나가라 악을 지르고 있는 목은 어느새 쉬어 쉿소리가 나고 있었고 부서져라 문을 두드리고 있는 손도 퉁퉁 붓다 못해 온통 멍이 들어 있었다.

하지만 그녀가 이 지경이 될 때까지도 집 안에 있는 이들은 독하다 싶을 정도로 꿈쩍도 않고 있었다. 서럽게 눈물을 토해내는 목구멍 사이로 흐느낌이 새어 나온다. 수십 번 터져 나온 눈물이 긁고 지나간 눈언저리가 더 이상은 눈물을 닦을 수도 없을 정도로 따가웠다. 물도 한 모금 마시지 않고 울기만 한 탓에 입술 또한 바싹 말라 있었다.

"흑…… 이런 법이 어디 있어. 아무리 그렇다고 이렇게 가둬두는 법이 어디 있어."

눈물에 콱 틀어 막혀 맹맹한 목소리로 나라가 서러운 듯 웅얼거렸다. 억울함을 호소하고 있는 두 눈에서는 하염없이 눈물만이 흘러내리고 있었다. 눈물에 잔뜩 휩싸인 눈망울 위로는 카인의 모습만이 아른거렸다. 어머니와 자신의 일로 고뇌하고 있을 그가, 회사에 출근하지 않은 자신 때문에 걱정하고 있을 그가 쉴 새 없이 눈앞에 떠올라 그녀를 아프게 했다.

집안의 반대가 만만치 않을 것이라 생각하긴 했지만 설마하니 이 정도일 줄은 몰랐다. 그저 야단을 치다가 그래도 그녀가 우긴다면 못 이긴 척 백기를 들어주겠지 생각했었는데, 이렇게 방문에 자물쇠까지 걸어놓고 꼼짝도 못 하게 할 줄이야. 어디 드라마나 영화에서나 볼 법한 상황에 나라는 그저 기가 찰 뿐이었다.

탕타앙.

나라는 집 안에 있을 사람들에게 닿기엔 터무니없이 약한 힘으로 문을 두어 번 두드리다가 결국 힘없이 바닥에 주저앉고 말았다. 주저앉은 발끝으로 무언가가 치인다. 조금 전 점심으로 먹으라며 가져다준 밥상이었다. 물도 한 모금 안 넘어가는 판국에 이런 게 들어갈 턱이 없었다.

아무것도 할 수 없는 상황에 화가 치민 나라가 애꿎은 밥상을 발끝으로 쳤다. 하지만 그것을 엎어버리기에는 현재 나라가 가진 힘이 너무나 약했다. 엄마도 아빠도 오빠들도, 하다못해 제 방에 있는 저 밥상조차도 제 마음대로 할 수 있는 게 하나도 없었다. 고작 이것밖에 안 되는 자신을 보씨 집안의 막내딸로 점지한 삼신할 매가 나라는 문득 원망스러웠다.

어느 순간이 되자 온몸에 수분이 말라 버렸는지 눈물조차 나오지 않았다. 초점 없는 시선으로 허공을 바라보며 힘없이 고개를 떨구었다.

이대로 마음 편히 잠이나 들 수 있다면 좋을 텐데, 그래서 꿈에서만이라도 그에게 닿을 수 있다면 참 좋을 텐데, 어떻게 된 속인지 잠조차도 올 생각을 안 했다. 대체 언제까지 이 속에 갇혀 있어야 하는 걸까. 언제까지.

찰칵.

한참을 넋을 잃고 앉아 있던 어느 순간, 등 뒤에서 문 열리는 소리가 들려왔다. 내내 주저앉은 채 미동도 않고 있었던 나라는 그 희미한 소리에 귀신처럼 반응하며 고개를 들었다.

"엄마."

"애 좀 봐. 바닥도 찬데 왜 여기서 이러고 있어. 그러고 보니 점심때 가져다준 밥도 손도 안 댔네."

방 안에 들어온 이가 누구인지를 확인한 나라가 자리에서 벌떡 일어났다. 그러곤 지푸라기를 잡는 심정으로 제 엄마의 손을 다급히 붙잡았다. 모두가 한마음 한뜻이라는 걸 알고는 있지만 그래도 유일하게 나라의 마음을 알아줄 사람이 있다면 그건 엄마뿐이었다.

"엄마, 나 좀 나갈 수 있게 해줘요. 엄마가 오빠들 좀 어떻게 해줘, 제발."

"나라야,"

"나 이사님이랑 같이 있고 싶어. 그 사람이랑 떨어져 있기 싫단 말이에요, 엄마."

잠시 그쳤던 눈에 다시금 눈물이 흘러내리기 시작했다. 얼마나 바보 같고 얼마나 불효막심하게 보일지 알고 있었으나 절박한 상황 앞에서 흐릿해져 버린 이성은 그렇게 진심만을 토해내고 있을 뿐이었다.

"처음에 같이 가고 싶다는 이사님 말 듣고 나도 많이 망설였어요. 엄마 아빠도 오빠들도 전부 다 여기에 있는데 혼자서 어떻게 영국에서 살 수 있을지 자신이 없고 너무 두려웠어. 하지만 그 사람이 날 두고 정말로 영국으로 가버릴 걸 생각하니까 가슴이 무너지는 것 같았어요. 이렇게 말하면 안 되는 거 알지만 혼자 낯선 땅에서 살아가야 한다는 것보다도, 그 사람 없는 하루하루를 버티면서 살아가야 한다는 게 더 무섭고 두려워요. 그 사람 없이 사는 거 이젠 상상조차 할 수가 없어요."

굵은 눈물을 뚝뚝 흘리는 나라를 보며 전 여사는 한숨을 쉬었다. 방금 전 만나고 온 카인도 눈앞의 나라도 그저 한없이 안타깝기만 했다. 하지만 자신이 사랑하는 딸아이의 인생이 달린 문제인만큼 안타깝다고 해서 쉽게 넘길 수 있는 그런 일이 아니었다. 전여사는 자신의 손을 붙잡고 있는 나라의 손등 위로 다정하게 손을 겹쳤다.

"내가 네 마음을 이해 못 하는 게 아니다. 하지만 나라야, 결혼은 환상이 아닌 현실이야. 넌 지금 사랑이 주는 환상만을 좇으며 현실을 간과하고 있을 뿐이고."

환상과 현실. 흐릿한 이성 탓에 쉽사리 와 닿지 않는 단어를 접하고 있는 나라의 눈동자가 위태롭게 흔들렸다.

"지금은 그 사람이 없으면 곧 죽을 것 같겠지. 하지만 사랑이 주는 그 환상이 흐르는 시간에 씻겨서 사라지면 비로소 현실이 보이면서 결국 넌 사무치는 외로움과 그리움에 말라가게 될 거야. 나는 네가 그렇게 되기를 원치 않는단다, 나라야."

눈물을 뚝뚝 흘리고 있는 말간 눈동자를 안타까운 시선으로 마주하며 그녀가 말했다. 그러곤 가만히 손을 뻗어 딸아이의 뺨을 흠뻑 적신 눈물을 따뜻한 손끝으로 조심스럽게 훔쳐 주었다. 소리 없던 흐느낌이 그녀의 손길에 점점 더 커진다.

간절한 시선으로 줄곧 그녀를 바라보고 있던 나라가 울음을 터뜨리며 그녀의 어깨 위로 쓰러지듯 기대었다. 나라의 울음이 그녀의 어깨를 흔들었다. 처음 느끼는 애틋한 감정을 스스로조차 감당하지 못해 힘들어하고 있는, 서툴고 어여쁜 딸을 마른 손끝으로 천천히 쓰다듬어 주며 그녀가 말했다.

"우리 조금만 더 이성적으로 생각해 보자. 뭐가 널 정말로 위하는 길이고, 그 사람도 위하는 길인지."

❖

나라의 모친이 떠난 뒤, 카인은 텅 빈 이사실에 홀로 앉은 채 조금 전 그녀가 했던 말들을 천천히 머릿속에 떠올려 보았다. 그녀의 진심 어린 조언들이 서서히 그의 가슴속으로 흘러들어 와 견고하게 짜 맞춰 있던 그의 생각들을 조각조각 흩어 놓았다.

유려한 눈매 속 푸르게 빛나는 아쿠아빛의 눈동자가 책상 한 귀퉁이에 놓인 케이스로 향했다. 그는 천천히 손을 뻗어 그 네이비색 케이스를 집어 들었다. 마디 굵은 손가락이 곁에 없는 그녀를 대신하듯 조심스럽게 그것을 매만졌다.

그리고 어느 순간, 복합적인 생각에 휩싸여 있던 눈동자가 결심을 내린 듯 차분하게 가라앉았다. 말없이 만지작거리고 있던 네이비색 케이스를 다시금 책상에 내려놓은 그가 손을 뻗어 인터폰을 잡았다. 그러곤 비장함이 서린 단호한 어조로 말했다.

「데릭, 어머니 퇴원 수속 밟고 출국할 준비해.」

방에 갇힌 채로 며칠이 흘렀다. 며칠째 이런 생활을 반복하다 보니 이젠 시간개념도 흐릿해져서 정확히 얼마나 날짜가 흐른 건지 가늠이 되지 않았다. 카인을 볼 수 없는 생활은 해가 떠 있든 달이 떠 있든, 나라에게 있어선 그저 어두운 밤일 수밖에 없었다.

나라는 반쯤 넋이 나간 상태로 방바닥에 주저앉아 멍하니 허공만을 바라보았다. 난방 기계가 돌아가는지 방바닥에서는 온기가 훈훈하게 올라오고 있었지만 나라는 전혀 따뜻하지가 않았다.

영국에 가지 않겠다고, 다 뻥이었다고 말해보기도 했지만 그 뻔하디뻔한 거짓말을 곧이곧대로 믿어줄 만큼 오빠들은 순진하지 않았다. 그들은 밥 한 숟가락은커녕 물 한 모금도 마시지 않는 나라를 안쓰럽게 여기다가도 카인에 대한 이야기가 나오면 금세 표정을 굳히며 두말할 것도 없다는 듯 싸늘하게 돌아섰다.

대체 언제까지 이 지루한 싸움을 반복해야 하는 것일까. 승산이 있기는 하나. 말라 버린 눈물 탓에 더 이상 울 수도 없는지라 아무것도 풀어낼 수 없는 속이 건조한 모래사막처럼 바싹 말라붙어 갔다. 그렇게 언제나와 다를 바 없이 인고의 시간을 보내고 있을 때였다.

찰칵, 삐걱.

차갑게 가라앉은 공기를 나직이 흔드는 마찰음과 함께 문이 열렸다. 누가 들어온 것인지 굳이 돌아보지 않아도 알 수 있었다. 나라는 초점 없는 시선으로 허공만을 응시한 채 등 뒤에서 들려오는 인기척에 미동조차 하지 않았다. 그대로 남아 있는 밥과 반찬들을 내려다보며 한숨을 쉰 준이 나라의 앞에 무선전화기를 내밀었다. 그제야 뭐냐는 듯 나라가 시선을 든다.

"받아. 친구 전화야."

원망 어린 시선으로 준을 바라보던 나라가 대꾸하기도 귀찮다는 듯 말없이 전화기를 받아 들었다. 그러곤 준이 나가기 전까진 입도 뻥긋하지 않겠다는 듯, 받아 든 전화기를 귀에 대지도 않고 건조한 시선으로 정면만 바라보았다.

그 소리 없는 원성에 한숨을 지은 준이 말없이 방을 빠져나갔다. 준의 발걸음이 저만치 멀어지는 것을 느끼고서야 나라가 수화기 너머 상대에게로 힘없이 말을 건넸다.

"여보세요."

[보나라! 너 대체 어떻게 된 거야? 며칠째 통 전화도 안 되고.]

말을 꺼내기 무섭게 전화 너머 상대가 낭랑한 목소리로 그녀를 향해 외쳤다. 전화를 한 이는 다름 아닌 다연이었다. 친구라고 했을 때부터 나라는 이미 그녀를 머릿속에 떠올리고 있었다. 아마도 핸드폰으로 통화 연결을 시도했는데도 자신과 연락이 닿질 않자 걱정되는 마음에 집으로 전화를 한 듯싶었다.

"그럴 일이 좀 있어. 그런데 무슨 일이야?"

나라는 기력이 다한 탓에 힘이 들어가지 않는 머리를 힘없이 벽에 기대었다.

[무슨 일이긴. IBMC 다니는 친구한테서 들은 얘기 확인하려고 전화했지. 근데 네 목소리 듣자 하니 물어보고 말고 할 필요도 없겠다.]

"그게 무슨 말이야?"

뜻을 알 수 없는 다연의 말에 나라가 줄곧 무심한 기색이 역력하던 목소리에 의아해하며 되물었다. 그러자 다연이 말한다.

[너희 이사 영국으로 돌아간다는 거 말이야.]

"그걸 네가 어떻게……."

[IBMC에 아주 소문이 자자하던데? IBMC 한국 지사에 큰 별이 하나 지게 생겼다고. 회사 여직원들이 며칠 전부터 온통 탄식하고 아주 난리도 아니래. 아무튼 그건 그렇고, 너네 이사 그렇게 가면 넌 어떻게 되는 거야? 혹시 같이 가기로 했어?]

회사 사람들까지 그 사실을 알고 있다니. 나라는 순간 예감이 불길한 쪽으로 흐르며 심장이 다급하게 뛰기 시작했다.

"이사님이 영국으로 돌아가는 걸 IBMC 직원들이 전부 알고 있단 말이야?"

[글쎄 그렇다니까. 뭐야, 너 전혀 모르고 있었어? 그러고 보니까 너 왜 집에 있냐? 너네 이사는 오늘 저녁에 출국한다던데?]

"뭐?"

내내 힘이 없던 목소리가 한순간에 높아졌다. 전화기를 붙잡고 있는 손끝이 바들바들 떨려왔다. 바싹 말라 있던 눈동자가 순식간에 뜨거워지고 중심을 잃은 동공이 어지럽게 흔들렸다. 직감이 적중했다.

[뭐야, 너. 설마 진짜로 모르고 있었던 거야? 다른 사람도 아닌 네 애인 일인데 네가 왜 이렇게 깜깜무소식이야?]

"이사님 오늘 저녁에 출국한다는 거. 정말 사실이야?"

나라가 떨리는 목소리를 가까스로 다잡으며 다연을 향해 또박또박 물었다.

[IBMC에 있는 친구한테 들은 바로는 그래. 근데 너 대체 무슨 일이야? 무슨 일인지 제대로 알고나 답답해하자.]

"그건 나중에 얘기하고 다연아, 그럼 너 혹시 비행기 시간이 몇 시인 줄도 알아?"

[그야 나도 모르지. 내 친구 말로는 그냥 오늘 저녁 비행기라고만 하던데?]

"다연아, 너 얼른 우리 집으로 좀 와."

긴박하게 돌아가는 상황을 머릿속으로 정리하며 나라가 밖에는 들리지 않을 목소리로 소곤거렸다. 위급한 상황에 봉착하게 되자 오히려 머릿속이 차분해지며 묘책이 떠올랐다. 그가 어떤 생각으로 홀로 출국하려는 것인지 알 수는 없었지만, 이대로 그를 보낼 수는 없었다, 절대로. 갑작스러운 나라의 말에 다연이 의아한 듯 되묻는다.

[뭐? 지금?]

"빨리! 지금 당장 우리 집으로 좀 와 줘. 참, 올 때 그냥 오지 말고 얼굴 가린 채로 들어와. 마스크나 그런 거 쓰고."

[아, 알았어.]

나라가 무슨 생각을 하는지 알 수는 없었으나 다급하면서도 간절한 음성으로 부탁하자 다연은 엉겁결에 그러마, 대답을 하곤 전화를 끊었다.

내내 바닥에 힘없이 축 늘어져 있던 몸을 발딱 일으켜 세운 나라가 며칠 전부터 전혀 보지 않고 있었던 벽걸이 시계로 눈길을 돌렸다. 현재 시간은 3시 30분. 비행기가 정확히 몇 시에 이륙하는지 알 수는 없지만 대충 저녁쯤이라 했으니 다연이 서둘러 와주기만 한다면 나라에게도 승산은 있었다.

줄곧 더디게 흘러가던 시곗바늘이 어느 순간 빠르게 움직이는 것이 느껴졌다. 나라는 바싹 마른 손아귀를 힘주어 거머쥐었다. 주변의 허락 따윈 더 이상 상관없었다. 내 사랑, 내 인생이니 역경도 고난도 모두 내 힘으로 헤쳐 나갈 것이다. 그도, 그녀의 사랑도 그 무엇도 절대 놓치지 않을 것이다.

다연이 오기를 기다리는 동안 나라는 옷장 서랍을 뒤져 신분증과 여권을 찾아냈다. 외부와의 연락을 차단시키기 위해 핸드폰마저도 압수해 간 오빠들이 다행히 거기까진 생각이 미치지 않았는지 여권에는 손을 대지 않았다. 행여 오빠들이 들이닥칠세라 긴장을 늦추지 않은 채 바깥 소리에 귀를 기울이던 나라는 시선을 돌려 시계를 바라보았다. 어느새 시침이 4시를 지나가고 있었다. 그가 몇 시 비행기를 탈지 알 수 없는 일이라, 빠르게 흘러가는 시간에 나라는 그저 조급함만 들었다.

똑똑.

문득 들려온 노크 소리에 나라가 화들짝 놀라며 황급히 이불 속으로 들어갔다. 며칠째 꼬질꼬질한 모습으로 방 안에 처박혀 있던 자신이 이처럼 말끔히 씻고 방 안을 휘젓고 있는 걸 오빠가 본다면 그 귀신같은 촉에 모든 걸 눈치챌 게 분명했다.

"나라야, 친구 왔는데…… 자니?"

삐그덕 열린 문소리와 함께 준의 목소리가 들려왔다. 손안에 든 여권을 꼭 그러쥔 채 나라는 숨을 죽이고 누워 있었다. 그러자 잠시 동태를 살피던 그가 나라가 아닌 다른 사람을 향해 말했다.

"아무래도 잠이 들었나 보네요."

"아, 제가 깨워볼게요."

준이 말하고 있는 상대는 다름 아닌 다연이었다. 긴장감에 휩싸여 두근거리던 심장의 움직임이 더욱더 거세진다. '그럼 부탁 좀 드리겠습니다' 하고 나직이 한숨짓는 준의 목소리와 함께 문이 닫혔다. 이불을 덮고 있어서 어떻게 돌아가는 상황인지 알 수 없는

지라 선뜻 움직이지 못하고 있는데 머리끝까지 뒤집어쓰고 있던 이불이 불현듯 다가온 손길에 의해 확 걷어졌다. 이불을 걷은 그 손길의 주인공은 다행히도 다연이었다.

"내 이 요상스런 꼴을 보고 너희 오빠가 하도 의심의 눈초리를 보내길래 감기 걸렸다고 둘러대느라 아주 진땀을 뺐다."

나라의 말에 따라 다연은 마스크와 목도리, 모자, 그리고 조영 남을 연상케 하는 잠자리 안경까지 쓴 채 중무장을 하고 있었다. 이마에 송골송골 맺혀 있는 땀방울을 훔쳐 내며 다연이 그녀의 입을 가리고 있는 마스크를 답답한 듯 벗어 던졌다.

"그나저나 너 대체 무슨 일이야? 세상에, 얘 얼굴 좀 봐. 안 그래도 마른 애가 아주 삐쩍 골았네."

다연이 안경 너머 자리한 눈매를 확 구기며 나라에게 말했다. 피골이 상접할 정도로 마른 나라를 내려다보는 눈에 측은함과 기막힘이 서려 있었다.

"일단 얘긴 나중에 하고 나랑 옷 좀 바꿔 입자."

"뭐?"

잔뜩 웅크리고 있던 몸을 펴고 침대에서 벌떡 일어난 나라가 무작정 다연의 코트를 벗겼다. 다급한 나라의 손길에 놀란 다연이 주춤하자 나라가 재촉하듯 숨죽인 음성으로 외쳤다.

"빨리, 빨리 이것 좀 벗어 봐."

"알았어."

어떻게 된 정황인지 정확히 알 수는 없었지만 익히 들어온 오빠들의 극성과 눈앞에 보이는 상황에 다연은 어느 정도 사태를 파악할 수 있었다. 때문에 군말하지 않고 나라의 요구대로 입고 온 옷을 빠르게 벗기 시작했다. 다연이 옷을 벗는 사이, 나라는 손안에 쥐고 있던 여권과 신분증을 다연의 핸드백에 챙겨 넣었다.

"미안한데 나 네 핸드백이랑 핸드폰 좀 빌릴게. 오빠들이 핸드폰도 압수해서 그 사람한테 연락할 길이 없어."

"아이고, 아주 다 가져가라, 다 가져가."

"공항 데스크에 맡겨 놓을 테니까 이따가 와서 찾아가."

"마음대로 하시죠. 그건 그렇고 오는 길에 내가 IBMC 친구 통해서 알아보니까 너네 이사 타는 거 6시 반 비행기라더라. 여기서 인천 공항까지 한 시간가량 걸리니까 빨리 서두르면 그 안에 도착할 수 있을 거야."

6시 반. 앞으로 두 시간 정도 여유가 있었다. 촉박한 심경으로 시계를 바라보며 나라가 입고 있던 옷을 벗고 다연이 벗어놓은 옷들로 황급히 갈아입었다.

"그나저나 다짜고짜 공항 가서 뭘 어떻게 하려고? 너네 이사 따라서 영국으로 가기라도 할 거야?"

"응."

나라의 단호한 대답에 다연이 놀란 듯 두 눈을 크게 떴다.

"뭐야, 너. 진짜야? 돌아가는 상황 보니까 집에서 장난 아니게 반대하고 있는 모양인데, 너 그래도 되겠어?"

"쉿."

저도 모르게 높아진 다연의 목소리에 나라가 다급히 손을 입술로 가져갔다. 그러곤 못다 입은 옷을 마저 입곤 침대에 놓여 있는 모자를 머리에 푹 눌러썼다.

"너도 얼른 내 옷으로 갈아입어."

"어휴. 이게 대체 뭔 일인지 모르겠네."

다급히 움직이는 나라를 따라 덩달아 조급해진 다연이 쫓기듯이 옷을 갈아입었다. 다연이 하고 온 목도리와 마스크, 안경까지 죄다 갖춰 입은 나라가 그런 자신을 기가 막힌 눈으로 바라보고 있는 다연을 향해 말했다.

"내가 너인 척 하고 나갈 테니까 그때까지 이불 속에 들어가서 나인 척 좀 해 줘."

"이게 무슨 신 007 작전도 아니고. 일단 급한 것 같아서 시키는 대로 하기는 한다만 이게 잘하는 일인지 모르겠다. 아무튼 쥐 죽은 듯이 이불 속에 들어가 있을 테니까 안 들키게 조심해서 나가. 너네 이사 만나서 영국 도착하면 나한테 꼭 연락하고."

"응."

다부지게 고개를 끄덕인 나라가 다연의 핸드백을 들고 몸을 돌렸다. 그러다가 문득 걸음을 멈추어 다시 뒤를 돌아보았다.

"정말 고마워, 다연아."

"계집애, 별말씀을. 덕분에 팔자에도 없던 첩보원 노릇까지 해 보고 아주 좋다. 쓸데없는 소리 말고 네 오라버니들 들이닥치기 전에 어여 나가. 난 네 침대에 누워서 한숨 푹 자고 있을 테니까."

다연이 보는 것만으로도 든든한 표정을 지으며 능청스럽게 답했다. 줄곧 내 편 하나 없이 외로운 싸움을 하고 있던 나라의 마음으로 한 줄기 따뜻한 바람이 깊숙하게 파고들어왔다. 문득 눈물이 날 것 같아 나라는 입술을 꾹 깨물며 고개를 돌리고 말았다. 그러곤 떨림을 억누른 담담한 목소리로 다연을 향해 말했다.

"도착해서 연락할게."

"화이팅이다, 보나라."

문고리를 잡는 나라의 등 뒤에서 다연이 말했다. 그와 만난 이후로 한결같이 자신을 응원해 준 다연의 말에 나라는 참고 있던 눈물을 툭— 하고 바닥으로 떨구고 말았다. 매번 자신 때문에 마음 써주느라 고생하는 다연을 위해서라도 힘을 내야 했다. 떨리는 손을 천천히 돌려 문을 연 나라는 두근거리는 심장을 다잡으며 알 수 없는 미래를 향해 발걸음을 내디뎠다.

엄마의 말처럼 비록 시간이 지나면 맥없이 씻겨지고 말 환상이라 할지라도 어디 한 번 도전해 보련다. 카인을 믿기에. 그리고 그를 향한 자신의 마음을 믿기에.

"벌써 가시려고요?"

주변을 살피며 조심스럽게 거실로 통하는 계단을 내려가는데 등 뒤에서 별안간 준의 목소리가 들려왔다. 동시에 화들짝 놀란 근육이 바짝 경직되며 걸음이 멈추어지고 말았다. 긴장감에 휩싸여 있던 몸이 빳빳하게 굳는다. 심장이 갈빗대를 뚫고 튀어나올 것처럼 거세게 두방망이질 쳤다.

"오신 지 얼마 안 된 것 같은데."

"아, 나라가 피곤하다고 자고 싶다고 해서요."

나라는 뒤를 돌아보지 않은 채 걸걸하게 목소리를 꾸며 준에게 말했다. 그러곤 들어올 때 감기에 걸렸다고 둘러댔다는 다연의 말이 떠올라 가래 끓는 소리를 내며 어색하게 기침까지 해댔다.

"저도 감기 때문에 좀 힘들고. 콜록콜록."

"네. 그럼 안녕히 가십시오."

무심한 시선으로 다연이라는 친구의 뒷모습을 바라보던 준이 건조한 음성으로 그녀에게 답하곤 몸을 돌렸다. 그러곤 자신의 방으로 가려다가 문득 든 이상한 생각과 함께 걸음을 멈추었다. 다시 뒤를 돌아보자 뭐가 그리 급한지 고양이를 피하는 생쥐처럼 후다닥 달려 나가고 있는 그녀의 뒷모습이 준의 눈에 잡혔다.

나라의 일로 신경이 예민해져서 괜한 억측을 하는 것뿐이라며 신경을 거두려는데 아무래도 느낌이 이상했다. 그러고 보니 목소리도 조금 전 집으로 들어설 때와는 조금 달라진 것 같았다. 불길한 예감에 준이 확인차 나라의 방으로 향했다. 똑똑, 노크를 한 뒤 방문을 열자 친구 말대로 자고 있는지 나라가 이불 속에 누운 채로 기척도 하지 않았다.

'괜한 생각이겠지.'

스스로를 다스린 그가 그냥 돌아서려다가 아무래도 느낌이 이상해 다시금 침대 위로 시선을 옮겼다. 그러곤 천천히 방으로 걸어 들어가 나라의 머리끝까지 올라가 있는 이불을 살짝 들어 올려 보는 동시에 이불 위로 향해 있는 준의 눈이 날카롭게 바뀌었다. 이불 밖으로 빼꼼히 보이는 머리카락 색이 나라의 것과 달랐다. 설마……. 확, 이불을 걷은 순간.

"그쪽은……."

"하하. 간밤에 술을 좀 마시느라 잠을 못 잤더니 몸이 좀 피곤해서. 하하하."

이불 속에서 잔뜩 몸을 웅크리고 있던 다연이 차마 몸을 바로 세우지 못한 채로 어색한 너털웃음을 지었다. 당황한 듯 잠시 크게 뜨였던 준의 눈이 곧 매의 그것처럼 매섭게 바뀐다. 꿰뚫을 듯 가느다란 눈초리가 그 눈빛만으로도 사람 하나는 거뜬히 죽이고도 남을 것 같았다. 친구 하나 잘 둔 덕에 졸지에 비명횡사하게 생겼다.

"아무리 피곤해도 남의 집에서 이러고 있는 건, 민폐겠죠?"

어색하기 짝이 없는 웃음을 흘리며 다연이 긴장한 몸짓으로 주섬주섬 몸을 일으켰다. 그러곤 준의 기에 눌려 뻣뻣하게 굳은 발을 천천히 방바닥에 내려놓았다. 떨리는 발바닥에 간신히 힘을 주어 일어선 다연이 눈앞의 준을 향해 허리를 90도로 꺾으며 정중히 인사했다.

"그럼 전 제집 가서 자겠습니다."

그러곤 마치 남의 떡 훔쳐 먹고 입 싹 씻은 도둑놈처럼 몸을 돌리려던 그때였다.

"잠깐."

싸늘한 냉기를 품은 단조로운 목소리가 다연의 발목을 붙잡았다. 감히 범접할 수 없는 카리스마에 뒷목이 뻣뻣하게 경직되었다. 이대로 모른 척 삼십육계 줄행랑을 치자니 그길로 목숨이 끝날 것 같아 다연은 결국 맥없이 준에게로 몸을 돌리고 말았다. 그러자 가는 입매 끝을 비긋이 휘어 올린 나라의 큰오빠가 소름 끼치도록 섬뜩한 음성으로 그녀에게 말했다.

"갈 땐 가더라도 우리 나라가 어디 간 건지 말은 해주고 가야지."

냉정한 눈길로 도로를 바라보며 핸들을 돌리던 준이 어디론가 전화를 걸었다. 뜬금없는 친구의 방문이 썩 탐탁지는 않았으나 며칠째 식음을 전폐한 채 시위 아닌 시위를 하고 있는 나라가 안쓰러워 마음을 써준 게 화근이었다.

매처럼 날카로운 눈으로 도로 위를 바라보는 준의 전화에서 드디어 신호음이 그치며 익숙한 목소리가 들려왔다. 터키에서 돌아와 인천에서 훈련을 뛰고 있는 둘째 민의 목소리였다. 지금쯤 초조한 마음으로 도피하고 있을 나라와는 달리 믿을 수 없을 정도로 여유로운 목소리의 준이 민을 향해 말했다.

"나라가 날 따돌리고 그놈한테로 갔어. 인천 공항이라니까 가장 가까운 너부터 움직여. 뒤따라갈 테니까."

전화를 끊은 준이 액셀을 밟은 발에 힘을 실었다. 겨울의 빛을 싸늘하게 튕겨내는 검정색 세단이 막힌 도로를 무서운 속도로 가로지른다. 허공을 향해 있는 준의 눈동자가 싸늘하게 번뜩였다.

"야, 너 나가자마자 큰오빠가 알아채고 닦달하는 통에 공항 간다고 말해 버렸어. 그러니까 붙잡히기 전에 빨리 가."

빌려간 핸드폰으로 걸려온 다연의 전화에 안 그래도 초조한 나라의 마음이 더욱 조급해졌다.

"아저씨 최대한 빨리 가주세요, 빨리요."

충분히 속력을 내고 있는 택시 기사를 재촉하며 나라는 불안한 눈동자로 계속 뒤를 돌아보았다. 혹시나 오빠가 벌써 바로 뒤까지 쫓아와 있지는 않을까 걱정이 되었다. 아직 그를 만나지도 못했는데 이렇게 잡혀 버린다면 더 이상 그녀에게 희망은 없었다. 무슨 일이 있더라도 오빠들을 따돌리고 먼저 공항에 도착해야 했다.

나라는 초조한 손끝으로 핸드폰을 들어 카인의 번호를 눌렀다. 벌써 몇 번째 전화를 시도하고 있으나 어쩐 일인지 통 받지를 않았다. 답답한 마음에 마른입에서는 조갈이 나고 가슴이 꽉 막혀왔다. 이대로 그를 놓치게 된다면 어떡할지, 생각하는 것만으로도 금방 또 눈물이 날 것 같았다.

"도착했습니다."

그렇게 마음 졸이던 사이, 어느새 공항에 도착했는지 택시 기사로부터 도착을 알리는 목소리가 들려왔다. 황급히 지갑에서 돈을 꺼내 택시비를 지불한 뒤 감사하다는 말도 하지 못하고 다급하게 택시에서 내렸다. 시간을 보자 벌써 5시 반이었다. 6시 반에 이륙하는 비행기라고 했으니 지금쯤이면 공항에 와 있을지도 몰랐다.

초조한 눈길로 그의 모습을 찾아 두리번거리며 공항으로 들어가려는데 불현듯 들려온 익숙한 음성이 그녀의 귓전을 스쳤다.

"어, 형. 나 지금 인천 공항 입군데 아직 나라는 안 보이는데?"

공항 입구로 들어서려던 발이 우뚝 멈춰 세워지며 시선이 반사적으로 소리의 근원지로 향했다. 보민이었다. 그새 준이 연락을 취한 것인지 귀신같이 인천 공항으로 달려온 민이 날카로운 눈으로 공항 주변을 살피며 준과 통화하고 있었다.

"벌써 도착했을 리는 없고, 이 녀석이 대체 어디로 간 거야?"

민의 모습을 보자마자 나라는 화들짝 놀라며 얼른 몸을 돌렸다. 다연이 준비해 온 소품들로 온몸을 꽁꽁 싸매고 있는지라 바로 눈앞에 있음에도 불구하고 민이 아직 자신을 알아차리지 못한 듯싶었다. 들키기 전에 빨리 카인을 찾아야 한다. 둘째 오빠마저 가세한 마당에 더는 물러설 곳이 없음을 느낀 나라가 빠르게 몸을 움직여 공항 안으로 들어섰다.

쓰고 있는 뺑뺑이 안경 탓에 앞이 잘 보이지 않는 것 같아 안경을 벗어버렸다. 조금은 개운해진 눈동자로 주위를 둘러보았으나 여전히 그의 모습은 보이지 않았다. 연거푸 통화 버튼을 눌러보지만 휴대폰 너머로 들려오는 건 지루하게 이어지는 신호음과 자동 응답뿐이었다.

공항 안내 데스크에 가서 그를 찾는 방송이라도 부탁해 볼까 하는 마음에 막 그리로 발걸음을 옮기려는 그때, 스치듯이 닿은 시선 끝에 잡힌 익숙한 형상에 나라의 심장이 발작을 일으키듯 오그라들었다.

"이사님……."

비행기 티켓을 든 채 데릭과 대화를 나누고 있는 카인을 바라보는 나라의 눈동자에 순식간에 눈물이 차올랐다. 시야를 희뿌옇게 만든 눈물이 부지불식간에 뺨을 덮는다. 공항 속 어지럽게 오가는 수많은 인파 가운데 오직 그만이 존재하고 있는 것처럼 그의 모습이 나라의 가슴을 격렬하게 뒤흔들었다. 눈앞에 있는 이를 향한 그리움과 애틋함이 그녀의 심장 주변으로 철철 넘쳐 흘렀다.

"카인—!"

나라는 쓰고 있던 마스크를 벗어 던지곤 온몸에 남아 있는 힘을 모조리 실어 그의 이름을 외쳤다. 제 갈 길 가기에 바쁜 사람들의 시선이 순식간에 나라에게로 모여들었다. 단 한 번뿐인 외침이 크나큰 파장과 함께 공항 가득 울려 퍼졌다. 그리고 그 음성이 만든 메아리가 줄곧 무심하게 허공을 향하고 있던 한 남자의 시선을 대번에 그녀에게로 향하게 만들었다. 혹시나 그가 자신을 못 알아볼까 봐 나라는 푹 눌러쓰고 있던 모자와 목도리마저도 벗어서 바닥에 던져 버렸다. 모자 속에 갇혀 있던 까만 머리카락이 어지럽게 흩날리며 그녀의 어깨 위로 떨어졌다.

그 순간, 둘은 마치 그 드넓은 공간에 오로지 둘만이 존재하고 있는 것처럼 서로를 마주하게 되었다. 닿을 수 없는 먼 곳에서도 충분히 알아볼 수 있을 만큼 확연히 빛나고 있는 아름다운 아쿠아 빛 눈동자가 그녀의 시야를 뚫고 심장까지 왈칵 밀고 들어왔다.

"나라……."

"어? 형! 나라 녀석 저기 있어!"

모처럼의 재회에 대한 여운을 맛볼 새도 없이 등 뒤에서 민의 목소리가 들려왔다. 그를 찾은 행복함으로 감상에 젖어 있던 나라가 화들짝 놀라며 현실로 돌아왔다. 뒤를 돌아보자 어느새 뒤쫓아 온 준이 민과 함께 달려오고 있었다. 그들을 눈에 담자마자 나라는 심장이 덜컥 내려앉았다. 이대로 오빠들에게 붙잡히는 날엔 정말이지 끝장이었다. 재빨리 정신을 차리곤 다급히 걸음을 움직여 카인에게로 달려갔다. 점점 가까워지는 나라의 모습에 그녀를 담은 푸른 눈동자 또한 더욱 커져 갔다.

"하아, 하아. 이사…… 님."

"당신이 어떻게……."

가쁜 숨을 몰아쉬며 헉헉거리는 나라를 보며 카인이 믿을 수 없다는 듯 말했다. 그토록 보고 싶던 그녀였다. 소원이니 영국으로 가기 전, 단 한 번만 먼 곳에서나마 볼 수 있게 해달라고 그렇게나 빌었는데 그런 그녀가 바로 그의 눈앞에 있었다.

"시간이 없어요. 오빠들 피해서 빨리 도망쳐야 돼요, 빨리."

간신히 숨을 가다듬은 나라가 그의 팔을 잡아끌며 다급하게 외쳤다. 그사이 바로 등 뒤까지 바싹 추격해 온 보민이 공항이 떠나가라 우렁차게 외쳤다.

"보나라 너, 거기 꼼짝 말고 서 있어!"

나라와의 뜻밖의 재회에 오직 그녀에게만 온 신경을 쏟고 있던 카인이 맞은편에서 들려오는 소리를 따라 시선을 옮겼다. 초조해진 나라가 재촉하듯 그의 팔을 끌어당겼다. 하지만 꿈적도 하지 않은 카인은 서서히 그들에게로 다가오는 나라의 오라비들을 말없이 바라보았다. 무미건조하게 뻗은 카인의 시선이 그들을 향해 위협적으로 다가오는 준과 마주쳤다.

"이사님! 빨리 가야 한—!"

"나라."

답답한 마음에 성화하는 나라의 팔을 붙잡으며 카인이 나직이 그녀의 이름을 불렀다. 그의 입술이 부르고 있는 것은 그녀의 이름이었으나 보고 있는 것은 그녀가 아닌, 나라의 등 뒤편에 있는 그녀의 오빠들이었다. 그리고 그 순간, 무섭도록 다가오던 준이 꽥꽥 소리를 지르며 나라에게로 달려가려는 민을 제지했다.

"뭐야, 형?"

"가만있어 봐."

"뭐? 아니, 나라가 바로 저 앞에 있는데."

"가만있어."

황당한 시선으로 자신을 바라보는 민을 뒤로하며 준이 말했다. 짙게 가라앉은 검푸른 시선이 그의 질주를 멈춰 세웠다. 카인이 오래도록 준과 마주하고 있던 시선을 돌려 다시금 나라를 바라보았다. 나라는 뭔가 평소와는 다른 그의 분위기에 불길함이 스쳤다. 심상치 않은 분위기에 나라가 그저 재촉하기만 하던 말을 바꾸며 절박하게 부탁했다.

"이사님, 제발 저 데려가세요, 제발."

나라를 내려다보는 푸른 눈동자에 안타까움과 애틋함이 스쳤다. 못 본 새 한눈에 봐도 알아볼 수 있을 정도로 수척해진 그녀의 얼굴이 카인의 가슴 끝을 조각조각 베어 나간다.

"얼굴이 이게 뭐야. 회사도 안 나오고 농땡이 피우기에 더 좋아져 있을 줄 알았더니 아주 형편없군."

"이사님."

평상시처럼 능청스럽게 말을 건네는 카인이 답답한 듯, 나라가 팔을 잡아당기며 그를 불렀다. 그녀의 외침의 의미를 모르지 않을 카인이 따사로운 햇살처럼 아름답게 미소 지으며 그녀를 내려다보았다. 그러곤 말간 나라의 얼굴로 가만히 손을 뻗어 수척해진 뺨을 조심스럽게 어루만졌다.

"저 자식이!"

나라에게 손을 대는 카인을 보며 발끈한 민이 고삐 풀린 망아지처럼 날뛰었다. 그런 민을 준이 또 한 번 가로막는다.

"아, 형! 대체 뭐 하자는 건데, 지금!"

"저 자식, 나라 데려가지 않을 거야."

준의 근거 없는 확신에 민이 황당한 표정을 지으며 제 형을 바라보았다. 그럼에도 무슨 속인지 나라와 카인에게로 향해 있는 준의 시선은 한 치의 흐트러짐도 없이 확고했다.

"대체 뭘 믿고 그런 소리를 하는 건데?"

"두고 봐. 내 말대로 될 테니까."

준이 나직이 읊조리며 말없이 카인을 바라보았다. 다혈질인 민이 어처구니가 없어 답답하다는 듯 제 가슴을 쳤다. 잠시 나라의 오빠들에게 눈길을 향하고 있던 카인은 다시금 나라에게로 시선을 옮기며 단정한 입매 끝을 가만히 말아 올렸다.

"그래도 아름다운 건 여전하군. 내가 역시 보는 눈이 있나 봐."

부드럽게 매만지고 있던 나라의 뺨에서 손을 떼며 그가 말했다. 오빠들이 저토록 뒤에서 야단법석을 떨고 있는데 대책 없이 느긋한 그가 나라는 마음에 들지 않았다.

"지금 그런 얘기나 하고 있을 때가 아니……."

"데려가지 않을 거야."

심장이 쿵 하고 바닥까지 추락했다. 급한 마음에 카인을 재촉하려던 나라의 말이 차마 맺어지지 못한 채 멈추고 말았다. 그의 말을 기점으로 터질 듯 부풀어 오른 검은 눈동자가 무게중심을 잃고 어지럽게 흔들렸다. 방금 전 자신의 귓속을 파고든 그 말을 차마 믿을 수 없다는 듯 나라가 나직이 되물었다.

"그게…… 무슨 말씀이세요?"

"당신과 함께 갈 수 없어, 나라."

"왜…… 그땐 분명히 함께하자고……."

다시 한 번 반복된 카인의 말에 희미하던 그의 뜻이 뚜렷해지며 나라의 심장을 왈칵 짓눌렀다. 그를 마주하고 있는 나라의 눈동자가 뜨끈해지고 있었다.

"오빠들 때문이에요? 우리 오빠들이 하도 극성이라서, 그래서……."

"아니."

망연한 눈동자로 자신을 올려다보는 나라를 향해 카인이 가만히 고개를 내저었다.

"오빠들 때문도 당신 부모님 때문도, 그 누구 때문도 아니야. 바로 보나라 당신 때문이야."

'나 때문이라니. 함께하지 않겠다는 이유가 나 때문이라니.'

도무지 납득이 되지 않는다는 듯 나라가 아무 말도 하지 못한 채 물기 어린 망연한 시선으로 물끄러미 카인을 올려다보았다. 희뿌연 눈물이 차오른 커다란 눈망울에서 참고 있던 눈물이 맥없이 볼을 타고 흘러내렸다.

"나로 인해 당신이 힘들어지길 원하지 않아. 당신이 나 때문에 무언가를 희생하는 것도 원치 않아. 당신을 다른 누구보다도 사랑하지만, 당신을 나만큼이나 사랑해 주고 있는 사람들 곁에서 당신이 행복하게 지냈으면 좋겠어. 더불어 당신의 꿈도 찾으면서."

"헤어지자는 거예요, 지금? 헤어지자고 그러시는 거예요?"

"그런 게 아니야, 나라."

안타까울 정도로, 가슴이 미어질 정도로 눈물을 흘리면서 물어오는 나라의 말에 카인이 완강하게 고개를 저었다.

"그때도 말했잖아. 당신과 함께하길 원한다고. 당신과 함께하는 미래를 꿈꾸고 있다고."

"그런데 왜요! 왜 절 두고 혼자 가신다는 건데요! 이렇게 여기까지 왔는데. 이사님이랑 함께하기 위해서 이렇게 힘들게 여기까지 달려왔는데……."

참다못한 나라가 울분을 터뜨리며 카인을 붙잡듯 그의 팔을 힘주어 움켜쥐었다. 함께하고 싶다면서 자신을 두고 간다는 그의 말을 나라는 도저히 이해할 수가 없었다. 어떻게 여기까지 왔는데. 그와 함께하고픈 자신의 간절한 마음을 안다면 그가 제게 이럴 수는 없는 일이었다.

빨갛게 충혈된 눈망울에서 눈물을 뚝뚝 흘리며 나라가 안 된다는 듯 절대 그의 뜻을 받아들일 수 없다는 듯 재차 고개를 저었다.

하지만 이미 가슴 깊은 곳까지 뿌리를 내린 그의 결심은 그녀가 생각한 것 이상으로 완고했다.

"더 행복한 미래를 위해서 서로에게 조금만 더 시간을 주자는 거야. 걱정 근심 없이 완벽하게 행복해질 수 있는, 그런 미래를 함께하기 위해서 나도 당신도 서로 각자의 위치에서 최선을 다해 보자는 거야."

눈앞에서 금방이라도 쓰러질 것처럼 눈물을 흘리는 그녀를 안타까운 시선으로 바라보던 카인이 뺨을 얼룩진 눈물 때문에 그녀의 뺨에 어지럽게 붙어 있는 머리카락을 조심스럽게 떼어주었다. 그러곤 서럽게 주억거리고 있는 나라의 턱 끝을 천천히 들어 올렸다.

한참을 울기만 하던 나라가 뺨을 따뜻하게 감싸는 손길에 힘없이 고개를 든다. 힘겹게 마주한 푸른 눈동자가 그녀만큼이나 애처롭게 흔들리고 있었다. 담담한 듯 웃고 있는 그의 눈초리 끝이 희미하게 반짝인다. 미소 짓고 있지만, 그 또한 슬퍼하고 있었다.

"오빠들 따돌리고 오느라 힘들었을 텐데, 여기까지 와줘서 너무 고마워. 하마터면 당신 얼굴 못 보고 갈 뻔했는데 이렇게라도 보게 돼서 얼마나 다행인지 몰라. 그리고……."

다정하게 휜 눈매를 여전히 그녀에게 둔 채로, 그가 자신의 슈트 안주머니에 간직하고 있던 자그마한 상자 하나를 꺼내어 그녀의 앞에 내밀었다.

"이걸 당신에게 전해줄 수 있어서, 더 다행이야."

목구멍까지 차오른 슬픔에 아무 말도 하지 못하고 있던 나라가 천천히 시선을 돌려 그가 내민 네이비색 케이스를 바라보았다. 카인이 조심스러운 손길로 굳게 닫힌 케이스를 열어 보였다. 거기에는 그의 푸른 눈동자를 똑 닮은 남청색의 보석이 박힌 펜던트가 놓여 있었다. 푸른 바닷빛을 연상케 하는 그 보석은 바로, 희망을 상징하는 아쿠아마린이었다.

"당신이 그랬었지. 내 눈이 꼭 보석 같다고."

나직이 말하며 목걸이를 꺼내 든 카인이 그녀의 부러질 듯 가느다란 목에 조심스러운 손길로 목걸이를 걸어주었다.

"처음이었어, 낙인이라고만 생각했던 내 눈동자를 아름답다 말해준 사람은. 당신이 처음이었고 또 유일한 사람이었어."

항상 그녀만을 지켜보는 그의 푸른 눈동자처럼 그녀의 새하얀 가슴에 박힌 푸른 아쿠아마린이 그녀의 희고 고운 살결과 어우러져 아름답게 빛나고 있었다. 그 아름다운 모습을 흡족한 시선으로 바라보던 그가 천천히 고개를 들어 그녀와 눈을 마주친다. 하염없이 눈물을 흘리고 있는 까만 눈동자와 마주친 맑은 물빛의 눈동자가 차마 흘리지 못하는 눈물을 내리닫는 빛줄기에 찬란하게 튕겨내며 매혹적으로 미소 지었다.

"비록 이렇게 한국을 떠나지만 곧 돌아올게. 꼭 당신을 데리러 올 거야. 그러니까 그때까지 잊지 말고 기다려줘. 아니, 기다려야 해."

미소 짓는 카인의 눈초리 끝으로 기어이 한 줄기 눈물이 흐르고 말았다. 소리 없이 울고 있는 나라의 목구멍 새로 억눌린 흐느낌이 터진다. 금방이라도 무너져 내릴 것처럼 흐느끼고 있는 그녀를 보며 카인은 입술을 꾹 깨물었다. 그녀를 담은 채 흔들리려 하는 눈동자 또한 힘주어 다잡으며 그가 그녀에게로 손을 뻗었다. 그러곤 그녀의 자그마한 머리통을 끌어당겨 그녀의 이마 위에 가만히 입술을 대었다.

봄볕처럼 따사로운 온기가 살랑거리는 미풍처럼 그녀의 이마를 스쳤다가 코끝으로, 입술로 내려간다. 촉촉이 젖은 속눈썹 끝이 파르르 떨리며 천천히 눈이 감겼다. 흐느낌이 잦아들지 않는 젖은 입술 위로 그의 따뜻한 입술이 조심스럽게 내려앉았다. 애처롭게 흔들리는 호흡. 눈물에 흠뻑 젖어 있는 그녀의 숨결이 카인의 가슴을 마구잡이로 파헤쳐 왔다.

"저, 저 자식이 우리 나라한테!"

"야 이 자식아, 가만히 있으라고 했지."

나라에게 키스하는 카인을 보곤 길길이 날뛰려 드는 민의 머리통을 준이 세게 쥐어박았다. 감정이 가득 실린 그 손길에 눈앞이 핑 돈 보민이 울분을 터뜨리며 공항이 떠나가라 소리쳤다.

"아, 형은 왜 가만히 있는 나한테 그래! 염병!"

그리고 그렇게 흩어지는 보민의 격노한 노성 사이로 카인의 진심 어린 고백이 간절하게 울려 퍼졌다.

"사랑해, 나라."

마지막 말을 끝으로 미련 없이, 아니, 미련을 보이지 않겠다는 듯 단호히 돌아서는 그를 붙잡지도 못한 채 망연히 바라보고 있는 나라의 입에서 공항을 가득 적실 듯 안타까운 흐느낌이 터져 나왔다. 심장이 뻥 뚫려 버린 것처럼 가슴 한구석이 아려온다. 걷잡을 수 없는 떨림이 온몸으로 찾아들어 그녀를 슬픔으로 가득 채웠다.

멀어지는 그의 뒷모습에서 차마 눈을 떼지 못하는 나라의 몸이 무너지듯 바닥으로 주저앉았다. 눈물에 흠뻑 젖은 손이 떠나가는 그를 대신하듯 그녀의 목에 박힌 푸른빛의 아쿠아마린을 꽉 그러쥐었다. 그리고 그가 사라진 뒤 바라본 그 펜던트 뒤에는 그가 미처 전하지 못한 그의 마음이 작은 글씨로 또렷하게 새겨져 있었다.

—To my Nara, You are my only world.

그렇게 서로에게 있어 서로가 유일한 나라(World)였던 그들은 알 수 없는 미래 저 끝에 존재하고 있을 찬란한 재회를 기약한 채 서로를 떠나보내야 했다.

10

Merry Christmas Mr. MacLean, Happy New Year Miss. Bo

계절은 가을을 지나고 여지없이 겨울의 문턱으로 들어섰다. 하지만 이상기후로 인해 계절의 경계가 모호해진 날씨는 크리스마스가 가까워지고 있음에도 불구하고 11월 말 처음으로 내렸던 첫눈을 끝으로 여태 눈발 하나 날리지 않고 있었다. 눈이 오지 않아서인지 창밖으로 보이는 경치만으로는 지금이 가을인지 겨울인지 분간할 수 없었다. 그 미묘한 차이를 굳이 따지자면, 낙엽이 떨어져 앙상한 나뭇가지를 쓸쓸히 매만지고 있는 바람의 끝이 가을의 것이라 치기에는 조금 쌀쌀하다는 것. 딱 그 정도였다.

하지만 그렇게라도 한 해가 흘렀다는 것이 카인을 떠나보낸 나라에게 있어서는 다행이기도, 또 한편으로는 안타까움이기도 했다.

카인이 떠나고 그를 알기 이전처럼 그가 없는 생활로 돌아간 나라는 그가 떠나기 전 취해놓은 조치에 따라 부서를 옮기게 되었다. 본래 전공이 비서학도 아니었을뿐더러 카인이 떠나고 새 이사가 부임했기 때문에 취해진 조치인 듯싶었다.

기획실로 부서를 옮긴 나라는 그럭저럭 그 생활에 잘 적응하고 있었다. 말단인지라 이래저래 떠맡는 잡무가 많아 몸이 바쁘긴 했지만 그런대로 견딜 만했다. 아니, 차라리 이편이 나았다. 부지런히 몸을 움직이는 순간만큼은 그를 떠올리지 않을 수 있었으니까.

회사 생활에 잘 적응한다는 것이 카인이 없는 일상에까지 완벽히 적응했다는 것은 아니었다. 만약 영국으로 돌아간 카인이 그대로 연락을 두절해 버렸다면 아마 나라는 지금과 같은 생활을 절대 이어 나갈 수 없었을 것이다. 회사에 나오기는커녕 어쩌면 저 창밖의 마른 낙엽처럼 바싹 말라 죽어버렸을지도 모른다. 나라가 다시 회사에 나가고 정상적인 생활로 돌아가게 된 것은 영국에 도착한 카인으로부터 전화가 걸려온 다음이었다.

그가 떠난 날로부터 정확히 일주일이 되었을 때 그와 연락이 닿았다. 그는 어머니를 런던에 있는 병원으로 모시고 수술과 관련된 이런저런 수속을 밟느라 많이 바빴다고 했다. 연락이 닿지 않던 일주일 동안 혹시나 그와 이대로 끝나는 것은 아닐까 불안함에 떨었던 나라는 카인으로부터 걸려온 그 전화 한 통에 그만 긴장이 풀려 눈물을 왈칵 쏟을 뻔했다. 하지만 그 누구보다도 힘든 선택을 한 그라는 걸 알기에 나라는 터지려는 흐느낌을 가까스로 참아낼 수밖에 없었다. 그러곤 모두 잘될 테니 걱정 말라는 위로의 말과 함께, 돌아서는 그를 떠나보내며 울기만 하느라 미처 하지 못했던 대답을 그에게 전했다. 그녀 또한 그가 없는 이 땅에서 꿋꿋하게 그를 기다리고 있을 거라는 굳은 다짐을.

그 전화를 이후로 카인은 바쁜 스케줄 속에서도 시간이 날 때면 틈틈이 연락을 취하곤 했다. 인공심장 이식수술을 성공적으로 받은 그의 어머니는 점점 기력을 되찾으며 몸 상태 또한 하루가 다르게 호전되고 있다고 했다. 서울과 런던의 시차 탓에 종종 늦은 새벽에 전화가 걸려올 때도 있었으나 나라는 전화벨이 울릴 때면 자다가도 귀신같이 일어나 그의 전화를 받았다. 그의 목소리를 듣고, 전화 너머로 전해져 오는 그의 숨소리를 듣다 보면 이따금씩 치미는 그리움에 목이 왈칵 메어오기도 했지만, 자신이 그러면 그럴수록 그의 마음을 무겁게만 만들 걸 알기에 억척스럽게 참아냈다.

그렇게 흘려보낸 시간이 벌써 10개월이 다 되어가다니. 참으로 긴 시간이었지만 생각하기에 따라서는 짧은 시간이기도 했다. 그와 떨어진 채로는 하루도 못 버틸 것만 같았는데, 금세 10개월이라는 시간이 흘렀으니 말이다. 그만큼 그와 재회할 날도 가까워지고 있는 것이라고, 나라는 긍정적으로 생각하며 새롭게 맞이하는 하루하루를 그렇게 또 버텨 나가고 있었다.

"나라 씨."

카인에 대한 생각으로 머릿속을 온통 채운 채 멍하니 앉아 있는데 문득 들려온 낭랑한 목소리가 나라의 정신을 깼다. 커피 한 잔

을 뽑아 마시며 기획실로 들어온 윤 대리가 나라 앞으로 정체를
알 수 없는 봉투 하나를 불쑥 내밀었다.

"자기 앞으로 웬 편지가 하나 왔는데?"

"편지요?"

윤 대리의 말에 나라는 얼떨떨한 표정으로 그녀의 손에 들린 편
지를 받아 들었다. 하지만 그 표정도 잠시, 편지에 적힌 발신인의
이름을 확인하자마자 두 눈이 화등잔만큼 커지며 숨결이 일순 멈
추고 말았다.

이 갑작스런 편지의 주인공은 다름 아닌, 카인이었다. 그의 이
름을 눈에 담은 직후부터 떨리기 시작한 손길이 다급히 봉투를 뜯
어냈다. 허겁지겁 펼친 종이 위로 빼곡히 적혀 있는 정갈한 필체
가 그녀의 흔들리는 시야로 애틋하게 파고들어왔다.

—To. My World

나야. 말도 없이 갑자기 편지가 와서 놀라진 않았는지 모르겠군. 일을 마치고 나서

조금 시간이 나기에 문득 당신 생각이 나서. 주소를 집으로 할까도 생각해 봤지만

만에 하나 당신 오빠들이 먼저 편지를 봤다간 아마 당신의 손에 닿지도 못한 채

간곳없이 사라지게 될 것 같아서 말이야. 농담이야. 지난번에 보니 오빠들도 이젠

한풀 꺾인 것 같더군. 당신한테 건 내 전화를 그냥 바꿔 주기도 하고, 얼마 전만 해도

국물도 없을 것처럼 굴더니 이젠 포기한 건가? 그렇다면 다행이지만 아직도 가끔

으르렁거리는 당신 오빠들의 울음소리가 내 귓가에 들리는 듯해. 아 참, 얼마 전에

로스앤젤레스에 갔다가 우연히 당신 큰오빠를 봤어. 무표정한 얼굴이 날 보자마자

돌변하더군. 그래도 언젠가처럼 무지막지하게 주먹을 날리지는 않았어. 다행이지. 아직 나에 대한 감정이 어떤지 정확히 알 수는 없지만 처음 날 만났을 때만 해도 가당치 않다며 날 뿌리치던 당신이 이렇게나 변한 것처럼, 당신 오빠들 마음 또한 곧 돌릴 수 있을 거라고 난 믿어. 그나저나 벌써 12월이군. 영국으로 온 후 시간이 갈 길을 못 찾고 있는 것처럼 한없이 더디게 흘러가는 것 같았는데, 매일같이 태양은 뜨고또 어느새 이렇게 겨울이 오는군. 나라, 그곳엔 지금 눈이 내리고 있나? 이곳 런던은 같은 겨울이라도 서울에 비해 비교적 따뜻한 편이라서인지 아직 첫눈 조차 내리지않았어. 대신 비가 내려서 맑은하늘을 보는 게 쉽지가 않아. 그럴 땐 이따 금씩 당신과 함께 올려다보던 서울의 파란 하늘이 그립기도 해. 아니, 실은 그 순간 만이아니라 매일, 항상, 1분 1초마다 당신이 그리워. 당신도…… 내 마음과 같겠지? 기다림이 순간순간 못 견디게 힘겨울 때도 있겠지만날 믿고 조금만 더 견뎌줘, 나라. 다 마무리 짓는 대로 최대한 빨리 당신 곁으로 돌아갈게. 그럼 또 다음을 기약하며. 여전히 당신만을 그리워하고 있는 당신의 아쿠아마린이…….

카인이 정성스레 적어 내렸을 활자들을 쓸어내리듯 천천히 따라 내려가는 까만 눈동자가 물기를 머금고 희미하게 흔들렸다. 옆에 있는 윤 대리가 누구한테 온 편지냐며 물어왔지만 나라는 아무 말도 들리지 않았다. 카인의 편지를 읽고 있는 이 순간만큼은 그가 눈앞에 없어도, 그를 만질 수 없어도, 그녀의 오감은 오직 그만을 느끼고 있었다. 짧은 편지 한 장에 담겨 그녀에게로 오롯이 전해져 오는 그의 간절한 진심에 눈동자뿐만 아니라 심장도 비에 젖듯 흠뻑 젖었다.

카인의 말처럼 기다림의 순간이 못 견디게 힘겨워 가끔 미칠 것 같지만, 자신만큼이나 그녀를 그리워하는 그가 있기에 나라는 남은 기다림을 좀 더 버텨낼 수 있을 것 같았다.

살풋 미소 지으며 그의 편지에서 눈을 떼지 못하고 있던 나라는 그녀의 가슴 위에 박혀 영롱하게 빛나고 있는 새파란 아쿠아마린을 가만히 손에 쥐었다. 그러곤 곁에 없는 그를 대신하듯 부드럽고 간절한 손길로 펜던트를 매만졌다. 그러자 그가 적은 마지막 글귀처럼, 손안에 담긴 아쿠아마린으로부터 자신을 향한 그의 짙은 그리움이 전해져 오는 듯했다.

'기다릴게요. 비록 당신은 지금 내 곁에 없지만, 당신이 주고 간 이 희망을 믿으면서 이곳에서 당신을 기다릴게요. 당신과 함께 당신의 푸른 눈동자를 꼭 닮은 서울의 하늘을 다시 올려다볼 수 있는 그 날을 기약하면서.'

변함없이 돌아가는 일상을 마치고 퇴근한 나라는 로비를 빠져나와 여느 때와 마찬가지로 회사 앞에서 자신을 기다리고 있는 검정색 세단에 올라탔다.

차 안에는 항상 나라를 데리러 오던 윤 대신 둘째 오빠인 민이 타 있었다. 아침만 해도 볼 수 없었는데, 어느 틈에 훈련을 마치고 집에 돌아온 모양이었다. 당연히 윤일 거라 생각하고 탔는데 민이 타 있는 걸 보곤 조금 놀란 표정을 짓자 장난꾸러기 민이 얄궂게 말했다.

"다 큰 처녀가 누구 차인 줄 알고 묻지도 않고 덥석덥석 올라타?"

"윤이 오빠 차길래 당연히 윤 오빠 줄 알고 탔지. 불만이면 내릴까?"

"흠. 이미 탄 엉덩이 내리기도 무거울 테고, 이렇게 된 거 내 큰 맘 먹고 인심 쓰마."

시답지 않은 거드름을 피우는 민을 보곤 나라가 어처구니가 없다는 듯 콧방귀를 뀌었다. 그러곤 안전벨트를 매며 민에게 물었다.

"훈련은 다 끝난 거야?"

"아니, 좀 쉬다가 또 터키로 전지훈련 가. 연말이라고 구단에서 며칠 동안 휴가 주더라."

유연하게 핸들을 돌려 회사를 빠져나가며 민이 대답했다. 카인과의 일 이후로 오빠들에게 적지 않게 화가 나 있었지만, 혈육의 정이라는 건 역시 어쩔 수가 없는 건지 시간이 지나자 원망도 잦아들며 결국 예전으로 돌아가게 되었다. 그가 그리울 때면 이따금씩 오빠들이 밉기도 했지만 카인이 떠나기 직전 말했듯 그가 그런 선택을 한 이유가 오로지 오빠들 때문만은 아니라는 걸 알기에 나라는 그때마다 자신을 다독이며 태연하게 행동했다.

그날 이후로 집안 식구들이 하나같이 자신의 눈치를 살피는 것도 어쩐지 마음이 불편했다. 어차피 그는 이미 떠나고 없는데 되돌릴 수 없는 어제에 집착하며 곁에 남은 사람들마저 힘들게 하고 싶지는 않았다. 카인이 조금 전 읽은 편지에 썼던 것처럼, 그를 향한 오빠들의 경계 또한 공항에서의 일 이후로 조금씩 누그러져 가는 것 같기도 했다.

"곧 있으면 크리스마스인데 넌 뭐 할 거냐?"

빠르게 다리 위를 지나는 차창 밖으로 넓게 펼쳐진 푸른 강을 바라보고 있는데 민이 물었다. 의자에 깊숙이 몸을 묻은 채로 나라가 심드렁하게 답했다.

"뭐 하긴. 별거 있겠어. 모처럼 맞는 공휴일인데 집에서 푹 쉬어야지."

"넌 어떻게 된 게 허구한 날 집에만 처박혀 있냐? 데이트 안 해?"

시큰둥하던 나라의 눈초리가 민의 물음에 단박에 날카롭게 바뀌었다. 기가 막힌 듯 민을 바라본 나라가 오빠의 구박이 우습다는 듯 콧방귀를 뀌었다.

"하. 불과 몇 달 전에 감금해 놓고, 이 나이 되도록 크리스마스까지 집에나 처박혀 있어야 되는 신세로 만든 게 바로 누구신데요?"

"큼."

생각 없이 던진 물음에 돌아온 나라의 예리한 대답에 민이 머쓱한 듯 헛기침을 내뱉었다. 자기도 자기 죄를 아는 모양이었다. 얄미운 마음에 나라가 마음에 없는 소리를 내뱉으며 협박조로 싸늘하게 읊조렸다.

"두고 봐. 오빠들 결혼할 여자 데리고 왔을 때 내가 어떻게 하는지."

"아무튼 그건 그렇고! 그 앞에 좀 열어 봐."

나라의 살벌한 협박을 다급히 잘라내며 민이 조수석 앞 서랍을 턱 끝으로 가리켰다.

"여긴 왜?"

"준이 형이 네 앞으로 뭐 보냈더라. 봐봐."

"준이 오빠가?"

의아한 듯 구시렁거리던 나라가 잠시 우물쭈물거리다가 이윽고 조수석 앞에 있는 서랍을 열었다. 그러자 새하얀 봉투에 담긴 웬 우편물이 그 안에 놓여 있었다.

"이게 뭐야?"

봉투를 가만히 꺼내 든 나라가 민과 그것을 번갈아 바라보며 물었다. 정면을 응시하며 민이 무심하게 말했다.

"네 눈으로 직접 확인해 봐."

나라는 의문이 가득 실린 눈길로 민을 물끄러미 바라보다가 이내 조심스럽게 봉투를 열어보았다. 그리고 나라의 시선이 봉투 안에 있는 물건 위로 닿은 순간, 눈동자에 휩싸여 있던 의문이 놀라움으로 뒤바뀌었다. 갑작스런 상황에 머릿속이 어지럽게 뒤엉킨다. 그녀의 손에 쥐어져 있는 그것은, 바로 런던행 비행기 티켓이었다.

"이게……."

"뉴욕에 계신 Mr. 보께서 너한테 주는 크리스마스 선물이시란다."

어안이 벙벙하여 말 한 마디 제대로 뱉지 못하는 나라에게 민이 이죽대는 투로 말했다. 큰오빠가 주는 크리스마스 선물이라니. 새하얘진 머릿속이 답을 찾지 못하고 허공을 헤맸다.

"그러니까 이걸 왜……"

"그 새끼한테 갔다 오라는 거잖아."

보다 못한 보민이 답답한 듯 꽥 소리쳤다.

"네가 아주 죽고 못 사는, 영국에 있는 그 외래종 울프 새끼한
테."

런던행 티켓을 바라보던 나라의 눈 위로 순식간에 눈물이 글썽
였다. 지금 눈앞에 놓인 이 현실이 꿈인지 생시인지 구분되지 않
았다. 그토록 보고 싶던 그를 다시 만날 수 있다는 생각과 함께 줄
곧 반대해 왔던 오빠들이 드디어 그들의 사이를 허락해 준 것에
대한 감동이 걷잡을 수 없는 높이의 파도로 그녀의 가슴을 덮쳤
다.

비로소 그를 온전히 그리워할 수 있게 되고, 당당히 사랑할 수
있게 되었다는 사실에 그렁그렁 맺힌 눈물이 금방이라도 왈칵 쏟
아져 버릴 것만 같았다.

"암튼 그 인간 저 혼자서 멋진 척 다 하기는."

감격에 사로잡혀 비행기 티켓에서 눈을 떼지 못하는 나라의 옆
에서 민이 입술을 삐죽대며 재차 구시렁댔다. 그러다가 다시 한
번 크게 헛기침을 하며 불쑥 말했다.

"보나라, 뒷좌석에 있는 쇼핑백 봐봐."

나라는 글썽이던 눈물을 얼른 훔쳐 내곤 줄곧 티켓만을 바라보
고 있던 시선을 떼어 민에게로 향했다. 그러자 민이 무뚝뚝한 고
갯짓으로 자동차 뒷좌석을 가리켰다.

뒷좌석은 왜? 의문스러운 눈길로 차 뒤쪽을 바라본 나라는 텅 빈 좌석 위에 덩그러니 놓여 있는 쇼핑백을 들어 안을 들춰 보았다. 웬 커다란 상자가 그 안에 놓여 있었다. 민이 준비한 크리스마스 선물인 모양이었다.

사람 마음이란 게 참으로 간사한지라 첫째 오빠가 크리스마스 선물이라며 런던행 티켓을 준비하자, 둘째 오빠는 또 무엇을 준비했을지 벌써부터 기대가 되기 시작했다. 뭔들 마음에 들지 않을소냐, 생각하며 나라가 두근거리는 손길로 상자 뚜껑을 열어본 순간이었다.

"이건……."

"어떠냐, 오빠가 준비한 크리스마스 선물이? 준이 형 것보다 더 감동이지?"

어깨에 힘이 빡 들어간 민이 상자 안을 들여다보며 아무 말도 못 하고 있는 나라를 향해 으스대듯 말했다. 하지만 그런 민의 말과는 달리 나라의 얼굴은 감동은커녕 경악을 머금은 채 새빨갛게 변해 가고 있었다. 민의 선물 상자를 쥐고 있는 나라의 손끝이 준의 것을 보던 때와는 다른 의미로 바들바들 떨렸다. 눈앞에 놓인 그것은 바로, 차마 말로는 묘사조차 할 수 없는 야시시한 디자인의 새빨간 란제리 세트였다.

"이, 이게 대체 뭐야!"

나라가 경기를 일으키듯 외치며 보민을 노려보았다. 제대로 속옷 구실도 못 할 것처럼 생긴 이걸 두고 날더러 입으라니. 기가 막히고 코가 막히며 귀 끝이 녹아내릴 것처럼 화끈댔다.

하지만 나라의 그 같은 반응 따윈 안중에도 없는 민은 스스로의
선택이 퍽이나 흡족한 듯 룰루랄라 핸들을 돌리며 개구진 표정을
짓고 있었다.

"뭐 썩 마음에 드는 놈은 아니지만 이왕 이렇게 된 거 사나이답
게 스포츠맨답게! 아주 화끈하게 밀어주려고!"

그리고 그 순간,

"보민, 이 변태……!"

히터 열기로 가득 휩싸인 밀폐된 공간 안에서 나라의 날카로운
비명이 쩌렁쩌렁하게 터져 나갔다.

"아악!"

보민의 입에서 터져 나온 단말마의 외침이 외래종 울프가 있는
영국에도 닿을 만큼 자지러질 듯이 울려 퍼졌다. 한강 다리 위를
건너고 있는 검정색 세단이 중심을 잃고 크게 휘청인다. 아주 격
정적인 바람을 몰며, 그렇게 겨울이 오고 있었다.

"May I ask what brought you here(무슨 일로 오셨습니까)?"

런던 중심에 위치한 IBMC의 본사로 찾아온 나라에게 회사 안
내 데스크에 앉아 있던 금발의 여직원이 상냥하게 물어왔다.

준이 준 티켓을 받자마자 준비하고 말고 할 것도 없이 무작정
런던으로 와버린지라 자신이 제대로 찾아오긴 한 건지 두리번거
리고 있던 나라는 여자의 친절함에 용기를 얻고 조심스럽게 말을

건넸다.

"Can I know where Mr. MacLean is(맥클레인 씨가 어디 계신지 알 수 있을까요)?"

"Please wait for a moment(잠시만요)."

여자가 컴퓨터를 뒤져 카인의 정보를 찾는 사이, 나라는 그가 몸담고 있을 그의 회사를 설렘 가득한 눈으로 천천히 둘러보았다.

한국에 있는 IBMC도 꽤 큰 편이었지만 이곳에 비하면 아무것도 아닌 것 같았다. 고개를 한참 젖혀 올려다본 천장은 하늘을 찌를 듯 높았으며, 크리스마스이브라 그런지 화려한 조명과 데코레이션으로 꾸며진 실내는 한 도시의 광장을 연상케 할 만큼 드넓었다.

이곳이 바로 그토록 그리워하던 그가 있는 곳이라니. 아직 그를 보기도 전이었지만 나라는 벌써부터 숨이 가쁠 정도로 가슴이 두근거려 왔다.

"Mr. MacLean is⋯⋯."

"Miss Bo?"

카인에 대한 정보를 찾았는지 막 입을 떼는 여직원의 말 사이로 어렴풋이 남자의 목소리가 들려왔다. 어쩐지 익숙한 음성이었다. 여직원의 말에 귀를 기울이고 있던 나라는 문득 들려온 목소리에 의아한 듯 뒤를 돌아보자, 등 뒤에 서 있는 덩치 큰 남자가 그와는 맞지 않는 놀란 표정으로 그녀를 바라보고 있었다. 그를 담은 나라의 흑요석빛 눈동자가 반가움을 머금고 아름답게 휘어든다.

"How could you be in this place……(당신이 여길 어떻게……)."

제 눈이 의심되는 듯 제대로 말조차 잇지 못하고 있는 남자를 향해 나라가 햇살처럼 환하게 미소 지으며 말했다.

"Long time no see, Deryck(오랜만이에요, 데릭)."

❖

「올해 런던점 브랜드별 매출 현황 조사해서 내일 아침까지 보고서로 제출하세요. 계약 기간 만료되는 브랜드들은 어디어디가 있는지도 좀 체크해 주시구요. 그럼 내일 뵙겠습니다.」

회의를 마치고 돌아오던 카인이 옆에 선 직원을 향해 말한 뒤 사무실로 들어왔다. 생각보다 길어진 회의 때문에 기운이 빠지고 머리가 지끈거렸다. 목까지 단단하게 채워져 있는 셔츠 단추를 하나 풀며, 카인이 사무실을 지키고 있는 데릭을 바라보았다.

「먼저 와 있었군, 데릭. Miss Joyce, 나 시원한 얼음물 한 잔만 부탁해요.」

데릭에게 힐끗 시선을 둔 뒤 이윽고 이사실로 들어서려는 카인의 등 뒤에서 데릭이 말했다.

「안에 손님이 와 계십니다, 보스.」

「손님?」

카인이 의아한 듯 두 눈을 가늘게 뜨며 데릭을 바라보았다. 아침에 보고 받은 스케줄상으로는 찾아올 사람이 없는 걸로 알고 있는데. 기억을 더듬던 카인이 목을 갑갑하게 조여오는 넥타이를 느슨하게 풀며 데릭에게 물었다.

「어떤 손님이지?」

「보시면 아실 겁니다.」

「알았어. 그만 나가 봐.」

피곤한 듯 짧게 명령하며 카인이 이사실로 통하는 문고리를 잡아 돌렸다. 맡은 일들을 한참 마무리 짓고 있는 단계인지라 그는 요즘 정신이 없을 정도로 바빴다. 한데 잡힌 일정도 취소하고 미룰 판국에 약속에도 없던 손님이라니. 그다지 달갑지는 않은 일이었다. 그래도 사업상 어쩔 수 없는 일인지라 특유의 비즈니스맨십을 발휘하며 예의를 갖춰 인사를 건네려던 때였다.

「오래 기다리게 해드려서 죄송합니다. 손님이 와 계신 줄 모르고…….」

사무실 정중앙에 놓여 있는 소파에서 천천히 몸을 일으키는 여자의 모습에 카인은 하던 말을 미처 마치지 못하고 멈춰 서고 말았다. 몸을 일으켜 그가 있는 방향으로 돌아서는 여자의 얼굴이 순식간에 그의 시야를 장악했다. 몸을 가득 에워싸고 있던 피곤함이 씻은 듯 사라지며 온몸에 자리하고 있던 신경세포들이 거칠게 날뛰기 시작한다. 거센 떨림이 그의 혈관을 마구잡이로 휘저었다.

"나……."

"오랜만이에요, 이사님."

넓은 통유리 사이로 투과되는 햇살을 받아 새하얗게 빛나는 그녀가 나지막이 그를 향해 말했다. 지난 몇 달 간 전화기를 통해서

만 그의 귀에 닿을 수 있었던 그 목소리가 바로 코앞에서 생생하게 울려 퍼지고 있었다. 그녀의 얼굴이 그에게로 다가오는 발걸음 소리와 함께 점점 더 또렷하게 모습을 드러냈다. 눈이 부시도록, 심장이 녹아버릴 정도로 환한 미소가 그의 시야를 가득 채웠다.

"이사님께서 저 몰래 편지를 보내신 것처럼, 저도 이사님 몰래 영국으로 왔어요. 놀라셨죠?"

"당신이 어떻게……"

꿈인 것만 같아서, 손을 뻗어 잡는 순간 모든 게 사라져 버릴 것만 같아서 카인은 차마 나라에게 손끝 하나 뻗어볼 수가 없었다. 하지만 그 순간, 눈앞의 존재가 거짓이 아니라는 걸 증명해 주기라도 하듯 그녀의 따사로운 온기가 그의 굳은 뺨 위로 살포시 내려앉았다.

"얼마 만에 보는 건데 그렇게 귀신 보듯 보고만 계실 거예요?"

둥근 눈매에 맺혀 있는 눈물방울이 엷게 휘어든 눈초리 끝에서 반짝 빛난다. 내내 떨구어내지 않고 붙잡고 있던 눈물을 힘없이 놓아버리며 나라가 말했다.

"안아주세요, 카인."

나라의 애틋한 속삭임이 귀에 닿음과 동시에 카인은 빠르게 손을 뻗어 가녀린 몸을 품에 안았다. 오랫동안 숨 막힐 정도로 그리워했던 그녀의 달콤한 체취가 순식간에 그의 온몸을 가득 휘감았다. 그녀를 품에 안은 그의 몸이 걷잡을 수 없이 떨렸다.

가느다란 양팔이 그의 목 뒤로 부드럽게 감긴다. 오롯이 그의 것이 되어주는 나라의 체온. 그대로였다. 그에게 안기기 위해 태어난 것처럼 그의 품에 꼭 들어맞는 이 가느다란 몸도, 비강으로 더듬듯 파고들어와 그의 머릿속을 잔뜩 휘저어 놓는 이 달콤한 향기도, 그의 꽁꽁 얼어붙은 심장을 한순간에 녹여버리는 이 따사로운 체온도. 모두가 변함없이 그대로였다.

"보고 싶었어요, 이사님. 정말 너무너무 보고 싶었어요."

희미한 울먹임 끝에 흘러나오는 나라의 목소리를 들으며 카인은 품에 안은 그녀를 더욱더 힘껏 끌어안았다. 곁에 있는 그녀를 느끼듯, 이 꿈만 같은 순간을 만끽하듯 그녀의 새하얀 목덜미에 얼굴을 묻는다.

서로를 향한 애틋한 그리움이 밀폐된 공간 속 훈훈한 열기를 더욱 홧홧하게 데웠다. 두 사람은 그렇게 서로에게로 쏟아져 내리는 런던의 찬란한 겨울 햇살을 맞으며 서로를 꼭 끌어안은 채 한참을 서 있었다.

"대체 어떻게 된 거야. 아무 연락도 없이."

그의 무릎에 앉아 있는 나라의 머리카락을 부드럽게 쓸어 넘기며 카인이 말했다. 조금 전 예상치 못한 재회에 꽤나 놀랐던 그는 이젠 어느 정도 평정심을 되찾고 본래의 모습으로 돌아와 있었다.

"크리스마스 선물을 받아서요."

"크리스마스 선물?"

의아해하는 그의 목 뒤로 가만히 팔을 감으며 나라가 조곤조곤 말했다.

"내일이면 크리스마스잖아요. 뉴욕에 있는 큰오빠가 크리스마스 선물로 런던행 티켓을 보내왔거든요."

큰오빠가 보내온 런던행 티켓이라니. 나라의 말을 듣고 있는 카인의 푸른 눈동자가 믿을 수 없다는 듯 커졌다. 처음 비행기 티켓을 받았을 때 그녀가 그러했던 것처럼 똑같은 반응을 보이는 카인을 보며 나라가 재미있다는 듯 쿡쿡 웃는다.

그런 그녀를 보면서도 도무지 그녀의 말이 납득되지 않는 그는 얼마 전 사업차 간 LA에서 우연히 마주쳤던 보준과의 만남을 가만히 상기해 보았다.

"그쪽도 알다시피 나라는 나한텐 하나뿐인 소중한 여동생이야. 그 녀석 눈에 다른 누구 때문에 눈물 나는 꼴, 난 절대 그냥 두고는 못 봐. 그러니까……."

하던 말을 의식적으로 멈춘 보준이 손에 들고 있던 독한 보드카를 한입에 털어 넣은 뒤 날카로운 눈동자로 카인을 직시했다. 그러곤 씹어뱉듯 그에게 말했다.

"일인지 뭔지 하루빨리 정리하고 한국으로 돌아가. 나라가 그쪽한테 질릴 때까지는, 나라를 위해서 두 눈 딱 감고 봐줄 테니까."

준이 선심 쓰듯 뱉던 말에 자신을 향한 그의 경계가 어느 정도는 허물어진 거라고 생각하긴 했지만 설마하니 이렇게 직접적인 도움을 주리라고는 미처 예상치 못했다. 어쩐지 뒤통수를 한 방 얻어맞은 기분이다. 다시 한국으로 돌아가 나라를 차지하게 되는 날엔, 그 극성스런 보브라더스에게 제대로 한 방 먹여 주리라 이를 갈아왔었는데 일이 이렇게 되고 보니 계획을 조금 변경해야 할 듯싶었다.

"그동안 잘 지내셨어요? 매일같이 통화했으면서 이런 말 묻는 건 좀 이상한가?"

재미있는 상황에 기분 좋은 듯 미소 짓고 있는데 나라가 그를 물끄러미 내려다보며 물었다. 귓전을 두드리는 그녀의 달콤한 목소리에 사색에서 깨어난 카인이 나라의 가느다란 손을 부드럽게 마주 잡았다.

"어때 보여? 잘 지낸 것 같나?"

"네. 너무 잘 지내신 것 같아요. 이렇게 더 멋있어지기나 하고. 어쩐지 샘나는 걸요?"

"못 보던 사이 능청만 늘었군."

"이게 다 누구한테 배운 건데요."

뻔뻔하게 대꾸하며 나라가 그의 볼에 쪽, 하고 입을 맞추었다. 그는 그녀의 말을 그저 능청이라 했지만 실은 그것은 나라가 느낀 사실 그대로였다.

어찌 된 건지 카인은 말로는 힘들다고 했으면서도 한국에 있던 때보다도 더 빛이 나고 근사해져 있었다. 물론 그의 마음고생과 몸 고생을 대변하듯 한국에 있을 때보다 얼굴이 조금 헬쑥해지긴 했지만, 셔츠 위로 드러난 몸만큼은 이전보다도 더욱 다부지고 견고해 보였다. 그녀를 떠올리지 않기 위해 일이 끝나고 나면 쉴 틈 없이 자신의 몸을 운동으로 혹사시켰다더니 바로 그 때문인 듯싶었다.

아무리 그래도 그렇지 어쩌면 같은 사람인데 이리도 다를 수 있는 건지. 그를 보지 못한 몇 달 동안 마음고생으로 폭삭 늙어버린 자신과는 다른 그의 모습에 나라는 살짝 골이 났다. 이럴 땐 그저 좋은 소리를 듣는 게 약이다.

"저 보고 싶으셨어요, 이사님?"

"하나 마나 한 소리 물어서 뭐 해."

나라의 실없는 물음에 카인이 당연한 소릴 한다며 꾸짖었다. 하지만 지난 몇 달 새 노화된 제 얼굴을 엔도르핀으로 팽팽하게 만들기 위해서라도 그의 대답을 꼭 들어야겠는 나라는 그의 목에 꼬옥 매달리며 앙탈을 부리듯 칭얼거렸다.

"그래도 듣고 싶은 걸요. 수백 번, 수천 번도 더."

분홍빛 입술 새로 흘러나오는 달콤한 음성이 그의 심장 주변을 두르고 있던 결계를 걷고 그의 마음을 녹인다. 카인은 손을 뻗어 엷게 홍조를 띤 발그스름한 뺨을 가만히 매만졌다. 나라가 자신의 뺨에 맞닿은 그의 손등 위로 살포시 손을 겹쳤다. 아늑하다 느껴질 정도로 따사로운 체온이 그의 살갗을 파고들어와 혈관을 뒤흔든다. 순식간에 몸의 온도가 상승했다. 한순간도 그립지 않았던 적이 없었다. 네가, 너의 이 체온이, 그리고 너라는 존재 자체가 내게 주는 이 가슴 벅찬 행복도.

"보고 싶었어."

그는 자신의 손등에 닿아 있는 나라의 손을 붙잡아 가만히 밑으로 끌어 내렸다. 그러곤 검푸르게 빛나는 눈동자를 들어 그녀를 올곧게 직시했다.

"보고 싶어 미치는 줄 알았어. 매일 밤 꿈속에 나오는 당신 때문에, 당신을 다시 만나기 전까지는 꿈에서 깨고 싶지 않을 만큼. 그렇게 당신이 보고 싶었어."

하루도 너의 꿈을 꾸지 않은 적이 없었다. 네가 매일같이 내 꿈에 찾아오는 그 시간은 내겐 행복이기도 했지만 한편으로는 불행이기도 했다. 눈을 뜨는 순간 네가 내 곁에 없을 거라는 걸 나는 꿈속에서조차도 너무나 잘 알고 있기에.

그는 미처 다 하지 못하는 말을 대신하듯 고개를 숙여 그녀에게 입을 맞추었다. 경건할 정도로 조심스럽게, 애가 탈 정도로 간절하게 그녀와 숨결을 나누고 또 주고받았다. 서로가 아니면 해갈시킬 수 없는 타는 듯한 목마름을 달래듯 한참을 입 맞춘 후에야 둘은 떨리는 숨결을 뱉어내며 입술을 떼었다.

호흡할 틈 없이 이어진 키스에 나라의 둥근 뺨이 발갛게 상기되어 탐스럽게 빛나고 있었다. 수줍은 듯 고개를 숙이는 그녀가 말로는 다 표현할 수 없을 정도로 사랑스럽다. 자신을 보기 위해서 머나먼 이곳까지 한달음에 달려와 준 그녀의 마음이 카인은 너무나도 가슴 벅차고 또 고마웠다. 이 마음을 그녀에게 어떻게 표현해야 좋을지. 무엇이든 해주고 싶어 앞서기만 하는 의욕 탓에 이렇다 할 방법이 생각나지 않았다.

"어머님께선 이제 좀 어떠세요? 많이 건강해지셨어요?"

키스 후 민망한 듯 고개를 들지 못하고 있던 나라가 긴장된 공기의 흐름을 깨듯 그를 향해 물었다. 나라의 물음을 듣고서야 사색에서 벗어난 카인의 머릿속으로 바삐 영국으로 건너오느라 미룰 수밖에 없었던 일 하나가 빠르게 스쳐 지나갔다. 그녀를 바라보는 카인의 입매가 희미하게 당겨 올라간다. 심장이 녹아내릴 정도로 아찔하게 미소 지으며 그가 말했다.

"어떠신지, 오늘 한번 직접 확인해 보겠어?"

❖

"여기가 어머님이 계신 병원이에요?"

병원이라 하기에는 그다지 크지 않은 건물을 올려다보며 나라가 의아한 듯 물었다.

도시 외곽에 자리한 4층 높이의 건물은 붉은색 벽돌과 흰색 몰딩이 조화를 이루어 고풍스럽고도 모던했다. 어느새 해가 지고 어두워진 거리를 비추는 은은한 가로등 불 또한 꽤나 운치가 있었다. 넝쿨이 어지럽게 감긴 낮은 담장과 뾰족한 지붕, 잘 가꾸어진 정원이 병원이라기보다는 런던의 부자들이 사는 고급 저택처럼 보이게 했다.

런던에는 이런 병원도 있나? 혹시 요양을 목적으로 따로 세운 곳인가? 의아해하며 눈앞의 건물을 멀뚱히 바라보고 있는데 그가 말했다.

"아니, 여긴 날 길러주신 양부모님 댁이야. 어머니 상태가 많이 호전되서 통원 치료만 받아도 되는 정도라 지금 양부모님과 함께 이곳에서 지내고 계셔."

카인의 갑작스런 통보에 나라가 당혹스러운 듯 입을 떡 벌렸다.

"어, 어머니께서 계신 곳으로 간다고……."

"그러니까 지금 어머니가 계신 이곳으로 왔잖아."

"그, 그럼 여기에 이사님 양부모님들도 계신 거예요?"

"아마도?"

능청스럽게 대답하는 그의 말에 나라가 '빽!' 하고 소리를 내질렀다.

"거기까진 말씀 없으셨잖아요!"

"쉿. 그렇게 소리 지르면 이웃집에서 당신을 신고할지도 몰라."

기다란 검지를 자신의 입술로 가져가며 나직이 속삭인 카인이 울상을 지으며 어쩔 줄 몰라 하는 나라를 향해 살짝 윙크했다.

"이왕 뵙는 거, 양부모님이나 친부모님이나 나한텐 다 같은 부모님이신데 같이 뵈어야지. 그만 우물쭈물거리고 어서 들어가지."

그러곤 대문 앞에 서서 들어갈 엄두도 못 내고 있는 나라의 팔을 다짜고짜 끌어당겼다. 막무가내인 그의 힘에 엉겁결에 끌려 들어가던 나라가 '카인, 카인!' 하고 숨죽인 목소리로 재차 그를 불렀다.

그럼에도 그는 뒤도 한 번 돌아보지 않은 채 성큼성큼 문 앞으로 걸어가고 있었다. 덕분에 나라는 미처 마음의 준비도 하지 못한 상태로 갈색 페인트칠이 되어 있는 커다란 문을 눈앞에 대면해야 했다. 이윽고 카인이 거침없는 손길로 문고리를 잡아 돌리며 나라를 이끌고 저택 안으로 들어섰다.

"Mothers, I came back(어머니, 저 왔어요)."

저택 안으로 발을 들여놓자마자 카인이 저택이 가득 울릴 정도로 우렁차게 외쳤다.

'어떡하면 좋아!'

그에게 붙들린 채 질겁한 나라가 자신의 손을 붙잡고 있는 그의 손을 찰싹 내려치며 발을 동동 굴렀다. 하지만 그녀가 미처 도망칠 새도 없이, 그녀가 두려워하던 상황이 눈앞으로 다가오고 말았다.

"Cain?"

나라가 까만 눈망울 가득 절박함을 담아 그를 올려다보았다. 하지만 여유 가득한 웃음을 짓고 있는 그는 나라의 애처로운 시선에도 아랑곳 않고 있었다.

"Here I am."

「수인! 아무래도 카인이 들어왔나 봐요.」

떠들썩한 목소리와 함께 데굴데굴 바닥을 긁는 듯한 바퀴 소리 비슷한 마찰음이 들려왔다. 가까워지는 인기척에 나라가 바짝 긴장하며 얼른 그의 등 뒤로 숨어들었다. 이윽고 바로 코앞에서 나이 지긋한 외국인 여성의 목소리가 들려왔다.

「어서 오렴, 카인. 안 그래도 막 저녁을 먹으려던 참이었단다.」

그의 등 뒤에 숨어서 상황을 지켜보고 있던 나라는 휠체어를 끌고 오며 반갑게 카인을 맞이하는 한 여성과 그 휠체어에 앉아 있는 또 다른 여성을 번갈아 바라보았다.

휠체어를 끌고 있는 쪽은 금발의 나이 지긋한 여성이었고 휠체어에 앉아 있는 쪽은 그녀만큼의 나이를 먹은 듯한 흑발의 동양 여성이었다. 아마도 이 두 사람이 각각 카인의 양어머니와 친어머니인 듯싶었다. 양어머니가 친어머니를 돌봐드리고 있는 상황이라니. 생각지 못했던 의외의 장면에 나라는 순간 자신이 긴장하고 있었다는 사실도 까맣게 잊어버렸다.

「크리스마스이브에 모처럼 네 식구가 같이 저녁을 들 수 있겠구나. 그런데, 네 뒤에 계신 저 어여쁜 숙녀분은 누구…….」

「나라예요, 어머니.」

나라가 정신을 놓고 있던 사이 카인이 어머니들께 그녀를 소개했다. 뒤늦게 정신을 차리고 그를 바라보았지만 이미 상황은 끝난 후였다. 어르신들이 눈앞에 서 계신 이 마당에 나라에게 더 이상 버틸 재간이 있을 리 만무했다. 결국 막다른 길목에 들어서서 쥐구멍을 찾지 못한 나라가 당황한 기색이 역력한 표정으로 허리를 꾸벅 숙였다.

"아, 안녕하세요. 아니, 헤, 헬로우? 이게 아닌데. 어떡해요?"

한국말로 해야 할지 영어로 해야 할지 혼란스러운 마음에 버벅대다가 나라가 거의 울 것 같은 표정을 지으며 카인을 올려다보았다. 도와줄 생각 따윈 전혀 없어 보이는 그가 그녀의 절박한 시선을 외면하며 쿡쿡거렸다. 나라와 교제를 하게 된 후 처음 나라의 어머니를 뵈었을 때 어찌해야 할지 몰라 우물쭈물했던 자신의 모습이 문득 떠올랐다.

「나라? 혹시 내가 아는 그 나라?」

「맞아요.」

「Oh, My Jesus! 수인, 저 아리따운 아가씨가 우리 카인이 말한 바로 그 아가씨래요!」

금발의 여성이 하나님을 찾으며 뭐라고 말했다. 안 그래도 영어라면 젬병인 나라는 무방비하게 마주하게 된 상황 탓에 현재 바짝 긴장하고 있는 상태였다. 그런데 카인의 양어머니께서 잔뜩 흥분하여 빠르게 말하자 나라는 그녀가 뭐라고 말하고 있는 것인지 도통 알아들을 수가 없었다.

「어서 와요, 나라 양. 난 Mary예요. 카인에게 말로만 듣다가 이렇게 직접 보게 되니 얼마나 반가운지 몰라요. 그나저나 이걸 어쩐다. 나라 양이 올 줄 알았다면 이것저것 먹을 것도 좀 해놓고 그랬을 텐데. 아이참, 허니, 당신도 빨리 좀 나와 봐요! 카인의 피앙세가 왔어요!」

집 안이 떠나가라 외치는 그녀의 활기 띤 목소리에 나라가 화들짝 놀랐다. 뭐가 어떻게 돌아가는 속인지 도무지 알 수가 없었다.

"당신을 만나서 반갑다고 저러시는 거야."

"아."

나라가 목구멍 너머로 침을 꼴깍 삼키며 잔뜩 긴장한 눈초리로 카인의 어머니들을 바라보았다. 시종일관 기운이 넘쳐 보이는 양어머니와는 달리 휠체어에 앉아 계시는 그의 친어머니는 나라를 그저 바라만 볼 뿐 아무 말씀도 하지 않고 계셨다.

「아무래도 안 되겠네. 들어가서 마저 음식 좀 해야겠어. 수인,

금방 저녁 준비 좀 하고 올 테니까 카인의 피앙세와 얘기 좀 나누고 있어요. 내가 음식 하는 사이, 어떤 아가씨인지 좀 알아보고요.」

마지막 말을 장난스럽게 소곤거린 금발의 그녀가 'Honey!'를 외치며 부엌으로 뛰어 들어갔다. 그제야 한시름 놓은 나라가 카인의 양어머니가 잔뜩 휘젓고 간 분위기에 어안이 벙벙한 표정을 지으며 말했다.

"어머님께서 무지 활기차시네요."

"꼭 당신 어머니 같지. 천진한 소녀 같으신 게."

나직이 웃으며 그가 하는 말에 나라가 따라 웃었다.

"그러게요. 두 어머님들이 만나면 재미있겠어요."

"홋. 참, 영국 어머니 때문에 정신없어서 제대로 인사도 못 드렸지."

나라의 어깨에 손을 올린 카인이 휠체어에 앉은 어머니 쪽을 손으로 가리키며 그녀에게 말했다.

"인사드려, 내 친어머니셔."

"안녕하세요. 경황이 없어서 제대로 인사도 못 드렸네요. 처음 뵙겠습니다, 어머님. 보나라라고 합니다."

불시에 이루어진 그의 소개에 나라는 다급히 옷매무새를 추스르며 허리를 숙여 정중히 인사했다. 숙이고 있던 허리를 들자 온화하게 미소 짓고 있는 그녀와 눈이 마주쳤다. 시어머니 앞에 서는 며느리의 마음이라는 게 바로 이런 것일까. 더없이 인자한 표정을 짓고 계신데도, 어쩐지 나라는 절로 긴장이 되고 입이 바짝 탔다.

"나야말로 만나서 반가워요, 나라 씨."

긴장한 마음도 녹여줄 만큼 환한 미소를 지으며 그녀가 청아한 목소리로 나라에게 말했다. 비록 몸만 휠체어에 앉아 있을 뿐, 나라에게 인사를 건네는 그녀의 목소리와 그로부터 느껴지는 기운만큼은 힘겨운 수술을 견뎌내야 했던 사람이라고는 믿을 수 없을 정도로 정정했다.

그러고 보니 웃는 눈매가 카인과 똑 닮아 있었다. 눈동자 색만 다를 뿐, 미소 지을 때 반달 모양으로 활짝 휘는 그 눈매의 움직임이 카인의 것과 똑같았다.

"나라 씨가 우리 반호가 말했던 바로 그 아가씨죠?"

"반호요?"

"아, 반호는 카인의 어렸을 적 이름이에요. 이 애 눈을 보고 내가 직접 지어 준 거죠. 예쁠 반(盼) 하늘 호(昊), 반호."

나라는 가만히 그 두 글자를 따라 읊어 보았다. 처음 들었을 때만 해도 의미 없던 그 두 글자가 그의 눈동자와 어우러지며 잔잔한 파장과 함께 나라의 마음을 울렸다. 나라는 긍정하듯 해맑게 미소 지으며 그녀에게 말했다.

"정말 이사님과 잘 어울리는 이름이네요. 맞아요. 어머님 말씀대로 이사님은 눈이 참 아름다우시죠, 마치 하늘처럼."

구김살 없이 밝고 해맑은 나라를 보며 수인은 자신의 마음까지도 덩달아 밝아지는 것 같았다.

'Mary, 아무래도 우리 아들이 고른 아가씨는 꽤 괜찮은 아가씨

인 것 같아요.'

속말로 조금 전 Mary가 했던 말에 대답한 수인이 나라를 향해 나직이 물었다.

"나라 씨가 우리 반호에게 날 찾으라고 설득했다면서요?"

"아…… 네."

그녀의 갑작스러운 물음에 어쩐지 엄숙해진 나라가 무겁게 고개를 끄덕이며 작은 목소리로 대답했다.

"고마워요, 나라 씨."

"무슨……."

"나라 씨가 아니었다면 난 정말 죽어서도 눈을 감지 못했을 거예요. 20년 전, 저 아이를 그렇게 빼앗기듯이 떠나보낸 뒤로 홀로 지내야 했던 내 하루하루는 마치 지옥과 같았어요. 살아도 사는 게 아니었죠. 죽기 전에 꼭 한 번만 봤으면 좋겠다고, 그도 안 된다면 어떻게 살고 있는지 소식만이라도 들었으면 좋겠다고 그렇게 간절히 바랐었는데. 나라 씨 덕분에 내 소원이 이루어졌어요. 정말, 정말 고마워요."

"아니에요, 어머니."

눈물을 머금고 자신을 올려다보는 까만 눈망울에 맞추어 바닥에 무릎을 꿇으며 나라가 말했다.

"제가 어머님께 더 감사하죠. 이사님 같은 분 세상에 낳아주셔서 덕분에 제가 이렇게 행복한 걸요. 고마워해야 할 사람은 어머님이 아니라 바로 저예요."

나라의 진심 어린 목소리에 수인의 까만 눈동자에서 눈물이 하염없이 흘러내렸다.

"정말 고마워요, 나라 씨. 내 아들을 사랑해 줘서. 이렇게 좋은 사람이 반호 옆에 있는 모습까지 보게 되다니. 이젠 정말이지 죽어도 여한이 없네요."

"그런 말씀 마세요, 어머님."

수인의 말에 나라가 휠체어 받침대에 올려 있는 그녀의 손을 가만히 감싸 쥐었다.

"뒤늦게 만나셨으니 이제부터라도 아드님과 오래오래 행복하게 사셔야죠."

수인을 따라 또르르 눈물을 떨어뜨리며 미소 짓는 나라의 말에 나라의 손안에 든 앙상한 손의 떨림이 더욱 커졌다. 옆에 서서 말없이 그녀들을 바라보고 있던 카인이 천천히 시선을 거두며 바닥으로 고개를 떨군다.

눈물과 함께 시작되는 애틋한 행복. 그 행복의 경종을 울리듯 Mary의 낭랑한 목소리가 훈훈하게 퍼지는 맛있는 냄새 사이로 활기차게 울려 퍼졌다.

「수인, 카인, 나라! 저녁 준비 다 끝났어요! 조촐하지만 지금부터 다 같이 이브의 만찬을 즐기자구요!」

더없이 따뜻하고, 더없이 즐거운 런던에서의 크리스마스이브였다.

카인의 영국 어머니인 Mary와 영국 아버지인 Mary의 'Honey'가 준비한 칠면조 요리로 저녁 만찬을 즐긴 뒤 그들은

Mary의 Honey가 오늘을 위해 아껴 놓았다던 최고급 와인을 마시며 즐거운 시간을 보냈다.

그러곤 밤이 깊어 잠자리에 들 때가 되었을 즈음, 이 큰 저택에 손님을 위한 방 따윈 없다며 생떼 아닌 생떼를 쓰는 Mary로 인해 나라는 카인이 열 살부터 자라온 그의 방에서 함께 밤을 보내게 되었다.

거의 10개월 만에 함께하는 밤. 카인은 그간 참고 있었던 그리움을 터뜨리듯 밤이 새도록 그녀를 안고 또 안았다. 쉴 새 없이 몰아붙이는 열정에 몸이 벅차기도 했으나 나라는 결코 그를 거부하지 않았다. 내일이면 또다시 다가올 헤어짐의 시간 동안 오롯이 그를 간직할 수 있도록, 그녀는 버겁도록 그녀를 갖으려 드는 그에게 자신의 모든 것을 내주었다. 그렇게 길고도 짧았던 이브의 밤이 지나고 어김없이 아침이 왔다.

바쁜 스케줄을 몇 개 미루고 잠시나마 나라와 함께할 수 있는 시간을 마련한 카인은 그녀의 손을 꼭 붙잡고 런던의 이곳저곳을 거닐었다. 그들이 함께 맞이하는 런던에서의 첫 번째 크리스마스는 화이트 크리스마스였다. 서울에 비해 따뜻한 기후 덕에 좀처럼 눈 내리는 걸 보기 어렵다던 런던에 때마침 눈이 내린 것이다. 눈길 때문에 미끄러워서 런던을 구경하고 다니기에는 악조건인 날씨가 되고 말았지만, 그래도 크리스마스엔 눈이 내려야 제격이라는 생각이 있어서 그런지 그와 함께 걷는 눈길도 그다지 나쁘지는 않았다.

런던 시내에 있는 리츠호텔 팜 코트에서 영국식 전통 홍차 코스로 가볍게 점심을 때운 그들은 크리스마스 장식으로 화려하게 꾸며진 옥스퍼드 스트리트로 향했다. 낮인지라 그 화려한 장식을 제대로 감상할 수는 없었지만, 거리를 가득 채운 인파들이 만드는 크리스마스 분위기를 만끽하는 것만으로도 꽤 즐거웠다. 그러다가 옥스퍼드 스트리트를 순례하는 빨간 2층 버스를 발견한 나라는 시시하다며 싫다고 하는 카인을 극구 꾀어 결국 그와 함께 버스의 2층에 타기도 했다.

또한 휴 그랜트와 줄리아 로버츠가 나온 영화로도 유명한 노팅힐의 포토벨로 거리로 가 신기한 골동품들을 구경하기도 했다. 개중에는 오빠들이 카인을 보며 지칭하던 '외래종 울프'를 꼭 닮은 늑대 모양의 인형도 있었다. 영화 속에 등장했던, 휴 그랜트가 줄리아 로버츠를 찾아간 노팅힐의 언덕에도 가보고 싶었으나 그들에게 허락된 짧은 시간 탓에 결국 그것은 나중으로 미루기로 했다. 포토벨로 마켓에서 간단히 끼니를 때우고 템즈강으로 온 카인과 나라는 런던아이를 타고 그 아래로 보이는 템즈강 주변의 야경을 구경하는 것을 끝으로 크리스마스가 선사한 짧은 여행을 마쳤다.

유난히도 짧았던 하루. 그와 함께였기에 더욱 즐거웠던 크리스마스가 끝나고 어느덧 헤어짐의 시간이 다가왔다. 하지만 몇 달 전 그를 떠나보내야 했던 공항에서와는 달리 나라는 또 한 번 맞이하게 된 작별의 시간 앞에서 더 이상 눈물을 보이지 않았다.

비록 이렇게 또 헤어지지만 그것이 영원한 헤어짐은 아니라는 것을 알고 있기 때문이다. 서로가 서로를 그리워하고 있는 한 멀지 않은 미래, 그 어딘가에서 또다시 재회할 수 있을 테니까. 런던의 크리스마스를 하얗게 물들인 새하얀 눈발처럼 서로를 향해 포근하게 미소 지은 나라와 카인은 간절히 나눈 작별의 키스를 끝으로 또다시 각자의 시간으로 돌아갔다. 그리고 한국으로 돌아오던 비행기 안에서 나라는 자신의 첫째 오빠 준에게 짤막한 문자메시지 한 통을 보냈다.

─고마워, 오빠. 내 생애 가장 행복한 크리스마스 선물이었어.

그렇게 준이 선물한 그들의 크리스마스가 막을 내렸다.

그로부터 며칠 뒤, 어느새 성큼 다가온 1월.

"혹시 그 소식 들었어?"

새해를 맞이한 IBMC는 새해를 알리는 제야의 종소리가 울려 퍼지듯 떠들썩했다. 사각사각 톱밥을 날리며 연필을 깎고 있던 나라는 기획실을 가득 채운 어수선한 분위기에 저도 모르게 귀를 기울였다.

"오늘 IBMC 한국 지사장이 새로 부임한다는 소식 말이야."

"정말? 조만간 올 거라는 건 알고 있었지만 그게 오늘이었어?"

"글쎄, 그렇다니까."

"근데 지사장이 새로 부임하는 것치곤 회사가 너무 조용하지 않아? 취임식도 하고 그래야 하는 거 아니야?"

"그게 나도 좀 의문이긴 했는데, 새로 오는 지사장이 절대 그런 거 하지 말라고 했대. 소란스러운 거 딱 질색이라고."

"하는 거 보니까 어지간히도 깐깐하나 보네."

새 소식을 접한 이 대리가 혀를 끌끌 차며 제자리로 돌아갔다. 떠들썩했던 것에 비해 그리 흥미롭지 않은 이야기에 나라는 금방 관심을 끊어 버리곤 깎다 만 연필을 마저 깎기 시작했다.

윗사람들이야 어떨지 모르나 어차피 기획실에서 가장 막내인 그녀에게 있어서는 지사장으로 어떤 사람이 발령 나는지 따윈 그다지 관심거리가 되지 못했다. 영국에 있는 카인이 다시 한국으로 돌아온다면 모를까.

"나라 씨, 지금 바빠?"

심드렁한 표정으로 연필 깎는 일에 열중하고 있는데 옆에서 문득 그녀를 부르는 목소리가 들려왔다.

"아니요, 괜찮은데요. 뭐 시킬 거 있으세요?"

"아, 자기 많이 안 바쁘면 나 커피 한 잔만 뽑아달라고 부탁하려고. 오늘 부장님한테 급하게 결재 받을 서류가 있는데, 어젯밤 꿈에 김남길이 나와서 잠을 설쳐서 그런지 통 일에 집중이 안 되네. 글쎄 김남길이 드라마에서처럼 있지. 내가 먹던 치킨 닭다리를 뺏어가서 냅다 뜯어 먹더라고. 그 모습이 어찌나 섹시한지 하마터면 닭다리 뜯어 먹는 김남길 보고 애 밸 뻔했다니까."

옆에 앉아 있는 윤 대리가 어젯밤 꿈 얘기를 장황하게 늘어놓으며 말했다. 윤 대리의 우스꽝스러운 이야기에 풋 하고 웃음이 터진다. 흰색 이면지 위에 모아져 있던 톱밥이 나라의 입술 새로 빠져나온 바람을 맞고 여기저기로 흩어졌다. 그냥 커피 뽑아달라고 한마디만 하면 될 것을 윤 대리는 꼭 매번 저렇게 우스갯소리를 늘어놓았다.

"네, 알겠습니다, 윤 대리님. 김남길 닭다리 뜯어 먹는 모습보고 생긴 애, 부장님 고함 소리에 떨어지지 않게 얼른 커피 뽑아다 대령할게요."

"고마워, 나라 씨. 자기는 역시 받아치는 센스가 있단 말이야. 동전은 여기 있으니까 넉넉하게 갖다 써. 내 것 뽑는 김에 자기 것도 한 잔 뽑아 마시고."

감사합니다, 라고 발랄하게 대답한 뒤 자리에서 일어난 나라는 윤 대리가 건넨 동전 지갑을 들고 기획실을 빠져나왔다. 복도 끝에 있는 자판기 앞으로 걸어가 동전을 넣곤 윤 대리 몫으로는 그녀가 평소 즐겨 마시는 카푸치노를, 자신의 몫으로는 율무차를 뽑았다.

영국을 다녀온 날로부터 어느새 보름이 흘렀다. 다시 한국 땅에 발을 내려놓았을 때만 하더라도, 수개월 만에 카인을 볼 수 있었으니 그것을 새로운 시작이라 여기며 앞으로 남은 시간을 버텨내면 될 것이라 생각했다.

그런데 서로의 그리움을 채우기에는 너무도 짧았던 시간이 오히려 역효과를 낳은 것일까. 카인이 없는 하루에 조금씩 익숙해져가고 있었던 일상이 다시금 균열을 보이고 있었다. 어느덧 습관이 되어버렸던 외로움과 쓸쓸함은 익숙함을 버리고 한층 더 짙게 그녀의 가슴속으로 파고들었다. 문득 정신을 놓고 있을 때면 영국에서 그와 함께했던 아련한 순간이 여지없이 눈앞에 어른거려서 당장에라도 영국으로 달려가고 싶을 정도로. 순간적인 충동이기에 직접 행할 수는 없었지만, 좌절되고 만 충동 앞에서 걷잡을 수 없는 크기로 증폭된 그리움은 나라를 뼈저리는 외로움 속으로 내몰았다.

'IBMC의 새 지사장이라는 사람이 정말로 당신이라면 좋을 텐데.'

문득 드는 미련에 나라는 저도 모르게 실소를 뱉고 말았다. 그럴 리가 없는데. 절대 그런 일이 일어날 리가 없는데. 알면서도 바라는 스스로가 한없이 한심스럽게 여겨졌다.

나라는 고개를 휘휘 저으며 머릿속을 가득 채운 상념을 허공중으로 떠나보냈다. 가망도 없는 일을 가지고 미련을 떨 바에야, 차라리 눈앞에 놓인 현실을 붙들고 원망하는 편이 나았다. 헛생각에 사로잡혀 있던 사이 어느새 빨간불이 꺼진 자판기를 보곤 서둘러 종이컵을 꺼내 들었다.

종이컵 두 잔을 조심스럽게 들고서 기획실로 돌아오던 나라는 잠시 고개를 갸웃했다. 멀리서 보이는 기획실 입구가 어쩐지 꽉 찬 느낌이 들었기 때문이다. 무슨 일이라도 있나? 두 눈을 동그랗게 뜨며 뚜벅뚜벅 입구까지 걸어갔다. 그러자 화장실에 갔다가 뒤늦게 온 이 대리가 빨리 오라며 나라를 향해 손짓했다.

"갑자기 무슨 일이에요?"

"아까 말한 지사장 있잖아. 오늘 새로 부임한 지사장이 방금 기획실에 왔어."

"그래요?"

옷전에서 움직이기에는 비교적 이른 시간이건만 이렇게 일찍부터 기획실에 들리다니. 아까 이 대리가 말한 대로 보통 깐깐한 사람이 아닌 모양이었다. 아무렴 어떠냐. 이러든 저러든 나와 상관없는 일인데. 무심한 표정을 지으며 나라가 한 손에 들고 있던 율무차를 가만히 홀짝였다. 인스턴트 단맛이 아리도록 혀끝을 잡아끈다. 이걸 다 마셔야 되나 말아야 되나 고민하고 있는데, 옆에 선 이 대리가 작은 키로 까치발까지 하며 기획실 안을 들여다보기 위해 기를 쓰고 있었다.

"이 대리님, 지금 뭐 하세요?"

"새로 부임했다는 지사장 얼굴 좀 보려고. 어떻게 생긴 인물인지 궁금하잖아."

"뭐 윗사람들이야 다 똑같죠. 나이 많고 돈 많고."

"아니야. 왠지 다른 것 같단 말이야. 가만히 있어 봐. 제대로 좀 보게."

중간에 들어갈 수도 없는지라 입구를 탁 틀어막고 있는 사람들 사이로 꾸역꾸역 얼굴을 들이밀며 이 대리가 새로 부임했다는 지사장을 보기 위해 갖은 노력을 했다.

이렇게 서 있다 보면 언젠간 나올 텐데 뭐 저렇게 기를 쓰고 보려 하나 싶었다. 이해가 안 된다는 듯 고개를 내저은 나라는 벽에 등을 기댄 채 손에 들고 있던 율무차를 마저 마셨다. 비서실에서 고급 원두커피를 내릴 때가 참 좋았다 싶었다. '여자 팔자는 역시 뒤웅박 팔자인가?' 생각하며 심드렁한 표정으로 시간을 때우고 있는데 옆에 선 이 대리가 골똘한 표정으로 중얼거렸다.

"이상하다. 어디서 본 것 같은데."

"뭐가 말이에요?"

"지사장 말이야. 얼핏 보이는 옆모습이 어째 좀 낯이 익단 말이야."

"기존에 계시던 회사 중역 중에 한 분이 지사장으로 부임하신 건 아니구요?"

"아니야. 내가 들은 정보로는 이번 지사장은 바깥 사람이라고 했단 말이야. 그것도 해외파로."

미심쩍다는 듯 기획실 입구를 기웃거리며 이 대리가 하는 말에 나라는 참 쓸데없는 데 신경 쓴다는 듯 살짝 혀를 찼다. 그러곤 다시금 율무차를 마시려던 찰나, 이 대리의 어깨 끝이 종이컵을 기울이던 나라의 팔꿈치를 건드렸다.

"어마!"

외마디 비명과 함께 나라가 들고 있던 율무차를 순식간에 쏟아 버렸다. 옆에 서서 지사장 얼굴을 확인하느라 바쁘던 이 대리가 화들짝 놀라며 나라를 돌아보았다.

"어머, 나라 씨 괜찮아?"

"괜찮아요. 제가 알아서 할게요."

허겁지겁 나라의 옷을 털어주는 이 대리의 손길을 물리치며 나라가 상냥하게 말했다. 지사장 얼굴을 보려고 기를 쓰던 모습이 어째 불안하다 했더니 기어이 일을 쳐주셨다. 속으로는 숱하게 구시렁대면서도 겉으론 태연한 척 방긋 웃어 보였다. 그러곤 화장실로 향하려 걸음을 옮기던 그때였다.

탁!

"괜찮으십니까, 지사장님?"

어깨를 치는 둔중한 마찰력과 함께 바로 옆에서 성급한 목소리가 들려왔다. 화들짝 놀라 돌아보자 부장이 당황한 듯 고개를 조아리고 있었다. 아무래도 주변을 살피지 않고 걸음을 옮기던 자신이 때마침 기획실을 빠져나오던 지사장과 부딪쳤던 모양이었다.

방금 전 쏟은 율무차가 아직 옷에 묻어 있는지라 분명 지사장의 옷에도 그 율무차가 튀었을 텐데. 워낙 높으신 윗분인지라 자신과는 어떤 일로도 절대 인연이 닿지 않을 거라 생각했건만, 이런 식으로 연이 맺어지게 되다니. 눈앞에 닥친 암담한 현실에 나라는 가슴이 철렁 내려앉았다.

"보나라 씨, 지사장님께 이 무슨 결례야!"

"어, 어떡해. 죄송합니다!"

기습적인 상황에 잔뜩 당황하고 있던 나라가 어쩔 줄 몰라 하며 횡설수설 사과의 말을 건넸다. 그러곤 그의 옷을 살피려 다급히 고개를 들던 순간이었다.

"저는 괜찮습니다."

익숙한 체취를 동반한 귀에 익은 목소리가 그녀의 정수리 위에서 나지막하게 울려 퍼졌다. 이마를 훑고 지나가는 낯익은 숨결.

고개를 들어 올리던 나라의 목 관절이 뻣뻣하게 굳으며 순식간에 호흡이 멎었다. 그리고 그 순간, 단연코 착각했을 리 없는 그 목소리가 다시 한 번 나라의 귓불을 두드렸다.

"그쪽은 괜찮으십니까?"

움직이기를 멈추었던 고개가 허스키한 음성이 귓가에 닿자 그를 기점으로 빠르게 들렸다. 그와 동시에 나라는 시간이 멈춰 버린 것만 같은 착각에 휩싸였다. 미처 마음을 다잡을 새도 없이 마주쳐 버린 짙푸른 아쿠아빛이 그녀의 뇌리를 왈칵 뒤덮는다. 허공을 거머쥐고 있는 손끝이 바들 떨려왔다.

'어째서, 어째서 이 사람이……'

하지만 나라가 그토록 혼란스러워하는 와중에도 남자는 특유의 포커페이스를 무너뜨리지 않은 채 태연히 말을 건네고 있었다.

"아무래도 괜찮지 않은 모양인데 잠시 저와 함께 의무실에라도 다녀오실까요?"

"뭐 그 정도로 의무실을."

옆에서 상황을 지켜보고 있던 부장이 불쑥 남자의 말에 끼어들었다. 그러곤 지사장의 번거로움을 덜어주겠다는 듯 의기양양한 기세로 거들먹거렸다.

"지사장님 바쁘실텐데 저희가 알아서……"

"기획부장님."

불쑥 끼어든 부장의 말을 그와 마찬가지로 단호하게 잘라내며 남자가 말했다.

"제가 다녀오겠습니다."

별다른 위협 없이도 충분히 예리한 어조와 머리털을 쭈뼛 세울 만큼 싸늘한 시선에 하던 말이 쏙 들어간 부장이 곧장 고개를 조아렸다. 그렇게 순식간에 집중된 많은 이들의 이목을 뒤로한 남자가 오도카니 서 있는 나라의 손을 덥석 붙들었다. 그러곤 뭐라 말을 건넬 틈도 없이 걸음을 내딛기 시작했다.

멍하니 정신을 놓고 있던 나라의 발이 앞서 걷는 남자의 힘에 속수무책으로 끌려갔다. 정신을 놓은 뇌가 내딛는 걸음걸음을 따라 몽실몽실 출렁인다. 그렇게 걸어가던 그들의 모습이 비상계단으로 이어지는 코너 안쪽으로 접어들어 드디어 다른 사람의 눈에 띄지 않게 되었을 때.

"뭐예요, 대체?"

줄곧 입을 열지 않고 있던 나라가 붙잡힌 손을 야멸차게 뿌리치며 비로소 입을 열었다.

"뭐냐니? 그쪽이야말로 대체 뭘 말하는 건지 모르겠군."

"어, 어떻게!"

매끈한 턱 선을 따라 유려한 입매 끝을 당기며 능청스럽게 굴고 있는 남자를 바라보며 나라가 기가 막힌 듯 말을 잇지 못하고 수차례 입을 뻥긋거렸다. 심장이 설렘이 아닌 황당함을 품고 요란하게 분탕질하고 있었다.

IBMC의 새로운 지사장으로 부임했다던 그 남자는 다름 아닌 카인이었다. 바로 오늘 새벽까지도 런던이라며 전화를 걸어왔었던 그녀의 단 하나뿐인 연인, 카인 G. 맥클레인. 그런데 그런 그가 런던도, 뉴욕도, 다른 어디도 아닌 바로 자신의 코앞에 서 있는 것이다.

"어떻게, 어떻게 저한테 이러실 수가 있어요?"

"무슨 말이지?"

"어떻게 저한테 한마디 말도 없이 이러실 수 있는 거냐구요!"

치미는 기막힘에 떨림마저도 잠재워 버린 나라가 언성을 높여 그를 쏘아붙였다. 일언반구도 없이 이루어진 갑작스런 재회 탓에 반가움은 뒷전으로 밀려나고 화부터 치밀었다. 하지만 눈앞의 남자는 그런 나라의 모습마저도 즐기며, 못 알아들을 소리만 거푸 뱉고 있을 뿐이었다.

"한마디 말도 없었다니? 난 분명히 말했었는데. 그때 보냈던 편지로."

편지라니? 카인의 눈동자도 뚫어버릴 만큼 두 눈을 사시미 꼴로 치켜뜨며 부라리고 있던 나라가 잔뜩 힘을 준 눈매에 의아함을 띠며 날카롭게 되물었다.

"편지라니요?"

"그래. 그때 보낸 편지 말이야. 거기 첫 글자에 분명히 썼었어."

대체 무슨 말을 하고 있는 거냐는 듯 고개를 갸웃거리던 나라가 이내 정신을 가다듬곤 자신의 옷 주머니를 뒤졌다. 편지의 첫 글자라니. 그때 보낸 편지에 또 뭐라고 수작을 걸어 놓은 것인지 한 번 보자며 주머니에 항상 챙겨 넣고 다니던 그의 편지를 황급히 꺼내 들었다. 그러곤 그가 말한 그대로 그가 쓴 편지의 첫 글자들을 소리 내어 세로로 쭉 따라 읽어 보았다.

"나. 조. 만. 간. 한. 국. 으. 로. 돌. 아. 가. 곧. 갈. 테. 이. 조. 금. 만. 기.

다. 여?"

띄엄띄엄 읽은 탓에 무슨 뜻인지 쉽사리 머릿속에 들어오지 않아 나라가 두 눈을 게슴츠레 떴다. 그러던 어느 순간, 흩어진 퍼즐 조각을 맞추듯 질서 정연하게 정리된 한 문장이 나라의 머릿속으로 총알처럼 쏙 박혀 들어왔다.

'나 조만간 한국으로 돌아가. 곧 갈 테니(이) 조금만 기다려(여).'

눈앞에 세로로 늘어져 있는 활자들이 쫙쫙 들어맞아 눈동자에 잇따라 들어오며 머릿속이 공황상태에 접어든 듯 멍해졌다. 하지만 얼마 지나지 않아 정신을 되찾은 나라가 편지에 박혀 있던 시선을 빠르게 들어 올리며 그를 향해 꽥 소리를 지르고 말았다.

"이런 법이 대체 어디 있어요!"

2주도 더 전에 편지로 이런 메시지를 남겼었다니. 그것을 몰라 본 스스로의 아둔함보다도 여태껏 자신을 속이고 이런 상황을 계획한 카인에게 나라는 더욱 분하고 원통한 마음이 들었다. 지난 보름 동안 얼마나 그를 그리워하면서 살았었는데 어쩜 이토록 사람을 바보로 만들고 농락할 수가 있단 말인가.

하지만 나라가 그토록 길길이 날뛰고 있는 와중에도 눈앞에 있는 이 얄미운 남자는 믿을 수 없을 정도로 뻔뻔하게 이 상황을 즐기고 있을 뿐이었다. 그러곤 이어서 들려온 한마디로 눈앞에 닥친 이 상황을 전적으로 그에게 유리한 쪽으로 몰고 갔다.

"살다 보면, 대체 어디 있을 수 있냐는 이런 법도 충분히 생길 수 있지 않나? 근데 내 이런 법이 당신 마음엔 별로 안 드는 모양이군. 애써 돌아왔더니 반겨주지도 않고. 그냥 도로 영국으로 돌아갈까?"

"아, 아니요!"

말을 하기 무섭게 등을 돌리는 카인을 보곤 나라가 질겁하듯 외쳤다. 그러자 애시당초 그럴 생각 따윈 없었던 카인이 느린 몸짓으로 다시금 나라를 향해 돌아섰다. 그러곤 미소 지었다. 창문을 투과하는 오후의 햇살보다도 눈부시게. 그러면 방금 전까지만 해도 한없이 그를 원망하고 있던 나라의 마음은 언제나 그러했던 것처럼 손바닥 뒤집듯 뒤집히고 만다.

밉지만, 모든 걸 속이고 여태껏 자신을 놀린 그가 한없이 밉지만 어쩔 수 없는 일이었다. 불과 보름 전 런던에서 만났었던 이 남자가 고작 보름뿐인 이 공백 동안 정말이지 사무칠 정도로 그리웠다는 것만큼은 부정하려야 부정할 수 없는 사실이었기에.

"언제까지 그렇게 놀라고만 있을 생각이지?"

어느새 글썽해진 눈으로 자신을 바라보고만 있는 나라를 향해 카인이 나지막이 속삭였다.

"약속한 대로 당신 곁으로 돌아왔는데 반갑다는 인사도 제대로 안 해줄 건가?"

은근한 어조로 속삭인 그가 나라와 눈높이를 맞추어 고개를 숙였다. 그러곤 입을 꾹 다문 채 아무 말도 하지 않는 그녀의 얼굴을 빤히 바라본다. 투명할 정도로 맑게 빛나는 푸른 눈동자가 그녀를 가득 담은 채 아치형으로 휘어들었다.

그의 푸른 시선에 어느새 화난 것도 잊어버린 나라의 심장이 다시금 뛰기 시작했다. 빠르지만 규칙적인 템포의 기분 좋은 울림이 그녀의 귀 옆에서 둥둥 울려 퍼졌다.

어쩜 이리도 야속할 수가 있는지. 어쩜 이리도 원망스러울 수가 있는지. 그리고 또⋯⋯ 어쩜 이리도 근사할 수가 있는지.

그를 생각하기 시작하면 도저히 수치화할 수 없게 되어버리는 스스로의 감정을 떠올리며 나라는 이내 포기하듯 그에게로 손을 뻗었다. 이렇듯 무기력한 스스로가 한심스럽기 짝이 없었지만 어쩔 수 없었다. 이 남자가 뻗친 유혹의 손길에 심장이 온통 사로잡혀 버려서, 버텨보자 아무리 마음을 먹어본들 이미 몸은 그녀의 이성을 배반하고 말았으므로.

"어떤 식의 인사를 바라시는데요?"

카인의 단단한 가슴을 빈틈없이 감싸고 있는 그의 셔츠를 움켜쥐어 당기며 나라가 나른하게 속삭였다. 유혹적으로 빛나는 흑요석빛 눈동자가 마주하는 시선 위를 뭉근하게 핥아낸다. 줄곧 태연자약하던 카인의 표정이 드디어 오롯이 마주 보게 된 그녀의 눈동자 앞에서 천천히 진심을 내비치기 시작했다.

지금은 비록 아무렇지 않은 듯 천연스럽게 웃고 있지만, 오늘 이 순간을 위해서 내가 얼마나 노력했는지 너는 알지 못한다. 공항까지 달려와 준 너를 향해 각자의 자리에서 최선을 다한 뒤 다시 만나자고 말하며 돌아섰던 그 순간을 내가 하루에도 수백 번, 수천 번씩 후회했다는 사실을 너는 알지 못한다.

유독 비가 많은 런던에서 창밖으로부터 빗소리가 들려올 때면, 그때마다 너의 눈물을 떠올리며 가슴을 도려내는 고통에 수도 없이 몸부림쳐야 했던 나를 너는 알지 못한다. 널 당당히 마주할 수 있는 이 순간을 성취하기 위해서 내가 얼마나 안간힘을 쓰며 뼈를 깎는 고통을 참아냈는지 너는 알지 못한다.

하지만 그런 것 따위 알지 못해도 좋다. 네가 지금 이 순간 바로 내 눈앞에 있으니까. 그토록 간절히 원하고 또 원했던 네가 지금 바로 내 눈앞에서 눈이 멀 정도로 환하게 미소 짓고 있으니까.

카인은 천천히 손을 움직여 그의 가슴 위에 닿아 있는 나라의 손을 따사롭게 감싸 쥐었다. 그녀의 손끝을 잡아당겨 의식을 치루듯 경건하게 그 끝에 차례대로 입을 맞추었다. 드디어 함께할 수 있게 되었음을 감사하듯. 그리고 여기까지 올 수 있도록 자신을 독려해 준 그녀에게 감사하듯. 그러곤 이어, 정염에 휩싸여 새까맣게 가라앉은 푸른 눈동자로 그녀를 직시하며 유혹적인 허스키 보이스로 은밀하게 속삭였다.

"당신이 지금 생각하고 있는 바로 그 인사."

귓전을 짜릿하게 데우며 울려 퍼진 낮은 속삭임을 끝으로 그가 고개를 숙여 나라와 입을 맞추었다. 살짝 열린 창문 틈새로 새어 들어온 겨울의 시린 바람이 차마 그들을 방해하지 못하고 살짝 옆으로 비껴 나간다. 문득 복도가 소란스러워지며 주변에서 어지럽게 흐트러지는 사람들의 발걸음 소리가 들려왔다.

카인은 손을 뻗어 비상계단과 복도를 연결하고 있는 문을 닫아 버렸다. 쾅! 소리와 함께 문이 닫히고, 더욱 거칠 것이 없어진 그의 손길이 보다 더 농염하게 나라를 탐하기 시작한다. 처음엔 저

항했지만 집요하게 뻗어오는 그의 유혹을 끝내 뿌리치지 못한 나라가 결국 주저하듯 그를 받아들이고 말았다.

맞닿은 두 개의 가슴 사이로 흘러들어 오는 벽찰 정도로 뜨겁고 격정적인 바람. 나라를 향한 카인의 치명적인 유혹은 이제부터가 시작이었다.

에필로그 Last Carnival

4월. 구름 한 점 없이 맑고 쾌청한 날씨였다. 꽃내음을 흠뻑 실은 싱그러운 봄바람을 맞으며, 나라는 색색의 튤립이 만개한 정원의 중심에 앉아 있었다.

소풍과 나들이로 한창인 탓인지 평일임에도 불구하고 공원은 가족 단위, 더러는 학교 단위로 온 사람들로 인해 북적거리고 있었다. 개중에는 풍선을 놓치고 우는 아이도 있었고, 연인의 성화에 못 이겨 연거푸 놀이기구를 탔다가 결국 구석에서 오바이트를 하는 남자도 있었다. 하지만 그 많은 인파들 가운데 한 가지 공통점이 있다면 그것은 저마다 각자의 행복을 즐기고 있다는 것이었다.

튤립 정원 가운데 있는 벤치에 앉아 물끄러미 사람 구경을 하고 있는 나라 또한 마찬가지였다. 회사 창립기념일이라고 하여 모처럼 만에 휴일을 맞은 오늘, 나라는 휴일이 있기 일주일 전부터 줄기차게 카인을 조른 끝에 근처 놀이공원에 나들이를 나왔다. 한국으로 돌아오긴 했지만 더 높아진 직책만큼 일거리 또한 산더미처럼 늘어난 연인 탓에 여태껏 이렇다 할 데이트도 한 번 못 해보고 있었기 때문이다.

쉬고 싶은 모양인지 그는 자꾸 근사한 호텔 라운지에서 식사나 같이 하자며 능글맞게 튕겨댔지만, 나라는 이렇듯 화창한 봄날에 바깥공기 한 번 마시지 못하고 인공적인 공간에 갇혀 있고 싶지는 않았다. 물론 그보다도 이런저런 놀이기구를 닥치는 대로 타며 카인의 그 기고만장한 얼굴이 고통으로 일그러지는 모습을 구경하고 싶기도 했지만.

그런데 나라의 이렇듯 사악한 계략을 눈치채기라도 한 건지, 아이스크림을 사올 테니 여기 앉아 기다리라 했던 카인이 도통 모습을 보이지 않고 있었다.

바람 끝에 날리는 새하얀 치맛단을 살짝 눌러 잡으며 나라는 주변을 두리번거렸다. 기다리는 시간이 점점 길어져 어느덧 15분이 되어가고 있었다. 사람이 너무 많아서 줄이라도 서 있는 건가? 살짝 지쳐 가는 탓에 시무룩한 표정을 지으며 두 다리를 번갈아 까딱거리고 있을 때였다.

툭툭.

어깨 위에서 묵직한 감각이 두 번쯤 느껴졌다. 동시에 허공에서 통통 튀고 있던 나라의 다리가 우뚝 멈추었다. 드디어 그가 온 모양이었다. 좀 골려 줘야지. 나라가 손가락으로 미간을 잡아 일부러 인상을 구기곤 툴툴거리며 뒤를 돌아보았다.

"왜 이렇게 늦으셨어요. 아이스크림 사러 직접 공장에라도 다녀……."

말끝에 미처 마침표를 찍지 못하고 하던 말을 멈추고 말았다. 당연히 그일 것이라고 생각하고 돌아본 곳에 웬 늑대 인형 탈과 옷을 쓴 사람이 아이스크림을 들고 서 있었다. 이 놀이공원에서 일하는 알바생인 모양이었다. 순간적으로 넋을 놓곤 동그란 눈을 깜빡이고 있던 나라는 뒤늦게 정신을 차리고 꾸벅 고개를 숙였다.

"죄송합니다. 기다리던 사람인 줄 알고."

사과의 말을 건넨 뒤 다시금 앞을 바라보는데 등 뒤에서 또다시 어깨를 두드렸다. 뭐지? 고개를 갸웃하며 뒤를 돌아보자 그런 그녀의 코앞으로 늑대 인형이 불쑥 아이스크림을 내밀었다. 직전에 늑대 인형을 멍하니 바라보았던 것과 마찬가지로 그가 내민 아이스크림 또한 멍하니 바라보다가 나라가 이내 말문을 뗐다.

"아, 고맙지만 아이스크림을 사다 주기로 한 사람이 있……."

그녀가 뭐라 말을 마치기도 전에 늑대 인형이 덥석 손을 잡아 아이스크림을 쥐여 주었다. 그러곤 다짜고짜 그녀의 옆에 앉았다. 그 대책 없는 행동들이 나라는 당황스럽기 그지없었다.

"이러시면 안 되는데."

나라는 머뭇머뭇 말문을 열며 난처한 시선으로 늑대 인형을 바라보았다. 무슨 영문으로 이러는지 알 수는 없으나 혹여나 이 모습을 카인이 봤다가는 두말할 것 없이 불호령이 떨어질 터였다.

그러기 전에 어서 이 늑대 인형을 보내든지 해야 한다. 카인이 어디서 불쑥 나타나지는 않을까 걱정되는 마음에 주변을 살피며 나라가 말했다.

"저기요. 제 애인이 좀 질투쟁이에 극성이라서 늑대 씨가 제 옆에서 이러고 있는 거 보면 정말 큰일 나거든요?"

나라의 다급한 목소리에 늑대 인형이 느리게 고개를 돌려서 나라 쪽으로 향했다. 나라를 보고 있는 것인지 어쩐지는 탈에 가려져 있기 때문에 알 수 없었다. 하지만 느껴지는 분위기가 보는 이로 하여금 답답하다 싶을 정도로 느긋했다. 뭐가 이렇게 태평하나 싶어서 짜증 나는 마음에 입을 뻥긋거리려는데 늑대 인형이 불쑥 손을 뻗어 아이스크림을 쥐고 있는 나라의 손을 덥석 잡아 그녀의 입술 앞으로 밀었다. 예상치 못한 행동에 미처 방어하지 못한 아이스크림이 그녀의 입술에 하얗게 묻어버렸다.

'아니, 이 늑대가!'

"이보세요!"

아이스크림이 묻어 하얗게 반들거리는 입술로 꽥 외치며 나라가 자리에서 벌떡 일어났다. 외간 여자의 손을 덥석 잡고 그도 모자라 아이스크림까지 들이미는 행동들이 하나같이 무례하기 짝이 없었다. 돈 버느라 뙤약볕에서 고생하는 것 같기에 봐주려 했더니 도저히 안 되겠다. 얼굴을 붉으락푸르락하며 한 소리 내지르려던 찰나였다.

"걱정 마. 아마 그쪽 애인도 나랑 같은 동족이라, 나는 봐줄 테니까."

늑대 인형 속에서 낮게 공명하며 귓가에 닿아오는 목소리에 나라가 입술을 멈추었다. 어디선가 들어본 듯한 귀에 익은 목소리와 말투. 혹시…….

문득 머릿속을 스치고 간 생각과 함께 나라가 다급히 손을 뻗어 늑대 인형의 탈을 벗겨냈다. 벗겨 올려진 탈 밖으로 드러난 짙은 흑갈색의 머리카락이 땀에 젖어 잔뜩 헝클어져 있었다.

"카, 카……."

"이 늑대 탈 나랑 꽤 잘 어울리지 않아?"

나라가 혼이 빠진 표정을 지은 채 들고 있는 탈을 빼앗듯 받아 들며 늑대가 능청스럽게 속삭였다. 기분 좋은 듯 하현달 모양으로 잔뜩 휘어 있는 푸른 눈동자가 작렬하는 태양 빛을 받고 찬란하게 빛난다. 늑대 인형 속에 있는 그는 진짜 늑대였다. 바로 그녀의 하나뿐인 외래종 울프, 카인 G. 맥클레인.

"카, 카인이 왜 이걸……."

"준비하면서도 틀림없이 눈치채겠지 하고 내심 걱정했었는데. 우리 애인, 생각 이상으로 멍청하군."

익살스럽게 말하며 카인이 헝클어진 머리카락을 느릿하게 쓸어 넘겼다. 무심하기 그지없는 손길 하나에 어지럽던 머리카락이 멋스럽게 정리되었다.

뭐가 어떻게 된 속인지, 선 채로 한참을 생각하고 있던 나라는 비아냥거리는 그의 말에 그제야 정신이 들었다. 멍하니 분산되어 있던 초점을 하나로 모아 카인을 내려다보았다. 그러자 그가 입매 끝을 늘씬하게 끌어당기며 보란 듯 미소 지었다. 얼굴이 확 붉어진다.

"소, 속아드린 거거든요!"

"아닌 것 같던데."

나라의 손을 붙잡아 끌어당기며 카인이 은근한 어조로 놀리듯이 속삭였다. 솔직히 말해서 전혀 생각도 못 하고 있었다. 그가 이런 인형 탈을 쓰고 자신의 앞에 나타날 것이라고는. 때문인지 그의 이렇듯 갑작스런 이벤트가 나라는 당혹스럽기도, 한편으로는 설레기도 했다. 하지만 뺨은 붉어졌을지언정 겉으로는 표를 내지 않으며 마지못한 듯 그의 옆에 앉았다.

"뜬금없이 이게 뭐예요? 하나도 재미없던데, 뭐."

"재미없어 하는 것 같긴 하더군."

나라의 손에 쥐어져 있는 아이스크림을 빼앗아 한 입 크게 베어 물며 카인이 말했다.

"어디서 내가 나타나진 않을까 벌벌 떠느라."

"진짜 얄미운 거 알죠?"

나라가 쫙 찢어진 눈으로 그를 째려보며 불퉁스럽게 중얼거렸다. 바로 옆에서 날아드는 날카로운 시선을 간단히 무시해 버린 카인이 나라의 손을 덥석 잡아 손부채질을 하며 넉살 좋게 말을 돌린다.

"근데 이거 진짜 두 번 할 짓은 못 되겠어. 겨울이라면 모를까 너무 더워."

"그러게 누가 이런 장난치래요?"

"프러포즈해야 되는데 어쩔 수 없잖아."

"어련하셨겠습니까."

카인의 손길로 인해 의지도 없는 손부채질을 해주며 나라가 무심히 되받아쳤다. 그러다가 순식간에 뇌리를 스치고 지나간 단어 하나에 잠시 사고가 멈추었다.

"잠깐."

프러포즈? 프러포즈를 해야 되다니? 설마 그 프러포즈?

"네? 네에?"

머릿속에서 연거푸 버퍼링에 걸리는 그 단어를 되새기며 나라가 두 눈을 화등잔만 하게 뜨고 카인을 바라봤다. 하지만 정작 그 말을 뱉은 장본인은 그 단어가 일으킨 파장 따위엔 관심도 없는 것 같았다.

"명색이 프러포즈라 뭔가 하긴 해야 되겠고, 근데 딱히 좋은 수는 생각이 안 나고. 근사한 호텔 라운지에 가서 노래라도 불러주려고 했더니 그건 죽어도 싫대고. 놀이공원 가고 싶어 죽겠다고 떼를 쓰는 통에 프러포즈 명소들 다 뒤로하고 여기까지 끌려왔으니, 되는 대로 인형 탈 쓰고 재롱이라도 부리는 수밖에."

천연덕스럽기 그지없는 말투로 말을 맺은 후 카인이 비긋이 고개를 돌려 나라를 마주하였다. 싱그러운 하늘빛이 시야로 왈칵 밀고 들어와 심장마저 푸르게 적신다.

"어떻게 할 거지? 나 너무 더워서 이 짓 두 번은 절대 못 할 것 같은데. 내 프러포즈 받아줄 건가?"

"구, 구체적으로 무슨 프러포즈인데요?"

순식간에 이루어진 상황에 혼란스러움이 앞서서, 지금 눈앞에 펼쳐진 이 상황이 쉽사리 믿어지지 않아서, 나라가 상황을 정리하듯 느릿하게 되물었다.

"뻔하잖아."

혼란에 휩싸여 있는 까만 눈동자 위로 당당하게 빛나고 있는 푸른 눈동자가 올곧게 닿았다.

"나와 결혼해줘, 나라."

한 치의 주저함도, 망설임도 없이 카인이 말했다. 그의 입술을 통해 흘러나온 그 직접적인 단어에 달아오른 심장이 발밑까지 쿵 내려앉았다. 순간 눈앞이 아찔해졌다. 외부의 소리가 뚝 단절되며 귓속이 멍멍해졌다. 멍멍해진 귓속으로 방금 전 그가 읊은 말들만이 연거푸 반복되며 환청처럼 휘돌았다.

나라는 정신을 차리고 다시 앞을 바라보았다. 그러자 변함없이 강직한 시선이 시야를 꿰뚫을 듯 곧게 뻗어오고 있었다. 그것은 허락을 기다리는 이의 눈빛이 아니었다. 분명 뱉은 말은 허락을 구하는 말이었으나 마주하고 있는 시선은 마치 그녀가 틀림없이 그의 프러포즈를 받아들일 거라고 확신이라도 하는 것처럼 당당하게 빛나고 있었다.

"뭐, 뭐예요 대체?"

기쁘면서도 수줍고, 한편으로는 어처구니가 없어서 나라가 괜스레 퉁명스럽게 말했다.

"당신이라는 남잔, 명색이 프러포즈라면서 어쩜 이렇게 긴장감이나 떨리는 기색도 하나 없이 말할 수 있는 거예요?"

"이게 바로 당신이 사랑한 내 모습이니까."

심장을 앗아 갈 정도로 유혹적인 미소를 지으며 그가 대답했다. 카인의 이렇듯 기고만장한 자신감이 조금 얄미웠지만 나라는 차마 부정할 수 없었다. 그의 자신감이 그저 근거 없는 자신감은 아니었으므로. 처음부터 끝까지 언제 어디서든 당당하고 때로는 뻔뻔하게까지 보였던 그의 모습에 자신도 모르는 사이 마음을 빼앗겨 버린 건 사실이었으니까.

프러포즈를 받았으니 뭐라고 대답을 하긴 해야 할 텐데. 그냥 'Yes or No'로 답하기에는 뭔가 싱거운지라 나라가 어찌 답해야 할지 진지하게 고민하고 있을 무렵, 카인이 말했다.

"지금까진 농담이었어."

"농담이라니요?"

뜬금없이 튀어나온 그의 말에 나라가 두 눈을 휘둥그렇게 떴다. 농담이라니. 설마 지금까지 프러포즈니 결혼이니 뭐니 했던 게 모두 거짓이었다는 뜻인가?

그 같은 생각이 드는 것과 동시에 골똘히 생각하고 있던 머릿속이 차갑게 식으며 나라는 문득 부아가 치밀었다. 매사에 장난치고 놀리기 일쑤인 그라 할지라도 프러포즈를 가지고 장난을 친다는 건 절대 용납할 수 없는 일이었다. '만약 이 모든 게 거짓이고 장난이었다면 이 남자의 청혼 따윈 평생 안 받아줄 거야!'라고 속으로 아우성을 치며 그를 노려본 순간이었다.

"지금까진 농담이었고 이제부터가 진짜라고."

유들유들한 표정으로 받아친 카인이 불쑥 그녀 앞에 무릎을 꿇고 앉았다. 기사가 공주에게 청을 할 때와 같은 정중한 자세였다.

나라는 갑작스러운 그의 행동에 직전까지 열이 올라 있던 것도 까맣게 잊고 당황스런 눈으로 그를 내려다보았다.

따스한 봄바람이 그의 젖은 이마를 사르르 훑고 지나갔다. 장난기 따윈 찾아볼 수 없는 진지한 눈동자가 그녀를 마주한다. 여전히 인형 옷을 입은 채로 그가 등 뒤에서 무언가를 들어 그녀의 앞에 내려놓았다.

"어차피 반지는 식장에서 끼워줄 테니까. 프러포즈 선물로 내가 준비한 건……."

나직이 말을 건넨 카인이 나라의 발 앞에 놓여 있는 커다란 상자를 열어 그녀에게 내밀었다.

"웨딩 슈즈야."

상자 안에 담겨 있는 새하얀 구두 위로 나라의 시선이 박히듯이 내려앉았다. 전체적으로 심플한 디자인에 발목을 감싸는 스트랩에만 포인트가 들어가 있는 고급스러운 샌들이었다. 찬란히 내리쬐는 봄빛이 새하얀 구두를 더욱 하얗게 빛낸다.

"새하얀 버진로드에서 당신이 신고 걸어줬으면 하는 웨딩 슈즈. 물론 내 팔짱을 낀 채로 말이지."

내려앉은 햇살에 해사하게 반사된 새하얀 빛깔이 버진로드 위로 펼쳐진 융단처럼 눈앞에서 하얗게 번져 나갔다. 상자에 담겨 있는 구두의 한 짝을 꺼내 들며 그가 말했다.

"결혼이란 거 어쩌면 이 신발과 같은 걸지도 몰라. 처음 받았을 때는 너무나 기분이 좋고 행복하지만 아무리 발에 꼭 맞는 신발이라도 막상 신으면 길이 들지 않아서 아프고, 사람에 따라서는 발꿈치가 까지기도 하잖아. 하지만 그걸 조금만 견뎌내면 금방 또 익숙해져서 원래 내 것이었던 것처럼 편안해지는 게 바로 신발이지."

나라는 줄곧 구두를 바라보고 있던 시선을 들어 카인에게로 향했다. 그 또한 구두에 닿아 있던 눈동자를 들어 나라를 바라보고 있었다. 흔들림 없이 진실한 시선에 심장이 삐거덕 움직이며 조금씩 균열을 보인다. 그 작은 틈으로 그녀의 인생 전부를 좌우할 크나큰 바람이 거침없이 파고들어오고 있었다.

"결혼도 마찬가지라고 생각해. 처음 시작할 땐 신혼의 단꿈에 젖어서 한없이 행복할지 몰라도 살다 보면 분명 삐걱거릴 때도 있을 테고 속상한 일도 많을 거야. 연애만 하는 걸로는 미처 알지 못했던 서로의 모습에 익숙해지기까지, 어쩌면 꽤 많은 인내와 시간을 필요로 할지도 몰라. 가끔씩 너무 힘들어서 그 신발을 벗어버리고 싶다는 생각이 들 정도로. 그런데도 당신이 이 신발을 받아준다면……."

의도적으로 말을 멈춘 카인이 상자 안에 고이 담겨져 있는 흰색 구두를 꺼내어 그녀의 발 앞에 내려놓았다. 그러곤 말했다, 그가 가진 온 진심을 담아서.

"내가 당신의 발뒤꿈치를 보호해 줄 반창고가 되어줄게."

나라는 숨이 멎을 것만 같았다. 순식간에 차오른 눈물이 말간 눈동자를 가득 채웠다. 여태껏 그가 부려왔던 능청스러움과는 달리 진심으로 허락을 구하고 있는 그의 모습을 보며, 나라는 온몸을 에워싸는 격정을 도저히 참아낼 수가 없었다.

그가 던진 마지막 말이 묵직한 돌멩이가 되어 나라의 가슴속에 커다란 동심원을 그려 나갔다. 자각조차 못 하던 사이 문득 눈물이 흘러서 나라는 얼른 손등을 들어 젖은 뺨을 훔쳐 냈다. 하지만 눈물은 자꾸자꾸 흘러 그녀의 뺨을 적시고 급기야는 그녀의 손등마저 타고 흐르고 있었다.

그와 함께하며 울고 웃었던 나날들이 주마등처럼 머릿속을 스쳐 지나갔다. 그리 긴 시간은 아니었지만, 결코 짧았다고는 할 수 없는 그 시간 동안 그녀가 감당해야만 했던 마음의 무게가 꽤 컸기 때문일 것이다.

목이 콱 잠겨서 선뜻 아무런 말도 꺼내지 못하고 있는데, 탁 탁— 하고 구두 굽 부딪치는 소리가 문득 귓속으로 흘러들어 왔다. 눈물방울이 어지럽게 인 시선을 가만히 아래로 옮기자 속에 구두를 받쳐 든 채 그녀를 빤히 올려다보고 있는 카인과 눈이 마주쳤다.

"어때? 이번 프러포즈는 좀 마음에 드나?"

진지한 고백 후 다시 능청스러운 모습으로 돌아간 카인이 나라를 향해 물었다. 그러곤 손을 뻗어 눈물에 축축이 젖은 작은 뺨을 따사로운 손끝으로 다정하게 매만져 주었다. 어느새 눈물을 멈춘 나라가 빨개진 코끝으로 훌쩍이며 언제 울기나 했었냐는 듯 퉁명스럽게 말한다.

"반창고가 뭐예요. 요새 반창고 말고도 좋은 게 얼마나 많이 나왔는데."

"미안하군. 구식이라 그런지 반창고밖에는 생각이 안 나서."

카인이 멋쩍은 듯 낮게 웃었다. 그의 입가에 서린 잔잔한 미소가 주변에 살랑이는 봄 공기보다도 더 따스하게 나라의 마음을 채워왔다. 괜히 툴툴거리고 있던 나라의 입매 끝으로도 서서히 웃음이 번져 간다. 흐드러지게 핀 꽃향기가 따뜻한 바람을 타고 흘러와 나라와 카인의 옷깃에 흠뻑 배어들었다. 마주 보고 있는 서로에게서 같은 모양의 웃음이 번지고, 같은 기운이 나고 있었다. 그리고 나라는 느꼈다. 둘은 어쩔 수 없이 함께할 수밖에 없는 운명이라는 것을.

"뭐, 까짓것 붙여보죠."

울음기가 가신 당찬 목소리로 말문을 연 나라가 카인이 들고 있는 구두를 빼앗듯 받아 들어 자신의 앞에 내려놓았다. 그러곤 본래 신고 있었던 구두를 벗으며 그와 눈을 마주했다.

"원조만 한 아류란 없는 법이니까."

나라의 새하얀 발이 구두 속으로 쏙 들어갔다. 그저 보는 것만으로도 충분히 아름답던 구두가 주인을 만나자 더욱더 화려하게 빛을 발하고 있었다. '결혼'이라는 족쇄에 '카인'이라는 족쇄에 자신을 채우듯 구두의 스트랩을 채운 나라가 그녀를 빤히 올려다보는 카인의 얼굴을 양손으로 붙잡았다.

"그럼 이번엔 제가 프러포즈할게요."

붙잡은 얼굴을 잡아 올린 나라가 고개를 숙여 그의 입술 위에 쪽— 하고 짧게 입을 맞추었다. 그 작지만 짜릿한 마찰음이 주변 공기를 울리며 서로의 가슴속으로 닿는다. 분홍빛 입매의 양 끝을 동그랗게 말아 올리며 나라가 그를 향해 나직이 속삭였다.

"내 발뒤꿈치에 꼭 붙어주세요, 카인 반창고."

봄바람처럼 싱그럽고, 태양처럼 밝으며 꽃내음처럼 향기로운 그녀의 미소가 카인의 심장 주변을 따스하게 에워싼다. 놀란 듯 멈춰 있던 표정이 다시금 움직이기 시작하며 그 또한 그녀를 따라 미소 지었다. 그녀를 바라보는 짙은 하늘빛의 눈동자가 벅차는 행복을 머금고 더는 아름다울 수 없을 정도로 환하게 휘어들었다.

그리고 이윽고 찾아온 5월. 나라는 새하얀 융단 위 펼쳐진 아름다운 꽃길을 걸으며 카인의 신부가 되었다.

한편, 하나뿐인 여동생의 결혼식 후 보브라더스는······.

"아직 전화 없어?"

일을 마치고 돌아온 준이 거실에 발을 내려놓기가 무섭게 두 형제들을 향해 물었다. 민과 윤도 들어온 지 얼마 안 된 건 마찬가지였는지 옷을 갈아입지도 않은 상태로 거실 소파에 앉아 울리지 않는 전화기만 뚫어져라 쳐다보고 있었다.

그들이 기다리고 있는 것은 다름 아닌 나라의 전화였다. 바로 어제 외래종 늑대와 결혼식을 올리고, 결혼식을 마치자마자 그리스로 신혼여행을 떠난 그들의 하나뿐인 여동생.

지금쯤이면 분명 도착하고도 남았을 시간인데 여태 전화가 없다니. 혹시 항공편에 문제가 생긴 건 아닐까, 보브라더스는 문득 걱정이 되었다. 나라를 보낸 이후로 한시도 마음이 편치 않아 잠을 설친 탓인지 보브라더스의 눈 아래에는 그들이 형제라는 것을 알려주기라도 하듯 꼭 닮은 다크서클이 하나같이 턱 밑까지 내려와 있는 상태였다. 자신들이 없는 새 전화가 왔을지도 모른다는 생각에 준이 성마른 걸음으로 부엌으로 향했다.

"어머니, 혹시 나라 전화 안 왔어요?"

"나라? 전화 왔었지."

"언제요?"

"언제요?"

"언제요?"

세 개의 입이 하나가 되어 전 여사에게로 향했다. 아들들의 반색에 화들짝 놀란 전 여사가 '에구머니나!' 라고 외치며 들고 있던 국자를 놓쳐 버렸다. 하지만 모친의 놀란 가슴 따윈 안중에도 없는 세 아들들은 가슴을 쓸어내리는 그녀에게로 우르르 몰려들어 닭이 모이를 쪼듯 가열차게 질문을 퍼붓기 시작했다.

"지금 어디래요? 잘 도착했대요?"

"가는 길에 별일은 없었대요? 왜 집으로만 전화하고 우리한테는 전화를 안 한 거래요?"

준과 윤이 잇따라 질문을 늘어놓으며 두 눈을 반짝였다. 그리고 그 옆에 서 있던 둘째 민이 울먹이며 덧붙였다.

"그 자식이 잘해준대요?"

"인마, 벌써부터 그런 걸 물어보냐?"

불쑥 맥을 끊는 질문에 준이 나무라며 민의 뒤통수를 냅다 후려쳤다. 도긴개긴인 녀석들이 누굴 보고 서로 나무라는 것인지. 세 아들들의 극성에 혀를 끌끌 차며 전 여사가 등을 휙 돌렸다.

그러자 보브라더스가 여지없이 찰싹 따라붙으며 그녀에게 물었다.

"어머니, 나라 그리스래요? 한국에서 그리스로 바로 가는 직항은 없을 텐데. 두바이래요?"

"오빠들 잘 있냐고는 안 물어봐요? 대체 전화는 언제 왔었어요?"

쉴 새 없이 몰아치는 질문 공세. 결국 참다못한 전 여사가 손에 들고 있던 국자를 하늘 높이 쳐들며 유리창도 깨부술 만큼 쩌렁쩌렁하게 외쳤다.

"저녁 준비하느라 바쁘니까 너희들이 직접 전화해서 물어봐, 이 녀석들아!"

시끌벅적하던 집 안에 일순 정적이 흘렀다. 구수한 음식 냄새를 가르며 퍼져 나간 전 여사의 목소리가 메아리가 되어 되돌아온다. 모친의 갑작스런 악에 새하얗게 굳은 아들들이 차마 입을 뻥긋거리지 못하고 그녀를 바라보았다.

죽어라 키워 놨더니 제 여동생밖에 모르는 팔불출 브라더스가 되다니. 기가 막혀 한참을 씨근덕거리던 전 여사가 더는 보기 싫다는 듯 가스레인지 쪽으로 몸을 돌린 순간이었다.

"아, 그러면 되겠구나."

준의 입을 통해 흘러나온 낮은 중얼거림과 함께 후다닥 부엌을 빠져나가는 소리가 전 여사의 등 뒤로 들러붙었다. 여동생 먼저 시집보내고 마음 허할 아들놈들 생각한답시고 기껏 매운탕을 끓이고 있던 전 여사는 문득 찾아드는 허탈감에 들고 있던 국자를 바닥에 내팽개쳐 버렸다.

"내가 저것들을 먹인다고 이 저녁상을 차리고 있으니."

가스 불에 끓어오르는 냄비만큼이나 혈압이 상승하고 있는 그들의 모친을 뒤로하며 거실로 뛰어나온 보브라더스가 나라의 호텔 전화번호가 적혀 있을 수첩을 찾아 일사불란하게 움직였다.

"형, 이건가 봐!"

열심히 뒤진 끝에 한 건 해낸 윤이 큰 소리로 외치며 손에 든 수첩을 하늘 위로 번쩍 쳐들었다. 다급히 그것을 받아낸 준이 수첩에 적힌 번호를 따라 숫자 판을 눌렀다.

몇 번의 신호음이 간 끝에 호텔 안내원이 전화를 받곤 나라가 투숙하고 있는 호실로 전화를 연결해 주었다. 잔뜩 숨을 죽인 세 형제의 귀가 일제히 수화기로 집중되었다.

"받았어?"

"좀 기다려 봐, 인마."

민의 성마른 음성에 면박을 주며 준이 수화기를 붙든 손끝에 힘을 실었다. 몇 번쯤 반복되던 신호음이 어느 순간 뚝 그친다. 전화를 받은 모양이었다.

"여보세요. 나라야?"

"받았어? 전화 받았어? 나라야!"

"형, 나 좀 바꿔줘 봐. 나 좀!"

누가 먼저랄 것도 없이 세 형제들이 전화기의 좁은 구멍에 대고 앞다퉈 외치기 시작했다. 잠시 조용했던 집 안이 순식간에 떠들썩해졌다.

"야 이 자식들아! 조용히 좀 해봐! 너희들 때문에 나라 목소리가 하나도 안 들리잖아!"

큰형답게 나서서 형제들을 잠재운 준이 사납게 번들거리는 눈동자로 민과 준을 노려보며 다시금 수화기를 붙들었다. 그러곤 격앙된 목소리를 차분히 가라앉히며, 종전까지와는 다른 근엄한 음성으로 말을 뱉었다.

"나라야, 오빠야. 두바이엔 잘 도착했어?"

차분한 물음 뒤 대답을 기다리는 동안 살짝 공백이 생겼다. 어쩐 일인지 애타게 기다리는 여동생의 목소리가 전화 너머로 조금도 넘어오지 않고 있었다. 해외라 감이 먼 탓일까? 고개를 갸웃거린 준이 다시 한 번 나라를 불렀다.

"나라야?"

"왜 그래, 형?"

"무슨 일이라도 있대?"

그리고 그 순간.

"아니. 잠깐만, 잠깐만 조용히 해봐."

문득 들려온 미미한 음성에 준이 황급히 형제들을 조용히 시켰다. 준의 명령에 입을 꾹 다문 민과 윤이 숨을 죽인 채로 준을 따라 수화기에 귀를 바짝 갖다 댔다. 서서히 익숙해지는 정적과 함께 비로소 민감해진 청력. 지나가는 개미 소리에도 예민하게 반응할 청력에 온 힘을 기울여 전화에 집중하고 있던 때였다.

[아아…… 카…… 인…….]

귓속으로 적나라하게 파고들어오는 익숙한 이의 음성에 수화기를 붙잡고 있는 준의 손끝이 새하얗게 굳었다. 대체 왜 그러느냐며 옆에서 기웃대고 있던 민과 윤 또한 준에게서 수화기를 뺏어 들자마자 그들의 형처럼 새하얗게 굳어버리고 말았다.

하지만 보브라더스가 그토록 돌처럼 굳어가고 있는 상황에서도 수화기 너머에서는 그들이 그토록 듣고 싶어 하던 이의 음성이 그들이 차마 상상도 못 한 야릇한 감도로 쉴 새 없이 울려 퍼지고 있었다. 그리고 이윽고…….

"보민, 보윤."

정신을 놓은 듯 허공을 응시하고 있던 준이 나직이 자신의 형제들을 불렀다. 귓속으로 찾아든 생생한 충격에 너 나 할 것 없이 멍 때리고 있던 두 형제가 얼어붙은 동태 눈알마냥 퀭한 눈초리로 자신의 형을 바라보았다. 믿기 힘든 소리가 계속해서 흘러나오는 수화기를 단호히 내려놓은 준이 자리에서 벌떡 일어난다. 그러곤 분에 받친 목소리로 쩌렁쩌렁하게 외쳤다.

"당장 두바이 항공편 끊어—!"

두바이로 건 전화 한 통으로 인해 휘청 휘어진 보씨네 하우스. 이로써 카인은 그토록 둘을 방해했던 보브라더스에게 그에 맞먹는 통쾌한 복수를 해주었다.

외전 씨밤바와 섹시봉봉

뜨거운 태양 빛이 작렬하는 푸른 잔디구장 위로 밭은 호흡 소리
가 터져 흘렀다. 뚝뚝 떨어진 땀방울이 역동적으로 움직이는 남자
의 구릿빛 피부를 빛내고 있었다. 햇살을 받아 하얗게 빛나는 둥
근 가죽 공이 우렁찬 함성 소리를 뒤로하며 빠르게 돌진하고 있는
남자의 현란한 발놀림을 따라 탄력적으로 튀어 오른다. 점점 더
고조되어 가는 열기. 기민하게 공을 몰아 상대 진영으로 진입한
남자가 그의 왼편에 있는 스트라이커에게 볼을 패스하려던 순간
이었다.

[아, 이게 무슨 일인가요!]

일순 끊어져 버린 경기의 흐름과 함께 관중석과 캐스터석에서
안타까움 섞인 탄식이 흘러나왔다. 방금 전까지만 해도 가열하게

운동장을 누비고 있던 선수가 바닥에 쓰러진 채 발목을 붙잡고 있었다. 푸른 잔디 위를 뛰어다니며 경기를 즐기던 얼굴이 고통에 일그러진 채 눈조차 뜨질 못했다. 원인은 볼을 패스하려던 순간 갑자기 치고 들어온 상대 측 수비수의 과도한 태클 때문이었다.

[인천 UDT 보민 선수가 오른쪽 발목을 붙잡고 고통을 호소하고 있네요. 아무래도 발목에 무슨 문제가 생긴 모양입니다.]

상황을 지켜보던 캐스터가 애 마른 음성으로 선수의 상태를 중계했다. 인천 UDT 측 관중석에서는 다친 선수를 향한 우려 섞인 목소리와 상대편 팀 선수를 향한 야유가 함께 쏟아지고 있었다. 벤치에 있던 감독과 코치가 우르르 필드 위로 달려 나와 선수의 상태를 살폈으나 결국 고개를 내저었다. 이윽고 대기하고 있던 응급구조원들이 들것을 들고 필드로 달려 나왔다.

[이런. 결국 들것에 실려서 나가는군요.]

[보민 선수, 부디 큰 부상이 아니어야 할 텐데요.]

우려 섞인 캐스터의 말과 함께 남자가 들것에 실려 필드를 벗어났다. 관중석으로부터 쏟아져 나오는 한숨들을 뒤로한 채 잠시 후, 경기는 재개되었다.

"젠장!"

남자가 다리에 얹어져 있는 아이스팩을 집어 들어 바닥에 내던졌다. 유럽 축구팀 스카우터까지 와 있었기에 다른 어떤 때보다도 제 기량을 발휘해야 했던 경기였다. 그런데 고작 전반 15분밖에 안 돼서 이 꼴이 되다니. 자신에게 닥친 이 기막힌 상황에 민은 화가 나서 미칠 지경이었다. 거기에 부상으로 당분간 경기 출전은 힘들겠다는 통보까지 받자 화가 순식간에 머리끝까지 치밀어 올랐다.

"한동석 그 개자식을 그냥!"

욱하는 성질을 참다못한 민이 급기야 거칠게 욕설을 뱉으며 자리에서 벌떡 일어났다. 해외로 진출할 수 있는 절호의 찬스였는데 한동석 그 자식이 모두 망쳐 버렸다. 신인 시절부터 하나같이 마음에 드는 것이 없던 녀석이었는데 일찍이 손보지 못한 것이 이런 후환을 낳은 것이다.

민은 자신이 다쳤다는 사실도 잊고 절뚝거리는 다리로 성마르게 걸음을 옮겼다. 하지만 미처 의무실을 빠져나가기 전, 때마침 달려 들어온 윤 코치가 민을 얼른 붙잡아 진정시켰다.

"인마! 너 그러다가 더 큰 부상 입으면 어쩌려고 그래!"

"이거 놔요! 그 상황이 그렇게 태클 들어올 상황이었냐고요! 그 자식이, 한동석 그 자식이!"

"너 억울한 거 알아, 인마!"

격렬하게 저항하는 민의 어깨를 다급히 붙잡으며 윤 코치가 소리쳤다.

"그래도 어떻게 해! 이미 엎질러진 물인데! 이미 늘어난 인대가 그 자식 한 대 친다고 해서 다시 줄어들 것도 아니고, 괜히 부상 악화시키지 말고 일단 재활하는 데 매진해!"

"하지만!"

"꼭 오늘이 아니라도 기회는 또 얼마든지 있어."

쉽사리 가라앉지 않는 화에 거칠게 씨근거리는 민의 말을 윤 코치가 다시 한 번 가로막았다.

"비록 잠깐이었지만 오늘 온 스카우터들, 네 실력 분명히 알아봤을 거야. 한 번 간을 봤으니 다음번에는 더욱 예의 주시해서 지켜보겠지. 그러니까 일단 완치부터 하자. 다행히 경미한 부상이라니까 금방 재기할 수 있을 거야."

그만 진정하라는 듯 힘이 잔뜩 들어간 민의 어깨를 툭툭 두드린 뒤 윤 코치가 민의 어깨를 억지로 눌러 앉혔다. 마지못해 자리에 앉은 보민이 압박 붕대로 동여맨 자신의 오른쪽 발목을 착잡한 시선으로 내려다보았다.

전치 4주의 발목염좌. 윤 코치의 말대로 그리 큰 부상은 아니었으나 재활 기간까지 합한다면 꽤 많은 시간이 걸릴지도 몰랐다. 축구를 생각하지 않고는 단 하루도 살아본 적이 없는 그였는데 그 긴 시간을 어떻게 견뎌낼지. 뜨겁게 내리쬐는 태양 아래서 뛸 수 없는 그 시간이 민은 벌써부터 끔찍했다.

"보나라, 넌 아직도 서 팀장님이랑 그렇게 지지부진이냐?"

파자마 차림의 다연은 핸즈프리를 귀에 꽂은 채 카트를 밀고 가며 이것저것 찬거리와 생필품들을 골라 담았다. 주말이라 그런지 마트는 대낮임에도 불구하고 일찍부터 사람들로 북적이고 있었다. 모처럼 하는 바겐세일 때문인 듯싶었다.

정육점 코너에 가서 30% 할인 행사를 하는 꽃등심 한 팩을 집어 들어 카트에 넣는데 귀에 꽂고 있는 핸즈프리 너머에서, 8년 지기 친구인 나라의 한숨 섞인 목소리가 나지막하게 들려왔다.

[도저히 그럴 마음이 안 드는 걸 어떡해. 나도 정말 죽겠다. 내가 왜 이러는지 나도 정말 모르겠어.]

교제를 시작한 지 벌써 1년이 거의 다 되어가는 남자친구와 선뜻 거사를 치루지 못하는 통에 근심에 휩싸여 있는 친구의 목소리를 들으며 다연이 혀를 끌끌 찼다.

"야, 그러다가 서 팀장님 몸에 사리 끓겠다. 서 팀장님이 무슨 중도 아니고. 그럴 바에야 차라리 석가모니를 사귀어라."

[아무튼 너란 앤! 이상한 소리 좀 그만해! 얼마 전에 작은 오빠 부상 당해서 안 그래도 기분 뒤숭숭해 죽겠는데.]

"작은 오빠? 프로 축구팀에서 공 찬다던 네 둘째 오빠 말이야?"

줄곧 심드렁하게 답하고 있던 다연이 순간 유유히 움직이던 발걸음을 우뚝 멈추었다.

[그래. 얼마 전에 경기 뛰다가 부상 당했단 말이야. 이런 일이 처음이라 그런지 답지 않게 기운 빠져 있어서 보기 너무 안쓰러워. 덕분에 집안 분위기도 별로 안 좋고.]

운동에는 워낙에 소질도 없고 관심도 없는지라 스포츠에 관해선 문외한인 다연이었지만, 사소한 부상이라도 운동을 생업으로 삼고 살아가는 사람에게 있어서는 치명적이라는 것 정도는 알고 있었다. 얼굴 한번 본 적이 없는 사람이었지만 나라의 오빠라는 이유 때문인지 어쩐지 남의 일 같지 않고 측은했다.

"어쩌다가 그렇게 된 거야? 큰 부상은 아니겠지. 너무 걱정하지 마."

[그렇겠지. 후, 오빠가 빨리 기운 차렸으면 좋겠다.]

"그나저나 넌 너네 오빠들 언제 한번 보여줄 거냐?"

부상 당했다던 제 오빠만큼이나 기운이 쭉 빠져 있는 나라의 기분을 바꿔 줄 요량으로 다연이 불쑥 화제를 돌리며 멈추고 있던 카트를 앞으로 밀고 나갔다.

"너 안 지가 벌써 8년이 다 되가는데 어떻게 된 게 여태껏 너네 오빠들 얼굴을 한 번도 못 봤다. 네 얼굴 보면 너네 오빠들도 꽤 잘 빠졌을 것 같은데."

[야, 강다연. 너는 이 시점에서도 그런 말이 나오니!]

그다지 적절한 처사는 아니었던지 나라가 전화기 너머에서 꽥 소리를 질렀다. 핸즈프리를 끼고 있는지라 더없이 크게 들린 나라의 목소리가 고막을 냅다 찔러댄다. 전화기라면 잠시 귀에서 멀찌감치 떼기라도 하겠는데 귀에 쏙 들어가 있는 핸즈프리인지라 그조차도 할 수가 없었다. 머릿골이 지끈거린다.

"아이고, 두야. 알았다, 알았어. 안 본다, 안 봐. 오빠 없는 년 어디 서러워서 살겠냐. 내가 치사해서라도 안 본다! 내가 봤을 땐 너도 너네 오빠들 못지않게 브라더 콤플렉스 있어. 너 너희 오빠들 나 안 보여주는 거 혹시나 소개해 줬다가 나한테 뺏길까 봐 두려워서 그러지?"

[어휴, 내가 너랑 대체 무슨 소리를 하겠니. 끊어!]

얄밉게 이죽대는 다연의 말을 끝으로 나라가 또 한 번 빽 소리를 내지르며 전화를 끊어버렸다. 조금 전의 여파가 남아 있는 머릿속이 또 한 번 찌르르 울린다. 귓속에 꽉 들어차 있는 핸즈프리를 곧장 빼내며 다연이 가느다란 새끼손가락으로 귓속을 후벼 팠다.

"기지배, 기차 화통을 삶아 먹었나."

그러곤 다시금 터덜터덜 장거리를 찾아 향하다가 가는 길에 있던 의료품 코너 진열대에서 대일밴드를 보곤 문득 생각난 듯 중얼거렸다.

"그 작은 오빠란 사람도 참 심란하긴 하겠다."

세상 사는 게 못지않게 척박해서 그런지 지나가는 개미 똥구멍에도 신경이 쓰이는 다연이었다.

❖

—오빠, 요즘 부상 때문에 힘들지? 다 잘될 테니까 너무 걱정하지 말고 힘내! 파이팅!

하나뿐인 여동생 나라로부터 온 문자메시지를 읽으며 민은 착잡한 듯 한숨을 쉬었다. 오빠 된 입장으로서 여동생을 격려해 주지는 못 할망정 오히려 격려받는 입장이 되다니 이런 스스로가 한없이 한심스럽고 쪽팔렸다. 태연한 척 답장을 보낼까 하다가, 그러기에는 영 마음이 내키지 않아 결국 답장을 쓰지 못한 채 핸드폰을 내려놓았다.

초등학교 2학년. 둥근 흰색 공이 처음 발끝에 닿았던 그때부터 줄곧 보민은 축구만을 생각하면서 살아왔다. 똑똑한 형제들과는 달리 머리가 나빠 공부에는 영 소질도 흥미도 없었던 그였지만, 축구공을 발끝으로 차며 흙먼지 날리는 운동장을 뛰어다니는 그 순간만큼은 세상 모든 것을 가진 것처럼 즐겁고 또 행복했다.

그런데 그런 그가 꼬박 한 달째 발끝으로 축구공 한 번 건드려 보지 못하고 가만히 있으니 답답한 것은 당연한 일이었다. 게다가 날려버린 스카우트 기회를 생각할 때마다 문득 한 번씩 치미는 후회는 민을 짙은 자괴감 속으로 더욱더 고립되게 만들었다. 꼭 산 송장이 된 기분이다.

"구단에서 요즘 꿈나무 축구단을 운영하고 있어. 물리치료만 받고 있기도 지루할 텐데 바람도 쐴 겸 거기 가서 일일 강사나 하고 와. 간단한 드리블이랑 볼 컨트롤 시범 정도만 보이면 되니까 발목에 그렇게 무리가 가진 않을 거야."

공도 차지 못하고 주구장창 벤치에 눌러 앉아 있는 그를 본 윤 코치에게 떠밀리듯 꿈나무 축구단으로 와버린 민은 푸른 운동장을 활기차게 뛰어다니는 아이들을 망연한 시선으로 바라보았다.

윤 코치가 하도 성화를 해대는지라 엉겁결에 나오긴 했지만 멀쩡하게 아이들에게 시범이나 보여줄 수 있을 정도로 썩 기분이 내키는 것은 아니었다.

"일일 강사라는 녀석이 넋 놓고 앉아서 뭐 해."

운동장 한 귀퉁이에 있는 구령대에 앉아 아이들을 내려다보고 있는데, 불쑥 다가온 윤 코치가 민의 어깨를 툭 쳤다. 힐끗 옆을 돌아본 민이 다시금 시선을 정면으로 돌리며 무미건조하게 말했다.

"어차피 발목도 성치 않아서 시범이라 해봤자 애들 재롱 수준밖에 안 될 텐데요, 뭐."

"애들 재롱 수준이 뭐 어때서?"

다리를 쭉 뻗고 앉은 민의 옆에 앉으며 윤 코치가 물었다.

"내가 네 축구를 좋아하는 이유가 뭔 줄 아냐?"

뜬금없는 물음에 선뜻 대답을 하지 못하자 윤 코치가 흘깃거리는 눈으로 민을 보며 자답했다.

"천진난만해서야. 재지도 따지지도 않고, 가슴에 품고 있는 패기 그대로 공을 다루는 그 모습이 천진난만해서."

윤 코치가 느끼는 보민이란 그랬다. 어린 시절 처음 공을 만져보는 순진무구한 아이처럼 축구공을 가지고 드넓은 잔디구장을 누비는 민의 모습은 진정으로 축구를 즐기는 천진난만한 소년 같았다. 그런 민이 마음에 들었기에 같은 구단에 있는 다른 선수 중에서도 단연 민을 아끼는 것이었다. 그런데 축구 인생 중 처음으로 겪은 부상에 예전의 그 모습을 잃어버린 민을 보자 그는 안타까운 마음이 들었다.

윤 코치가 운동장을 자유롭게 활개 치는 아이들을 턱 끝으로 가리켰다.

"저 아이들을 봐봐. 누가 골을 넣는지, 누가 더 축구를 잘하는지 신경 쓰지 않고 제 공 가지고 놀기 바쁜 쟤들의 모습 어디가 계산적이냐? 네 축구가 딱 저 아이들 같았단 말이야. 그러니까 네 플레이가 더 재미있는 거고."

윤 코치의 진심 어린 조언에 마음이 움직이는지 민이 줄곧 고집스럽게 다물고 있던 입매를 살짝 움직이며 그를 바라보았다. 민을 향해 비긋이 웃은 윤 코치가 자리를 털고 일어났다. 그러곤 멍하니 그를 올려다보고 있는 민의 뒤통수를 탁 쳤다.

"인마, 그렇게 청승맞게 앉아서 스포츠맨 망신 그만 시키고 얼른 일어나. 저 애들한테 보여줘야지, 네가 어떤 사람인지."

언제부턴가 문을 꼭 닫고 있던 민의 가슴속에 한 줄기 바람이 불어들었다.

"누군가에게 있어서 롤모델이 된다는 거 꽤 흐뭇한 일이잖아."

그렇게 말한 뒤 돌아서 구령대를 내려가는 윤 코치의 뒷모습을 보며 보민은 한참을 미동도 않은 채 앉아 있었다.

천진난만이라. 유럽 리그 진출만을 꿈꾸며 언제부턴가 상실해 버렸던 그 마음이 눈앞에서 축구공을 가지고 노는 아이들의 모습과 한데 어우러져 그의 가슴속을 뜨겁게 달구어 왔다.

그래, 그랬던 시절이 있었다. 누구의 실력이 더 출중한지, 누가 더 높은 연봉을 받고, 유명한 구단으로 이적하는지. 그런 것 따윈 따지지 않고 오롯이 축구만을 즐기던 어리고 순수했던 시절. 돌이켜 보면 그때가 가장 행복했던 시기였는데 눈앞의 명예에 눈이 멀어 어느 순간 그것을 간과하고 있었던 것이다.

민은 구령대 아래서 그를 향해 손짓하는 윤 코치를 보며 이내 자리를 털고 일어났다. 아직 완벽히 제 감각을 찾지 못한 발목이 희미하게 삐거덕거린다. 하지만 이도 가슴속에 품고 있는 이 패기 가득한 열정만 있다면 충분히 극복할 수 있을 터였다. 운동화 끈을 꽉 조여 맨 민이 윤 코치를 향해 알았다는 듯 손을 흔들어 보인 뒤 구령대 계단을 타고 빠르게 내려갔다. 그러곤 본격적으로 뛰놀기 전, 조금 전에 미처 하지 못했던 여동생의 문자에 답장을 보냈다.

―나라야. 오빠 힘낸다. 조만간 완벽히 회복해서 앙리랑 메시 따위 한 방에 꺾어줄 테니까 두고 봐라.

"세일한다고 무작정 집어 들다 보니까 완전 과소비했네. 이래서 장 볼 때는 리스트를 적어서 와야 하는 건데."

한 보따리 가득 찬 장바구니를 내려다보며 어김없이 이어진 스스로의 낭비벽을 탓한 다연은 오던 길에 동네 슈퍼에 들러서 산바밤바 아이스크림을 쪽쪽 빨며 집으로 향했다.

세월이 지나면서 별의별 맛과 모양을 가진 아이스크림들이 나왔지만, 입맛이 구식이라 그런지 다연은 그 수많은 아이스크림 중에서도 밤 알갱이가 쏙쏙 박혀 있는 이 밤맛 아이스크림이 가장 맛있었다.

남들은 베트로 날려 버려 서른하난가 뭔가 하는 아이스크림 가게를 찾는 시국에 동네 슈퍼나 기웃거리다니. 이래서야 원 자신이 혼전순결을 고집하는 나라를 향해 구시대적이라고 비난을 할 입장이 되나 싶었다.

"구식이면 뭐 어때? 이렇게 맛있는데?"

그래 놓고도 운 좋게 걸린 왕건이 밤 알갱이에 흡족해 하며 집 근처의 초등학교 운동장 옆을 가로질러 가고 있던 그때였다.

획! 퍽!

손끝을 스쳐 지나간 빠른 바람 소리와 함께 그녀의 손에 쥐어져 있던 바밤바가 순식간에 흔적조차 없이 사라졌다. 허망하게 허공을 쥐고 있는 자신의 손끝을 바라본 다연의 눈동자가 황당함을 머금고 커졌다. 벌건 대낮에 대관절 바밤바 날치기라도 당한 건가 싶었다. 그러고 보니 손끝에 약간의 힘의 작용이 있었던 듯도 싶다.

쉽사리 상황 파악이 되지 않아 아무것도 쥔 것이 없는 손가락 끝을 까딱까딱거리고 있는데 저만치 먼 곳에서 웬 남자의 목소리가 들려왔다.

"어이, 그쪽! 혹시 다쳤어요?"

망연하게 제 손끝을 바라보고 있던 다연은 문득 들려오는 목소리를 따라 천천히 고개를 돌렸다. 그러자 운동복 차림을 한 구릿빛 피부의 남자가 운동장을 가르며 그녀 쪽으로 뛰어오고 있었다.

그 순간, 다연은 자신이 바밤바를 잃은 상실감에 망연자실하고 있었다는 사실도 잊고 혼이 빠진 표정으로 남자를 바라보았다.

잔 근육으로 다져진 탄탄한 몸. 초원을 뛰어다니는 야생마처럼 탄력적인 허벅지. 보기 좋게 그은 구릿빛 피부. 땀에 젖은 새까만 머리카락. 쌍꺼풀은 없지만 결코 작지 않은 늘씬한 눈매. 남자다운 얼굴 가운데 매끄럽게 한 획을 그은 높은 콧날. 밭은 호흡을 뱉어내고 있는 섹시한 입술.

한마디로 '훈남'이라 정의 내릴 수 있는 한 남자가 그녀 앞으로 달려오고 있었다. 이걸 어쩐다. 뭘 어떻게 반응해야 하나. 꽤 오랜만에 가슴을 떨리게 하는 남정네의 등장에 다연은 어찌해야 할지 답을 내리지 못하고 그를 바라보았다.

"다쳤냐구요."

어느새 성큼 코앞까지 다가온 남자가 숨이 가쁜 듯 가볍게 호흡을 몰아쉬며 다연에게 물었다. 샤워코롱 향과 뒤섞여 희미하게 풍겨 오는 땀 냄새가 더없이 향기로웠다.

날렵한 턱 선을 타고 주룩 흘러내리는 땀방울을 남자다운 손등으로 슥 훔쳐 내며 남자가 올곧은 시선으로 다연을 바라봤다. 정면으로 마주한 칠흑처럼 검은 눈동자에 다연은 마치 뭔가에 홀린 것만 같은 기분이 들었다.

"아니, 딱히 다치진 않았는데⋯⋯."

"그럼 됐네요."

말이 떨어지기 무섭게 남자가 대꾸하며 차갑게 그녀의 옆을 스쳐 지나갔다. 그러더니 저만치에 나뒹굴고 있는 축구공을 들곤 다시금 그녀의 앞을 스쳐 달려갔다. 코끝을 스쳐 지나가는 희미한 땀 냄새. 그와 동시에 여태 남자에게 홀려 있던 정신이 돌아오며 뒤늦게 사태 파악이 되었다. 바밤바를 날치기한 것은 다름 아닌

저 남자가 가지고 가고 있는 축구공이었던 것이다. 그런데 다치지 않았다고 대답하자마자 그럼 됐다며 축구공을 갖고 돌아서다니.

다연은 운동장을 가로질러 걸어가고 있는 남자의 등 뒤로 날카롭게 시선을 돌렸다.

"뭐 저딴 씨밤바 같은 놈이 다 있어?"

다연은 오른손에 쥐고 있던 묵직한 장바구니를 바닥에 내려놓곤 발아래 떨어져 흙이 잔뜩 묻은 바밤바를 황급히 집어 들었다. 자고로 예의를 모르는 것들에겐 그만한 대가를 돌려줘야 제 잘못을 깨닫는 법이다. 다연은 이를 악물고 바밤바를 쥔 손끝에 힘을 잔뜩 실어서 남자를 향해 냅다 던져 버렸다.

철썩!

운동 신경은 없지만 가진 건 힘뿐인 손에서 빠르게 날아간 바밤바가 남자의 등에 직격으로 맞았다. 동시에 천천히 앞으로 나아가던 남자의 걸음이 우뚝 멈춰 세워졌다. 그의 등에 꽂힌 듯이 들러붙은 바밤바가 하얀색 운동복 위에 누런 줄을 주욱 긋고 바닥으로 떨어졌다.

"잘됐다, 축구공 씨밤바 자식."

바밤바의 유쾌한 움직임에 다연이 쾌재를 부르며 씨익 웃었다. 동시에 남자가 천천히 그녀 쪽으로 몸을 돌렸다. 받자마자 되갚아 준 복수에 통쾌하던 것도 잠시, 싸늘하게 날아드는 남자의 시선에 다연은 웃음을 멈추고 말았다. 쌍꺼풀 없는 가는 눈초리가 매섭게 빛나며 그녀를 겨눴다.

순간적인 충동에 장난 좀 친 것인데 죽일 기세로 달려드는 남자의 시선에 간이 쪼그라들었다. 마른 침이 꼴깍 목구멍으로 넘어가고 혀끝이 떨렸다.

"다, 다치셨어요?"

"뭐요?"

말을 뱉기가 무섭게 남자가 날카롭게 되물었다. 나직하지만 강인한 기세에 심장이 위축되었으나 이내 마음을 다잡았다. 이럴 때일수록 더욱 뻔뻔하게 나가야 했다. 애초에 폐를 끼친 건 내가 아니라 남자였으니까.

"보, 보아하니 다치진 않았나 보네. 그럼 됐수다!"

아까 남자가 한 말을 그대로 되갚아 주듯 서툴게 외친 다연이 남자가 뭐라 대꾸할 새도 없이 빠르게 돌아서서 냅다 뛰기 시작했다. 화가 난 것을 떠나 황당함을 품은 보민의 시선이 그런 다연의 뒤를 좇았다.

"하, 별⋯⋯."

민은 아이스크림에 얼룩진 옷을 살피며 더러운 기분에 낮게 욕설을 지껄였다. 보이지도 않는 등짝을 어깨너머로 힐끔거리던 찰나, 조금 전 여자가 있었던 자리에 덩그러니 놓여 있는 물건을 보곤 움직임을 멈췄다. 뭔가 싶어 그 앞으로 걸어가 살펴보자 이것저것 먹을거리로 잔뜩 채워진 장바구니가 땅바닥에 그대로 놓여 있었다.

이걸 어떻게 해야 하나. 잠시 고민을 하던 보민이 이내 머릿속을 스쳐 지나간 생각과 함께 회심의 미소를 지으며 주인 없는 장바구니를 집어 들었다. 그러곤 운동장에서 즐겁게 뛰놀고 있는 아이들을 향해 우렁차게 외쳤다.

"얘들아, 간식이다!"

"와!"

아이들의 기분 좋은 함성 소리가 운동장 가득 울려 퍼졌다. 태양 빛이 유난히도 찬란했던 한가로운 여름날의 오후였다.

발목 부상 이후로 좀처럼 바깥출입을 자제하는 보민이 안쓰러웠는지, 모처럼 바깥세상 좀 즐기자며 성화를 해대는 동료들 탓에 보민은 끌려오듯 클럽으로 오고 말았다.

원래 이런 분위기를 그다지 좋아하지 않는 데다가 아직 부상이 완치되지 않은 상태라 무리를 해서는 안 되기에 보민은 클럽 가장자리에 있는 스탠드바에 앉아 자리를 지키고 있었다. 지금 그에겐 하룻밤 유희를 즐기는 것보다는 하루라도 빨리 완쾌하여 경기에 출전하는 것이 우선이었다.

"같이 놀자고 와 놓고 여기 앉아서 뭐 해, 인마!"

신나게 춤을 추다가, 혼자 앉아 있는 보민을 보곤 바(Bar)로 다가온 재형이 시끄럽게 터지는 음악 사이로 고래고래 외쳤다. 평소 즐기는 술도 몸 때문에 조심스러운 상태였기에 그는 알콜 지수가 낮은 병맥주를 가볍게 들이키며 재형에게 대꾸했다.

"내가 이 발목으로 지금 춤추고 있게 생겼냐?"

"그러지 말고 이왕 여기까지 온 거 나와서 춤도 좀 추고 그래.

너 상태 많이 나아졌다며? 오늘 물 좋다, 야."

"그래 봤자 다 할 일 없는 애들이지."

옆에서 거들먹거리는 재형의 말을 무시하며 보민이 남아 있는 맥주를 시원하게 들이켰다. 지루한 듯 시계를 내려다보는데 옆에 있던 재형이 다짜고짜 보민의 팔을 끌고 가기 시작했다.

"가자, 민아! 어여쁜 꽃순이들이 널 기다리신다!"

"야, 황재형! 너 이 새끼!"

엉겁결에 스테이지까지 끌려 나온 보민은 자리로 돌아가려 기를 썼다. 하지만 순식간에 달려든 다른 친구들이 보민을 이끌고 스테이지 정중앙으로 나갔다.

"얼른 와, 보민아. 왔으면 즐겨야지!"

"그래, 이게 얼마만의 외출인데. 놀자, 놀아!"

술에 거나하게 취한 친구들이 흥이 난 듯 몸을 흔들며 외쳐 대는 꼴을 보며 민은 혀를 찼다. 친구 놈들에게 잔뜩 둘러싸여 있는 상태인지라 더 이상 빼도 박도 못하게 생겨 버렸다.

"아, 진짜 이 자식들 답 안 나오네."

막무가내인 행동에 어이가 없어 가만히 서 있는데 그런 민의 등 뒤에 서 있던 재형이 불쑥 손을 뻗으며 주변 여자들을 쭉 가리켰다.

"자, 봐봐. 이렇게 물이 좋은데 그냥 넋 놓은 채로 이 밤을 보낼 거냐?"

"손 치워, 인마."

재형의 능청스런 행동에 민이 귀찮다는 듯 손을 쳐냈다. 그러곤 친구들이 있는 쪽으로 무심하게 눈길을 돌리던 찰나, 스치는 시선 끝에 닿은 낯익은 여자의 모습에 다시금 고개를 되돌렸다.

"뭘 그렇게 보냐?"

가볍게 몸을 흔들며 민의 동태를 살피던 재형이 의아한 듯 물었다. 그럼에도 대답이 없는 민을 보곤 재형이 어딘가로 예리하게 박혀 있는 민의 눈길을 따라 시선을 옮겼다. 친구들로 보이는 여자들 사이에서 박진감 넘치는 음악에 맞춰 신나게 몸을 흔들고 있는 한 여자가 보였다.

"왜? 아는 여자냐?"

"아니, 그런 건 아니고."

분명 잘 아는 여자는 아닌 것 같은데 어딘가 낯이 익었다. 대체 누구지? 가는 눈매 가득 의문을 품고 있던 그때.

"맘에 들어? 귀엽긴 한데 네 스타일은 아닌데?"

"기억났다."

민이 여자에게 시선을 올곧게 박은 채 나지막이 중얼거렸다.

"그 빌어먹을 장바구니."

여자에게 닿은 보민의 눈동자가 흥미를 머금고 사악하게 반질거렸다. 안 그래도 춤추기는 싫고 가만있자니 심심하던 차였는데 저 여자를 오늘의 유희거리로 삼으면 되겠다는 생각이 들었다. 감히 내 신성한 운동복에 먹다 만 아이스크림을 던진 저 발칙한 여자를.

보민은 뒤에서 왜 그러느냐고 묻는 재형의 말을 무시하고 여자가 있는 쪽으로 유유히 걸음을 옮겼다. 여자는 흥에 겨워 춤을 추느라 정신이 없는지 누군가 자신을 노리고 다가오고 있다는 것을 전혀 눈치채지 못하는 듯싶었다. 여자와의 간극이 어느 정도 가까워졌을 때 의도적으로 몸을 틀며 민이 그녀와 부딪쳤다.

"아야!"

정신없이 춤을 추고 있던 다연은 갑작스레 어깨를 밀치는 둔중한 마찰력에 몸을 기우뚱하고 말았다. 하지만 미처 넘어지기 직전 빠르게 뻗어온 타인의 손길이 그녀를 붙잡아 주었다.

"다치셨습니까?"

"아니, 괜찮아요."

등 뒤에서 들려온 남자의 목소리에 다연은 돌아보지도 않은 채 짜증이 인 목소리로 대꾸했다. 요즘 들어 왜 이리도 일진이 사나운지. 툭하면 넘어지고 자빠지기 일쑤다.

"근데…… 어딘가 좀 낯이 익는데."

넘어질 뻔한 바람에 흐트러진 옷매무새를 단정히 가다듬고 있는데 남자가 말했다. 오랜만에 온 클럽이라 친구들과 즐기는 것에만 열중하고 있던 다연은 문득 들려온 남자의 말에 뭐냐는 듯 고개를 들었다.

"혹시 나 기억 안 나요?"

수직으로 떨어지는 찬란한 조명을 받으며 남자가 말했다. 어지러울 정도로 현란한 조명 탓인지 남자의 얼굴이 제대로 보이지 않았다. 밤새 놀 작정이라 렌즈를 빼고 온 탓도 있는 듯싶었다. 두 눈을 가늘게 뜨며 눈앞의 남자를 들여다보다가, 그래도 모르겠는

다연이 불퉁한 목소리로 중얼거렸다.

"글쎄요."

클럽에서 흔히 그렇듯 내게 수작을 걸려는 건가. 희미하게 보이는 얼굴 윤곽으로 봐서는 썩 나쁜 페이스는 아닌 것 같은데 남자의 의중을 제대로 파악할 수 없어 뭐라 말을 건네기가 그랬다.

"왜? 뭐래?"

어쩌자는 상황인 건지, 빤히 쳐다보고만 있는 남자 탓에 춤도 못 추고 서 있는데 옆에 있던 친구들이 다연의 어깨를 살짝 치며 들뜬 목소리로 물었다.

"몰라. 낯이 익다고 혹시 자기 모르냐는데?"

"어? 그러고 보니까 어디서 본 것 같긴 한데."

바로 옆에 있던 나경이 뭔가 생각이 나는 듯 골똘한 표정을 지으며 눈앞의 남자의 모습을 빤히 들여다보았다.

묻기는 날더러 물었는데 왜 제가 본 것 같대? 어처구니없다는 듯 콧방귀를 뀌려는데 뭔가 떠오른 듯 손뼉을 탁 친 나경이 눈앞의 남자에게로 손가락을 쭉 뻗으며 말했다.

"아, 맞다! 인천 유나이티드 미드필더 보민 선수 맞죠!"

"그게 뭔데?"

나경의 말에 의아한 듯 되묻는 다연을 보곤 옆에 있던 수지가 설명과 함께 거들었다.

"야, 너 몰라? K리그 인천 UDT 말이야! 세상에, 여기서 보민 선수를 보게 되다니!"

"K리그? UDT?"

"어이구, 이 답답아! 축구 말이야, 축구! 넌 인천에 사는 애가 너희 동네 축구팀도 모르냐?"

"아, 축구?"

답답하다는 듯 외치는 말에 그제야 남자의 정체를 파악한 다연이 가만히 고개를 갸웃거렸다. 친구들 반응을 보아하니 꽤 인기 있는 축구 선수인 모양인데 어찌 된 영문으로 자신에게 아는 척을 하는 건가 싶었다.

그러다 축구라는 단어에서 잠시 생각이 멎으며 얼마 전 초등학교 운동장에서 있었던 일이 불현 듯 떠올랐다. 복수한답시고 남자의 등짝에 바밤바를 던졌다가 돌아보는 남자의 눈빛에 쫄아서 줄행랑을 쳤던 일이.

그 일이 무엇보다도 다연의 가슴에 사무친 이유는 그날 거금 10만 원에 달하는 장을 봤던 장바구니를 당황한 나머지 그곳에 놓고 왔기 때문이었다.

"그러고 보니까 며칠 전에 무슨 공 차는 씨밤바 놈 때문에 열 뻗쳤었는……."

"그 공 차는 씨밤바가."

그때의 일을 떠올리자 분한 마음에 구시렁대고 있는데, 눈앞의 남자가 불쑥 다연의 말허리를 갈랐다. 뭘 알고 있다는 듯 끼어드는 남자의 말에 다연은 의아한 얼굴로 고개를 들었다. 그리고 눈앞의 남자를 마주한 순간, 남자가 까만색 눈동자를 싸늘하게 빛내며 의미심장한 웃음을 지으며 말했다.

"바로 접니다."

❖

재수 옴 붙었다는 말은 아무래도 이런 때 쓰라고 있는 말 같았
다.

"웬일이니, 운동선수들이라 그런지 몸매 하난 다들 끝내준다."

"그러게. 아주 보고만 있어도 술이 쭉쭉 들어간다. 안주가 따로
필요 없어."

다연은 숨죽인 목소리로 연거푸 탄성을 쏟아내는 나경과 수지
를 마땅찮은 표정으로 바라보다가 힐끗 정면으로 시선을 돌렸다.
시선을 옮기기 무섭게 맞은편에 앉아 있는 남자의 얼굴이 눈에 들
어왔다.

정말이지 기가 막힌 상황이다. 원수는 외나무다리에서 만난다
더니. 얼마 전에 마주쳤던 그 빌어먹을 씨밤바를 클럽에서 마주치
게 될 줄이야. 우연도 이런 우연이 어디 있나. 게다가 그것만으로
도 모자라 같이 술자리를 하고 있다니.

다연은 조금 전 일행들과 함께 술 한잔 어떠냐는 남자의 제안을
넙죽 받아들인 눈치코치 없는 친구들을 원망 어린 눈으로 흘겨보
았다. 친구라는 것들이 어쩌면 이렇게도 도움되는 구석이 하나도
없는 것인지.

보고 있자니 속이 바짝바짝 타서 맥주 한 잔을 시원하게 들이켰
다. 비워진 잔 너머로 무표정한 얼굴을 한 채 앉아 있는 남자의 얼
굴이 보인다. 잔을 내려놓고 오징어 다리 하나를 질겅질겅 씹으며

남자를 바라보았다.

대체 무슨 속셈으로 이러는 것인지 가늠이 되지 않는다. 그날 제 등짝에 바밤바를 던진 것에 대한 복수라도 하려는 건가? 그도 아니면, 비록 악연으로 얽인 사이지만 내게 사심이 생겨 수작이라도 부리려는 건가?

남자의 의중이 쉽사리 짐작되지 않아, 저도 모르게 꿰뚫어 보듯 두 눈을 가늘게 뜨고 있을 때였다. 무심하게 허공을 보고 있던 남자가 불현듯 고개를 들었다. 갑작스레 눈이 마주치자 다연은 당황한 나머지 다 씹지 않은 오징어를 삼키고 말았다.

"컥!"

"어머, 다연아! 괜찮아?"

사레들린 목에서 발작과도 같은 기침이 쏟아졌다. 구역질을 동반하며 목에 걸린 오징어를 뱉어냈다. 한참 동안 기침을 한 뒤 나경이 내민 물을 한 모금 마시고서야 겨우 진정이 되었다. 하필 그 타이밍에 눈이 마주치다니. 누구 때문에 사레들린 것인지 모르지 않을 남자가 태연하게 앉아 있는 꼴을 보고 있자니 절로 이가 갈렸다.

스트레스를 풀고자 간만에 출두한 클럽이건만, 이러다간 스트레스가 풀리긴커녕 오히려 폭발할 것 같았다. 무엇보다도, 이런 자리를 만든 남자에게서 어쩐지 사악한 기운이 느껴졌다. 한 성질해 보이는 저 눈매도 그렇고, 고집스럽게 다물린 입술도 그렇고. 왠지 뒤끝 작렬할 것 같은 관상이다. 괜한 앙갚음을 당하기 전에 자리를 뜨자. 다연은 다시금 맥주잔을 들며 적당한 타이밍을 찾아

눈알을 분주히 굴렸다.

"그러고 보니까 보민 씨는 술 드시면 안 되죠? 얼마 전에 부상당하셔서."

평소 스포츠에 관심이 많던 나경이 남자를 향해 물었다. 부상? 나갈 타이밍을 잡기 위해 주변을 살피던 시선이 반사적으로 남자에게 향했다.

"아, 조금 마시는 정도는 괜찮아요."

"그럼 요즘은 재활치료 중이신 거예요?"

"네."

남자가 맥주를 한 모금 들이켜며 심드렁하게 답했다. 재활 중이었던 거야? 다친 사람에게 괜한 해코지를 했던 건가. 다연은 문득 죄책감이 들었다.

"근데 좀 전에 얘기하는 거 보니까 다연이랑 민이 씨랑 아는 사이인 것 같던데."

"아는 사이까진 아니고 사연이 있는 사이긴 하죠, 우리가."

남자가 묘한 뉘앙스로 말하며 다연 쪽으로 시선을 옮겨왔다. 그러곤 씩— 하고 장난스럽게 웃는다. 동시에 술자리에 있던 사람들의 시선이 의아함을 품은 채 한꺼번에 다연에게로 향했다.

이 남자가 왜 또 상황을 이렇게 만드는 거야? 당황한 기색을 감추지 못한 다연이 붕어처럼 차마 말을 잇지 못하고 입술을 뻐끔대고 있을 때였다.

"고마워요, 강다연 씨."

다짜고짜 남자가 말했다. 아무리 예의를 가르쳐 주기 위한 방법이었다지만, 자기 등에 아이스크림을 던졌던 내게 고맙다니. 이 남자가 그새 취했나 싶어 다연이 의아한 표정으로 남자를 마주 보았다.

"덕분에 그날 애들한테 생색 좀 냈거든요."

"무슨 말씀이신지?"

조심스럽게 묻는 얼굴에 대고 남자가 의미심장하게 웃었다.

"운동장에 놓고 간 장바구니 말이에요."

줄곧 물음표를 그리고 있던 눈이 이어진 남자의 말과 함께 이내 경악으로 물들었다.

"그 안에 간식거리가 어마어마하더라구요."

설마……

다연은 남자의 말을 듣자마자 그 자리에서 벌떡 일어나고 말았다. 남자의 눈동자가 짓궂게 빛났다.

"운동복 세탁비치고는 좀 과하다 싶긴 했는데, 그래도 준 사람 성의가 있으니까요. 과자는 애들 간식으로 던져 줬고. 아, 꽃등심 은 그날 저녁에 가족들하고 같이 맛있게 구워 먹었어요. 덕분에 재활에 많은 도움이 됐네요."

며칠 전 잃어버린 거금 10만 원어치에 달하는 장바구니의 처절 한 행적에 대해 대수롭지 않게 읊는 남자를 바라보며 다연은 거머 쥔 두 손을 바들바들 떨었다.

바밤바 사건이 있었던 그날, 줄행랑을 치느라 미처 챙기지 못한 장바구니의 존재를 뒤늦게 깨닫고 운동장으로 돌아갔으나 흔적조 차 없이 사라진 장바구니 때문에 며칠을 시름 했건만. 그것이 전부 저 갈아 먹어도 시원찮을 씨밤바 입에 들어갔다니!

기막힘에 차마 대꾸 할 말이 떠오르지 않아 입만 뻥긋거리고 있는데, 뒤이은 남자의 말이 다연의 기막힘을 분노로 바꿨다.

"보답으로 오늘 술은 내가 살 테니까 마음껏 마셔요."

뭐냐, 이 적선하는 듯한 뉘앙스는.

남자를 내려다보는 다연의 눈동자가 이글이글 타오르는 불길에 휩싸였다. 한창 엿 먹여 놓고 '옛다, 약이다' 하는 느낌이었다. 한마디로 말해 밥맛 떨어지는 말투. 시종일관 입가에 미소를 걸고 있는 남자를 내려다보는 다연의 입매가 이지러진 초승달처럼 음산스럽게 휘어 올라갔다.

"그래요. 쏘시겠다니 기꺼이 마셔 드려야 그게 또 예의겠죠."

그렇게 말하곤 다연은 싸늘하게 표정을 굳히며 남자를 향해 물었다.

"양주 시켜도 되죠?"

"야, 너 왜 그래!"

눈치를 살피며 다연을 뜯어말리는 수지의 손길을 뿌리친 다연이 강단 있는 표정으로 콜 버튼을 눌렀다.

"여기서 제일 비싼 양주 한 병 갖다주세요!"

오늘, 술고래 강다연의 위(胃)력을 보여주마!

"이봐요."

민은 술병이 어지럽게 널브러져 있는 테이블 위에 축 늘어진 여자를 짜증 어린 표정으로 내려다보았다. 그러다 옆에 놓인 계산서에 적힌 술값을 보곤 신경질적으로 외쳤다.

"어이, 이봐요! 장바구니!"

"한 병 더 가져와, 한 병 더. 음냐……."

"하, 참."

지금 이 순간 민의 기분을 그대로 대변하는 한숨이 기막힌 듯 입에서 빠져나왔다. 무료하던 터에 장난 좀 친 대가치고는 너무 가혹했다. 100만 원 가까이 되는 술값만으로도 모자라, 이 고주망태 장바구니의 뒤처리까지 해야 하다니. 의리 없이 제 친구를 내팽개치고 짝을 지어 나가 버린 여자의 친구들을 떠올리며 민은 거칠게 한숨을 뱉었다.

여자들의 의리란 한낱 종잇장보다도 가볍구나. 여자만 아니었어도 그냥 내버리고 가는 건데. 보아하니 여동생 나라랑 같은 또래인 것 같아 차마 야심한 시각에 길바닥에 버리고 갈 순 없어서 민은 쯔쯧, 혀를 차며 테이블 위로 늘어져 있는 여자의 몸을 바로 세웠다.

"어이, 장바구니. 너 집이 어디야."

"집? 나 집 안 가. 더 마실 거야."

"더 마시긴! 네 장바구니 가격 넘어선 지 이미 오래거든!"

"그러게 누가 내 꽃등심 먹으래! 싫어, 나 안 가. 네가 쏜다며? 양주 한 병 더 시켜. 시키라고오."

갈수록 가관이었다. 테이블을 붙들며 버티는 여자를 보며 보민은 찰나의 장난기 탓에 그릇된 선택을 한 스스로의 행동을 뼈저리게 후회했다. 운동장에서의 첫 만남부터 똘끼가 심상치 않은 여자였는데, 순간적인 흥미에 그걸 간과했다. 그날 남의 신성한 운동복에 아

이스크림을 던진 주제에 제대로 된 사과도 안 한 것이 괘씸하여 약
좀 올리려 했더니. 이래서야 되로 주려다 말로 받은 격이었다.

젠장, 젠장, 젠장!

입안에서 맴도는 거친 욕설을 차마 입 밖으로 내지 못하고 민은
이를 악물고 나직이 뇌까렸다.

"어이, 장바구니. 좋은 말로 할 때 일어나라. 계속 버티다간 길
바닥에 내버리고 가는 수가 있다."

그 순간, 여자가 벌떡 자리에서 일어났다. 흡사 되살아난 좀비
와도 같은 몸놀림이었다. 갑작스러운 다연의 움직임에 놀란 민이
흠칫 한 걸음 물러섰다. 반쯤 풀린 눈을 한 다연이 옆에 놓여 있던
핸드백을 고쳐 매더니 허공에 대고 중얼거렸다.

"안 되지. 아직 시집도 안 간 처녀를 길바닥에 버리고 가고 그러
면 안 되지!"

그러더니 초점도 제대로 안 돌아온 흐리멍텅한 시선을 한 채 걷
기 시작한다. 술이 깬 건가? 아니면 이것도 술주정 중 하나인가?
미심쩍은 눈초리로 지켜보던 순간, 걸음을 내딛던 여자의 몸이 위
태롭게 비틀거렸다. 취했으면 적당히 먹고 그만해야지 고집스럽
게 마시더라니. 저러다 넘어지기라도 하면 어쩌나 싶어 보다 못한
민이 결국 낮게 욕설을 중얼거리며 다가섰다.

"어이, 장바구니. 길바닥에 안 버릴 테니까 집이 어딘지나 말."

위태롭게 흔들리는 몸을 막 부축하려는데, 비틀거리던 몸이 민
의 품 안으로 들어왔다. 뭐야, 괜히 취한 척 연기하면서 엉겨 붙어
보려는 수작인가? 생각하던 찰나.

"우욱."

순간, 민은 자신이 뭔가 잘못 들은 것이라 생각했다. 가슴에 닿아오는 뜨뜻한 느낌도 그저 여자가 품에 안겨서 그런 것뿐이라 생각했다. 하지만 그렇다 하기엔 뒤늦게 콧속을 찔러오는 시큼한 오바이트 냄새가 너무나 사실적이었다.

"에이 씨!"

민은 경을 치듯 소리를 내지르며 품에 기대어 있던 다연을 황급히 밀어냈다. 아무리 취했기로서니 내 가슴에 대고 오바이트를 하다니! 민은 가슴팍에 흥건하게 묻은 토사물을 내려다보면서 두 손을 가지고도 차마 어찌할 줄을 몰라 길길이 날뛰었다.

그러다 문득 분노가 일어 여태껏 참던 욕을 한 바가지 쏟아부을 요량으로 여자를 향해 시선을 돌렸다. 하지만 눈앞에 놓인 상황을 보자마자 입안에 맴돌던 욕이 쏙 들어가고 말았다. 오바이트 직후 살짝 품에서 떼어놓는다는 것이 힘 조절을 잘못했는지 여자가 바닥에 쓰러져 있었기 때문이다.

"이봐, 장바구니!"

쓰러진 채 미동조차 않고 있는 몸을 보다 못해 결국 여자에게로 다가가 몸을 일으켰다. 넘어지면서 머리라도 부딪친 건가. 설마 기절한 건 아니겠지? 내일자 스포츠 신문 헤드라인에 '인천UDT 보민, 클럽에서 여성 폭행!' 이라고 대문짝만하게 걸리진 않을지 걱정이 앞섰다. 이러다 진짜 X 되는 거 아니야? 밀려드는 불안감을 애써 잠재우며 민은 다시 한 번 여자의 상태를 살폈다.

"이봐, 괜찮아? 정신 좀 차려봐, 장바구니!"

뺨을 건드려 보기도 하고, 어디서 본 건 있기에 눈꺼풀을 열어 동공을 확인해 보기도 하고. 그렇게 분주히 상태를 살피던 순간, 여자의 입술이 움직이며 뭔가 소리가 들리는 듯했다. 드디어 정신이 든 건가 싶어 귀를 가져다 대는데, 이내 돌아온 짧은 대답과 함께 민은 결국 뒷목을 잡고 말았다.

"크릉……."

평온하게 두 눈을 감은 채 몰아쉬는 깊은 숨소리. 그 이름도 유명한 코 고는 소리.

민은 살기를 띠며 다연을 내려다보았다.

설마하니…… 잠, 든 거냐? 잠?

없던 편두통이 오고 뒷골이 땡긴다. 민은 두 눈을 가만히 감으며 속으로 생각했다.

진짜 X 됐다.

"거참, 쬐그만 게 더럽게 무겁네."

불만스럽게 중얼거리며 부축하고 있던 여자의 몸을 내동댕이치듯 침대 위로 뉘였다. 푸푸― 숨을 뱉으며 자는 낯짝을 보고 있자니 욕이 절로 나왔다. 콱 한 대 쥐어박고픈 심정이었다. 하지만 약한 여자를 상대로 무력을 휘두를 순 없기에 민은 뜨겁게 들끓는 화를 삭이며 주변으로 시선을 돌렸다.

그러다 눈에 들어온 주변 광경에 문득 기가 막혀 '허!' 하고 실소를 뱉고 말았다. 이 답 안 나오는 또라이 장바구니와 모텔까지 오게 되다니. 천하의 보민이.

이유야 어찌 되었건 이렇다 할 인연도 없는 여자와 모텔에 있는 상황이 민은 어이가 없었다. 어쩌자고 괜한 호기심에 일은 벌려서 상황을 이 지경으로 만든 것인지.

민은 열이 올라 뜨거운 이마를 손끝으로 가만히 문질렀다. 조금만 오지랖이 덜했어도, 조금만 못됐어도 이런 답 안 나오는 계집애 따위 그냥 길바닥에 내버리고 가는 건데. 한숨을 훅 뱉다가 무의식적으로 주변을 스캔하곤 또 한 번 기막힌 듯 웃었다.

모텔 꼬라지 봐라. 불경기라는 시국에도 간판이 다 꺼진 주변 모텔 덕에 간신히 하나 남아 들어왔더니 벽지에 빨간 꽃이 만개한 촌스러운 인테리어에,

"이건 또 뭐야."

모텔과는 전혀 어울리지 않는 애들 놀이방에나 있을 법한 유아틱한 소형 트램플린, 소위 봉봉이라 불리는 점핑대까지. 사장 취향 참 독특하다 싶어 연이은 코웃음이 흘러나왔다. 침대 질리면 이 위에서 하라는 건가. 별 변태 새끼가 다 있네. 발끝으로 툭 차며 돌아서려는데 문득 올라온 역한 냄새가 콧속을 찔렀다,

"아씨, 오바이트."

민은 인상을 있는 대로 찌푸린 채 토사물로 범벅이 된 제 가슴팍을 내려다보았다. 보는 것만으로도 절로 오바이트가 나올 것 같았다. 망할 장바구니가 술집에서 곯아떨어지는 바람에 잠시 잊고 있었다, 옷이 오바이트 범벅이라는 사실을.

순간 식도를 치고 올라오는 구역질을 가까스로 참으며 민은 샤워실 쪽을 바라보았다. 나중 일이야 어찌 되었건 우선 이것부터 처리해야 할 것 같았다. 완전히 나가떨어졌으니 쉽게 일어날 것 같진 않고, 일단 나부터 살고 보자. 민은 올라오는 구역질을 참아 내며 샤워실로 향했다.

"이제 좀 살겠네."

찝찝한 마음에 세 번 넘게 비누칠을 하고서야 샤워를 마칠 수 있었다. 타월로 대충 물기를 닦고 샤워가운을 걸친 채 밖으로 나오자 침대 위에 세상모르고 대자로 뻗어 있는 여자의 모습이 눈에 들어왔다. 침대 위에 여자가 있는데 이렇게 무감각하기는 또 처음이었다.

이래서 여자도 여자 나름이라고 하는 모양이다. 여동생인 나라가 밖에서 저러고 다녔으면 진즉에 머리를 밀어 버렸을 텐데. 민은 혀를 끌끌 차며 헤어 드라이기 앞으로 걸어갔다.

생각 같아서는 정말이지 길바닥에 내던져 버리고 싶었다. 하지만 사람들 보는 눈도 있고 혹시나 길바닥에 내던져 놓고 갔다가 무슨 일이라도 생길까 우려되는 마음에 고민하다가 결국 선택한 것이 모텔이었다. 이 시간에 술 취한 여자를 데리고 갈 곳이 마땅치 않은 탓도 있었지만, 그보다도 몸에 뒤집어쓴 오바이트의 잔재를 처리하는 것이 민에겐 더 시급했다.

몸은 씻었지만 옷은 그대로인데. 대충 토사물을 닦아냈으니 급한 대로 걸치고 나가? 고민하는 사이 더운 드라이기 바람에 머리가 바삭하게 말랐다. 저 미친 장바구니와 한 공간에서 밤을 보낼 순 없으니 찜찜하더라도 집에 가는 게 맞는 거겠지. 일반인 신분도 아닌데 술 취한 여자를 상대로 엄한 짓이라도 하려 했다는 불쾌한 구설수에 휘말리고 싶지 않았다. 이쯤했으면 사람 된 도리는 한 것이다. 결론을 내린 민이 들고 있던 헤어 드라이기를 내려놓고 옷을 갈아입으려 막 돌아섰을 때였다.

"끄아아!"

야심한 시각, 흡사 귀신과 같은 몰골로 침대 옆에 서 있는 여자를 본 민은 그만 기겁을 하며 바닥에 주저앉고 말았다. 세상모르고 자는 줄 알았더니 어느 틈에 깬 여자가 산발이 된 머리를 하곤 민을 바라보고 있었다. 뒤로 벌러덩 넘어지는 바람에 벌어진 가운을 부리나케 여몄다.

"너, 너 뭐야! 언제 일어난 거야!"

삿대질을 하며 외치자 멍한 표정으로 서 있던 여자가 머리를 긁적이며 주변을 두리번거렸다. 깨기 전에 몰래 나가려 했던 계획이 수포가 되었다.

젠장. 갈수록 꼬이는 상황에 민은 짜증이 치밀었다. 꼴사납게 벌러덩 넘어질 건 또 뭐야. 머쓱한 기분을 가다듬으며 몸을 일으키자, 머리를 긁적이던 손을 목덜미로 옮긴 여자가 마른입을 쩝쩝대며 말했다.

"나 목말라."

저건, 대체…….

앙 다물린 입술 끝이 씰룩였다. 한 번도 만나보지 못한 캐릭터였다. 언제나 정숙하고 흐트러짐 없는 어머니와 여리여리하고 천상 여자인 여동생과 같은 분위기의 여자만 만나온 민에겐 참으로 생소한 여성상이었다.

첫 만남에선 트레이닝 바람으로 장바구니를 놓고 줄행랑치는 모습을 보여주더니, 이번엔 마스카라 번진 얼굴에 머리카락은 산발이 된 채로 일어나 외간 남자를 향해 아무렇지도 않게 물을 찾고 있다니.

우리 나라가 저 모양이 아닌 걸 다행으로 여겨야지.

민은 혀를 내두르며 냉장고에서 생수병 하나를 꺼내어 던지듯 다연에게 건넸다.

"대체 너 정체가 뭐냐?"

매서울 정도로 가느다랗게 뜬 눈으로 다연을 향해 물었다. 애초에 대답을 바라고 던진 물음은 아니었지만 정신없이 물을 마시고 있는 상대에게선 아니나 다를까 대답 따윈 돌아오지 않았다. 내가 미쳤다고 이런 거랑 엮여선. 사무친 후회가 스스로를 향한 분노가 되어 머릿속을 뒤덮었다.

"근데 여긴 어디야?"

버젓이 샤워가운을 걸친 채 제 앞에 서 있는 남자를 보면서도 '여긴 어디?'라는 소리를 하고 있는 걸 보니 아직도 제정신은 아닌 것 같았다.

"그야 내일 정신 차리면 알게 될 거고, 난 내 할 도리 다 했으니 그만 간다."

이대로 계속 있다간 같이 제정신이 아니게 될 것만 같았다. 맨

정신인 상태로 술 취한 사람을 상대하는 것은 여간 고역스러운 일이 아닐 수 없었다. 옷을 갈아입으러 화장실 쪽으로 가려는데, 등 뒤에서 또 한 번 골 때리는 소리가 들려왔다.

"어? 봉봉이다!"

이건 또 무슨 개소리야. 반사적으로 몸을 돌린 민은 이윽고 시야에 들어온 상황에 경악하고 말았다. 술이 잔뜩 취해 걷는 것도 위태로운 여자가 침대 옆에 놓인 트램플린 위로 올라가고 있었기 때문이다.

"이 미친 장바구니 봐라! 어디 술 처마시고 음주 봉봉이를. 너 당장 내려와!"

길바닥에서 비명횡사할 뻔한 거 기껏 데리고 와줬더니, 술 마시고 뛰다 뇌진탕 걸릴 일 있나. 민은 방금 전 할 도리는 다 했다 한 것도 잊고 다연에게 다가갔다.

"봉봉이다, 봉봉!"

꺄르르 꺄르르 천진한 소리를 내며 팔짝팔짝 뛰는 모습을 보고 있자니 민은 절로 등골이 오싹해졌다. 처녀 귀신 저리가라 할 정도로 산발이 된 머리카락이 팔짝거리는 움직임을 따라 겁게 너울거렸다. 거기에 신나서 내지르는 소리까지 덧붙여지자 납량특집 호러가 따로 없었다. 살면서 단 한 번도 듣도 보도 못한 극강의 캐릭터다. 이랬다가 모텔로 앰뷸런스라도 불러야 되는 상황이라도 생긴다면 오늘은 그의 인생에 있어 더없는 막장이 될 터였다.

"취할 거면 좀 곱게 취할 것이지. 술 처마시고 이게 무슨 또라이 짓이야! 당장 내려와!"

아슬아슬한 상황을 보다 못한 민이 다그치듯 소리를 질렀다. 그럼에도 불구하고 제 정신이 아닌 여자는 도무지 그만둘 생각이 없어 보였다. 뭔 일 나기 전에 이 자리를 뜨던지, 아니면 저 또라이를 봉봉이에서 끌어 내리던지. 선택은 둘 중 하나였다. 결국 쓸데 없는 오지랖에 후자를 선택한 민이 다연을 향해 막 손을 뻗으려던 그때였다.

"내려오……!"

"붕붕, 까아!"

정신없이 방방 뛰던 몸이 내려오던 순간 균형을 잃고 기울어졌다. 꼼짝없이 바닥으로 곤두박질칠 상황이었다. 하지만 다행히도 민이 더 빨랐다. 중심을 잡지 못하고 기울어진 몸을 민의 기민한 팔이 안정적으로 받쳐 안았다. 술이 취한 상태였음에도 위험은 감지했던지 질끈 눈을 감고 있던 다연이 민의 품에 안긴 채로 천천히 눈꺼풀을 들어 올렸다.

"그러게 내가 내려오라고 했지!"

한 대 쥐어박고픈 충동을 가까스로 억누르며 민이 말했다. 그가 없었다면 그대로 바닥으로 떨어져 어디 한 군데 깨지거나 부러지고도 남았을 상황이었다. 전생에 내가 얘한테 무슨 죄를 지었기에 만난 지 24시간도 채 되지 않은 짧은 시간에 이 많은 일들을 감당하는 것인지. 불교 신도도 아니건만, 새삼 윤회 사상마저 떠올리고 있는 민이었다.

"너 참, 오늘 나한테 빚 여러 번 졌다는 것만 알아둬라."

억눌린 한숨과 함께 민이 안고 있던 다연의 몸을 침대 위로 내려놓았다. 그러곤 이번에야말로 후일이야 어떻게 되든 이 자리를 떠야겠다는 생각에 몸을 돌렸다. 아니, 돌리려 했다. 느닷없이 뻗어온 손이 민의 샤워가운 끝자락을 잡지 않았다면.

"뭐 하는 거야? 너, 이거 안 놔!"

우악스럽게 붙잡고 있는 손길에 자꾸만 벌어지려는 샤워가운을 가까스로 여미며 민이 당혹스러운 얼굴로 다연을 내려다보았다. 그러자 게슴츠레하게 뜬 눈으로 민을 올려다보고 있던 다연이 여전히 혀가 덜 풀린 꼬인 발음으로 느릿하게 말했다.

"너…… 나 봉봉 타는 거 보고 반해서 괜히 수작 부리는 거지?"

"뭐?"

"방금 전 그 상황. 그렇게 안아 들 정도는 아니었던 것 같은데."

"별……."

물에 빠질 뻔한 거 구해줬더니 보따리 내놓으란다고 딱 그 짝이었다. 민은 기가 막혀서 대꾸할 의욕조차 생기지 않았다.

"미친 소리 그만하고 이거 놔라."

다소 거친 억양으로 짜증스럽게 말했다. 여자를 상대로 이렇게 여러 번 막말을 해보긴 또 처음이었다. 이래 봬도 여자들에게 꽤 젠틀한 이미지로 통하고 있건만 얘가 사람을 여러 번 괴팍하게 만든다. 가운 자락을 꽉 쥐고 있는 손을 뿌리치려는데 또 한 번 기막힌 소리가 들려왔다.

"왜? 내가 봉봉 타는 모습이 좀 섹시했냐?"

자다가 봉창 두드리는 것보다도 더욱 엽기적인, 취해 있다가 삽질하기 신공에 민의 멘탈이 점점 더 만신창이가 되어갔다.

"그럴 만해. 내가 초등학교 시절부터 은근히 색기가 흐른다는 소리를 많이 들었거든. 학교 앞 봉봉랜드에서 봉봉이 타고 있으면 다들 사탕 들고 내 뒤 쫓아오고 그랬어."

게슴츠레한 눈을 나름대로 요염하게 치켜뜨며 다연이 말했다.

"들어는 봤냐? 섹시봉봉이라고."

"아, 진짜. 자꾸 뭐래는 거야, 이 또라이가."

민은 머리 위로 확 솟구치는 열을 간신히 가라앉혔다. 이러다 왠지 다리는 둘째치고 멘탈이 재활 불가능이 될 것만 같았다.

"그쯤 해두고 이거 놔라. 너 내일 아침에 일어나서 얼마나 후회하려고 그러냐? 좋은 말로 할 때 이거 놓고, 취했으면 곱게 잠이나 자라. 두 번 다신 볼일 없는 사이라는 사실을 다행이라 여기면서."

"짜식, 쑥스러워하긴. 좋아, 알았어."

쑥스러워하긴, 누가 쑥스러워한다는 거야! 민은 거듭되는 기막힘에 이젠 웃음조차 나오질 않았다. 그나마도 다행이라면 무슨 생각에선지 이 미친 장바구니 섹시봉봉이 제 가운을 놓아줬다는 것이었다. 더한 망발을 듣기 전에 어서 자리를 뜨자 싶어 몸을 돌리려는데 이번엔 샤워가운이 아닌 목덜미가 무언가에 붙잡혔다. 목 뒤로 감겨온 온기를 감지하곤 놀라 고개를 돌리자 어느 틈에 침대에서 몸을 일으킨 섹시봉봉의 얼굴이 민의 눈에 들어왔다.

"오늘 진 빚에 대한 답례를 해주지. 너도 은근 내 스타일이니까."

"답례는 무슨 놈의 답례!"

바라지도 않는 답례를 운운하는 말에 기막힘을 실어 대꾸하려던 그때, 목 뒤에 감겨 있는 손이 민을 확 잡아당겼다. 동시에 서

습없이 다가온 입술에 민의 말문이 막혔다. 기습적인 상황에 대처할 생각도 못 하고 있는 민의 목덜미를 우악스럽게 끌어당기며 다연이 사정없이 입술을 문질렀다. 민이 두 눈을 크게 뜬 채 다연과 맞닿은 입에서 '읍읍!' 막힌 소리를 내질렀다. 한참을 부벼대고서야 입술을 떼어낸 다연이 여전히 게슴츠레한 눈을 한 채 입술 위를 슥 훔쳤다.

"너! 너어!"

"난 분명히 답례했다. 빚진 거 없다, 이제."

차마 말을 잇지 못한 채 삿대질만 해대는 민을 보곤 씩 웃은 다연이 두 손을 탈탈 털며 개운하다는 듯 침대 위로 쓰러졌다. 그러곤 졸지에 입술을 도둑맞은 민이 길길이 날뛰든 말든 까무룩한 잠 속으로 빠져들었다.

"뭐 저런 게!"

귀까지 새빨갛게 물든 민은 형용할 수 없는 기막힘에 쉽사리 입을 다물 수가 없었다. 예상을 훨씬 뛰어넘은 또라이 중의 상또라이였다. 그런데 더 기가 막힌 것은 자신이 이렇게나 당혹스러워하는 이 와중에 정작 일을 벌인 당사자는 아무렇지 않은 얼굴로 잠을 자고 있다는 사실이었다.

이런, 괘씸한. 내 입술을 뺏은 주제에 저런 무감한 얼굴로 잠을 자?

얼마나 비벼댔는지 쓰라리기까지 한 입술을 손바닥으로 누르며 미친 섹시봉봉을 내려다보았다. 세상모르고 잠든 얼굴이 방금 전 그런 엽기적인 멘트와 행동을 한 사람이라고 믿기지 않을 정도로 평온했다.

황당함에 화가 나던 것도 잠시, 새근새근 잠이 든 다연의 얼굴을 내려다보던 민의 입에서 피식 웃음이 새어 나왔다. 제가 겪은 일이 기막히긴 했지만 한편으론 웃기기도 했다. 살면서 쉽게 경험할 만한 일은 아니었으니까. 게다가 상대가 좀 구리긴 했지만, 생각처럼 기분이 나쁘진 않았고.

민은 조금 전에 있었던 격한 마찰에 의해 붉어진 입술을 가만히 쓸어내리며 잠든 다연의 얼굴을 바라보았다. 두 번 다시 엮이고 싶지 않은 캐릭터이긴 한데, 냉정히 털어내자니 그러기엔 뭔가 좀 아쉬웠다. 술값에, 오바이트 범벅이 된 옷에, 모텔비에, 답례랍시고 빼앗아 간 입술까지. 죄다 자신이 손해 본 것 같아 분하기도 했다.

"설마 이 난리를 쳐놓고 기억도 못 하는 거 아니야?"

코까지 골아가며 정신없이 자는 얼굴을 보니 기억 못 할 것도 없을 것 같았다. 푸푸— 숨을 뱉는 조그만 입술을 내려다보는 민의 얼굴에 언뜻 장난기가 스쳤다.

"이 정도면 대대손손 물려주고도 남을 놀림거린데, 이렇게 그냥 넘어가는 건 안 될 일이지."

이불 속에서 허공에 대고 하이킥을 날리는 꼴을 꼭 보고 말테다. 사악한 웃음을 지어 보인 민이 다연의 핸드백에서 휴대폰을 꺼내 들었다. 악랄한 표정으로 다연을 내려다보며 민이 키패드를 눌렀다. 협탁에 놓여 있던 민의 핸드폰 액정에 불이 들어오는 걸 확인하고서야 민은 다연의 핸드폰을 핸드백 속에 다시 집어넣었다. 재미있는 장난감을 발견한 듯 민의 눈동자가 흥미를 품은 채 반질거렸다.

"심심하던 차에 딱 걸렸어, 섹시봉봉. 아주 질리도록 괴롭혀 주마."

악동의 마수에 걸린 줄도 모르고 잠든 다연의 얼굴이 세상을 다 가진 듯 평화로웠다.

❖

절친한 친구인 나라의 결혼식 당일인지라 덩달아 바쁜 다연은 결혼식장으로 향하는 내내 끈질기게 울리는 핸드폰을 신경질적인 눈초리로 내려다보았다.

안 받으면 그쯤 해두고 적당히 포기할 줄도 알아야 되는데, 마치 고강도의 훈련에 단련된 스포츠맨 근성을 보여주기라도 하듯 포기를 모르는 상대방의 끈질김에 넌덜머리가 날 지경이었다.

아침부터 벌써 몇 번째 울려오는 전화에 무반응으로 일관하고 있음에도 이토록 집착하듯 전화를 걸어오는 이는 다름 아닌 '공 차는 씨밤바' 였다.

[내 번호다. 세탁비, 숙박비, 거기에 정신적 피해보상비까지 죄다 청구할 테니까 내 번호 지웠다간 알아서 해. 내가 거는 전화 쌩 깠다간 법조계 지인들 동원해서 법대로 처리할 테니까 그렇게 알라고.]

술에서 깬 다음 날 아침, 대뜸 전화를 걸어 으름장을 놓던 남자의 목소리가 어제 일처럼 생생하게 귓가에 울렸다. 몇 달 전, 씻을 수 없는 과오를 저질렀던 그날 밤 일을 빌미로 약점을 잡은 인간이 그 이후로 몇 달째 이렇듯 심심하면 전화를 걸어 그녀를 괴롭히고 있었다.

"이 망할 놈의 씨밤바 자식은 질리지도 않나."

결국 백기를 든 다연이 짜증스런 손길로 수신 버튼을 눌렀다.

"아, 바빠 죽겠는데 왜, 왜, 왜!"

[기차 화통을 삶아 먹었나. 오빠 전화에 반응하는 것 좀 봐.]

특유의 장난기 가득한 목소리가 전화기 너머에서 느글느글하게 들려왔다. 지하철 손잡이를 쥔 채 화를 누르듯 눈을 감으며 다연이 나직이 대꾸했다.

"너 내 오빠 아니라고 했다."

[너어? 나이도 어린 게 네 가지 없이! 떽!]

이런 어처구니없는 말에도 더 이상 기가 막히지 않을 만큼 어느새 둘은 꽤나 서로에게 익숙해져 있었다. 물론, 그날 있었던 일 이후로 단 한 번도 직접 얼굴을 보거나 만난 적은 없었지만, 고작 전선상의 관계일 뿐인데도 이게 매일같이 지속되다 보니 한두 번 얼굴을 본 것보다도 더욱 막역한 사이가 되어버렸다. 아, 물론 부정적인 의미로.

"아침부터 대체 뭔 일인데!"

민의 시답지 않은 농담 따먹기를 잘라내듯 다연이 외쳤다. 그러자 민이 돌연 목소리를 우울 모드로 바꾸었다.

[내가 얼마 전에 말했지. 오늘 오빠의 하나밖에 없는 여동생이

시집을 가는 날이라고.]

"근데."

[방금 전에도 말했잖아. 하나밖에 없는 여동생이라고. 그래서 오빠가 지금 무지 우울하단 말이다.]

"그래서."

[내 이 울적함을 달래줄 사람이 섹시봉봉 너밖에 더 있겠냐.]

아침 댓바람부터 대체 어인 일로 사람을 이토록 괴롭히나 했더니. 기막힘에 킁킁 코웃음이 나왔다.

"나도 오늘 내 하나뿐인 절친이 짱 잘생기고 짱 돈 많은 남자한테 시집가서 지금 배 아파 죽겠거든!"

[그래? 잘됐네, 니가 날 위로해 주고 내가 널 위로해 주면 되겠네. 내친김에 오늘 만나 술이나 한잔 할까? 섹시봉봉 2탄도 볼 겸.]

"웃기고 앉았네. 네 말 따위 나한테 쥐꼬리만큼도 위로 안 되거든? 그리고 씨밤바 너, 자꾸 이런 일로 나한테 전화 걸면 진짜 죽는다. 그날 밤 일 가지고 정신적 피해보상 찾고 뭐 찾고 하더니, 니가 근 몇 달간 나한테 준 수면 방해와 정신적 피해가 얼마인 줄이나 알아! 두 번 다시 전화하지 마, 알았어?"

야멸차게 대꾸한 다연이 더 이상 들을 것도 없다는 듯 통화 종료 버튼을 눌렀다. 안 그래도 바빠 죽겠건만 아침부터 전화를 걸어선 사람 속을 뒤집어 놓고 난리다. 씩씩 숨을 몰아쉬며 성질을 삭히고 있는데, 그사이 지하철이 결혼식 장소인 워커힐호텔의 셔틀 버스가 오는 광나루역에 도착했다.

친구가 새 출발을 하는 좋은 날 죽상을 하고 앉아 있을 수야 없지.

훅— 숨을 몰아쉰 다연이 옷매무새를 가다듬으며 지하철에서 내렸다.

결혼식장으로 들어서자 서둘러 왔음에도 불구하고 벌써 많은 사람들이 홀을 가득 채우고 있었다. 아직 결혼식이 시작하려면 30분은 더 남았으니 늦진 않은 것 같았다. 잠시 화장실에 들러 오늘을 위해 새로 사 입은 원피스를 살피고 화장을 수정했다.

친구 결혼식에 이토록 외모를 신경 쓰는 이유는 다름이 아니라, 오늘 결혼식장에서 신부의 부케를 받기로 되어 있기 때문이었다. 애인도 없는 주제에 부케를 받게 된 것이 영 께름칙했지만, 제 부케를 꼭 다연에게 주고 싶다 한 나라의 성의가 기특해 차마 거절할 수가 없었다.

누가 아나? 부케가 오히려 행운의 부적이 되어 6개월 안에 결혼할 만한 좋은 남자를 물어다 줄지.

그렇다고 진심으로 기대를 하는 건 아니었지만, 괜한 속설 때문에 찝찝한 마음을 그렇게나마 달래며 다연은 화장실을 나서 신부 대기실로 향했다.

"어? 다연아!"

최근 본 신부 중에서도 단연 으뜸으로 아름다운 모습의 나라가 반가운 얼굴로 다연을 반겼다. 안 그래도 새하얀 피부가 백색의 드레스발을 받자 더욱 눈부시게 빛났다. 외모도 외모지만 사랑하는 사람과 드디어 결실을 맺는 날이라서 그런지 행복함에 젖은 얼굴이 더할 나위 없이 화사했다.

"예상대로 예쁘다."

"예상 이상은 아니고?"

"은근히 공주병이라니까."

나라가 얄밉다는 듯 흘겨보는 눈에 대고 애교스럽게 웃었다. 말은 그렇게 했지만, 결혼을 앞둔 나라는 정말 상상한 것 이상으로 아름다웠다.

언젠간 내게도 이런 날이 올까?

부러운 표정으로 바라보는 다연을 제 옆자리로 끌어 앉히며 나라가 말했다.

"사람들 몰려오기 전에 얼른 나랑 사진 찍자. 여기, 사진 한 번만 찍어주세요."

"아, 신부 옆에서 사진 찍으면 완전 오징어처럼 나올 텐데."

"너도 오늘 부케 받는다고 신경 좀 쓰고 왔구만, 뭘. 예뻐 예뻐."

"자, 여기 보세요! 스마일!"

사진사의 말을 따라 표정을 짓고 멈춰 있자 이내 찰칵 소리가 들렸다.

"나 나가서 회사 사람들이랑 있을게. 이따 식장에서 봐."

"그래, 이따 봐."

나라와 인사를 주고받은 뒤 다연은 대기실로 들어오는 사람들 사이로 조심스럽게 걸음을 내디뎠다. 조금 전 보니 Y&A 사람들도 여럿 와 있던데, 그 사이에 끼어야겠다 생각하며 막 대기실을 나서려는데 맞은편에서 오던 사람과 어깨가 부딪혔다. 미처 앞을 살피지 않고 걸은 탓이었다. 그 바람에 오른쪽 어깨에 대충 걸고 있던 핸드백이 바닥에 떨어졌다.

"아, 실례했습니다."

부딪힌 어깨가 딱딱하다 싶더니. 상대가 남자였는지 정수리쯤에서 낮은 목소리가 들려왔다. 별로 대수로운 일도 아니기에 '괜찮습니다'라고 짧게 답하곤 핸드백을 주우려 허리를 숙였다. 하지만 행동이 더 빨랐던 남자가 떨어진 핸드백을 주워 툭툭 털곤 다연에게 건넸다.

"핸드백 여기 있습니다."

그냥 미안하다 하고 갈 만도 한데 친절한 사람이네, 라고 생각하며 다연이 숙이고 있던 몸을 바로 세웠다. 그러곤 말이라도 고맙다고 해야 할 것 같아 막 상대를 향해 고개를 들었을 때였다.

"고맙습……."

"아닙니……."

얼굴을 마주한 두 사람의 입이 동시에 말을 끝맺지 못하고 다물어졌다. 눈앞의 남자의 얼굴을 의아한 듯 바라보던 다연의 눈동자가 이내 확신을 품고 커졌다. 핸드백을 받아 들기 위해 들었던 손이 검지를 착 펼치며 느릿하게 남자의 얼굴을 향해 움직였다.

"넌…… 너언……?"

"설마, 섹시봉…… 읍!"

습관적으로 금기의 단어를 입에 담으려는 남자의 입을 다연이 저도 모르게 틀어막았다. 아무리 세상이 좁다지만, 설마하니 결혼식장에서 이 인간을 만날 줄이야. 다연은 남자의 입을 틀어막고 있으면서도 이 상황이 도무지 믿기지 않아 어안이 벙벙했다.

이게 대체 꿈이야 생시야? 아니, 그보다도 이 무슨 악연이야! 혹시나 누가 들을 새라 틀어막은 손에 힘을 빼지 않고 버티고 있는데 참다못한 남자가 다연의 손을 거칠게 털어냈다.

"이게 뭐 하는 짓이야!"

"너 뭐야? 네가 여기에 왜 있어?"

"왜 있긴! 내 여동생 결혼식이니까 있지!"

"여동생 결혼식? 여동생 결혼식을 여기서 해?"

다연은 황당하다는 얼굴로 민의 얼굴을 올려다보았다. 그녀가 알기로는 이 타임에 이 호텔에서 결혼식이 있는 커플은 딱 한 커플밖에 없었다. 바로, 그녀의 친구 나라 커플이었다. 그런데 여기서 결혼식이라니?

"뭔가 잘못 알고 온 거 아니야? 여동생 결혼식장이 여기 맞아?"

다연이 의구심 어린 눈으로 바라보며 물었다. 그러자 기가 차다는 듯 코웃음을 치며 민이 대꾸했다.

"아무렴 내가 내 하나뿐인 여동생 결혼식장도 모르겠냐! 너야말로 절친 결혼식 장소가 여기인 거 확실해?"

"확실하니까 지금 내가 신부대기실에서 나오는 거 아냐."

"신부대기실? 여기 내 여동생 있는 대기실인데."

고개를 갸웃한 민이 신부대기실 쪽을 힐끗 돌아보았다. 그러자 대기실 안에서 이쪽을 본 나라가 민을 향해 손을 흔들었다.

"오빠, 안 들어오고 뭐 해?"

"어, 오빠 금방 갈게, 나라야."

민이 어리둥절한 표정으로 대기실 쪽을 돌아보다가 다시 다연에게로 시선을 옮기며 말했다.

"저봐, 저기 내 여동생 있잖아."

동시에 그 상황을 지켜보고 있던 다연의 얼굴이 점점 흙빛으로 변해갔다.

"오…… 빠? 당신이 나라 오빠란 말이야?"

"그래, 내가 우리 나라 오빤데. 근데……."

다연의 말에 반사적으로 대꾸하던 민 또한 이내 말끝을 흐리며 굳은 표정으로 다연을 바라보았다.

"네가 우리 나라를 어떻게 아냐?"

오 마이 갓.

다연은 더 이상 말을 잇지 못하고 눈을 감고 말았다. 지금껏 나라 앞에서 빌어먹을 씨밤바라며 그토록 씹어댄 그 인간이, 다름 아닌 나라의 둘째 오빠였다니. 그러고 보니 성 또한 흔치 않은 보씨에 프로 축구팀에서 뛰고 있다는 직업까지. 조금만 생각해 보면 뻔히 알 만한 사실을 왜 여태 몰랐던 것인지. 뒤늦은 후회가 파도처럼 밀려들어 다연의 멘탈을 산산조각 냈다.

멘탈이 산산조각 나기는 민도 마찬가지였다. 여태껏 여동생에게 남자는 늑대라며 조금이라도 수작을 부리는 놈이 있으면 절대 멀리해야 한다고. 자고로 남자는 자신처럼 마음이 넓은 대인배를 만나야 된다며 그토록 열변을 토해왔건만. 자신이 다른 누구도 아닌 여동생의 절친한 친구에게 작은 일을 약점 삼아 추잡스러운 수작을 부렸다니. 이 사실을 알게 된 나라가 자신에게 실망할 일을 떠올리자 벌써부터 기분이 참혹했다.

"민이 오빠, 거기 서서 뭐 해? 어? 다연이 넌 아직 대기실에서 안 나갔어?"

두 사람이 서로 얼굴을 마주 보고 멍 때리고 있는 사이, 그 모습을 의아하게 여긴 나라가 어리둥절한 표정으로 민과 다연을 번갈아 바라보았다.

"어, 나라야. 오빠 간다, 가."

"아, 아니. 핸드백을 떨어뜨려서. 이, 이따 봐!"

그제야 정신이 든 두 사람은 허둥지둥 손을 내저으며 부리나케 각자의 자리로 돌아갔다. 신부대기실을 등지고 로비에 있는 회사 사람들 쪽으로 걸어가는 다연의 등에서 한 줄기 식은땀이 흘렀다. 예고도 없이 부지불식간에 덮쳐든 혼란에 머리가 띵했다.

뭐 이런 경우가 다 있냐고 인정머리 없는 우연을 탓해 보지만 거듭된 우연은 그들이 모르는 사이 그렇게, 두 사람을 벗어날 수 없는 운명을 향해 떠밀고 있었다.

우연이 휘몰고 온 운명은 나라와 카인뿐만이 아니라 다연과 보민에게도, 그리고 세상에 살아가는 로맨스를 꿈꾸는 모든 이들에게 그렇게 다가오고 있었다.

〈The End〉

작가 후기

〈그 남자의 유혹〉. 마치 꽤나 유혹적일 것 같은 제목이지만 까고 보니 제목과는 정반대로 유혹적인 것 없이 코믹하기만 한 이 글을 어떻게들 읽으셨을지 모르겠습니다.

극성스러운 세 오빠와 그들의 철통 방어를 뚫고 여동생인 나라를 차지한 외래종 울프의 이야기였는데, 생각과는 달라 많이들 당황하셨을 것 같습니다.

온라인상에 처음 연재를 시작한 것이 2007년이었습니다. 개인적인 사정과 슬럼프로 인해 연재와 연중을 거듭하다 2010년이 되어서야 겨우 우여곡절 끝에 완결을 냈습니다. 그리고 또 5년이 흐른 2015년, 제 USB 속에 갇혀 있던 케케묵은 글이 드디어 제 손을 떠나 새롭게 옷을 입고 독자분들을 찾아뵙게 되었네요.

연재를 하던 당시에는 과분할 정도로 사랑을 받았던 글인데 이미 기억도 못 하실 만큼 너무 오랜 시간이 지났고, 그때에 비해 로설계의 수준도 너무 높아져 버려서 ─물론 그 당시에도 제 수준보다는 훨씬 높았습니다만─ 이걸 과연 책으로 낼 수 있을까, 혼자서 고민도 하고 많이 망설였습니다.

처음 연재를 시작할 당시 제 나이가 대학교 3학년 20대 초반이었는데, 30대가 되어 다시 읽어보니 에피소드부터 문체까지 어설프고 부족한 것투성이더라구요. 물론, 그때였기에 가능했던 글이라는 생각도 듭니다. 지금의 저는 아마 같은 도입과 설정을 주더라도 절대 8년 전처럼 스토리를 이끌지 못했을 테니까요.

여러모로 많이 부족한 글인데, 그래도 이렇게나마 세상 밖으로 나올 수 있어서 이기적일 수도 있습니다만 홀가분한 마음이 큽니다. 독자분들이 과연 이 글을 어떻게 읽으실지 걱정도 됩니다만, 평가는 오롯이 독자의 몫이므로 어떤 말씀을 하시든 앞으로 더욱 좋은 글을 쓰는 데 있어 밑거름으로 삼을까 합니다.

완결까지 오랜 시간이 걸린 데다 제겐 처녀작이나 다름없는 글인지라, 여러모로 애정이 많이 가는 글입니다. 주인공부터 시작해 조연들까지. 어느 하나 애착이 가지 않는 녀석이 없을 정도입니다. 보시기에 유치하고 황당하다 싶은 에피소드들 또한 당시에는 워낙에 공들여 쓴지라 지우자니 아까워서 고집스럽게 수정 없이 실었는데, 독자분들 또한 저와 같은 애정 어린 시선으로 봐주시길 바라는 건 아마 제 욕심이겠지요? 하하. 모쪼록 글을 읽으시는 동안에 잠시나마 일상의 무거움을 던져 두고 조금이나마 웃으셨기를 소망해 봅니다.

부족한 글 손보시느라 고생 많으셨던 최고은 편집자님, 진심으로 감사드립니다. 세상에 꺼내놓지 못하고 컴퓨터 하드 속에 묻어버릴 뻔했던 글이 종이책으로 출간될 수 있도록 기회를 주신 기타 청어람 관계자분들께도 다시 한 번 감사 말씀드립니다.

 마감 임박해서 외전 쓰겠다고 집안일 놓고 컴퓨터에 매달려 있는 아내, 게으르다 타박 않고 방해될까 봐 작업하는 방 근처엔 얼씬도 않으며 지켜봐 준 사랑하는 내 남편에게도. 엄마 수정하라고 며칠간 낮잠 충분히 자준 사랑하는 우리 아들에게도. 볼지는 모르겠지만 미안하고 고맙다는 말 꼭 전하고 싶습니다.

 그 밖에 오랜 연재 동안 따라와 주셨던 과거의 독자분들, 혹시나 기억하고 계실 소수분들, 유혹이라는 말에 속아 이 글을 선택하셨을 새로운 독자분들까지. 모두모두 감사합니다.

 그리고 오랜만에 로설계에 돌아와 어리바리하게 있던 제게 무수한 정보를 제공해 준 내 사랑 슬기에게도 무한 감사를……

 고은님께서 수정을 마친 파일을 보내자 작가 후기를 안 썼다 하시기에 막막하여 짧게 써도 되냐고 여쭤봤었는데 막상 쓰고 보니 길군요. 후기의 3분의 2가 부족한 글에 대한 변명뿐입니다만. 하하.

 그나저나 후기의 끝은 어떻게 맺어야 하는 것인지. 그냥 이렇게 인사를 마쳐도 되는 것이겠지요? 출간 후기는 처음이라 감이 없어서.

 부디 부족한 글이나마 여러분의 일상에 작은 비타민이 되었길 바라며 저는 더욱 나아진 글로, 더욱 따뜻한 로맨스로 다시 찾아뵙도록 하겠습니다.

 찾아주신 모든 분들, 진심으로 감사합니다.

Chungeoram romance novel

우지혜 장편 소설

인터셉트

"그 동기애의 범위라는 거. 왜 지켜야 하는 거지?"
"그거야. 대리님이 나한테 친절한 건
　어디까지나 동기애라는 걸 보여주기 위해서……."
"동기애가 아니면 되는 거잖아."

짤막하게 내뱉은 승준은 빈 종이컵을 손으로 우그러뜨렸다.

"말하지 않았나. 나. 그 정도는 너 좋아한다고."

사랑에 시니컬한 그녀, 차윤서.
그녀 한정 오지랖 백단,
유려한 달변과 찬란한 미소로 무장한 남자의 불씨를 당기다!

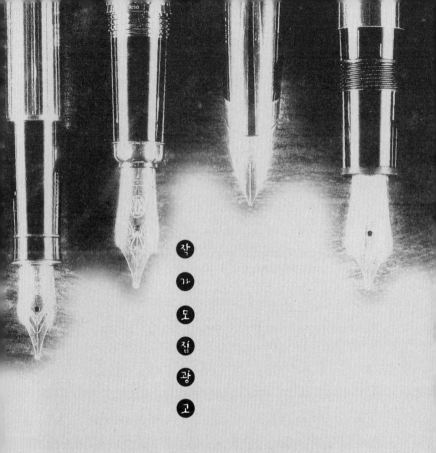

작
가
모
집
광
고

도서출판 청어람의 문은 항상 열려 있습니다.
실력있는 작가 분들의 많은 관심 부탁드립니다.

TEL:032-656-4452 • FAX:032-656-4453
http://www.chungeoram.com
e-mail:chungeorambook@daum.net